KB150453

이강백 희곡전집

일천구백구십구년부터 이천삼년까지의 작품들

일곱 번째 묶음

이강백 희곡전집

일천구백구십구년부터 이천삼년까지의 작품들

일곱 번째 묶음

평민사

이강백 희곡 전집 일곱 번째 묶음 차례

지은이의 머리글
1999년부터 2003년까지의 작품들에 대하여

　이 책은 일곱 번째 희곡집이다. 장막 희곡 다섯 편과 단막 희곡 한 편을 수록하였는데, 1999년부터 2003년까지 5년 동안 쓴 작품들이다. 일곱 번째 희곡집을 내놓으면서, 온몸이 부르르 떨리는 두려움을 느꼈다. 온갖 노력을 다해도 채울 수 없는 그 어떤 공백에 대한 두려움인지, 아니면 할 말을 이미 다했으므로 더 이상 말할 것이 없는 두려움인지, 여태껏 느끼지 못했던 무시무시한 공포를 느낀 것이다.

　언젠가부터 나는 '이런 경우 세헤라자데는 어떠할까?'라고 자문해보는 버릇이 생겼다. 그건 불교도들이 부처를 닮고 싶어 하고, 기독교도들이 예수를 닮고 싶어 하듯이, 이야기꾼인 나는 가장 탁월한 이야기꾼 세헤라자데를 닮고 싶기 때문이다. 「천일야화」의 세헤라자데는 이야기로써 자기 자신의 목숨을 구하고, 왕에게 죽임을 당할 수많은 여자들의 목숨도 구하였다. 그러나 세헤라자데가 온갖 노력을 다해 이야기를 했는데도 왕이 만족할 수 없었거나, 할 이야기를 이미 다 했으므로 더 이상 할 이야기가 없었다면 어떠할까? 왕은 즉각 세헤라자데의 목을 잘랐을 것이다. 일곱 번째 희곡집, 과연 이 책에 수록된 희곡들이 나 자신의 목숨을 구하고 다른 사람들의 목숨을 구할 만한 것인지, 내 모가지에 예리한 칼이 닿는 섬뜩함을 느꼈다.

　「물고기 남자」는 1999년 2월 5일부터 5월 2일까지 성좌 소극장(현재 아룽구지 소극장)에서 이상우 씨 연출로 공연하였다. 극단은 〈연극 세상〉이었고, 등장인물 중에서 김진만 역은 이대연 씨, 이영복 역은 박지일 씨, 브로커에는 고인배 씨와 김갑수 씨 더블 캐스팅, 남자 역에는 조재현 씨와 노승진 씨 더블 캐스팅, 여자 역은 최혜원 씨가 맡았다.

「물고기 남자」가 공연된 때는 우리나라의 국가 재정이 파산 상태인 소위 'IMF 시대'였다. 경제 공황기인 그 상황 속에서, '나' 자신이 생존하기 위해서 '너'는 죽어도 괜찮다는 잔혹한 이기주의가 극성을 부렸다. 대학로 문예회관 근처에 모차르트라는 커피숍이 있는데, 그곳에서 극단 〈연극 세상〉의 대표인 김갑수 씨를 만난 나는 이런 이야기를 했었다.

> "나는 세상의 변화에 따라서 내 행동이 달라진다는 것을 알고 있다. 세상이 평화롭고, 넉넉하고, 희망적일 때는, 내 행동은 가족에게 다정하고, 이웃에게 너그러우며, 모르는 타인에게도 친절하다. 그러나 갈등과 분쟁으로 세상이 시끄럽거나 경제적인 어려움이 생길 때는, 내 행동은 달라진다. 우선 살기 어려워진 첫 단계, 나는 모르는 사람에게 냉담하다. 더욱 어려워진 두 번째 단계, 나는 아는 사람에게도 더 이상 친절하지 않다. 가장 어려운 단계, 나는 내 가족에게도 다정하지 않다. 그런데 요즘 나만 그렇게 행동하는 건 아닌 것 같다. 다른 사람이 나를 거칠게 대하는 경우가 허다하다. 나라는 존재가 그저 모르는 타인이라는 이유로 철저히 배척당하는, 이런 잔혹하고 비인간적인 세상 속에, 우린 지금 살고 있다."

김갑수 씨는 내 이야기를 듣더니, 대뜸 그것을 희곡으로 써 달라고 했다. 자기가 대표로 있는 극단 이름이 〈연극 세상〉인데, 연극과 세상을 나누어서 생각해본 적이 없고, 세상이 인간을 포기한 순간에도 연극은 인간을 포기해서는 안 된다는 것이 배우로서의 신념이라고 하였다. 그렇게 둘이 의기투합해서 만든 작품이 「물고기 남자」인데, IMF 시대에 누가 연극을 보러 올 것인가 걱정이 없지는 않았다.

하지만 「물고기 남자」는 공연한 석 달 동안 극장의 좌석이 많은 관객들로 가득 찼다. 연극이 세상을 반영하는 거울이라는 것을 다시 한 번 확인할 수 있었고, 극단은 다행히도 적자를 면하게 되었다.

연출가 이상우 씨는 뛰어난 재주꾼으로서 무엇이든지 그 손에만 잡히면 아주 재미있는 작품이 된다고 알려져 있다. 김갑수 씨가 「물고기 남자」 연출을 이상우 씨에게 의뢰했던 것도, 그렇게 재미있게 만들어 주기를 바랐던 것 같다. 그런데 이상우 씨는 의외로 재주 부리기를 하지 않았다. 오히려 무엇인가 재미있게 만들려는 의도가 이 작품 「물고기 남자」를 망칠 수 있다는 것이었다. 결과적으로 본다면 이상우 씨가 옳았다. 이상우 씨는 연극계가 알고 있는, 무조건 재미있게만 만드는 연출가는 아니었다. 나는 연출가로서의 이상우 씨에 대해서 매우 진지한 모습을 보았다.

「마르고 닳도록」은 국립극단 창립 50주년 기념공연으로 2000년 6월 24일부터 7월 2일까지 국립극장 해오름극장에서 공연하였다. 출연에는 연극계의 원로이신 백성희 선생님을 비롯해서 정상철 단장, 오영수 씨, 이문수 씨, 서희승 씨, 우상전 씨, 김재건 씨, 이영호 씨, 김종구 씨, 방상규 씨, 최원석 씨, 남유선 씨, 김진서 씨, 계미경 씨, 이승욱 씨, 이상직 씨, 이혜경 씨 등 모든 국립극단 단원들과 국립 발레단의 홍유연 씨, 박태희 씨, 이영훈 씨, 김혜정 씨, 김혜원 씨 등이 객원 출연하였다.

「마르고 닳도록」의 공연을 알리는 기사(2000년 6월 15일자 조선일보)를 보면 연극담당 기자 김명환 씨는 이렇게 썼다.

"세상이 달라져도 많이 달라졌다. 국립극단이 종전 같으면 생각하기 힘들었던 파격적 테마와 자유분방한 스타일의 연극을 올린다. '국립극단은 극단 50년 역사상 가장 파격적이고 재미있는 연극'이라고 밝히고 있다.

무엇이 파격적일까 우선 '기발한 착상'으로 지난 30년간의 한국 현대사를 돌아보는 창작극이기 때문이다. 이 연극은 '애국가' 작곡가인 고 안익태 선생이 스페인 마요르카 심포니 오케스트라의 상임 지휘자였고 임종 당시 스페인 국적을 갖고 있었다는 사실에 착안, 스페인 마피아들이 한국에 와서 '애국가 저작권료'를 달라고 생떼 쓰는 상황을 설정했다. 연극 속에서 스페인 마피아들은 1965년부터 1998년까지 무려 33년 동안 다섯 차례에 걸쳐 한국에 원정 와서 박정희, 전두환, 노태우, 김영삼 전 대통령 및 김대중 대통령과 담판을 벌인다. '대한민국 애국가의 저작권은 스페인에게 있으니 한국정부가 돈을 내놓아라'라는 것. 그러나 여의치 않다.

연극은 오랜 세월 거듭되는 스페인 마피아들의 한국 원정이란 뼈대 속에 지난 33년간의 한국 현대사를 녹여냈다. 스페인 마피아들은 최루탄에 울기도 하고, 성수대교 붕괴와 삼풍백화점 붕괴로 죽는 등 한국 현대사와 함께한다. 영화처럼 빠른 장면 전환을 시도하면서 계속 웃기는 스피디한 코미디라는 스타일도 그간의 점잖은 국립극단의 연극과 차별된다. (이하 생략)"

조금은 길다 싶게 인용한 이 글에, 「마르고 닳도록」의 공연 의도와 줄거리가 일목요연하게 정리되어 있다. 이왕 공연 보도 기사를 인용하였으니, 공연을 본 다음 김명환 씨의 리뷰 기사(2000년 6월 29일자 조선일보)마저 인용하겠다.

"(전략) 하지만 이 연극의 '비틀어보기'가 직설보다 얼마나 더 명료하게 현실을 꿰뚫어보게 만들고 있는가는 의문이다. '애국가 저작권 시비' 하나에 기댈 게 아니라 좀 더 의표를 찌르는 유머와 풍자가 있어야 했다. 그저 한번 웃어보자고 만든 연극이 아니라면."

「마르고 닳도록」은 이상우 씨가 연출을 맡았다. 「물고기 남자」에서 마치 정석대로 진지하게 연출했던 이상우 씨는, 얼마나 뛰어난 재주꾼인지를 유감없이 보여주었다. 이상우 씨가 보여준 연출적 아이디어를 이루 헤아릴 수가 없다. 이 작품에서 가장 어려운 문제가 33년에 걸친 시간의 변화였다. 연극의 중심축이 되는 인물 안또니오는 시작할 때는 20대 젊은이인데, 끝날 때는 50대의 중년 남자여야 한다. 이상우 씨는 이 문제를 해결하기 위해 안또니오를 둘로 나눴다. 즉, 젊은 배우 김진서 씨에게는 젊은 시절의 안또니오를 맡기고, 중년배우 최상설 씨에게는 나이든 안또니오를 맡긴 것이다. 마피아 변호사 살리나스가 깊은 밤 해변에 홀로 앉아 있는 안또니오에게 다가가서 가스램프의 불빛으로 얼굴을 비춰보는 장면이 있는데, 바로 그 곳은 젊은 시절 안또니오가 장선아와 함께 앉아 있었던 자리였다. 그런데 램프 불빛에 비춰진 얼굴은 오랜 세월이 흐른 뒤의 나이든 안또니오였으며, 이렇듯 절묘하게 바뀌진 안또니오는 극 후반부를 이끌어 나갔다. 그리고, 젊은 안또니오 역을 했던 김진서 씨는 완전히 퇴장하느냐, 그게 아니었다. 안또니오와 장선아 씨 사이에서 태어난 아들 김수인의 역을 맡아 계속 등장하는 것이었다. 이런 기발한 아이디어에 관객들은 감탄하였다. 장선아 씨도 둘로 나눠 젊은 장선아는 계미경 씨에게 맡겼으며 나이든 장선아는 권복순 씨에게 맡겼다.

이렇게 연극의 중심축이 되는 인물 안또니오와 장선아의 시간 변화를 표현함으로써, 그들과 관련된 또 다른 축인 인물들도 모두 변화한다는 반사적인 효과를 얻을 수 있었다.

배역에 관한 이상우 씨의 놀라운 아이디어 중에는, 다섯 명의 대통령 역을 배우 한 명에게 맡긴 것도 놀라웠다. 이영호 씨가 박정희, 전두환, 노태우, 김영삼, 김대중 다섯 대통령의 음성과 제스처를 고스란히 연기하여 관객들이 열광적인 박수를 쳤다. 「마르고 닳도록」이 재공연 될 때, 바로 이러한 초연의 아이디어들이 재활용 되었으면 좋겠다.

「마르고 닳도록」은 백상예술대상 작품상과 희곡상을 받았고, 2000년 한국평론가협회가 주관한 〈올해의 베스트 연극 3〉에 선정되었으며, 이상우 씨는 한국연극협회의 연출상을 수상하였다.

「마르고 닳도록」에 얽힌 숨은 이야기를 하나만 더 밝히겠다. 국립극단은

2000년이 50주년의 해이므로 특별한 기념작품을 공연하고자 했다. 그래서 준비위원회를 결성하고 오랜 논의 끝에, 두 가지의 기념공연을 갖기로 하였다. 그 하나는 지난 50년 동안 공연했던 작품들 중에서 가장 탁월한 작품 하나를 선정해서 공연한다는 것, 작품 한 편을 선정해서 공연한다는 것, 다른 또 하나는 극작가들에게 시놉시스를 위촉하여 그 중 한 편을 선정해서 신작 공연을 한다는 것이었다.

첫 번째 작품으로는 「태」가 선정되어서 그 작품을 쓰고 연출했던 오태석 선생에게 맡겼고, 극작가들에게 시놉시스를 제출받아 선정한 것은 내가 쓴 「황색 여관」이었다.

국립극단 50주년 기념 신작을 위촉받은 나는 「황색 여관」을 3분지 1쯤 썼을까, 갑자기 중단하지 않으면 안 될 고민에 빠졌다. 「황색 여관」의 줄거리는, 그 여관에 투숙한 모든 사람들이 밤새껏 싸우다가 죽는다는 끔찍한 내용이었다. 과연 이것이 국립극단 50주년 기념 공연에 맞을지 의문이 든 것이다. 「황색 여관」이 준비위원회에서 선정된 이후엔, 늙은 세대와 젊은 세대의 첨예화된 갈등이 한국 사회의 가장 큰 문제임을 부각시켰기 때문이다. 그러한 나의 인식은 지금도 변함없다. 2000년 그 당시 세대차이, 세대 간의 갈등이 얼마나 심각한 문제가 될지 나는 예감하고 있었다. 만약 50주년이라는 축제만 아니었더라면 나는 「황색 여관」을 완성했을 것이고, 그 작품은 오늘날 한국 사회를 무대 위에 표현했다는 평가를 받았을 것이다.

그러나 2000년 2월 말, 작품 완료일에 국립극단에게 갖다 준 작품은 「황색 여관」이 아닌 「마르고 닳도록」이었다. 시놉시스하고는 전혀 다른 작품을 받은 국립극단으로서는 깜짝 놀랄 일이었다. 자칫하면 50주년 신작공연은 무산될 위기였다. 일단 신작을 검토해보자는 의견이 몇몇 단원들 사이에서 나왔고, 연출가에게도 작품을 보이도록 하자는 의견도 극소수나마 생겼다. 이때 천만다행으로 「마르고 닳도록」이 이상우 씨에게 넘겨진 것이다. 이상우 씨는 적극 공연하자고 나섰고, 그러자 국립극단은 나에게 「마르고 닳도록」을 공연하겠다는 통보를 했다.

「오, 맙소사!」는 2000년 9월 1일부터 9월 13일까지 문예회관 소극장에서 공연한 작품이다. 서울연극제 공식 참가작으로서, 〈극단 세실〉의 채윤일 씨가 연출을 하였다. 등장인물로서 아버지 역 정제진 씨, 어머니 역 이정미 씨, 상희 역 강지은 씨, 상면 역 박지일 씨, 상준 역 함명구 씨, 나미 역 이소영 양, 변호사 역 김동수 씨, 이발소 주인 역 유영환 씨, 여자 면도사 역 정소희 씨, 투자가들 역에는 임홍식 씨, 노영화 씨, 권대혁 씨, 옥재은 씨가 맡았고, 유족들 역에는 이영석 씨, 홍원배 씨, 이윤화 씨, 정효인 씨, 백승인 씨, 이경섭 씨, 오옥경 씨, 유인권 씨 등이 맡았으며, 낭독자 역에는 이찬영 씨가 맡았다.

「오, 맙소사!」는 「마르고 닳도록」 이전에 쓴 작품이었는데, 공연은 나중에 하게 되었다. 원제목은 「종말의 배」였다. 새로운 천년의 시대가 열린다면, 전 세계가 이제 곧 기적이라도 일어날 듯한 축제 분위기 속에서 1999년을 보내고 2000년을 맞이하였는데, 도대체 아무 것도 변한 것이 없었다. 「종말의 배」는, 종말을 간절히 기다리던 한 가족이 소위 그 종말 아래 하늘로 올라가리라고 믿은 배를 탔는데, 배가 올라가지 않는다는 내용이었다. 결국 그 가족은 새로운 천년의 시대가 왔는데도 낡은 천년의 시대처럼, 절망을 견디고 살 수밖에 없는 처지였다. 그런데 연출을 맡은 채윤일 씨와 나는 「종말의 배」를 검토하면서, 무엇인가 그 내용에 의구심이 들었다. 「종말의 배」를 읽으면 배가 올라가지 않는 아이러니가 느껴진다. 그런데 공연하면 그러한 아이러니 효과를 관객들이 느낄지는 의문이었다. 즉, 읽을 때의 머릿속으로 상상되는 배와, 공연할 때 눈으로 보는 배는 전혀 다르다. 그러니까 무대 위에 놓인 묵직한 배는, 저절로 허공에 떠서 올라가지 않으리라는 것을 관객들이 다 알고 있다. 처음부터 올라가지 않을 배를 올라간다고 했다가 결국 올라가지 않는 것이 되는데, 그게 뭐 신기할 것도 없고 드라마틱한 것도 아니다. 그래서 공연을 3주 앞두고 「종말의 배」는 제목과 내용을 완전히 바꾸기로 했다.

「오, 맙소사!」에서는 관객들의 예상을 뒤엎고 가족을 실은 배가 하늘 위로 올라갔다. 문예회관 소극장이 지하에 있고, 또 극장의 천정이 높지 않기 때문에, 배는 엄청난 스모그가 뿜어지는 가운데 관객석 출입구 쪽으로 빠져나갔다. 그리하여 무대 위에 남은 것은, 그 배에 타지 못한 나머지 인물들의 허탈과 후회와 절망이었다. 나는 천년에 한 번쯤은 정말 이렇게 하늘로 올라가는 배가 있기를 바란다. 그 배를 타지 못하고 이 세상에 남은 사람들은 어떻게 살아야 할까, 심사숙고해보는 계기가 될 것이다. 「오, 맙소사!」의 상준 역을 했던 한명구 씨 연기가 오랫동안 기억에 남아 있다.

「진땀 흘리기」는 〈극단 세실〉의 공연으로 2002년 11월 7일부터 10일까지 국립극장 달오름 극장에서 공연되었고, 다음에 2003년 4월 25일부터 30일까지 문예진흥원 예술극장 대극장에서 재공연 되었다. 연출은 채윤일 씨였으며, 중요한 등장인물들은 초연과 재연이 거의 같았다. 경종 역에는 이찬영 씨, 영인군 역 전국환 씨, 희빈 장씨 역 배정아 씨, 중전 역 김은영 씨(초연) 송영진 씨(재연), 엄상궁 역 한선희 씨(초연) 김미자 씨(재연), 어의 역 장우진 씨, 약방 내시 최씨 역 차순배 씨, 약방 내시 곽씨 역 하성민 씨, 노론 신하들 역은 김창집 역 조용태 씨를 비롯한 김진순 씨, 정종훈 씨, 지용철 씨, 정현기 씨, 이경섭 씨, 고희기 씨, 전세근 씨, 이희근 씨(재연) 강순원 씨(재연) 김경수 씨(재연) 전영옥 씨(재연) 이승영 씨(재연) 송동석 씨가 맡았다. 노론 신하들로서는 조태구 역에 정재진 씨를 비롯해서 김지훈 씨, 박동혁 씨, 정승우 씨, 장정섭 씨, 백승우 씨, 윤성열 씨, 김인수 씨(재연), 김민승 씨(재연), 이혜원 씨(재연) 등 많은 분들이 출연하였다.

「진땀 흘리기」는 숙종과 장희빈 사이에서 태어나서 왕이 된 경종에 관한 연극이다. 우리가 잘 알고 있듯이, 숙종은 장희빈을 사약 먹여 죽였다. 역사의 기록(경종실록)에 의하면, 아비가 어미를 죽인 그 사건 때문에 충격을 받은 경종은 몸과 마음이 허약했다. 그리고 그는 결단력이 부족해서, 모든 일을 즉각 처리하지 못하고 뒤로 미뤄두기만 하는 우유부단한 존재였다. 하지만 극작가인 내 눈에는, 그러한 경종이 다르게 보였다. 내 눈에는, 경종의 우유부단함은 만사를 결정하지 않으려는 적극적 행동으로 보였던 것이다. 이것이 옳으냐, 저것이 옳으냐, 둘 중에 하나를 결정하라고 재촉하는 신하들에게 둘러싸여 경종은 진땀을 흘리고 있었다. 이것이 옳다고 결정하는 순간 저것은 그른 것이 되고, 저것이 옳다면 이것은 그른 것이 되는 경종의 시대는 참으로 살벌했다. 옳은 것은 살 수 있으나 그른 것은 죽어야 하는 시대였던 것이다.

나는 경종의 진땀 흘리는 모습에서, 오늘날 자신의 신념이 무엇인지 선명하게 나타내도록 강요받는 사람들의 곤혹스런 얼굴을 보았다. 인간이 신념을 표현하는 방법에는 여러 가지가 있는데, 죽기살기 식의 분명한 행동이 있는가 하면, 침묵도 있고, 우유부단함도 있다. 그런데 요즘 내가 살고 있는 시대는, 오직 선명함을 강요해서 진땀을 흘리게 한다. 인간을 진땀나게 하는 시대는 불행한 시대이다.

하지만 「진땀 흘리기」의 작가 의도가 작품 속에 제대로 반영되지 않은 탓인지, 아니면 그러한 의도에 관객들이 호응할 수 없는 까닭인지, 객석은 텅텅 비어 있었다. 초연 때는 극장 대관의 어려움이 극심해서 겨우 나흘 밖에 공연을 못 하였기에 관객이 없었다고 자위할 수 있었지만, 재연 때의 관객 없음은 그런 자위마저 하기 어려웠다. 어쨌든 「진땀 흘리기」에 참여해서 진땀을 흘리고 있는 배우들과 연출가를 보기가 민망했었는데, 불행 중 다행이랄까, 2002년 한국연극협회가 선정한 '베스트 7'에 선정되어 극단이 얼마간의 상금을 받게 되었다.

「사과가 사람을 먹는다」는 2003년 『동서문학』 여름호에 발표했던 단막극이다. 그런데 이번 희곡집을 내면서, 등장인물 명칭과 대사를 일부 수정하였다. 이 작품을 보면, 1998년 『현대문학』 9월에 발표한 단막극 「수전노, 변함

없는」과 맥락이 같음을 알 것이다. 여섯 번째 희곡집에서 이미 언급하였듯이, 수전노 시리즈의 단막극 몇 편을 더 써서 함께 공연할 생각이다.

내가 왜 수전노 소재에 집착하는지, 솔직히 나 자신도 잘 모르겠다. 1984년 공연했던 「봄날」을 쓰면서 남겨둔 작품메모 때문이라고 말한 바 있다. 그 작품에 보면 인색한 인물인 아버지에게 여러 가지 생각들이 적혀 있는데, 집착의 이유가 오직 그 메모 때문만은 아닌 것 같다. 아마 나 자신 속에 그런 인색한 인물이 살아있지 않다면 어찌 작품으로 계속해서 나오겠는가. 다만 분명한 것은 「봄날」의 아버지와 수전노 시리즈의 아버지는 인색한 성격 이외에는 전혀 다른 인물이다.

「배우 우배」는 2003년 10월 2일부터 11월 9일까지 강강술래 극장에서 공연하였다. 극단은 김갑수 씨가 대표로 있는 〈배우 세상〉, 연출은 최용훈 씨가 맡았다. 김갑수 씨는 〈연극 세상〉이라는 극단 이름을 〈배우 세상〉으로 고쳤다. 배우가 연극의 중심이 되어야 한다는 생각에 극단 이름을 바꿨다고 했다. 나는 그 생각에 동의하면서도, 〈배우 세상〉보다는 그 전의 〈연극 세상〉이 뭔가 포괄적이랄까, 포용력이 있어서 더 좋게 느껴진다. 어쨌든 김갑수 씨와 나는 「물고기 남자」 공연을 통해서 서로 깊은 신뢰를 갖게 되었고, 다시 한 번 빠른 시일 내에 또 다른 작품을 공연하자고 다짐했었다. 그 후 김갑수 씨는 새 작품이 언제 나오냐며 여러 차례 독촉하였는데, 극단 이름을 〈배우 세상〉으로 고쳤으니 아예 배우에 대한 작품을 써달라고 했다.

나는 오래전부터 배우에 관한 희곡을 쓰고 싶었다. 극작가는 배우에게 진 빚이 많다. 배우가 아니면 극작가의 작품은 종이에 적힌 글자에 지나지 않는다. 그 글자에 배우가 몸을 입히고, 혼을 불어넣고, 목소리를 냄으로써 비로소 움직이는 생명체가 되는 것이다. 나는 배우가 등장인물을 형상화하는 것에 감탄하였고, 공연이 끝난 다음 흔적도 없이 그 인물들이 사라질 때 겪는 심리상태가 궁금했다.

몇 해 전 작고하신 배우 이진수 씨는, 텔레비전 드라마에서 박정희 대통령 역을 맡아 목소리, 얼굴 표정, 걸음걸이 등 너무나 흡사하게 재현함으로써 많은 사람들을 놀라게 했다. 이진수 씨에게서 직접 들었는데, 그 드라마가 끝난 뒤에도 자기 자신이 실제 박정희 대통령으로 느껴져서 당혹스럽다는 것이었다. 배우로서 오랜 경험을 가진 분이 그런 고백을 할 때, 나는 적지 않은 충격을 받았다. 배우란 자기 자신과 등장인물의 격렬한 싸움을 겪는 이중적 존재였던 것이다.

그러나 내가 「배우 우배」에서 말하고 싶었던 핵심은, 연극평론가 이영미 씨가 이미 오래전에 내 작품들에 대해서 지적하였듯이, '보이지 않는 것에 대한 탐구'이다. 즉, 보이지 않는 것의 존재를 드러내고자 했던 것이다. 햄릿이라든가 까르튀프, 살아있는 이중생 각하를 예로 들면서, 공연이 끝남과 동시에 사라지는 그러한 존재들이 알고 보면 영원한 원형으로 현존한다. 배우가 그 사실을 깨닫는 순간, 등장인물의 소멸이라는 상실감을 극복하게 된다.

「배우 우배」의 박우배 역에는 이석진 씨, 최정미 역 신경아 씨, 제갈조 역 전진기 씨, 송진하 역에는 고인배 씨와 김갑수 씨 더블 캐스팅, 연출가 역 김효기 씨, 여장 남자가수 역 전기두 씨, 간호사 미스 김 역 정효인 씨, 그밖에 여러 역을 노승진 씨, 이한위 씨, 정성욱 씨, 정종훈 씨, 권택기 씨, 홍성인 씨, 최기하 씨, 정성욱 씨, 길윤이 씨, 최송아 씨가 맡아 열연하였다. 「물고기 남자」에서 브로커 역을 맡은 고인배 씨 연기에 깊은 인상을 받았는데, 「배우 우배」에서도 송진하 역을 분명하게 보여주었다. 나는 고인배 씨를 존경한다. 영화 칼럼을 신문과 잡지에 연재할 만큼 그의 지식은 폭이 넓고 깊다. 더구나 연극에 대한 그의 태도는 너무나 진솔하여서, 조용조용 차분하게 말하는 모습이 요란한 소리를 내는 배우들과는 같지 않다.

「배우 우배」 공연에서도 숨은 이야기 하나를 밝힌다. 강강술래 극장에서 연극 공연을 여러 번 보았던 나는, 그 기다란 무대가 너무 좋아서 「배우 우배」를 반드시 그 극장에서 해야 한다고 주장했다. 그래서 김갑수 씨는 내 주장을 받아들여 강강술래 극장을 대관했는데, 공연한 때 가서 보니 놀랍게도 기다란 무대는 반절로 줄어들어 있었다. 강강술래 극장의 운영에 적자가 쌓이자 견디지 못한 경영주가 극장을 반절로 축소시켜 버렸다는데, 그 사실을 몰랐던 것이다. 대관 계약 이전에 그렇게 축소한 것인지, 계약 이후에 축소한 것인지 따져봐야 소용없는 일이었다. 무대도 반절 객석도 반절로 줄어든 공간이 어찌나 옹색했는지, 나는 이곳이 강강술래 극장이 맞느냐고 여러 차례 되물었다. 긴 무대를 염두에 두고 연습했던 배우들은 기가 막힌다는 표정이었다. 오늘날 한국 연극에 있어서 가장 어려운 문제는 극장 대관이다. 한마디로 극장을 잡는다는 것이 하늘의 별따기이다. 극단이 자체 극장을 갖지 않는 한, 이 어려움은 더욱 가중될 것이다. 그런데 자체 극장을 가질 만한 경제력을 가진 극단이 도대체 몇이나 되는가. 목에 칼이 들어와 있는 극작가가 극장 탓을 하는 것 같아 민망하다. 세헤라자데라면 분명히, 다음 이야기를 생각하고 있을 것이다.

물고기 남자

남해 연안의 양식장. 무대 중앙에 가건물처럼 허술하게 지은 창고. 알에서 갓 부화된 치어를 담아두는 수조(水槽), 기다란 손잡이가 달린 뜰채, 좁은 통로에서도 운반 가능한 외바퀴 수레, 사료용 먹이가 담긴 부대들, 양철통들, 낡은 군용침대, 허공에 매달린 해먹, 페인트칠이 벗겨진 탁자와 의자들, 그 밖의 잡동사니들이 가건물 안을 차지하고 있다.

가건물 앞, 무대 전면이 좁은 뜰이며 객석은 바다가 된다. 바다는 적조(赤潮)현상으로 피처럼 붉다. 특히 저녁 무렵 황혼에는 그 붉은 색깔은 바다뿐만 아니라 하늘까지 온통 가득 채운다. 가건물 뒤, 무대 후면을 좌우로 횡단하는 길이 있다. 왼쪽이 읍내로 가는 방향이며 오른쪽이 바닷가의 다른 양식장들 쪽으로 가는 방향이다.

이영복과 김진만은 40대 동년배이다. 그들은 물고기 양식에 대한 아무런 경험도 없이, 손쉽게 많은 돈을 벌 수 있다는 브로커의 꾐에 빠져 양식장을 공동명의로 구입하였다. 무더운 여름에 발생한 적조현상은 그들이 기대를 걸었던 양식어들을 집단폐사시켰다.

브로커의 나이는 분명하지 않다. 얼핏 보면 그는 이영복과 김진만보다 늙어 보이기도 하며, 혹은 반대로 젊어 보이기도 한다.

브로커는 이영복과 김진만에게 깍듯이 경어를 사용한다.

남자는 30대 중반이다. 그는 말끔한 용모와 교양 있는 태도로써 호감을 준다. 여자는 30대 초반이며, 남자의 아내이다. 여자 역시 품위 있는 말과 행동을 한다.

양식장의 일꾼들은 이영복과 김진만에게 고용된 사람들이 아니다. 그들은 주변의 다른 양식장에서 일급을 받고 노동력을 제공하는 사람들이다.

이 연극을 다섯 명의 인물들(이영복, 김진만, 남자, 여자, 브로커)만으로 진행할 경우, 일꾼들은 등장하지 않는다.

제1장

저녁 무렵. 가건물 뒷길, 양식장들이 있는 곳으로부터 일꾼들이 외바퀴 수레들을 밀며 다가온다. 수레마다 양식장에서 건져낸 죽은 물고기들이 가득 담겨 있다. 일꾼들은 가건물 뒤를 지나 죽은 물고기들을 묻는 구덩이를 향해 간다. 그 구덩이는 가건물에서 보이지 않는다. 그러나 잠시 후 일꾼들이 빈 수레를 밀며 되돌아오는 것으로 보아서 구덩이는 그리 멀지 않는 곳임을 짐작할 수 있다. 수레의 행렬은 어두워질 때까지 계속 반복 된다. 가건물 안, 이영복이 군용 침대 위에 우두커니 앉아 있다. 그는 전혀 움직이지 않는다. 침대 밑에는 주파수 조정이 안 되는 고장 난 라디오가 켜져 있다. 일기예보와 권투시합 중계방송이 뒤섞여서 들려온다. 김진만, 구덩이에 죽은 물고기들을 버리고 돌아온다.

김진만 바싹바싹 목이 타! 새까맣게 가슴속도 타고! (식탁으로 가서 주전자를 들어 올리더니 입을 벌리고 물을 쏟아 붓는다.) 며칠째 죽은 물고기만 건져냈더니 염병할, 나도 이젠 죽고 말겠어!

이영복	(침묵)
김진만	건져도 건져도 끝이 없다니까!
이영복	(침묵)
김진만	다 죽은 거야! 한 놈도 남김없이, 수십만 마리가 한꺼번에 다 뒈져 버렸어!
이영복	(침묵)
김진만	자넨 어때? 몸살인지 염병인지, 좀 나은 거야?
이영복	라디오를 들었어……
김진만	라디오 들으면 뭐해? 적조경보만 방송할 뿐, 무슨 대책을 알려주는 게 없잖아? 속수무책이야, 속수무책! 날씨는 염병 앓듯 무덥고, 바닷물은 끓어오르고, 시뻘건 플랑크톤이 바다 속에 가득 퍼져 독을 뿜어대니…… 도대체 우린 어떻게 해야지?
이영복	(침묵)
김진만	그 고장 난 라디오 좀 꺼!

이영복, 라디오의 소리를 멈춘다.

김진만	여봐, 자네만 충격을 받은 게 아냐. 이번 일로 나 역시 충격이 커. 자네 돈, 내 돈, 몽땅 털어서 이 염병할 양식장에 쏟아 넣었지! 그랬는데 염병할, 우린 이제 완전히 망했어!
이영복	(침묵)
김진만	얼빠진 듯 가만있지 말고, 무슨 좋은 방법을 말해봐!
이영복	생각해 봐야겠어……
김진만	도대체 언제까지 생각만 할 거야? 우리가 공동명의로 이 양식장을 구입했을 때, 그 염병할 브로커 자식이 뭐라고 했지? 몰라도 된다고 했어, 몰라도 된다고! 우리가 물고기를 먹어만 봤지 키워본 적이 없다고 했더니, 그 사기꾼 브로커 자식이 몰라도 되니깐 안심하라는 거야. 손톱만한 물고기 새끼들을 사다가 양식장에 집어넣고 몇 개월쯤 기다리기만 하면, 저절로 말뚝 만하게 자라난다면서, 투자한 돈

의 몇 백 배를 번다나 어쩐다나…… 우리가 속은 거야! 몰라도 된다는 그 사기꾼 브로커 자식한테 우리가 속은 거라구!

이영복 (침묵)

김진만 우린 이제 어떻게 하면 좋겠어?

이영복 (침묵)

김진만 대답 좀 해!

이영복 (침묵)

김진만 그 염병 앓다가 꼬꾸라질 자식이 상습적으로 남을 속여먹는 브로커라는 거야. 다른 양식장 일꾼들이 말해주더군. 적조 때가 되면 나타나 아주 헐값으로 양식장을 샀다가, 적조가 사라진 다음 아주 비싸게 팔아먹는댔어. 가만히 앉아서 떼돈 벌 수 있다는 그놈 꾐에, 순진한 우리가 걸려든 거지!

김진만, 허공에 걸린 해먹으로 가서 작업복과 장화를 벗는다.

김진만 그 염병할 놈, 사기꾼 브로커 자식, 여기 다시 나타나기만 해봐라!

김진만, 해먹 위로 올라가 눕는다.

김진만 난 가만두지 않을 거야! 그 자식이 나타나면, 멱살 잡고 따귀부터 때리겠어! 양식장을 되돌려 줄 테니까 우리 돈 내놓아라 호통을 치겠다구!

이영복 하지만…… 그게 무슨 소용 있을까……

김진만 뭐라구?

이영복 (침묵)

김진만 방금 뭐라고 했잖아!

이영복 난 생각해 봤어…… 생각해 봤더니…… 지금까지 우리가 했던 모든 일들은…… 뭔가 알고 했던 건 하나도 없어.

김진만 도대체 무슨 소릴 하는 거야?

이영복　생각해봐, 자네도. 우리가 처음 했던 일은…… 신설 도서관에 책을 납품하던 일이었지. 그런데 우린 무슨 책인지 몰라도 됐어. 그저 오천 권 가져오라 그러면 아무 책이나 오천 권 가져다주고, 만권 주문하면 만 권 갖다주고……

김진만　사립이든 공립이든 새로 지은 도서관은 의무적으로 채울 분량이 있잖아! 도서관 사서들이 일일이 책의 내용을 읽고 주문할 수도 없는 일이고, 그렇다구 우리가 내용을 선별해서 납품할 수도 없는 일이지!

이영복　예를 들자면 그렇다는 거야, 우리가 해온 일들은. 몰라도 되는 거였지. 도서관 납품으로 번 돈을 주식에 투자한 것도, 우리가 주식에 대해서 알고 했던 일은 아니었어.

김진만　어쨌든 우린 몰라도 돈을 벌었잖아!

이영복　주식으로 번 돈을 다음엔 택지 사업에 투자했고…… 몇 번인가 그런 과정을 거쳐서 결국 우리는 바다 양식장을 사들였지. 몰라도 된다…… 몰라도 물고기는 자란다는 말은…… 그 브로커 입에서 나오기는 했지만…… 사실은…… 우리 자신의 목소리였어……

김진만, 벌떡 일어나 앉는다. 허공의 해먹이 좌우로 요동친다.

김진만　그러니까 뭐야? 우리가 이렇게 쫄딱 망한 건 우리 잘못이다, 그거야?

이영복　이번만은…… 꼭 알아야겠어.

김진만　뭘 알아? 아니, 알아서 뭘 해? 망해버린 이제 와서 물고기 양식법을 알겠다는 거야 뭐야?

이영복　생각해보면 망한 이유는 알 수 있겠지.

김진만　염병할, 생각해 볼 것도 없어! 우리가 망한 건 그 사기꾼 브로커의 농간 때문이지, 우리 자신의 잘못은 아냐!

유람선의 경적이 들려온다. 유람선은 양식장 가까이 다가와서 선회한다.

엔진 소리, 물결 갈라지는 소리, 유람선의 스피커에서 울려나오는 유행가 소리 등이 뒤섞여 들린다. 가건물 뒷길, 일꾼들이 수레를 멈추고 유람선을 바라본다. 김진만은 잔뜩 화가 나서 해먹에서 뛰어내려온다.

김진만　저런 개자식들이 있나! 남들은 망해서 죽을 지경인데, 저 개자식들은 유람선을 타고 와서 시뻘건 바다가 재미있다 구경을 해? (두 손을 둥글게 오므려 외친다.) 야, 이 개자식들아! 암초에 부딪쳐 침몰해버려라!

이영복　그냥 뭐. 우리도 저 배를 탔었잖아.

김진만　야, 몽땅 빠져 죽어버려!

이영복　파라다이스 관광호, 저 배 이름이 기억날거야.

김진만　하지만 우리가 저 배를 탔던 때는 지난해 가을이었어! 적조는 구경도 못했고, 맑고 푸른 바다만 보았었다구!

김진만, 가건물 앞으로 뛰어 나가 유람선을 향해 외친다.

김진만　이 개자식들아, 빠져 죽어라! 너희들 몽땅 적조 속에 빠져서 죽어버려!

유람선의 온갖 소리와 김진만의 외침이 뒤섞인다. 잠시 후, 유람선은 경적을 울리며 멀어진다. 김진만은 가건물 안으로 되돌아온다.

김진만　고함을 질렀더니 목이 더 타는군!

이영복　(침묵)

김진만　(식탁의 주전자를 들어올렸다가 내려놓으며) 물도 없어!

브로커, 가건물 뒤쪽에서 자전거를 타고 나타난다. 그는 무더운 날씨임에도 정장 차림이다. 가건물 앞에서 안을 들여다보며 브로커는 소리내 웃는다.

브로커	속이 다 후련하시겠습니다, 실컷 욕설을 하셨으니. 하하, 하하하, 배에서 들었는지는 모르겠지만……
김진만	누구야?
브로커	납니다, 나.

브로커, 자전거에 실었던 손가방을 들고 가건물 안으로 들어온다.

브로커	나를 잊은 건 아니겠지요?
김진만	뭐, 잊었냐구? (브로커에게 달려들어 멱살을 붙잡는다.) 이 사기꾼 브로커 자식아!
브로커	갑자기 왜 이러십니까?
김진만	(따귀를 칠 자세를 취하며) 어서 우리 돈 내놔!
브로커	아아, 점잖게 행동합시다. (이영복에게) 여보세요, 이 양반 좀 말려요.
이영복	(김진만에게 다가와서) 놓아드려. 멱살은 놓고 말해도 되잖아.
김진만	놓으면 달아날 걸!
브로커	달아날 사람이 왜 찾아오겠습니까? 상식적으로 생각해보세요, 안 그래요?
김진만	(브로커의 멱살을 놓는다.) 대답해! 우리 돈 어떻게 할 거야?
브로커	아이구, 숨 막혀 죽을 뻔했네. 여긴 멱살을 안 잡혀도 숨쉬기가 어려운 곳이에요. 죽은 물고기들 썩는 냄새, 그 지독한 악취 때문에 숨이 막히거든요. 그래서 내가 좋은 걸 가져왔어요. 진짜 양주입니다. 스코틀랜드산 위스키! 이걸 마시면 악취를 견딜 수 있죠!

브로커, 가방을 열고 술 한 병을 꺼낸다.

브로커	얼음 있겠지요? 양주는 얼음을 넣고 차갑게 마셔야 부드럽게 넘어가거든요.
김진만	얼음은 없어!
브로커	왜 없죠?

김진만   왜 없냐구……? 냉장고가 없으니까 얼음이 없지!

브로커   여름엔 냉장고를 꼭 사두라고 내가 말했는데요?

김진만   언제 그런 말을 했어?

브로커   지난 해 가을에 분명히 말했어요. 양식장 매매 서류에 도장을 찍으면서, 냉장고가 꼭 필요하니 사두라고 했잖아요.

김진만   (이영복에게) 그랬었나……?

이영복   글쎄…… 기억나지 않는군.

브로커   할 수 없군요. 얼음 없이 그냥 마십시다. (식탁 위의 지저분한 그릇들을 바라보며 고개를 흔든다.) 술잔은 준비해 두셨겠죠? 깨끗한 유리잔이라든가 크리스탈잔같은……?

김진만   설마 술잔을 사두라는 말은 안 하셨겠지?

브로커   물론 그 말도 했었어요. 내 기억은 정확합니다. 매매 도장을 찍으면서, 내가 두 분께 물었었죠. 혹시 결혼은 하셨느냐 그랬더니, 두 분 다 결혼은 하셨고 아이들도 있다고 하시더군요. (김진만을 바라보며) 선생께선 열다섯 살짜리 사내아이, 열두 살짜리와 아홉 살짜리 여자애가 있다고 하셨지요? (이영복에게) 선생 가족은 부인과 사내 아이 하나라고 하셨구요. 난 양식장 때문에 가족과 멀리 떨어져 사는 게 힘들 거라고, 무척 외롭고 괴롭더라도 기운을 내셔야 한다고 말했습니다.

브로커, 손가방에서 크리스탈 술잔 세 개를 꺼내 식탁 위에 올려놓고 술을 따른다. 그는 자기 몫의 술잔을 높이 쳐든다.

브로커   자, 마십시다!

김진만과 이영복, 브로커의 행동을 우두커니 바라본다.

브로커   왜 마시질 않죠? 놀랠 것 없어요. 선생들께서 잊었을 것 같아 내가 술잔을 준비해 왔습니다. 자, 드세요! 우리 기분 좋게 건배합시다!

　　　　　　김진만과 이영복, 브로커의 권유에 술잔을 든다. 브로커는 술을 마신 다음
　　　　　　가건물 안을 둘러본다.

브로커　　　얼핏 둘러봐도 알겠습니다, 두 분 고생이 얼마나 심했는지를. 퀴
　　　　　　퀴한 이불, 땀과 소금기에 찌든 옷, 음식물 찌꺼기를 씻지 않은 그
　　　　　　릇들…… 일 년만 참자, 일 년만 참고 고생하면 떼돈을 벌어 가족
　　　　　　들과 기쁘게 만날 수 있다…… 그렇게 다짐이야 하셨겠지만 이런
　　　　　　곳에서 일년을 보낸다는 건 지옥에서의 천 년과 같았겠죠.
김진만　　　맞아, 당신 말이 맞다구! 그렇게 모든 걸 잘 아는 당신이 우릴 속
　　　　　　였어!
브로커　　　속이다니요?
김진만　　　아무 것도 모르는 우리한테 그랬잖아! 양식장은 몰라도 된다, 물
　　　　　　고기는 저절로 자란다면서!
브로커　　　난 그런 말 안 했는데요?
김진만　　　안 했다?
브로커　　　네.
김진만　　　우리 둘 다 들었어! 지난 해 가을, 우리 둘이 파라다이스 관광호를
　　　　　　타고 바다 구경을 왔었잖아! 맑고 푸른 바다 구경을 하면서 참 멋
　　　　　　있다, 멋있어, 우리 둘이 연신 감탄하고 있는데, 당신이 슬그머니
　　　　　　우리 곁으로 다가오더군!
브로커　　　그건 그랬었죠. 나도 그 배를 타고 있었으니까요.
김진만　　　그러더니 우리더러 보라고, 손가락으로 바닷가 쪽을 가리켰어!
브로커　　　네, 그랬어요. (손가락으로 가리키는 시늉을 하며) 바로 이렇게 검지손
　　　　　　가락으로.
김진만　　　(이영복에게) 다음은 자네가 말해! 이 사기꾼이 우리에게 뭐라고 했
　　　　　　는지 말하라구!
브로커　　　잠깐만요. 난 그 때를 다 기억합니다. 두 분이 하도 감탄하시기에
　　　　　　내가 바닷가를 가리키며 말했지요. 저기 바닷가에 양식장이 있는
　　　　　　데 사지 않겠냐구요. 마침 나는 그 양식장을 팔아야 했고, 그래서

	살 만한 사람을 찾는 중이었거든요. 내가 그 말을 하자마자 두 분이 곧 사겠다는 반응을 나타내셨어요.
김진만	몰라도 된다고 했잖아, 몰라도 된다고!
브로커	아뇨. 난 몰라도 된다는 말은 하지 않았습니다.
김진만	어어, 이 사기꾼이…… (이영복에게) 여봐, 자네가 말하라니까!
이영복	내 기억에는…… 그날…… 그러니까 얼마면 살 수 있느냐, 우리가 물었고……
브로커	난 일억오천만원이면 팔겠다 대답했죠.
이영복	우린 사고는 싶지만…… 양식장 일은 전혀 모른다고 했어요.
브로커	그렇게 말했다구요? 전혀 들은 기억이 없는데요!
이영복	당신은 우리에게 해마다 여름이면 적조현상이 일어난다는 것을 알려줘야 했어요.
브로커	아, 그건 말 안 했습니다. 왜냐하면요, 어떤 해엔 적조현상이 생기지 않는 경우도 있거든요. 여름 날씨가 무더우면 붉은 플랑크톤이 번식하고, 서늘하면 번식하지 않으니까요. 일년 전에, 그 다음 해의 여름 날씨를 어떻게 알고 말할 수 있겠습니까?
이영복	당신은 다른 것들도 말 안 했어요. 우리에게 당연히 알려줬어야 할 것들이 많았는데, 입을 다물고 말 안 한 거죠.
김진만	염병할, 바로 그거야! 만약 우리가 당신 친척이나 친구였다면 말해줬겠지! 양식장에 투자하면 안 된다, 보기엔 멀쩡하지만 적조현상이 일어나 물고기들이 다 죽어버린다…… 당신은 분명히 모든 걸 말해줬을 거라구!
브로커	(김진만과 이영복의 잔에 술을 따른다.) 잔이 비었군요. 한 잔씩 더 하세요.
김진만	그런데 일부러 모르는 우리를 골라서 양식장을 팔아먹었지. 몇 십 원짜리 물고기 새끼들을 집어넣고 기다리기만 하면, 저절로 팔뚝만큼 커다랗게 자라나 몇만 원짜리 물고기가 된다면서, 우리를 얼렁뚱땅 속여먹은 거야!
브로커	인간이란 그래요. 모든 걸 말해줘도 자기가 기억하고 싶은 것만

기억하죠. 아주 좋은 것, 희망적인 것만 기억하고, 나쁜 건 모두 잊어버리는 겁니다.

김진만 하지만 지금 중요한 건 기억이 아니라 양식장이야! 물고기가 다 죽어버린 양식장을 어떻게 할 거냐, 그것이 지금은 중요한 거라구!

브로커 기억의 차이가 중요합니다. 서로 기억을 대조해서, 어느 쪽에 잘못이 있는지 가려내야 하니까요.

김진만 그까짓 기억은 어찌 됐든 상관없다니까! 당신 양식장은 당신이 다시 가져가! 우리 돈 일억오천은 우리에게 돌려주고! 그럼 되는 거야! 원상태대로 되돌리면 문제가 깨끗이 해결된다구!

브로커 (이영복에게) 선생도 같은 의견이십니까?

김진만 물론 똑같지! 우린 동업자거든!

브로커 (이영복에게) 원상태대로 하자, 정말 그건가요?

이영복 네……

김진만 힘있게 대답해!

이영복 네, 그렇습니다.

브로커 그럼 더 이상 말할 필요 없군요.

브로커, 식탁 위의 술잔들을 뒤집어 비운다. 그리고 손가방에서 마른 수건을 꺼내 술잔을 닦더니 그것들을 하나씩 가방 속에 집어넣는다.

김진만 당신, 지금 뭣 하는 거야?

브로커 돌아가려구요.

김진만 돌아가다니……?

브로커 난 그래도 선생들을 위해서 왔던 겁니다. 점잖게 고급술을 마시면서 이야기를 하면, 서로 만족할만한 타협점을 찾을 수 있으리라 믿었지요. (가방을 들고 나갈 자세를 취하며) 그런데 유감입니다. 전혀 납득 못할 조건을 제시하시는군요.

김진만 염병할! 당신 조건은 뭐야?

브로커 내 조건은 납득할 만합니다.

김진만	말을 해! 그 조건을 들어보자구!
브로커	십분지 일이지요.
김진만	십분지 일……?
브로커	원금의 십분지 일을 주고 양식장은 내가 다시 사겠습니다.
김진만	이런 염병할 개자식이 있나!
브로커	냉정히 생각하길 바랍니다. 잘 생각하셔서 십분지 일이라도 받는 것이 좋겠다고 판단되거든 연락하십시오. 난 읍내 여관에 있겠습니다.

브로커, 유유히 가건물 밖으로 나간다.

제2장

아침, 날이 밝는다. 창고 뒤쪽 길은 인적이 없이 조용하다. 이영복은 군용 침대에 누워 있고 김진만은 해먹에 누워 있다. 사이. 김진만, 몸을 뒤척인다. 해먹이 흔들린다. 김진만은 상반신의 일부를 해먹 밖으로 내놓고 아래에 있는 이영복을 향해 말한다.

김진만	여봐, 자는 거야?
이영복	아니.
김진만	난 꼬박 뜬눈으로 샜어.
이영복	나도 못 잤어.
김진만	염병할……
이영복	(침묵)
김진만	엊저녁 마신 술이 싸구려 아냐? 좋은 술은 깊은 잠을 자게 할 텐데, 도리어 밤새껏 골치만 지끈지끈 쑤시고 아프더라구.

이영복 (침묵)

김진만 그 냉장고 말야, 아무리 애를 써도 기억나지 않아. 우리가 또 한 번 그 사기꾼한테 당한 거야.

이영복 난 지난 밤…… 이상한 걸 기억했어.

김진만 그게 뭔데?

이영복 음, 뭐랄까…… 물고기와 사람을 반씩 합쳐놓은 것 같은……

김진만 잠은 안자고 공상을 했었군.

이영복 (침대에서 일어나 자신의 몸을 예로 들어 가리키며) 하반신은 이렇게, 발 끝에서 허리까지는 물고기야. 비늘도 있고, 지느러미도 달렸어. 그런데 허리부터는 점점 사람 몸으로 변해서, 두 손과 머리도 달렸는데…… 얼굴은 분명히 남자 모습이었어.

김진만 난 인어는 봤지. 어릴 때 동화책이나 만화책에서 많이 봤거든.

이영복 인어하곤 달라. 인어는 하반신이 물고기, 상반신은 여자잖아. 그런데 내가 봤던 그건 남자였다니까.

김진만 좋아, 어디에서 그걸 봤었는데?

이영복 글쎄…… 어딘지는 모르겠어. 혹시 우리가 도서관에 납품하던 책에서 본 것 같기도 하고…… 어떤 건물 벽에 그려진 벽화인가, 아니면 포스터…… 혹시 자네 기억나?

김진만 난 전혀 본 적이 없어.

이영복 어쨌든 그 이상한 그림 때문에 우리가 배를 탔던 것 같아……

김진만 배만 안 탔으면 염병할, 우린 사기꾼 브로커를 만나지도 않았을 거고, 이렇게 양식장에 투자했다가 쫄딱 망하지도 않았겠지!

김진만과 이영복, 침묵. 창고 뒷길, 일꾼들이 외바퀴 수레를 끌면서 바닷가의 양식장으로 가고 있다.

김진만 저 사람들, 해 떴다고 또 시작이군. 하루 종일 죽은 물고기 건지는 게 지겹지도 않은 거야?

이영복 자넨 오늘 쉬어, 내가 하지.

김진만   오늘 일하고 또 며칠 아프려고?

이영복   그래도 건져내야지. 죽은 걸 그냥 뒀다간 썩어서 다른 산 것마저
        죽게 되잖아.

김진만   산 것은 이젠 없어!

김진만, 해먹 아래 벗어 두었던 옷을 입는다.

김진만   희망을 갖지마, 더 이상! 다른 양식장 사람들도 무슨 희망이 있어
        서 저런 짓을 하는 건 아니라구. 물고기란 물고기는 다 죽은 걸 알
        면서도 매일매일 저렇게 할 뿐이야.

이영복   (침묵)

김진만   사실은 어젯밤 잠을 안자면서 생각해봤어. 자네가 반절은 인간,
        반절은 물고기, 그런 엉뚱한 공상이나 하고 있을 때, 난 우리의 심
        각한 현실을 생각했지. 여기 이대로 있다간 우리도 죽어. 물고기
        마냥 못 살고 죽는다구. 우리가 살 수 있는 유일한 방법은 뭐냐,
        이 염병할 양식장을 팔고 떠나는 거야. 여봐, 내 말 듣고 있어?

이영복   음, 듣고 있어.

김진만   그런데 우리가 누구에게 팔 수 있지? 친척? 동창? 고향사람? 혈
        연, 학연, 지연, 그 어느 쪽이든 아는 사람에게 팔았다간 나중에
        반드시 뒤탈이 날걸? 결국은 모르는 사람에게 팔아야만 괜찮을
        텐데…… 우리가 어디에서, 어떻게, 모르는 사람에게 양식장을 팔
        수가 있냐구?

이영복   (침묵)

김진만   결국은 염병할, 우린 그 사기군 브로커에게 팔 수밖엔 없어.

이영복   (침묵)

김진만   하지만 그 자식이 말한 십분지 일은 너무 억울해. 양식장 말고도
        얼마나 많은 돈이 들어갔어? (치어들을 담아두었던 수조를 가리키며)
        저 커다란 수조 가득히 새끼 물고기를 사왔었잖아. 거기에 사료용
        먹이에다가, 또 그 동안의 일꾼들 품삯까지 계산하면 엄청날 거

야. 어쨌든 양식장 원금의 십분지 일을 받는다면 겨우 일천오백. 그걸 공동투자한 우리가 반절씩 나눠가지면 칠백이십오…… 정말 그건 푼돈이지!

이영복　(침묵)

김진만　난 읍내에 갈 거야. 읍내 여관에 가면 그 브로커 자식을 만날 수 있겠지! 만나서 원금의 반절, 최소한 그 정도는 받아야겠어!

이영복　그가 들어줄까……?

김진만　반절이 안 된다면 십분지 사, 그게 우리의 최후 조건이야. 어제 저녁 그 자식이 왔을 때, 우리 조건을 말해야 했어. 그런데 염병할, 쓸데없는 기억을 따지느라 시간만 낭비했지.

이영복　(침묵)

김진만　자넨 오늘 여기 있어. 나 혼자 가서 결판 짓고 올 테니까!

이영복　읍내에 가거든 살 것이 있는데……

김진만　말해봐. 뭐지?

이영복　쌀이 바닥났어. 먹을 만한 부식도 없고……

김진만　(손을 내밀며) 돈을 줘.

이영복, 군용침대의 베개 밑에서 지갑을 꺼내와 김진만에게 준다. 김진만, 지갑을 열어보더니 실망한 표정이다.

김진만　겨우 이거야, 우리에게 남은 돈이?

이영복　음.

김진만　염병할…… 굶어죽게 생겼군!

김진만, 지갑을 호주머니 속에 넣고 가건물 밖으로 나간다. 가건물 뒷길, 김진만은 일꾼들과 마주친다. 일꾼들의 수레에는 물고기 대신 죽은 사람들이 실려 있다. 그냥 지나치려 했던 김진만이 무엇인가 이상하다는 듯이 멈춰선다.

김진만   이거…… 어떻게 된 거지?

일꾼들   (아무 대답없이 수레를 밀면서 지나간다.)

김진만   어떻게 된 거냐고 묻잖아?

한일꾼   (김진만에게 나직한 목소리로 말해준다.)

김진만   뭐, 파라다이스호?

김진만, 가건물 안으로 뛰어 들어온다.

김진만   사람이 죽었어! 죽은 물고기가 아니라 죽은 사람들을 건져서 실어
                  간다구!

이영복   무슨 소리야?

김진만   저길 봐! 양식장 일꾼들이 실어가잖아! 파라다이스호가 암초에 부
                  딪혔다는거야, 어젯밤에! 설마 내가 욕을 했다고, 빠져버려라 욕
                  좀 했다고 침몰한 건 아니겠지?

이영복   (창백하게 질린 표정이 된다.) 맙소사……!

김진만   물론 아니지, 아니야! 배에서는 내 욕이 들리지도 않았을걸! 나,
                  다녀올게! 읍내에 가서 그 브로커 자식도 만나고, 먹을 것도 사오
                  겠어!

김진만, 짐짓 태연하게 가건물 밖으로 나간다.

제3장

오후 3시경. 가건물 안. 이영복, 굵은 철사를 휘어서 갈고리 형태가 되도
록 만든다. 무더위와 허기에 지친 듯 그의 작업은 힘겨워 보인다. 그는 가
건물 안에서 기다란 장대를 찾아내더니, 장대 끝에 갈고리를 달고 끈으로

묶는다. 김진만, 읍내에서 돌아온다. 그는 양손에 들었던 두 개의 짐꾸러미를 식탁 위에 올려놓는다.

김진만 염병할, 직사하게 더워! 짐은 무겁고 말이야! 이걸 들고 오는데 죽는 줄 알았어!

이영복 미안해. 자넬 시켜서……

김진만 그게 뭐야?

이영복 음, 이거…… 죽은 사람들을 건지려고.

김진만 사람을 건져?

이영복 아까 우리 양식장엘 가봤지. 길에서 다른 양식장 일꾼들을 만났는데, 이런 갈고리 장대를 갖고 있더군.

김진만 그거 나 좀 줘봐.

김진만, 이영복에게 갈고리 달린 장대를 받아들고 살펴본다.

이영복 양식장 일꾼들 말이, 지금까지 건진 사람은 몇 명 안 되고…… 대부분은 배가 침몰한 곳에 있을 거래.

김진만 침몰한 곳이 어디야?

이영복 양식장과는 상당히 멀어.

김진만 멀다구? 아침에 양식장에서 시체를 건져냈었잖아?

이영복 그건 밀물 때 바닷가 쪽으로 밀려왔다가 양식장 차단망에 걸린 거지. 구조선도 여러 척 왔었지만, 양식장 근처에 조금 있다가 다들 침몰한 곳으로 옮겨가더군.

김진만, 갈고리 달린 장대로 식탁 위에 있는 짐꾸러미 하나를 낚아 올린다.

김진만 제법 잘 만들었어! 아무리 무거운 시체라도 충분히 건져올릴 수 있겠다구!

이영복	(식탁 위에 남아있는 짐꾸러미를 푼다.) 이건 통조림뿐인데?
김진만	고등어 통조림, 정어리 통조림이지! 양식장에서 물고기 한 마리 잡아먹지 못하고 통조림에 든 것을 사먹어야 하다니, 이게 말이나 되는 거야?

김진만, 갈고리 달린 장대로 낚아 올렸던 짐꾸러미를 식탁 위에 내려 놓는다.

김진만	짠, 짜라짠! 이게 뭐냐, 양주야! 엊저녁 브로커 자식이 가방 속에 넣어갔던 바로 그 양주라구! 자네 배고플 텐데, 시장기를 없애는 덴 밥보다는 술이 빨라. 안주는 통조림을 하나 따면 돼.
이영복	술은…… 싫어.
김진만	정어리를 먹겠어? 고등어를 먹겠어?
이영복	먹고 싶거든 자네나 먹어.
김진만	(통조림 뚜껑을 따며) 얼핏 봐서는 몰라. 정어리와 고등어, 고등어와 정어리, 서로 어떻게 다른지 모르겠다구. (뚜껑이 열린 통조림 속을 들여다본다.) 하긴 자세히 봐도 모르긴 마찬가지지만…… 자넨 알아?

김진만, 식탁 위의 그릇 두 개에 양주를 붓는다.

김진만	어쨌든 마셔.
이영복	난 싫다니까.
김진만	뭐, 기분 나쁜 일 있어?
이영복	아냐……
김진만	굉장히 침통해, 얼굴 표정이.
이영복	물고기도 죽고, 사람들도 죽고……

김진만, 그릇에 담긴 술을 단숨에 마신다. 그리고 손가락으로 통조림 속에 든 생선 한 토막을 입에 넣는다.

김진만 그 브로커 자식 말이야, 능청맞기가 이루 말할 수 없어. 양주는 우리에게 선물로 주고, 자기는 크리스탈 술잔만 챙겨 온 줄 알았는데, 여관에 와서 보니깐 술병이 가방 속에 있더라는 거야. 그러면서 우리가 얼마나 자길 욕했겠느냐, 쩨쩨한 자식이라고 욕하는 소리가 멀리 자기 귀에까지 들리더라는군.

이영복 우리 조건을 말했어?

김진만 물론 했지! 원금의 십분지 일은 터무니없으니 십분지 사를 달라, 그랬더니 그 염병할 자식이, 십분지 사야말로 어림도 없다는 거야!

김진만, 다시 손가락으로 통조림 속의 생선 한 토막을 집어내 입에 넣는다.

김진만 직접 먹어봐도 모르겠어. 정어리와 고등어, 그 맛의 차이를 모르겠다구. 어쨌든 사기꾼 브로커 자식과 나는 서로 팽팽히 맞섰지. 그 자식 하는 말이 십분지 일도 잘 쳐준 거래. 요즘 양식장 팔 사람은 많지만 살 사람은 없다는 거야. 왜 없느냐, 내가 따져 물었지. 우리 같은 순진한 사람들은 세상에 얼마든지 많다, 그런 사람한테 다시 넘겨 팔아라, 그랬더니 그 자식이 이러잖아. 예전엔 적조 현상이 드문 탓인지 그걸 사람들이 몰랐는데, 요즘엔 적조만 생기면 관광객들이 몰려오는 바람에 그것 모를 사람 찾기란 아주 힘들다는 거야. 난 그거라면 걱정 말아라, 파라다이스 관광호는 침몰해 버렸다고 했지. 그 사기꾼 자식, 처음엔 믿지 않더군. 무슨 농담이냐, 그런 표정이야. 그랬는데, 여관 근처가 시끄러워졌어. (통조림에서 생선 토막을 꺼내 내밀며) 자네도 먹어봐. 정어리 맛인지 고등어 맛인지 구별해 보라구.

이영복 자네나 먹어.

김진만 (생선 토막을 자기 입에 넣는다.) 그 사기꾼 브로커 자식이 묵고 있는 여관이 읍사무소 바로 앞이었는데, 그 자식과 내가 창밖으로 바라보니까, 읍사무소 정문에 사고대책 임시본부라고 쓴 현수막을 걸고 있잖아. 신문사 취재차, 병원 응급차, 그리고 유가족을 실은 자동차들이 몰려와서 야단법석이야. 사기꾼 브로커 자식 그제서야 표정이 심각해지더군. 이제 입장이 유리해진 건 그 자식이 아니라 우리야.

이영복 뭐가 유리해졌지? 오히려 이번 사고 때문에 적조가 더 유명해질 텐데?

김진만 자넨 하나는 생각하고 둘은 생각 못하는군. 모두들 관심은 사고에만 쏠려 있어. 그렇잖아? 물고기 죽는 것하고 사람 죽는 것은 차원이 다르지. 당분간 적조는 입에 오르지도 않고, 오직 물속에 빠져 죽은 사람들 이야기만 떠들썩할 걸.

이영복 (김진만이 먹고 있는 통조림을 바라보며) 통조림엔 정어리라고 표시되어 있어.

김진만 그걸 어떻게 믿어? 정어리 대신 꽁치를 넣을 수도 있잖아?

이영복 설마 꽁치를……?

김진만 물론 다른 것들도 넣을 수 있지. 자네가 말한 그런 것, 반절은 물고기 반절은 사람인 것도 통조림 속에 넣는 정어리, 레텔을 붙일 수 있다구.

이영복 (침묵)

김진만 화난 거야, 내 농담에?

이영복 읍내 갔던 일이나 말해.

김진만 그래. 어디까지였더라…… 조금 있자니깐 점심때가 되더군. 난 그 사기꾼 자식과 밥을 먹으러 갔지. 여관에서 나와서 식당으로 갔는데, 거기서 내가 뭘 봤는지 알아? 식당에 이상한 남자들이 가득 차 있더군. 잠수복, 오리발, 산소통, 그런 장비를 가진 남자들이 말이야. 그리곤 그들끼리 소근댔어. 내일이나 모레 쯤이면 시체 한 구당 천만 원이 될거라구.

이영복 천만 원이라니?

김진만 사망자의 시체가 있느냐 없느냐에 따라 굉장한 차이가 있다는군. 시체가 있는 경우 보상금 문제도 빨리 해결나고, 생명보험이라든가 각종 보험금도 곧바로 지급된다는 거지. 하지만 시체가 없으면 문제가 아주 복잡해진대. 실종자의 사망이 확실해질 때까지 몇 년이나 기다려야 하고, 보험금 지급도 보류되고…… 경찰이 바다 속에서 시체 찾는 노력은 하겠지만 별로 기대할 것 없다는 거야. 결국 애가 탄 유가족들이 돈을 주고 전문적으로 시체 건지는 사람한테 맡긴다는군. 내가 봐도 잠수복 입은 그들은 완전히 프로더라구.

이영복   (침묵)

김진만   그래서 내가 혼잣말처럼 중얼거렸지. 왕년엔 나도 해병대 잠수 대원이었다……

이영복   자넨 해병대가 아니었잖아?

김진만   사기꾼 브로커 자식, 얼굴 표정이 달라지는 거야. 밥먹던 숟가락을 내려놓고 그게 참말이냐고 물었어. 난 눈썹 하나 까딱 않고 계속 큰소리를 쳤지. 물론 해병대는커녕 헤엄칠 줄도 모르지만…… 그 브로커 자식, 완전히 기가 죽더군. 그러면서 곰곰이 뭔가를 생각하는 것 같더니만……

이영복   그가 뭐라고 했는데?

김진만   그 염병할 자식이 당장 확답을 안하고는, 대신 우리를 한 번 더 만나러 오겠대.

이영복   만나러 온다면……?

김진만   십분지 사에 대해서 우리와 협상해보겠다 그거지.

이영복   언제 오겠다고는 안 해?

김진만   오늘 저녁에 올지 모르지. 아니면 내일 아침에.

이영복   그렇게 빨리?

김진만   급한 건 그 자식이야.

이영복   (침묵)

김진만   우린 느긋하게 보일수록 좋아. 그렇잖아?

이영복   (침묵)

김진만   그 사기꾼 브로커 자식과 나는 점심을 먹고 헤어졌지. 서로 상대

방 실력을 인정하듯 힘껏 악수를 하고 말이야. 그 자식은 여관으로 기어들어 가고, 나는 읍내 시장에 가서 물건들을 샀어. 겨우 통조림 몇 개, 쌀 몇 되…… 우리 신세가 참 처량하더군.

김진만, 벌떡 일어나 갈고리 장대를 집어들고 나가려 한다.

이영복	어딜 가?
김진만	천만 원짜리!
이영복	천만 원짜리……?
김진만	시체를 건지려구!
이영복	썰물 때야, 지금은.
김진만	양식장 너머 멀리 나가야지! 두고 봐! 수두룩하게 건져올 테니까!

김진만, 어깨에 갈고리 장대를 둘러매고 나간다. 그는 죽은 물고기가 가득 담긴 외바퀴 수레를 끌고 오는 일꾼들과 마주친다. 김진만, 의기양양하게 지나간다.

제4장

새벽. 가건물 주변, 안개가 자욱하다. 김진만, 안개 속에서 나타난다. 그는 의식불명의 한 남자를 들쳐 업고 가건물 안으로 들어와서 이영복을 부른다.

김진만	여봐, 자는 거야? 일어나서 이걸 보라구!
이영복	(침대에서 일어나며) 그게 뭔데?
김진만	내가 사람을 건졌어!

이영복, 김진만에게 다가간다.

김진만   아직 살아있어.

이영복   살아있다니……?

김진만   죽지 않았다 그거지!

이영복   불을 켜야겠어. 어두워서 잘 안보여.

이영복, 식탁으로 가서 위에 매달려 있는 전등을 켠다.

김진만   고무보트를 타고 밤새껏 돌아다녔지. 아무 것도 없었어. 허탕이구나, 단념하고 돌아오는데 안개 속에서 뭔가 덜컥 부딪치잖아. 그래서 갈고리 장대로 휘저었더니 이 사람이 걸린 거야.

이영복   (남자를 살펴본다.) 다행이군. 큰 상처는 없는 것 같은데……

김진만   맥박도 뛰고, 숨도 쉬어.

이영복   그래? 어서 병원에 데려가야지!

김진만   아냐, 아냐! 병원보다는 먼저 읍내에 가서 알아볼 게 있어. 산 사람을 건지면 얼마를 받는지 그걸 알아봐야지. 여봐, 자네 생각은 어때? 죽은 사람을 천만 원 받는다면, 산 사람은 이천만원, 아니 삼천만원 이상 받지 않겠어?

이영복   우선 내 침대에 눕히자구.

이영복과 김진만은 남자를 침대에 눕힌다.

김진만   이것 봐, 이 남자가 입고 있는 구명조끼를. 파라다이스호라고 쓰여 있잖아. 그 배에 탔던 것이 분명해.

이영복   완전히 탈진 상태야.

김진만   아까 자네한테 물었잖아? 산 사람이 죽은 사람보다 훨씬 비싸겠지?

이영복   (침묵)

김진만   왜 대답을 안해?

이영복   글쎄…… 산 사람을 죽은 사람과 비교할 수는 없겠지. 이 세상의 모든 것을 다 얻고도 죽으면 아무 소용없다는, 그런 말이 있잖아.

이영복, 침대에 눕힌 남자의 가슴에 귀를 댄다.

이영복   심장이 뛰고 있군.

김진만   그래, 사람이란 살아 있어야 의미가 있지, 죽으면 아무 의미가 없거든! 그러니깐 산 사람을 발견한 나에겐 보상금을 몇 배나 더 많이 줘야 당연해!

이영복   이 남자, 온몸이 차가워. 젖은 옷을 벗기고 마사지를 해야겠어.

이영복, 남자의 젖은 옷을 벗긴다. 김진만은 잠시 그 광경을 지켜보더니 식탁으로 가서 양주병을 들고 온다.

김진만   이걸 먹여봐.

이영복   술을?

김진만   술을 먹이면 체온이 높아져.

이영복, 술병을 받는다. 김진만, 다시 식탁으로 가서 통조림통을 들고 온다.

김진만   고등어를 먹일까? 아니면 정어리를 먹여? 하긴 뭘 먹여도 분간 못하겠지?

이영복   아직 그런 걸 먹일 때가 아냐. 기도에 막혀 죽을 지도 몰라.

김진만   그래?

이영복   술도 먹이지 않는 게 좋겠어.

김진만   마치 전문가인 것처럼 말하는군. 선무당이 사람 잡는다고 괜히 아는 체하다가 죽이지 말어. 죽으면 값 떨어져.

이영복, 남자의 몸을 마사지한다. 가건물 뒷길, 안개 속에서 브로커가 자전거를 타고 나타난다. 브로커는 하얀색 반바지와 하얀색 티셔츠를 입은 경쾌한 차림이다. 그는 가건물 앞쪽에 와서 자전거의 경음기를 울린다.

김진만   이 새벽에 누구야?

이영복   누가 왔지?

김진만   (황급히 전등불을 끈다.) 내가 나가볼 테니까, 자넨 담요로 그 사람을 덮어놔!

김진만, 가건물 앞쪽으로 나온다. 이영복은 담요를 펼쳐서 남자를 덮어준다.

브로커   안녕하십니까!

김진만   염병할, 누구라구…… 이렇게 일찍 웬일이우?

브로커   운동이죠. 아침 일찍 조깅보다는 자전거가 몸에 좋거든요. (가건물 앞을 자전거에 탄 채 맴돌며) 선생은 무슨 운동을 하세요?

김진만   난 운동 안 해.

브로커   자전거는 다리 근육에도 좋고, 심폐기능에도 좋아요.

김진만   좋거든 혼자 실컷 하쇼!

브로커   (자전거를 멈춰 세운다.) 선생 제안을 곰곰이 생각해 봤지요. 어제 여관으로 날 찾아와서 그러셨잖아요. 이번 적조 때문에 완전히 망해서 선생의 친구분 충격이 크다구요. 며칠 동안 얼빠진 듯 멍청하게 앉아있더니만, 물고기와 사람을 반씩 합쳐놓는 공상이나 한다면서, 선생 역시 그 꼴이 되기 전에 어서 빨리 여길 떠나고 싶다, 그런 애절한 부탁을 하셨거든요. 그래서 난 동정심이랄까, 불쌍한 사람한테 자선을 베풀고 싶은 심정, 뭐 그렇게 되더군요. 하지만 십분지 사를 달라는 건 터무니없어요. 아무리 애걸복걸해도 들어드릴 수 없는 겁니다.

김진만   여봐, 지금 말 다했어?

브로커	왜 벌컥 화를 내시죠?
김진만	내가 당신한테 애걸복걸했다구?
브로커	네. 어제 날 만나서 그랬잖아요.
김진만	난 당신한테 비굴하게 그런 적 없어! 당당히, 내가 받아야 할 금액을 제시한 거라구! 그런데 뭐, 불쌍한 사람처럼 애절하게 부탁을 해?
브로커	눈물까지 줄줄 흘리시던 걸요.
김진만	내가 눈물까지……?
브로커	전혀 기억이 없으세요?
김진만	염병할! 당신이 없는 기억을 지어낸다고 내가 믿을 것 같아?
브로커	선생하곤 말이 통하질 않는군요. (가건물 안으로 들어가려고 하며) 선생의 동업자, 안에 계시겠죠?
김진만	(브로커 앞을 가로막는다.) 안돼! 들어가지마!
브로커	난 선생 친구분과 말하고 싶어요.
김진만	(가건물 안을 향하여) 이리 나와봐! 이 사기꾼 브로커가 자네하고 말하겠대!

이영복, 가건물 밖으로 나온다. 브로커는 이영복을 자세히 살펴본다.

브로커	저어, 괜찮으세요?
이영복	네……?
브로커	혹시나 정상적이 아닌가 묻는 겁니다.
이영복	무슨 말씀이신지……?
브로커	어제 선생의 동업자가 나를 찾아와서 말하더군요. 선생이 아주 이상해졌다구요.
김진만	내가 언제 그랬어?
브로커	내 기억은 확실합니다. 지난 해 일도 정확히 기억하는데 겨우 어제 일을 잊겠어요? (이영복에게) 어쨌든 정신적 충격이 컸다니 미안합니다. 내가 조금은 책임을 져야겠지요. 그래서 다시 한번 드리

는 말씀인데, 원금의 십분지 일을 받고 양식장은 처분하세요. 더 이상 시간을 끌었다간 그것마저 받기 어렵습니다.

김진만　이 염병할 자식이 어제하곤 전혀 딴판이네!

브로커　(냉정한 태도로) 이 무슨 자식이라뇨?

김진만　내가 말한 것 기억 못해? 당신이 또 십분지 일 어쩌구 하길래, 난 파라다이스호가 침몰했다 그랬지?

브로커　침몰은 나도 알고 있었어요. 아침 일찍부터 그 소문으로 읍내 전체가 떠들썩했으니까요. (이영복을 바라본다.) 그런데 뒤늦게, 선생의 동업자인 저분이 헐레벌떡 달려오더군요. 그리고는 하시는 말씀이, 사람들을 싣고 다니며 관광시키던 배가 침몰했으니, 이젠 사정이 달라졌다 그럽디다. 앞으로는 적조를 모르는 사람이 많아질 텐데, 십분지 일 받고는 안 팔겠다, 최소한 원금의 십분지 사는 내놓아라, 마치 그것도 더 받을 수 있는 걸 양보한다는 듯이 그러셨어요.

김진만　바로 그거야! 물건도 그래. 사겠다는 사람이 없으면 값이 떨어지지만, 살 사람이 많아 봐, 값이 올라가잖아!

브로커　하지만 그건 착각일 뿐이죠.

김진만　착각……?

브로커　착각은 성질 급한 사람한테서 흔히 나타나는 증상입니다.

김진만　뭐가 어째?

브로커　(여전히 김진만은 외면하고 이영복을 바라보면서) 저런 사람은 자신의 욕망을 앞세웁니다. 그리곤 뭔가 알지도 못한 채, 욕망에게 질질 끌려 다니지요.

김진만　좋아, 좋다구! 그럼 한 가지만 묻겠는데, 살아있는 사람이 비싼 거야, 아니면 죽어있는 사람이 비싼 거야?

브로커　(김진만에게 얼굴을 돌리며) 네? 무슨 질문인지……?

김진만　그것도 몰라? (의기양양하게 브로커의 어깨를 툭툭 치며) 그거야 산 사람이 몇 배나 비싸지! 그래서 우린 이제 양식장을 처분할 만큼 궁색한 처지는 아냐!

브로커	무슨 뜻인지 난 모르겠어요.
김진만	그럼 힌트를 주지. 보상금!
브로커	보상금……?
김진만	더 이상 설명 않겠어!
브로커	무슨 보상금인지 힌트 하나만 더 주시죠?
김진만	저리 비켜! 내가 직접 읍내에 가서 알아볼 테니까!

김진만, 브로커를 밀치더니 자전거를 빼앗는다.

브로커	그건 내 자전거예요!

김진만, 자전거에 올라타고 읍내를 향해 달려간다. 이영복은 넘어져 있는 브로커를 부축해서 세운다.

이영복	어디 다치지는 않았습니까?
브로커	(엉덩이를 손으로 털며) 아뇨, 괜찮아요.
이영복	다행입니다.
브로커	선생의 동업자, 참 성질 급한데요. 저렇게 조급한 사람과 상대하면 반드시 이깁니다. 더구나 나는 상대방을 바싹바싹 약 올리는 재주가 있거든요. 결국 저 사람은 양식장을 팔고 떠날 겁니다. 하지만 선생은 달라요. 팔겠다는 것도 아니고 안 팔겠다는 것도 아닌…… 선생의 태도는 애매모호하거든요.

이영복, 안개가 걷혀가는 바닷가 쪽을 가리킨다.

이영복	저쪽, 저 바닷가를 보세요.
브로커	(바닷가 쪽을 바라본다.) 뭐가 있죠?
이영복	잘 아시겠지만 저 바닷가의 양식장들은 모두 팔려고 내놓은 겁니다. 아주 헐값이죠. 어느 것이든 마음대로 골라 살 수 있어요.

브로커	아, 그런데 하필이면 이 양식장이냐, 그건가요?
이영복	네.
브로커	물론 다른 건 더 싸게 살 수도 있겠지요. 하지만 이 양식장은, 이 세상에서 가장 유능한 브로커인 내가 일곱 번째 샀다가 팔았던 거예요. 이제 여덟 번째, 새로운 기록을 세우는 것이 내 목표이자 취미입니다.
이영복	(침묵)
브로커	내가 너무 솔직했는가요?
이영복	(침묵)
브로커	나의 솔직함이 선생의 태도를 분명히 하는데 도움이 되었으면 좋겠습니다. 선생의 동업자는 팔겠다는데, 선생이 안 팔겠다면 매매가 성립 안되거든요. 그래서 부탁드립니다. 선생 역시 동업자와 똑같은 결정을 해 주세요.
이영복	(침묵)
브로커	그럼 내 부탁을 들어주시는 줄 알고 난 이만 가겠습니다.

브로커, 가건물 뒷쪽으로 걸어간다. 이영복, 묵묵히 고개를 숙이고 있다. 갈매기 한 마리 날카롭게 울부짖으며 이영복의 머리 위를 지나 바닷가 쪽으로 날아간다.

제5장

낮, 눈부신 뙤약볕. 가건물 뒷길, 외바퀴 수레에 죽은 물고기를 가득 실은 일꾼들이 띄엄띄엄 지나간다. 가건물 안, 이영복이 혼수상태에서 깨어난 남자에게 묽게 끓인 죽을 먹이고 있다. 남자는 침대에 눕혀진 채 상반신이 약간 높게 베개로 받쳐져 있다.

이영복	한 숟갈 더 드시지요.
남 자	(고개를 가로젓는다.)
이영복	더 드세요. 그래야 기운을 차릴 텐데요.
남 자	아…… 아뇨……
이영복	(죽그릇과 숟가락을 내려놓으며) 그럼 조금 쉬었다가 다시 합시다.
남 자	(고개를 끄덕인다.)
이영복	편안히 눕혀 드릴까요?
남 자	네……
이영복	(베개를 빼내 상반신을 낮추며) 정말 천만다행입니다. 오늘 새벽 내 친구가 구해드렸지요. 기억나십니까?
남 자	(침묵)
이영복	가족이 알면 굉장히 기뻐할 겁니다.
남 자	고맙습니다……

가건물 뒷길, 김진만이 자전거를 타고 달려온다. 급히 서두르는 기세가 역력하다. 그는 가건물 앞에 자전거를 세우고 안으로 뛰어들어온다.

김진만	여봐, 그 남자 어떻게 됐어?
이영복	이제 막 깨어났어.
김진만	깨어났다구?
이영복	음. 내가 죽을 끓여 좀 먹였지.
김진만	그 남자를 묶어야 해!
이영복	묶다니……?
김진만	움직이지 못하도록 묶으라구! 그리고 입을 틀어막어!
이영복	입을 왜?
김진만	말 못하게 막아!

김진만, 침대 주변에 있는 헌 옷을 집어서 잘게 찢는다. 그는 남자를 묶을 끈을 만들어 이영복에게 던져준다.

김진만	자, 내가 시키는대로 해!
이영복	(영문을 모르겠다는 표정으로) 왜 이러는 거야?
김진만	지금 누가 이리로 오고 있어! 읍내에서 만났지! 자기 남편을 찾아 주면 무려 삼천만원이나 주겠다는 여자야! 그 여자 말을 들어보니깐, 염병할, 이 남자와 비슷하잖아!
이영복	비슷하다니……?
김진만	그래서 내가 오라고 했지! 어서 서둘러!
이영복	그 여자가 오면 뭘 어떻게 하려구?
김진만	염병할! 그렇게 가만히 서서 지껄이기만 할거야? (남자의 입에 재갈을 물리듯 헌옷 뭉치를 쑤셔넣고는 팔과 다리를 묶는다.) 언제나 궂은일은 내가 하는군. 여봐! 시간 없어! 저기 내 해먹 밑으로 이 침대를 끌어다 놓고, 담요로 가려!

김진만, 침대를 해먹 밑으로 끌어간다. 이영복은 마지못해 도와준다. 김진만은 담요를 넓다랗게 펼쳐서 해먹에 걸어 침대가 보이지 않게 가린다. 잠시후 담요 뒤에서 나온 그는 식탁으로 가서 주전자의 물을 입안에 쏟는다. 물이 찔끔 나오다가 그친다.

김진만	주전자에 물 좀 넉넉히 담아놔!
이영복	알았어.
김진만	(주전자를 소리나게 내려놓으며) 꼭 마시려고 하면 없거든!
이영복	아까 죽 끓일 때 물을 써서 그런거야.

김진만, 식탁 의자를 끌어다가 막처럼 쳐진 담요 앞에 놓는다.

김진만	자넨 이 앞을 지키고 있어! 그 여자가 오더라도 꼼짝 말고 앉아서 지키기만 하라구!

김진만, 가건물 밖으로 나와 뒷길 읍내 쪽 방향을 바라본다. 분홍색 꽃무

늬의 양산을 든 한 여자가 걸어온다. 김진만, 여자를 마중 나가 가건물 안으로 데리고 온다.

김진만 들어오세요, 이 안으로. 남자들만 사는 곳이어서 지저분할 겁니다.

김진만, 식탁의 의자를 담요가 쳐진 해먹에서 멀리 놓고 여자에게 앉도록 권한다.

김진만 앉으십시오, 부인. 지금 읍내에 모여있는 놈들, 잠수복 입고 산소통 맨 놈들은 모두 엉터리입니다. 그 자식들은 몰라요. 이곳에 처음 와서 바다속을 모르는 놈들이 그저 돈만 많이 주면 찾아내겠다 장담하는데, 그걸 믿고 맡겼다간 큰 낭패를 당합니다. 하지만 우린 달라요. (이영복을 가리키며) 내 동업자지요. 부인께 이미 말씀드렸듯이, 저 친구와 나는 이 근처 바다 속이라면 손금 보는 듯 훤합니다. 신속정확하게 원하시는 사람을 찾아드립니다. 그러니까 나중에 사례금을 깎자든가, 그래서는 안됩니다.

여 자 네. 제 남편이 확실하다면……

김진만 그야 물론이죠. 엉뚱한 사람 찾아놓고 돈 달라 할 순 없으니까요. 부인, 남편의 인상착의를 들었습니다만, 좀 더 구체적인 특징을 말씀해 주십시오.

여 자 (가슴에서 사진을 꺼내주며) 바로 이런 분이에요.

김진만, 사진을 받아들고 보더니 득의만면한 표정이 된다.

김진만 부인, 난 이 얼굴을 봤습니다.

여 자 보셨다뇨?

김진만 아…… 그건 찾아낼 자신이 있다는 뜻이지요!

이영복, 김진만에게 다가온다.

이영복	그 사진 좀 보여줘.
김진만	거기 가만 좀 앉아 있어!
이영복	나도 봐야겠어.
김진만	자넨 봐도 모를 사람이야!

김진만, 이영복을 피해서 여자가 앉은 의자 뒤로 간다.

김진만	어쨌든 부인, 남편은 우리가 반드시 찾아낼 겁니다. 그런데 남편께서 살아 있다면 얼마를 주시겠습니까?
여 자	그분은 살아계시지 않아요.
김진만	그래도 우리가 살아있는 상태로 찾아낼 경우엔, 약속하신 금액보다 더 많이 주셔야 합니다.
여 자	사망자 명단을 보고 또 봤어요. 틀림없이, 제 남편 이름이 있었죠.

이영복, 다시 김진만에게 다가온다. 김진만은 담요 앞의 의자를 가리킨다.

김진만	자네 자린 저기야! 돈 받으면 반씩 나눌 테니까 자넨 그 자리나 지켜!
이영복	(손을 내밀며) 난 사진을 봐야겠어.
김진만	지금 중요한 이야기를 하고 있잖아!

김진만, 다가오는 이영복을 피해 식탁으로 가더니 그 위에 걸터앉는다.

| 김진만 | 부인, 생각해보세요. 사람이란 살아있어야 가치가 있는 겁니다. 죽어버리면 아무 가치도 없고 아무 소용도 없어요. 그런데도 사고 대책 본부에 가서 알아봤더니, 산 사람한테는 아무 보상금이 없다는 겁니다! 죽은 사람에게만 보상금을 준다니, 그런 기가 막힐 일이 어디 있습니까! |

이영복, 식탁으로 다가온다. 김진만은 짜증을 내며 사진을 이영복에게
준다.

김진만 사진 줄 테니까 아무 소리 말고 보기만 해.

이영복 (사진을 받는다.)

김진만 (여자에게) 어때요, 내 말이 틀렸습니까?

여 자 전화로 연락 받았을 땐 제 남편의 죽음이 믿어지지 않았어요. 파
라다이스 관광회사라면서, 배가 침몰했다고…… 승객 명단에 이
름이 있다고, 있으니까 확인해 보라더군요. 처음에 저는…… 제
남편이 그 배를 탄 줄도 몰랐어요. 설마 적조를 구경하려 바다에
가셨으리라고는…… 저는 전화기를 내려놓고 라디오를 켰어요.
긴급 뉴스라면서 온통 그 소식뿐이었죠. 급히 서둘러 여기까지 내
려 왔지만, 사망자 가족들이 바다를 향해 울부짖는 모습을 보면서
도…… 여전히 저는, 남편의 죽음을 믿을 수 없었어요.

김진만 그렇죠, 부인. 충격이 크면 믿어지지 않는 겁니다. (식탁 옆에서 사
진을 보고 있는 이영복에게) 사진 봤으면 이리 줘.

여 자 바다는 푸른빛이 아니더군요. 붉고 붉은, 상처의 피처럼 보였죠.
울부짖던 사망자 가족들은 떠나고…… 밤이 되었죠. 저는 바닷가
에 혼자 앉아 있었어요. 우두커니 혼자 남아 남편의 죽음을 생각
했죠. 왜 이런 일이 일어났지? 도대체 무엇 때문에…… 차츰차츰
남편을 사랑했던 때가 기억나면서…… 비로소 눈물이 나오더군
요. 그런데…… 어느 때쯤인가…… 어둠 속에 가득 차있던 바닷물
이 조금씩 조금씩…… 빠져나갔어요……

김진만 썰물이라는 겁니다, 그게. 요즈음엔 적조 때문에 물고기들이 떼죽
음을 당해서, 썰물 빠진 다음엔 죽은 물고기들만 널려 있죠. (이영
복에게) 사진 내놔!

여 자 제 마음속의 기억들…… 남편과 제가 사랑했던…… 과거의 기억
들이…… 썰물과 함께 저 멀리 빠져나가고…… 저는 바닥을 드러
낸 제 마음 속을 보았어요. 결국은 이렇구나…… 결국은 마음의

밑바닥을 보게 되었구나…… 아무 것도 없는…… 이 텅 빈 바닥을 보려고…… 남편은 죽은 거구나……

이영복, 김진만의 곁을 떠나 여자에게 다가간다.

이영복 그래서요…… 말씀을 계속하세요.

여 자 저는 슬프고 괴로웠어요…… 하지만…… 남편의 죽음을 받아들였기 때문일까요…… 저 멀리에서 밀물이 다가왔어요. 제가 홀로 앉아있는 자리에까지…… 바닷물은 밀려들어오고…… 해가 뜨고…… 세상은 다시 밝아지면서…… 제 생각이 달라졌죠. 남편의 죽음이라는 것, 슬프고 괴로운 것만은 아냐…… 마음 속에 뭔가 새로운 기대랄까…… 희망이 가득차는 걸 느꼈어요. 그러면서…… 그 분이 남겨놓은 것들…… 예금과 증권, 재산들을 생각해 봤죠. 아이들이 없는 건 다행이야…… 아이들이 있었으면 다시 결혼하긴 어렵겠지…… 평소엔 생각지도 않던 것들을 생각하면서…… 저는 제 자신을 타일렀어요. 그래, 넌 행복할 수 있어…… 지나간 나날보다도 더…… 앞으로 다가올 날들이…… 너는 행복할 거야……

김진만 염병할! 그러니까 뭐야, 남편이 죽어야 좋다는 겁니까?

여 자 죽은 남편은 착한 사람이었지만…… 행복하진 않았어요. 남편의 마음속엔 언제나 괴로움이 있었거든요. 제가 알 수 없는…… 그 어떤 괴로움이……

김진만 (걸터앉았던 식탁에서 내려와 여자에게 다가오며) 결국은 죽어야 좋다는 말이군. 그런데 부자였소? 굉장한 재산을 남길 만큼 남편은 부자였냐구?

여 자 부자는 아니었어요.

김진만 그럼…… 가난했소?

여 자 가난하지도 않았구요.

이영복 자넨 제발 이쪽으로 오지 마!

김진만 나를 오지 말라구? 염병할! (담요로서 가려놓은 곳을 가리키며) 아, 자네가 지킬 자리에 내가 가지!

김진만, 담요 앞에 놓여 있는 의자로 가서 앉는다. 그는 여자를 향해 일부러 목소리를 높여 말한다.

김진만 이거 너무 멀리 떨어져서 의사소통이 될지 모르겠군! 여봐요, 부인! 사고대책 본부에서 들은 말인데, 사망자 보상금이 오천만원이랍디다. 그거 맞습니까?

여 자 네, 맞아요.

김진만 그럼 오천만원 중에서…… 남편 찾는 값 삼천만원 주고 나면 겨우 이천만원 남는데, 겨우 그걸 갖고 어떻게 평생을 행복하게 산단 말이요?

여 자 그분의 생명보험이 있거든요.

김진만 보험? 보험이 있다?

여 자 네.

김진만 얼마짜리인데?

여 자 오억쯤이에요.

김진만 이런 염병할! 부인의 남편은 부인이 모르는 고통 때문에 죽는 것이 아니라, 부인이 알고 있는 그 보험금 때문에 죽겠군!

제6장

아침, 가건물 안, 식탁. 이영복은 왼쪽, 김진만은 오른쪽, 그 가운데 남자가 앉아 아침식사를 하고 있다. 이영복과 남자는 생각에 잠겨 음식 먹는 동작이 뜸한 반면, 김진만은 잔뜩 화가 나서 게걸스럽게 식사를 한다.

김진만	(통조림에 든 생선 토막을 젓가락으로 꺼내 입안에 넣으며) 모르겠어, 모르겠다구! 먹고, 먹고, 또 먹어도 염병할, 고등어 맛인지, 정어리 맛인지, 분간할 수 없거든! 생선이란 모두 비릿해! 비릿한 게 역겨워! 구역질을 참으면서 억지로 먹는 거지!

김진만, 이영복과 남자의 얼굴을 번갈아 바라본다. 둘 다 생각에 잠긴 채 반응이 없다. 김진만은 식탁 밑으로 발길질을 하여 남자의 다리를 걷어찬다.

김진만	어서 먹어! 아침밥 먹고 나서 놓아줄 테니까 당신 맘대로 가!
남 자	아아, 네……
김진만	(통조림의 생선 토막을 꺼내 남자 입 앞에 내밀며) 하지만 당신, 고등어 맛 알아? 정어리 맛 아느냐구?
남 자	(침묵)
김진만	(식탁 밑으로 발길질을 계속한다.) 알아? 몰라?
이영복	(김진만에게) 제발 좀 점잖게 먹어.
김진만	난 원래 점잖은 사람이야! 밥 먹을 땐 절대로 옆 사람을 걷어차거나 음식물을 입에 처넣는 짓은 안 한다구! 하지만 말이야, 저 인간을 보면 볼수록 화가 나! 아무리 참으려고 해도, 염병할, 살아있는 인간을 보고 있다는 게 분통이 터져!
이영복	그만둬. 자네 정말 점잖지 못하게 왜 이러나?
김진만	그래도 지금까지 나는, 살아있는 사람이 죽은 사람보다는 더 가치 있다고 믿어왔어! 그런데 염병할, 그게 아냐! 죽어야 가치가 있더라구. (남자에게) 그러니까 당신, 이걸 똑바로 알아둬! 당신이 죽지 않고 살아있다는 것, 아무 가치도 없는 거야! 당신이 살아 있기 때문에 여러 사람들을 실망시킬 뿐이라구! 생각해봐! 첫째로 실망한 사람은 나야! 당신이 죽었으면 삼천만원 받잖아! (이영복을 가리키며) 두 번째 실망한 사람은 저 친구야! 굶겨서는 보낼 수 없다, 아침밥이라도 먹여서 보내자, 저 친구 당신한테 친절한 척 하고 있

지만 사실 마음속은 그게 아니지! 삼천만원 받으면 반절은 자기 몫인데, 그게 헛꿈이라니 얼마나 허탈하겠어? 저 친구와 나는 동업자야. 염병할, 둘이서 양식장을 동업하다가 아주 완전히 망했지! 우린 돈이 필요해. 아주, 아주, 절실히, 우린 지금 돈이 필요하다구! 아참, 그리고 실망할 사람 또 있지! 세 번째 가장 실망할 사람은 당신 마누라야. 염병할, 직접 들었잖아? 어제 저녁 담요 뒤에서 당신 귀로 마누라 하시는 말씀 다 들었지? 보상금도 받고 보험금도 받아서, 자기 팔자를 고치겠다 그 말씀이셨는데, 오늘 아침 당신이 살아서 나타나봐? 반가워 펄쩍 뛰기는 커녕, 실망이 워낙 커서 염병할, 뒤로 홀라당 자빠지고 말 걸!

이영복 자네, 너무 심하군! 이왕 보낼 사람인데, 그런 농담을 할 것 없잖아!

남 자 농담이 아니라 진담인데요.

김진만 그래 진담이다, 왜?

남 자 내가 죽으면 진정 슬퍼할 사람은 얼마나 될까요……

남자, 식탁 위로 두 손을 올려놓고 열 손가락을 펼친다. 곰곰이 생각하면서 하나씩 꼽는다.

김진만 염병 앓고 있네! 누구 약 올리는 거야?

남 자 파라다이스호가 침몰하던 때, 그 때도 난 이렇게 손가락을 꼽고 있었어요. 나 죽으면 슬퍼할 사람은…… 늙으신 아버지와 어머니, 하나 뿐인 여동생, 그리고 나의 아내, 넷이더군요. 물론 평소에 알고 지내는 사람들은 많습니다. 친척이나 친구들…… 이웃들…… 그 많은 사람들 중에 겨우 넷 뿐이라니……

김진만 마누라는 슬퍼 않을 테니깐 빼!

남 자 (꼽았던 손가락 하나를 펼친다.)

김진만 여동생도 빼야하는 것 아냐?

남 자 그런 것도 같아요. 시집간 뒤엔 오랫동안 못 만났으니까……

김진만	늙은 부모님도 그렇지. 자식 죽으면 울지 않을 부모님 어디 있어? 그런 자동적으로 울 사람을 계산해 넣는 건 무의미해.
남 자	아버지도 빼고 어머니도 빼면…… 실질적으론 아무도 없군요.
김진만	그래! 그게 바로 당신의 죽음이라구!
남 자	네. 맞는 말씀이에요. 사실은…… 배가 암초에 부딪치자 모두들 살려고 아우성이었는데, 난 가만히 있었어요. 내 옆의 어떤 남자가 왜 가만히 있느냐 묻더군요. 그래서 나는…… 그 남자에게 손가락을 꼽아보라고 말했지요. 죽으면 진정 슬퍼할 사람이 몇이나 되는지, 그래도 열 손가락을 꼽을 정도는 되어야 하지 않겠냐구요. 자, 두 분도 나를 따라 해보세요. 열 손가락을 활짝 펼친 다음에, 한 사람 생각나면 손가락 하나를 꼽는 겁니다. 자, 얼마나 되는지 손가락을 꼽아보세요.

남자, 식탁 위에 다시 두 손을 올려놓고 열손가락을 펼친다. 김진만, 의자를 박차고 일어선다.

김진만	이런 염병 앓다가 꼬꾸라질!
이영복	왜 그래?
김진만	장대 어디 있지? 갈고리 달린 장대 말이야? 이런 쓸모없는 인간과 시간을 낭비하느니, 차라리 난 죽은 시체나 건지러 가야겠어!

김진만, 갈고리 장대를 찾아들고 가건물 밖으로 나간다. 뒷길, 한 일꾼이 외바퀴 수레에 시체를 싣고 읍내 쪽을 향해 뛰어간다. 그 뒤를 다른 일꾼들이 고함을 지르며 뛰어간다. 김진만, 부러운 시선으로 그들을 바라보더니 바닷가 쪽 길로 걸어간다.

이영복	이제 그만 가세요.
남 자	아뇨.
이영복	왜요?

남 자	난 내 삶이…… 어쩌다가 이렇게 되었는지 모르겠어요. 나 자신을 생각해 볼 때…… 살아있어야 할 이유가 분명하지 않아요.
이영복	산다는 건…… 나도 그래요. 모르고 사는 거죠.
남 자	(침묵)
이영복	요즘에 와서야 알려고 애쓰지만……
남 자	(침묵)
이영복	이 건물 뒤에 길이 있어요. 왼쪽으로 가면 읍내가 됩니다. 부인은 그곳에 계실 거구요. 처음 가는 길이니까 약도를 그려 드리지요.

이영복, 식탁에서 일어나 침대로 간다. 그는 침대 밑에서 공책과 연필을 꺼내 식탁으로 되돌아온다. 그리고 공책을 펼쳐 약도를 그린다.

이영복	지금 우리가 있는 곳은 여깁니다. 길 오른쪽은 양식장들이 있는데, 그곳으론 가실 필요가 없어요. 읍내는 왼쪽으로 사오 킬로 쯤 걸어가야 합니다. 몇 군데 주의 할 곳은…… 첫 번째 삼거리에서는 곧장 가시고…… 다음 사거리는……

남자, 약도에는 관심이 없다. 그는 식탁 위에 펼쳐놓은 자신의 손가락들을 바라본다.

이영복	왜 약도는 바라보지 않고 손가락만 바라보십니까?
남 자	뭔가 새로운 걸 발견했거든요.
이영복	뭘요?
남 자	새로운 계산법을요. 나 죽으면 슬퍼할 사람이 몇이나 되느냐, 지금까지는 그렇게 계산했었는데, 전혀 다른 방법이 생각났어요. 나 죽으면 기뻐할 사람이 얼마나 되느냐, 이렇게 계산하는 거죠. (손가락들을 꼽으면서) 이것 보세요. 놀랍게도 열 사람이 금방 넘어요!
이영복	그…… 그래서요?
남 자	아, 이걸 왜 몰랐을까요! 내가 죽으면 슬퍼할 사람만 생각했었는

데, 기뻐할 사람은 생각 않다니…… 파라다이스호가 침몰할 때 알았더라면, 난 구차하게 살지 않았을 거예요. 바닷물 속에 가라앉으면서 우연히 손에 잡힌 게 구명조끼였죠. 과연 살아야 하나 의문이 들면서도 본능적이랄까…… 구명조끼를 입었지요. 그리고는 이리저리 파도에 휩쓸려 다니다가…… 목숨을 구해 이곳에 오게 된 겁니다. 어젠 괴롭더군요. 아내는 솔직하게 말한 거예요. 하지만 내가 담요 뒤에 있는걸 알았더라면 절대로 그런 말은 안 했겠지요. 그런데 오늘은…… 더 괴로웠어요. 아침 식탁에서, 아예 담요로 가려놓지도 않고, 직접 내 얼굴을 뻔히 쳐다보면서…… 차라리 죽었으면 좋겠다고 했거든요.

이영복　그건…… 본심이 아닙니다. 오해하지 마세요.

남 자　살아 있는 사람에 대한 최소한의 예의도 없다는 건…… 지독한 모욕이에요. 이런 모욕을 억지로 참고 살 수는 있겠지만…… 굳이 그렇게 살 필요가 있을까요?

이영복　자, 약도를 마저 그려드리지요. (공책의 종이를 뜯어내 약도를 그린다.) 그러니까 네거리에서는 오른 쪽으로 가세요. 그렇게 한참 가다가…… 다리를 지나면…… 다시 왼쪽으로……

남 자　그만 두세요, 약도는. 난 그 길을 가지 않을 겁니다.

이영복, 약도 그리기를 멈춘다.

남 자　종이 한 장 주시겠어요?

이영복, 공책에서 종이를 뜯어준다.

남 자　연필을. 나도 그릴 게 있거든요.

이영복, 남자에게 연필을 준다.

남 자　인간은 과거에 본 것만을 미래에서 보게 된다더군요. 내가 중학교 다니던 때, 미술 선생님이 그런 말씀을 하셨어요.

남자, 무엇인가를 그리기 시작한다. 이영복은 그것을 바라본다.

이영복　아, 이건 물고기 남자군요! 하반신은 물고기, 상반신은 남자…… 나도 어디에선가 봤었는데, 기억나질 않아요.

남 자　중학생일 때 내가 상상으로 그렸던 거죠. 그런데 파라다이스 관광 회사 포스터에서 똑같은 걸 보게 됐어요.

이영복　파라다이스 관광회사……

남 자　네. 지하철 역 벽에 뭔가 낯익은 형태가 있어서 다가갔더니, 바다 를 구경하라는 관광 포스터였죠. 호젓한 바닷가에서, 반인반어의 남자가 바다를 바라보고 있는…… 바다는 진붉은색이었어요.

이영복　(이제야 비로소 생각난 듯이) 그래요! 나도 그 포스터를 봤어요!

남 자　그 순간, 나는 과거에 본 것만을 미래에서도 보게 된다는 말이 생 각났고, 그래서 나는 나의 미래를 보기 위해 배를 탔었지요.

남자, 자신이 그린 그림을 양손으로 들어 보인다. 물고기와 사람 형상을 반씩 합친 물고기 남자가 그려져 있다.

제7장

늦은 오후. 가건물 뒷길, 일꾼들이 빈 수레를 끌고 양식장 쪽으로 가고 있 다. 가건물 안, 남자가 군용 침대에 앉아서 고장 난 라디오를 분해하여 고 치고 있다. 이영복은 그 옆에 서 지켜본다. 가건물 뒷길, 바닷가 쪽에서 김 진만이 의기소침한 모습으로 돌아온다. 그는 가건물 안으로 들어오더니

화풀이하듯 갈고리 달린 장대를 내던진다.

김진만 염병할, 완전히 망신만 당했어!

이영복 (갈고리 장대를 주워 벽에 기대 놓는다.) 무슨 망신인데……?

김진만 사고 현장엔 접근도 못하게 해! (식탁의 주전자를 들어 올리더니 입을 벌리고 물을 붓는다.) 돈 받고 시체 건지는 놈들, 그 놈들 때문이지! 그 놈들이 워낙 극성이니까, 해양경찰들이 순시선을 타고 돌면서 막는 거야!

이영복 그럼 금방 되돌아오지 그랬어?

김진만 경찰들 눈엔 내가 이상해 보였던 모양이야! 잠수복도 안 입고, 산소통도 안 매고, 오리발도 안 신은 내가, 고무보트를 타고 와서는 기다란 갈고리로 바다 속을 휘젓는 꼴이 이상해 보였겠지. 그래서 한동안 막지도 않고 가만있더라구. 그런데 그게 시체 건지려는 짓인 줄 알고는, 염병 앓다가 꼬꾸라질…… 요절복통을 하는 거야! 경찰 순시선의 뱃머리에 달린 스피커, 그 고성능 스피커에서 웃음소리가 터져 나오더니, 염병할…… "거기, 웃기는 아저씨, 나가요 나가!" (손에 들고 있는 주전자를 바라보며) 이거, 물이 없잖아? 내가 바싹바싹 속이 탈 때 넉넉히 마실 수 있도록 물 좀 가득 채워 놔!

이영복 미안해. 하지만 지금도 많이 마신 걸.

김진만 시체를 건지기는커녕 개망신만 당하고…… (남자를 턱으로 가리키며) 염병할, 그런데 저 인간은 왜 안 가고 있지?

이영복 고장 난 라디오를 고치는 중이야.

김진만 라디오를 고쳐?

이영복 기술자처럼 아주 잘 고치고 있어.

김진만 자네, 나 좀 봐.

김진만, 이영복을 데리고 가건물 앞으로 나온다. 그는 남자가 듣지 못하게 목소리를 낮춘다.

김진만   저 남자와 무슨 이야기를 했어?

이영복   (침묵)

김진만   뭔가 서로 말을 했을 거 아냐?

이영복   죽고 싶다는군.

김진만   정말?

이영복   (침묵)

김진만   염병할…… 정말 죽고 싶을 리가 없지!

이영복   정말이든 거짓말이든, 우린 저 남자를 살려 보내야 해.

김진만   내가 분명히 말하지만, 우린 더 이상 시체를 건질 수가 없어. 경찰
       순시선에 쫓겨나 변두리를 돌면서 봤는데, 잠수복 입은 놈들이 바
       닷속에 가득해. 우리처럼 갈고리로 시체를 건져 돈 벌겠다는 발상
       자체가 웃기는 거고, 염병할…… 이젠 알겠지? 우리에겐 저 인간
       밖엔 없어.

이영복   (침묵)

김진만   그러니까 내 말은…… 저 인간이 죽겠다면 죽게 놔두자는 거야.
       일부러 우리가 죽이는 것도 아니고…… 그렇잖아?

       가건물 안에서 고쳐진 라디오 소리가 들려온다. 남자가 주파수를 맞추는
       지 여러 종류의 방송이 번갈아 들린다.

김진만   왜 대답을 안 해?

이영복   (가건물 안으로 들어가려 하며) 라디오를 다 고친 모양이야.

김진만   (이영복의 어깨를 붙잡으며) 살려 보낼 필요 없다니까.

이영복   자넨 아직도 저 남자를 미워하나?

김진만   밉고 안 밉고 그런 문제가 아니야! 이건 우리가 사느냐 죽느냐의
       문제지! 저 인간이 죽으면 우린 살 수 있어. 사례비로 삼천만원 받
       고, 양식장을 헐값에 빼앗으려는 사기꾼 브로커한테 더 버텼다가
       팔면 그 돈도 많아. 그럼, 염병할, 여길 뜨는 거야! 지옥인 줄 모르
       고 빠졌던 이곳에서 깨끗이 뜨는 거라구!

남자, 가건물 밖으로 고개를 내민다.

남 자   라디오 고쳤어요! 이리 오셔서 들어보세요!

김진만   난 저 인간이 미워. 그 이유는 살아있기 때문이야. 자네도 마찬가
지일 걸. 죽은 인간은 사랑하기 쉽지만, 산 인간은 사랑하기 어려워.

이영복과 김진만, 가건물 안으로 들어간다. 남자는 라디오를 식탁 위에 옮
겨놓고 다이얼을 돌린다.

남 자   일기예보예요. 여전히 날씨는 무덥고, 바다의 적조는 더 퍼지고
있다는군요.

남자, 다이얼을 돌린다. 주파수가 바뀌며 다른 방송이 들린다.

남 자   아, 이건 주식시세인데, 철강회사 주식들이 올랐습니다.

김진만   염병할······

남자, 라디오의 다이얼을 돌린다. 탱고 음악이 들린다. 남자는 음악에 맞
춰 능숙하게 춤동작을 한다.

남 자   탱고예요! 곡목은, 0시의 부에노스아이레스! (이영복과 김진만을 향
해 춤을 청할 때의 인사처럼 허리를 굽히며) 자, 누가 나와 함께 춤을
추실까요?

김진만   (남자에게 다가간다.) 당신, 내 말 똑바로 들어!

남 자   네······?

김진만   이런 지랄발광하라고 살려준 것 아니야! 알았어?

남 자   음악도 좋고, 춤도 좋잖아요.

김진만, 식탁 위의 라디오 멈춤 버튼을 누른다.

김진만	죽고 싶다는 자가 음악도 좋고, 춤도 좋다니? 염병할, 그게 말이 나 되는 거야?
남 자	그게 왜 말이 안 되지요?
김진만	음악도 춤도 다 싫어야 죽는 거지!
남 자	아뇨. 좋은 건 살 때도 좋듯이, 죽을 때도 좋은 겁니다.
김진만	입 닥쳐!
이영복	(김진만과 남자 사이에 끼어든다.) 자네, 이럴 것 없어. 이 사람은 갈 거야. (남자를 향하여) 가요, 어서! 더 이상 여기 있지 말고 어서 떠나요!
김진만	난 강제로 잡지 않아! 갈 테면 가라구! 저런 건방진 놈을 붙잡고 있어봤자 아무 소용없어!
남 자	내가 건방졌다면 용서하세요. 나 역시…… 변명 같지만…… 건방진 건 싫거든요. 괜히 잘난 체해서 마음을 언짢게 하는…… 그런 사람이 되는 건 싫습니다.

가건물 뒷길, 손가방을 든 브로커가 걸어오고 있다. 그는 가건물 앞에 세워진 자전거를 발견하고, 고장 난 데가 없는지 살펴본다. 페달을 밟아 바퀴가 도는 상태를 확인하고, 손잡이에 달린 경보기를 울린다.

| 김진만 | 이런 염병할, 밖에 누가 왔잖아? (가건물 밖을 내다본다.) 브로커야, 사기꾼 브로커! (남자에게 다급하게 말한다.) 당신 말이야, 저 사기꾼 브로커 자식 눈에 띄어서 좋을 것 없어. 당장 밖으로 나갈 생각 말고 이 안의 어디든지 보이지 않게 숨어 있으라구! |

김진만, 가건물 앞으로 나와 브로커를 가로막는 자세로 선다.

김진만	여긴 또 웬일이야, 아무 예고도 없이?
브로커	내 자전거를 찾으러 왔죠.
김진만	염병할, 좀 더 타도록 내버려 두시지!

브로커　그 정도 탔으면 많이 탄 거예요.

브로커, 가건물 안으로 들어가려한다.

브로커　안으로 들어갑시다.
김진만　왜……?
브로커　(손가방에서 서류를 꺼내며) 중요한 서류가 있거든요.
김진만　무슨 서류인데?
브로커　양식장 매매에 관한 계약서예요. 선생 동업자도 함께 봐야 하니깐 안으로 들어갑시다.

김진만과 브로커, 가건물 안으로 들어온다. 김진만은 한걸음 앞서와서 사방을 둘러본다. 남자의 모습이 보이지 않자 안심한 듯이 이영복을 향해 목소리를 높여 말한다.

김진만　글쎄, 이 사기꾼 양반이 우리한테 볼 일이 있다는군!
브로커　난 절대로 사기꾼이 아닙니다.
김진만　그것 봐. 사기꾼이 아니라는 그 말 자체가 사기라구.
브로커　(식탁 위에 서류를 놓고 의자에 앉으며) 두 분 다 여기에 앉으세요.

김진만과 이영복, 브로커, 식탁에 둘러앉는다.

브로커　사실은, 내가 최후 통첩하러 왔어요. 난 더 이상 기다리지 않겠습니다. 이젠 양식장을 팔든가 말든가, 두 분이 상의해서 결정하세요.
김진만　지금 당장……?
브로커　네, 바로 지금요!
김진만　염병할!
브로커　자, 어떻게 할 겁니까?
김진만　우린 조급할 것 없어. 당신이 우리 양식장을 사고 싶어 몸살이 난 모양이군.

브로커 난 다 알게 됐어요. 선생이 뭣 때문에 배짱을 부리는지 알게 됐다구요. 침몰한 배의 실종자 시체를 찾아주면 유가족들이 사례비로 큰돈을 준다니까, 혹시나 그걸 찾아볼 생각이죠?

김진만 염병할, 난 그런 치사한 생각 없어!

브로커 그럼 내 자전거를 뺏어타고 뻔질나게 읍내를 드나든 건 뭡니까?

김진만 증거를 대라구, 증거를!

브로커 며칠 전엔 어떤 여자를 데리고 왔었잖아요. 남편 시체를 찾아주면 삼천만원 준다는 여자를요. 그래도 잡아뗄 거예요?

김진만 이거 염병 앓다가 꼬꾸라지겠군!

브로커 그 심정 이해 못하는 건 아닙니다. 양식장이 망했으니, 무슨 짓을 해서라도 살 방법을 찾고 싶겠죠. 하지만 잘 들어요. 두 분을 위해서 충고하는 건데, 구질구질하게 시체 따위에 희망을 걸지 마세요.

김진만 누가 시체한테 희망을 건댔어?

브로커 시체한테 희망 건 사람들이 많아요. 실종자 가족들 중에는 그런 자들이 있지요. 실종자가 살아 돌아오면 기뻐해야 할 텐데, 도리어 노골적으로 실망하는 인간이 있거든요. 그런 인간은 인간이 아닙니다. 짐승만도 못한, 아니 벌레만도 못한 존재지요. 심지어 죽은 시체를 놓고 다투는 인간도 있어요. 보상금은 자기가 받아야 한다면서, 서로 아귀처럼 싸우거든요. 그런데 자기 가족 시체도 아닌, 남의 시체로 돈을 벌겠다니…… 도대체 아귀만도 못한 그런 존재는 무어라고 해야죠?

김진만 뭐라고 할지는…… 염병할, 하루만 여유를 줘! 하루 더 생각해 보고 결정할 테니까!

브로커 그거, 확실해요?

김진만 확실하지!

브로커 (이영복을 바라보며) 선생도 확실히 대답하세요.

이영복 (침묵한다.)

김진만 저 친구가 대답 안하는 건 가격 때문이야! 십분지 일은 말도 안돼!

우리 조건은 최소한 원금의 십분지 사라구!

브로커 십분지 일입니다. 그 이상은 절대로 못 줘요! (의자에서 일어선다.) 계약서는 놓고 갑니다. 난 내일 저녁 다시 오죠. 오늘 당장 결판을 내려고 했는데, 하루 더 기회를 주는 거예요. 내일 올 테니까 두 분 동업자끼리 사이좋게 의논하여 결정해 두세요.

　　　　브로커, 가건물 밖으로 나가 자전거에 올라탄다. 그는 읍내 방향의 길을 자전거 타고 간다.

김진만 염병할 사기꾼 브로커 자식! 우리 비위를 있는 대로 다 긁어놓고 가는군! (이영복에게) 그 남자 어디 있어?

이영복 (침묵)

김진만 어디 있냐구? 설마 도망친 건 아니겠지?

이영복 (침묵)

김진만 그럼…… 도망간 거야?

　　　　남자, 수조(水槽) 안에서 뚜껑을 열고 고개를 내민다.

남　자 여기 있는데요?

김진만 오, 거기 있었군 그래!

남　자 이 속에 들어가 있었죠. 그런데 목욕탕마냥 왜 이렇게 커요?

김진만 음, 그건 물고기 새끼들을 담아두는 곳이야. 양식장에 넣기 전에 얼마동안 자라도록 보호해 두는 수조라구!

　　　　가건물 뒷길, 일꾼들이 외바퀴 수레에 동료 일꾼들을 태우고 지나간다. 수레에 탄 일꾼들은 장난으로 죽은 시늉을 하고 있다. 시체처럼 보이던 그들이 가건물 뒤를 지날 때 되살아나 수레에서 뛰어내린다. 그리고 그들은 수레보다 더 빠르게 앞을 향해 달려간다.

제8장

자정 무렵, 어둠. 가건물 안. 김진만은 공중에 걸린 해먹에 누워 있고, 이 영복은 군용 침대에 웅크린 채 앉아 있다. 남자, 바다 쪽에서 양손에 바닷물을 담은 두 개의 양철통을 들고 힘겹게 걸어온다. 그는 가건물 안으로 들어와 수조에 바닷물을 쏟아 붓는다. 그리고 잠시 가쁜 숨을 몰아쉬더니, 양철통을 들고 가건물 밖으로 나간다.

김진만 신경 쓸 것 없어! 자기가 좋아서 죽겠다는데, 괜히 신경 쓰지 말라구!

이영복 (침묵)

김진만 잠이나 자!

이영복 (침묵)

김진만 잠이나 자라니까!

이영복 수조에…… 물이 점점 가득 차고 있어……

김진만 도대체 왜 신경을 쓰는 거야?

이영복 (침묵)

김진만 저 남자 말이야, 아주 영리해. 수조에 바닷물을 가득 채우고 그 속에 들어가 죽는다는 발상은 정말 기발하거든. 더구나 우리더러 뭐랬어? 자기가 죽으면 바다 속에서 건져낸 걸로 하라는 거야. 그렇게까지 우리 입장을 생각해 주다니, 영리하고 친절하고, 참 고마운 인간이지.

이영복 (침묵)

김진만 우는 거야? 계집애처럼 훌쩍훌쩍 울고 있잖아?

이영복 (침묵)

김진만 염병할, 우리가 뭘 잘못했다고 울어?

이영복 (침묵)

김진만 만약 잘못했다면 그건 나야, 나! 나는, 저 남자가 죽기를 바랬으니 그게 잘못이지! 하지만 자넨 그게 아냐! 자네는 저 남자 죽기를 눈곱만큼도 바라지 않았잖아? 괴로워해도 내가 괴로워하고, 신경 써도 내가 쓸 테니까, 자넨 편안히 잠이나 자!

이영복　(침묵)

김진만　그럼 맘대로 해! 자든가, 말든가!

김진만, 해먹 위에서 돌아눕는다. 해먹이 출렁 흔들린다. 이영복, 김진만에게 다가와서 흔들리는 해먹을 붙잡는다.

이영복　내가 지금 어떻게 해야지? 이럴 때 가만있으면 안 된다는 건 알겠는데, 뭘 어떻게 해야 하는지는 모르겠어.

김진만　이미 가르쳐 줬잖아! 신경 쓰지 말고 잠이나 자라구!

남자, 바닷물이 담긴 양철통을 들고 비틀거리며 들어온다. 그는 잠시 바닥에 통을 내려놓고 가쁜 숨을 몰아쉰다. 이영복, 그를 바라보며 안절부절못한다. 남자, 다시 양철통을 들고 수조에 가서 물을 채운다. 그리고 비틀거리는 걸음으로 나간다.

이영복　어떻게 해? 제발 좀 가르쳐 줘…… 난 어떻게…… 해야……

김진만　정말 염병 앓고 있군! (해먹 위에서 상반신을 일으켜 세우며) 도대체 저 남자와 무슨 상관이 있다는 거야? 형제도 아니고 친척도 아니잖아! 학교 동창은커녕, 고향 사람도 아냐! 전혀 알지 못하는, 서로 아무 관계도 없는 인간이라구!

이영복　바로 그거야, 그거……

김진만　그거라니?

이영복　우리가 브로커에게 당한 것과 똑같잖아. 자네도 그런 말을 했어. 브로커가 우리를 아는 사람 취급했다면, 그는 결코 우리한테 물고기가 죽는 양식장은 팔지 않았을 거라구. 지금 우리가 그래. 저 남자를 모른다는 그 이유만으로, 우린 그를 죽도록 내버려두고 있어! 이건 너무 끔찍한 일이야!

김진만 그래서 저 남자 물통이라도 들어주고 싶어? 그랬다간 오히려 죄가 돼! 자살방조죄, 알아? 그리고 더 적극적으로 도와주면 살인죄야, 살인죄!

김진만, 해먹에 다시 누워 머리끝까지 담요를 끌어 올려 덮는다.

김진만 여봐, 침대에 누워서 잠이나 자! 이럴 땐 눈 감고 자는 게 상책이야!

남자, 가쁜 숨을 몰아쉬며 비틀비틀 걸어온다. 이영복, 남자에게 다가간다.

이영복 그거 줘요, 물통……
남 자 (이영복을 바라본다.)
이영복 내가 들어드리지요.
남 자 고맙지만, 괜찮아요.
이영복 제발…… 나에게 줘요.
남 자 그럼 하나씩 나눠 듭시다.

남자, 이영복에게 바닷물이 담긴 양철통 하나를 준다. 남자와 이영복, 수조로 걸어가서 물을 붓는다. 수조에 물이 가득 찬다. 남자, 수면에 손바닥을 대고 살짝 두드려 찰랑거리는 소리가 나게 한다.

남 자 이젠 가득 찼어요. 도와주셔서 고맙습니다.

이영복, 남자를 껴안는다. 남자, 이영복의 포옹에 어색해 하다가 두 팔을 이영복의 등 뒤로 돌려 껴안는다.

이영복 미안해요. 당신을 살리지 못해서……
남 자 아뇨, 미안할 것 없어요.

이영복 내 마음이…… 몹시 괴로워요. 내가 당신을 모르기 때문에…… 당신을 죽이는군요.

남 자 그렇게 죄책감을 갖지 마세요. 정말입니다. (이영복의 포옹을 풀며) 죽음 뒤에도 기억이 있다면, 당신이 도와주신 물 한 통을 기억하죠. 부디 행복하시기를. 난 이만 물속에 들어가 뚜껑을 닫겠어요.

남자, 바닷물이 담긴 수조 안으로 들어간다. 뚜껑이 닫힌다. 이영복, 수조 옆에 주저앉는다. 김진만의 해먹이 거세게 흔들린다. 사이. 흔들리던 해먹이 차츰차츰 멈춘다. 김진만, 머리에 덮었던 담요를 아래로 끌어내린다. 그는 수조 옆의 이영복에게 나직하게 명령조로 말한다.

김진만 뚜껑을 열어봐.

이영복 (움직이지 않는다.)

김진만 열어보라니까, 어서.

이영복 (움직이지 않는다.)

김진만 (소리 지른다.) 열어!

이영복 (엉거주춤 일어나서 뚜껑을 연다.)

김진만 어때?

이영복 죽, 죽었어……

김진만 뚜껑 덮어! 내일 아침 일찍 일어나 그 염병할 여자를 데려와야겠군!

이영복, 부들부들 떨면서 뚜껑을 덮는다.

제9장

아침, 가건물 뒷길, 일꾼들이 외바퀴 수레를 밀면서 지나간다. 가건물 안,
외바퀴 수레에 남자의 시체가 담겨져 있다. 여자와 김진만이 수레 곁에 서
있고, 이영복은 수조에 등을 기댄 채 앉아 있다. 슬픔에 잠긴 여자, 허리를
굽히고 죽은 남자의 얼굴을 바라보더니 흐느껴 운다.

김진만 이제 그만 진정하십시오, 부인. 부인은 운이 좋았어요. 읍내에는
아직도 시체를 못 찾은 유가족들이 많습니다. 시체가 없으면 법률
적 문제 등, 골치 아픈 문제가 한 둘이 아니죠. 아까 부인을 만나
러 읍내에 갔더니, 이번엔 변호사들이 잔뜩 몰려와 득실거립디다.
부인, 변호사 비용이 얼마나 비싼지 아십니까? 차라리 삼천만원
주고 이렇게 시체를 찾은 것이 싸게 먹힌 거예요. 변호사한테 문
제를 맡겨 보세요. 염병할, 보상금이며 보험금 몽땅 다 그들에게
먹히고 말 겁니다.

여 자 하지만 다르군요……

김진만 다르다뇨?

여 자 제 생각하곤 달라요.

김진만 그럼 이 남자가 부인의 남편이 아니라는 겁니까?

여 자 슬프지 않으리라…… 저는 생각했었죠. 죽음이란 모든 기억들이
썰물처럼 빠져나가는 것…… 그런데도 죽은 모습을 보니까……
(가슴에서 손수건을 꺼내 흐르는 눈물을 닦는다.) 마음이 아프고…… 슬
퍼요……

김진만 어쨌든 부인, 약속은 지켜야 합니다. 돈은 가져 오셨겠지요?

여자, 가슴에서 수표 한 장을 꺼내 김진만에게 준다. 김진만, 수표를 받아
서 햇볕을 향해 비춰본다.

여　자	가짜는 아니에요.
김진만	물론 우리가 찾아드린 시체도 가짜는 아닙니다.
이영복	내가 꺼냈습니다. 물속에서 죽은……
김진만	(이영복을 향해) 염병할, 쓸데없는 소리 말고 가만히 있어!
이영복	내가 두 팔로 껴안아…… 꺼냈어요.

김진만, 남자의 시신이 담긴 외바퀴 수레의 손잡이를 붙잡는다.

김진만	자, 갑시다! 읍내까지 실어다 드릴 테니 뒤를 따라오세요!
여　자	아뇨. 제가 하죠.
김진만	부인은 수레를 끌고 가기 힘들 걸요.
여　자	그래도 제 남편의 마지막 길이에요. (김진만에게 수레의 손잡이를 달라고 손을 내밀며) 저에게 주세요. 제가 모셔가고 싶어요.

김진만, 수레의 손잡이를 여자에게 넘겨준다. 여자, 수레를 끌고 가건물 밖으로 나간다.

김진만	여자는 변덕쟁이라더니…… 이제 와서 열녀노릇을 할 모양이군!

가건물 뒷길, 읍내 쪽으로 수레를 끌고 가는 여자와 양식장 쪽으로 수레를 밀고 가는 일꾼들이 서로 교차한다. 일꾼들, 잠시 수레를 멈추고 여자를 바라본다. 김진만, 수표를 들고 이영복에게 다가간다.

김진만	이걸 보라구! 동그라미가…… 여덟 개…… 삼천만원짜리 수표야! 드디어 우린 죽지 않고 살게 됐어!
이영복	자네, 그 돈 다 가져!
김진만	뭐, 뭐라구?
이영복	반절씩 나눠 갖기로 했던 것, 난 안 갖겠어!
김진만	그게 무슨 염병 앓는 소리야? 우린 동업자야! 그런데 나더러 다

갖고, 자넨 안 갖겠다니…… 설마 이번 일에서 발뺌하려는 건 아니겠지?

이영복   그 남자…… 난 절대로 잊지 못할 거야.

김진만   염병할, 그 남자에 대해서는 말도 꺼내지 마!

이영복   난 기억하겠어, 영원히.

김진만   자넨 그 남자 이름을 알기나 해?

이영복   (침묵)

김진만   왜 죽으려고 했는지는 아느냐구?

이영복   (침묵)

김진만   대답해 봐! 도대체 알고 있는 게 무엇이기에 기억을 해?

이영복   내가 아는 건…… 그 남자는 죽었어. 그리고…… 그 남자가 죽었기 때문에…… 우리가 살게 됐어.

김진만   우리가 살아?

이영복   그래. 자네도 조금 전 같은 말을 했잖아. 드디어 우린 죽지 않고 살게 됐다구!

김진만   그건…… 염병할…… 이 엄청난 수표를 보고 감격해서 한 소리지! 그 남자하곤 아무 상관없어! 눈곱만큼도 난 상관없으니까 괜히 확대시켜 오해 하지 말라구!

이영복   자넨 상관없다지만, 난 있어!

김진만   완전히 미쳤군! 죽을 때 겨우 물 한 통 날라다 줬다고, 그 남자가 자네가 무슨 특별한 관계가 생긴 건 아냐! 깨끗이 잊어버려, 그 남자는! 그 남자가 살고 있을 때도 우린 몰랐고, 죽을 때도 몰랐고, 더구나 죽은 다음엔 알게 없지!

이영복   (두 손의 손가락들을 펼쳐 보이며) 난 안 미쳤어. 이것 봐, 내 손가락은 모두 열 개야. 내가 죽으면 슬퍼할 사람은 없지만, 기뻐할 사람은 많아.

김진만, 어처구니없다는 듯 뒷걸음으로 물러나 식탁으로 가서 그 위에 걸터앉는다.

김진만   우리 동업은 이것으로 끝내야겠어! 뭔가 서로 맞는 게 있어야 동업을 하지, 우린 달라도 너무 달라! 수표가 현금이 아니라서 유감이군. 당장 반절씩 나눠 갖고 헤어지면 되는 건데…… (식탁 위에 놓여있는 양식장 계약서를 집어든다.) 아참, 양식장 파는 것도 남았잖아. 염병할…… 어떻게 한다……?

이영복   그 돈은 모두 자네가 가져도 좋아. 하지만…… 자네 몫의 양식장은 나에게 줘.

김진만   양식장을?

이영복   그 남자의 시체를 판 돈으로 난 자네 몫의 양식장을 사겠어.

김진만   양식장은 뭘 하려구?

이영복   (침묵)

김진만   쓸모없는 그걸 갖겠다는 건 바보짓이야! 정말 넋 빠진 바보 멍청이나 할 짓이라구! 좋아, 마음대로 해! 이젠 동업자도 아닌데, 내가 자넬 걱정할 필요 없지!

김진만, 양식장 계약서를 찢어서 식탁 위에 놓는다.

김진만   사기꾼 브로커 자식이 오거든 그래, 자네한테 팔고 갔다구! 그 자식이 후회할 걸. 조금만 더 준다고 했어도, 난 그 자식에게 팔았을 거야!

김진만, 가건물 밖으로 나간다.

제10장

늦은 저녁, 황혼의 진붉은 빛깔이 하늘과 바다에 가득 퍼져 있다. 가건물 뒷길, 정장을 입은 브로커가 자전거를 타고 읍내 쪽에서 다가온다. 가건물 안은 밖에 비해 어둡다. 이영복, 군용침대에 누워 있다. 그의 무릎 위에는 물고기 남자를 그린 종이가 놓여 있다. 브로커, 가건물 앞에 자전거를 세운다. 그는 손가방을 들고 어두컴컴한 안으로 들어온다.

브로커　이거 너무 어두워서…… 누구 없어요?

이영복　(침묵)

브로커　아무도 없습니까?

이영복　여기, 내가 있는데요.

　　　　　브로커, 이영복에게 다가온다.

브로커　그게 뭡니까? 어둠 속에서 뭘 그렇게 열심히 보고 있죠?

　　　　　이영복, 무릎 위의 종이를 브로커에게 내민다. 브로커, 그 종이를 받아서 눈앞에 가까이 대고 본다.

브로커　난 봐도 모르겠군요.

이영복　물고기 남자예요.

브로커　물고기 남자……?

이영복　네.

브로커　글쎄요…… 공상 속에나 있을까…… 이런 물고기 종류는 없어요. 물론 이런 모양의 사람도 없고. (종이를 이영복에게 되돌려주며) 선생의 동업자는 어디 있죠?

이영복　그는 떠났어요.

브로커	떠나요?
이영복	다시는 돌아오지 않을 겁니다.
브로커	그럴 리가…… 오늘 저녁 내가 온다는 걸 알 텐데요?
이영복	(침묵)
브로커	놓쳤군. 내가 좀 더 일찍 왔어야 하는 건데…… 아까 읍내로 어떤 여자가 자기 남편의 시체를 싣고 왔죠. 예감이 이상했어요. 혹시나 선생들이 그 시체를 찾아주고 돈 받은 건 아닐까…… 그런 느낌이 들었거든요.
이영복	(침묵)
브로커	불 좀 켭시다. 이거 답답해서……

이영복, 침대에서 일어나 식탁으로 간다. 그는 전등을 켠다. 식탁 위, 김진만이 찢어놓은 계약서가 놓여 있다. 브로커, 식탁으로 가서 계약서를 집어든다.

브로커	양식장 계약서는 왜 찢어져 있죠?
이영복	그가 떠나면서 나에게 팔았어요, 자기 몫을요. 공동 소유였던 양식장을 이젠 나 혼자 갖게 됐습니다.
브로커	선생이 혼자……?
이영복	네.
브로커	그걸 전부 가져서 무얼 하려구요?
이영복	(침묵)
브로커	아까 보여준, 그 물고기 남자인가 뭔가를 양식할 건가요?
이영복	(침묵)
브로커	적조 때문에 아무 것도 살지 못합니다. 실컷 고생만 하고, 잔뜩 손해만 보고…… 선생이 직접 경험하셨잖아요.
이영복	그래서 나 자신이 갖기로 한 겁니다.
브로커	무슨 말씀인지……?
이영복	(침묵)

브로커	그러니까 뭡니까? 혼자 다 갖겠다는 건…… 남에겐 팔지 않겠다, 그런 뜻입니까?
이영복	네.
브로커	왜요?
이영복	내가 팔면…… 산 사람은 나처럼 실컷 고생만 하고, 잔뜩 손해만 볼 겁니다. 그걸 알면서 양식장을 팔 수는 없죠.
브로커	별 희한한 생각을 하셨군요. 도대체 선생이 다른 사람과 무슨 상관이 있습니까? 선생을 잘 아는 사람이 양식장을 살 리는 없고, 전혀 모르는 사람이 사게 될텐데요? (손가락으로 자기 자신을 가리킨다.) 자, 나를 보십시오! 선생과 다른 사람 사이에, 그 중간에, 브로커인 내가 있습니다. 선생은 일단 양식장을 나에게 넘겨주세요. 그럼 나는 적조가 사라지기를 기다렸다가, 그걸 살 사람을 찾아내 파는 겁니다. 그 경우, 선생은 누가 샀는지 모르며, 산 사람 역시 누가 팔았는지 모릅니다. 실컷 고생을 하고 잔뜩 손해를 봐도, 중간에 있는 나를 욕할 뿐 모르는 사람을 욕진 않죠. 그러니 얼마나 편리합니까, 나라는 존재가? 선생이 들을 욕을 내가 중간에서 대신 듣고, 선생이 받을 원망을 내가 중간에서 대신 받습니다. 선생은 아무 걱정마세요. 그저 홀가분한 기분으로 나에게 양식장을 팔고 떠나기만 하면 되는 겁니다.
이영복	하지만 이젠 비켜 주시지요. 중간에서 가로막고 있을 필요가 없습니다.
브로커	날…… 비키라구요?
이영복	네. 이제서야 비로소 알게 된 사실입니다. 나는 전혀 모르는 사람과도 깊은 관계가 있다는 것을요.
브로커	이런…… 선생은 뭔가 지나치게 과민해지셨군요.
이영복	난 정상이요. 이 세상의 그 어떤 모르는 사람이 괴로우면 나도 괴로워야 당연하고, 그 모르는 사람이 기쁘면 나도 기뻐야 당연하죠.

브로커, 곤혹스러운 표정으로 어깨를 움츠린다.

브로커 잘 생각해 보세요. 며칠 전 자전거를 찾으러 왔을 때, 내가 이런 말을 했었죠. 선생의 동업자는 팔고 떠날 사람이 확실하지만, 선생의 태도는 애매모호한 것 같다구요.

이영복 (침묵)

브로커 내 말을 기억하세요?

이영복 기억합니다.

브로커 선생은 그랬어요. 지금처럼 안 팔겠다는 고집 같은 건 없었지요. 그래서 난 선생에게 솔직한 심정으로 부탁을 했었습니다. 동업자인 친구분과 똑같은 결정을 하시도록요. 다시 한 번 부탁합니다. 계약서는 얼마든지 새로 쓸 수 있어요. 그리고 대금은, 즉시 현찰로 드리겠습니다.

브로커, 손가방을 열어서 식탁 위에 올려놓는다. 돈다발이 가득 들어 있다. 브로커는 새 계약서를 꺼내 이영복에게 내민다.

브로커 매매계약은 간단해요. 여기에 이름 쓰시고 도장 찍으면 끝납니다.

이영복 아뇨.

브로커 팔아야만 여길 떠날 수 있어요. 이 지옥을 떠날 수 있다구요.

이영복 난 여기 있겠습니다.

브로커 (가건물 밖, 바닷가 쪽을 가리키며) 괜히 고집부리지 말고, 저 바닷가를 보세요.

이영복 (고개를 돌려 바닷가 쪽을 바라본다.) 바닷가를 보라고 했던 건 바로 나였어요.

브로커 물론입니다. 선생 자신이 이렇게 말했으니까요. (이영복의 목소리를 흉내내어 말한다.) "저기 있는 수많은 양식장들은 모두 팔려고 내놓은 겁니다. 아주 헐값이지요. 어느 것이든 원하는 대로 골라 살 수 있는데, 왜 하필이면 이 양식장을 사려고 합니까?"

이영복 정확히 내가 한 말은, 어느 것이든 원하는 대로 골라 살 수 있다였죠. 그런데 꼭 이 양식장을 사려고 하는가는, 내 말이 아니라 당신의 말이었습니다.

브로커 아, 그랬던가요? 하지만 서로의 기억이 혼동될 만큼, 우린 똑같은 생각을 했던 거죠. 어쨌든 내 기억이 틀림없다면, 난 이렇게 말했습니다. 이 양식장은, 내가 일흔 번째 샀다가 팔았다구요.

이영복 아뇨. 일곱 번째였다고 했어요.

브로커 일흔 번이든, 일곱 번이든, 아니, 칠백 번이든 그건 별 문제가 아니에요. 지금의 문제는 선생이 안 팔겠다고 거부하면 그 어떤 숫자도 의미가 없다는데 있습니다. 아시겠습니까, 내 말을? 다행히도 선생이 고집하지 않으면, 나도 내 조건을 양보하겠습니다. 처음 제시한 십분지 일 가격보다는 두 배 많은 십분지 이를 드리지요!

이영복 (침묵)

브로커 십분지 삼!

이영복 (침묵)

브로커 좋습니다, 좋아요! 이번 선생과의 거래에 대해서는, 난 많은 이익을 남길 생각은 포기했습니다. 다만 새로운 기록을 세웠다는 그것에 만족하고, 십분지 사를 드리지요! 이건 선생의 동업자가 요구한 금액입니다. 더 이상의 양보는 없습니다!

이영복 (침묵)

브로커 왜 아무 말씀 안 하십니까?

이영복 난 그래도……

브로커 네?

이영복 십분지 십, 전부를 주어도 팔지 않겠습니다.

브로커 뭐…… 뭐라구?

브로커, 잔뜩 성이 나서 열어 놓았던 손가방을 큰 소리가 나도록 닫는다.

브로커 참 어처구니없군! 여봐, 당신 혼자 안 판다고 내가 다른 양식장을 못 살 줄 알아? 얼마든지 난 골라 살 수 있어! 몇 푼 안주고도 감사합니다, 정말 감사합니다, 큰 절을 받으면서 살 수 있다구!

브로커, 이영복을 노려보더니 손가방을 들고 나간다.

브로커 망할 자식 같으니! 이런 자식은 완전히 망해버려야 해!

브로커, 가건물 밖으로 나가서도 고함지른다.

브로커 당신 말이야, 이 세상의 모르는 사람들과 무슨 관계가 있는 듯이 착각하지 마! 아무 상관없어! 중간에는 언제나 내가 있지, 아무도 없다구!

가건물 밖, 진붉은 황혼이 사라지고 어둡다. 밤하늘에는 달이 뜨고 별들이 반짝인다. 바닷가 양식장 쪽 길을 브로커가 자전거를 타고 간다. 양식장의 일꾼들, 죽은 물고기들을 실은 외바퀴 수레들을 밀면서 자전거와 엇갈리며 지나간다. 가건물 안, 이영복이 군용 침대로 가서 앉는다. 그는 남자가 고쳐준 라디오를 손에 들고 쓰다듬더니 작동 버튼을 누른다. 나지막하게, 구슬픈 음악이 들린다.

— 막 —

마르고 닳도록

· **등장인물**

김태기 가족/ 김태기, 혹은 안또니오/ 장선아/ 김수인
알레익산드레/ 마요르까 마피아/ 돈 까를로스
살리나스/ 뻬드로/ 옥따비오/ 리까르도
이름 없는 마피아들/ 한국 마피아/ 황원재/ 경호원들/
스페인 한국대사관/ 조규탁/ 이영민/ 가짜 유족
첫 번째 가짜 롤리따/ 두 번째 가짜 롤리따
엘레나/ 세실리아/ 레오노레

한국의 인물들 : 박정희/ 전두환/ 노태우/ 김영삼/ 김대중
대통령 비서실장/ 서울 시민들/ 계엄사령부 참모장
참모 장교들/ 광주 시민들/ 무장 군인들
대학재단 이사장/ 대학총장/ 교수 남자후보/ 교수 여자후보
경마장 기수들/ 해외 차관 사절단
김포공항 안내양/ 여행사 직원/ 면세점 직원/ 관제탑 직원

마요르까의 인물들 : 안익태/ 시민들/ 집시들/ 투우사들/ 레스
토랑 웨이터
호텔 보이/ 택시 기사

미국의 인물 : 아놀드 솔로몬 (인형)

· **장소**

마요르까, 마드리드, 서울, 광주, 뉴욕

· **시간**

1965년부터 1998년까지

무대, 막이 오른다. 안익태 작곡 〈코리안 환타지〉가 울려 퍼지면서, 마요르까 심포니 오케스트라의 연주장면이 영상으로 무대 뒷면에 비쳐진다. 지휘자석에 해당되는 곳, 하얀 시트로 뒤덮인 병원용 침대가 놓여있다. 마요르까 심포니 오케스트라 상임지휘자 안익태, 침대에 누워서 지휘봉을 휘두른다. 그는 임종의 시간에 자신이 작곡한 〈코리안 환타지〉를 자신이 지휘하는 환상을 보고 있다. 음악, 점점 고조된다. 지휘자 안익태의 호흡은 끊어질 듯 가빠지고, 그의 몸은 뒤틀리듯 경련을 일으킨다. 마침내 그의 손에서 지휘봉이 굴러 떨어진다. 일순간, 정지되는 음악. 무대 뒷면, 오케스트라 연주 장면이 사위어지면서 어둠. 침묵. 스페인 라디오 방송, 긴급뉴스를 전한다.

아나운서 라 노띠시아 뜨리스떼 데 에스따 마냐나. 엘 디렉또르 델 라 오르께스따 신포니까 데 마요르까, 엘 꼼뽀시또르 이 마에스뜨로 익태 안 아 파예시도 엔 엘 오쓰삐딸 헤네랄 데 바르셀로나. 수스 레스또스 세란 뜨라슬라다도스 아 마요르까 돈데 세 레알리사란 로스 리또스 푸네브레스 꼰 라 빠르띠시빠시온 꼰돌리다 델 라 시우다다니아. [주]1

조명, 밝아진다. 안익태의 장례식 행렬이 무대 가운데를 지나간다. 구슬픈 조곡(弔曲)을 연주하는 나팔수와 하얀 꽃으로 장식한 안익태의 관을 어깨에 맨 남자들이 앞서 가고, 검은 상복을 입은 안익태 유족인 롤리따 여사

주) 1
- Locutor ： La noticia triste de esta mañana El Director de la Orquesta Sinfónica de Mallorca, el compositor y maestro Ik-tae Ahn ha fallecido en el Hospital General de Barcelona. Sus restos serán trasladados a Mallorca donde se realizarán los ritos funebres con la participación condolida de la ciudadanía.
- 아나운서 : 오늘 아침 슬픈 소식을 알립니다. 마요르까 심포니아 상임지휘자이며 작곡가인 안익태 씨가 바르셀로나의 종합병원에서 사망하였습니다. 고인은 마요르까로 옮겨져서 그 곳 시민들의 애도 속에 장례식을 치를 것입니

와 세 명의 딸들이 관을 따라간다. 유족들 뒤에는 마요르까의 시민들 –
이 연극의 모든 등장인물들이 기다랗게 줄을 잇고 있다. 행렬 속의 살리나
스, 몇 사람 앞에 있는 돈 까를로스를 발견한다. 살리나스는 걸음을 빨리
해서 앞으로 가더니 돈 까를로스에게 무엇인가를 속삭인다. 그들은 행렬
에서 빠져나온다.

돈 까를로스　　그래, 뭔가? 나한테 긴급히 할 말이란……?

살리나스　(주위를 조심스레 살피더니 반절로 접어 겨드랑이에 꼈던 신문을 꺼내 펼쳐
　　　보인다.) 신문 보셨습니까?

돈 까를로스　　봤지!

살리나스　자세히 보셨어요?

돈 까를로스　　봤으니까 나도 이렇게 장례식에 나온 것 아닌가!

살리나스　신문 전체를 안익태 기사로 가득 채워 놨더군요. 마요르까 심포니
　　　오케스트라 상임지휘자 안익태 사망, 그의 생애와 음악세계, 그에
　　　대한 존경과 사랑……

돈 까를로스　　저 기다란 행렬이 증명해주지! 마요르까의 명사들, 관리들, 예
　　　술인들, 귀부인들이 빠짐없이 모두 나왔네. (장례행렬 쪽으로 몸을
　　　돌리며) 자, 우리도 어서 뒤따라가세!

살리나스　잠깐만요. 중요한 건 바로 이겁니다. (신문의 한 기사를 손가락으로 가
　　　리킨다.) 여길 읽어보시죠.

돈 까를로스　　안익태는 작곡가로서도 많은 업적을 남겼다……

살리나스　그 다음을요.

돈 까를로스　　그의 작곡 중에는 대한민국 국가인 〈애국가〉도 있다……

살리나스　나는 변호사입니다.

돈 까를로스　　그래서……?

살리나스　저작권법을 공부한, 그 분야의 전문가죠.

돈 까를로스　　그리고 자네는 마요르까 마피아의 법률고문이기도 하지.

살리나스　쉿, 사람들이 들어요. (주위를 살핀 다음 말한다.) 저작권법에 의하면
　　　이렇습니다. 저작자가 사망한 후에도 저작권은 50년간 지속됩니

다. 다시 말해 안익태는 죽었지만, 〈애국가〉 저작권은 여전히 살아있죠.

돈 까를로스 그건 상식 아닌가? 안익태 유족들이 그 저작권을 행사할 걸세.

한 사람이 그들 곁을 지나간다. 살리나스, 잠시 헛기침을 한다.

살리나스 난 신문기사를 읽자마자 관련자료들을 조사해 봤습니다. 이상하게도 전세계의 모든 국가(國歌)는 작곡가가 불분명한데 비해서, 유달리 꼬레아의 국가만은 작곡가가 명확합니다. 그런데 마에스뜨로 안은 뭣 때문인지 생존시에 〈애국가〉 저작권료를 단 한푼도 받지 않았더군요.

돈 까를로스 바로 그것이 진정한 애국심이지!

살리나스 물론 유족들도 그렇구요. 고인의 뜻을 잘 알고 있는 이상 〈애국가〉의 사용료는 받으려고 안 할 겁니다. 그러나 그 저작권을 우리가 갖는다면 이야기는 달라지죠. 우린 엄청난 사용료를 꼬레아 정부로부터 받을 수 있으니까요.

돈 까를로스 엄청난 사용료를……?

살리나스 네!

돈 까를로스 이제서야 귀가 솔깃해지는군! 지금 당장 마요르까 마피아들을 소집하겠네!

마요르까 마피아들이 검정모자, 검정 선글라스, 검정 양복, 검정 구두를 착용하고 등장한다. 그들은 무대에 장방형의 탁상과 의자들을 옮겨온다. 한 마피아가 커다란 세계지도를 탁상 위에 펼쳐놓는다. 또 다른 마피아는 두툼한 백과사전을 탁상 위에 올려놓는다. 준비를 마친 마피아들은 긴장상태로 기립해 있다. 돈 까를로스, 탁상으로 다가와서 상석에 앉는다.

돈 까를로스 앉게나, 살리나스.

살리나스 네.

돈 까를로스　모두 앉아.

마피아들　(긴장한 채 의자에 앉는다.)

돈 까를로스　우리 패밀리를 긴급 소집한 것은…… 먼저, 꼬레아가 어디에 있는지 찾기로 한다.

마요르까 마피아들, 탁상 위에 펼쳐놓은 세계지도에서 한국을 찾으려고 애를 쓴다. 의자에서 반쯤 일어선 마피아, 완전히 일어선 마피아…… 마침내 뻬드로가 탄성을 지른다.

뻬드로　여기 있습니다!

돈 까를로스　어디지, 거기가……?

뻬드로　아시아의 동쪽 끝, 맨 끝입니다!

돈 까를로스　(실망의 기색이 완연하며) 참 멀리도 있군!

살리나스　정말 먼 곳인데요. 하지만 거리란 상대적입니다. (세계지도에서 마요르까를 손가락으로 짚으며) 우리 마요르까는 유럽의 서쪽 끝에 있죠. 더구나 에스빠냐 본토에서도 멀리 떨어진 섬…… 아시아의 동쪽 끝 한국에서 보면, 유럽의 서쪽 마요르까는 아득히 멀게만 느껴지겠지요.

돈 까를로스　어쨌든 지구의 동쪽 끝은 너무 멀어! (마피아들을 향해 묻는다.) 누구, 꼬레아에 가본 사람 있나?

마피아들　(침묵한다.)

돈 까를로스　있어? 없어?

마피아들　없습니다!

돈 까를로스　(허공을 손가락으로 가리킨다.) 저기, 달에 가본 사람은?

마피아들　(침묵한다.)

돈 까를로스　대답해. 있는 거야? 없는 거야?

마피아들　없습니다!

돈 까를로스　(살리나스에게 으쓱해 보이며) 이것 보게! 아무래도 자네 아이디어는 포기해야겠군!

살리나스, 의자에서 일어나 백과사전이 놓여있는 곳으로 걸어간다. 그는 백과사전을 뒤적인다. 마피아들이 모두 그의 행동을 주시한다.

돈 까를로스   자네, 뭘 하는 건가?

살리나스   〈엔싸이클로피디아 브리테니카〉를 뒤적이는 중입니다. 1965년도 최신판 백과사전이죠. 이걸 뒤적이면 직접 가보지 않고도 궁금한 걸 알 수 있습니다. 꼬레아 국민은 몇 명인가…… 아, 여기 있군요. 3천 5백만 명! 국민 일인당 〈애국가〉사용료를 1달러씩 받는다면 3천 5백만 달러!

돈 까를로스   (신음소리를 낸다.) 으음……

살리나스   이 엄청난 돈을 포기하시겠습니까?

돈 까를로스   음……

살리나스   한 번만 받는 돈이 아닙니다. 앞으로 50년간, 〈애국가〉의 저작권이 유효한 50년 동안, 해마다 꼬박꼬박 받아낼 수 있는 돈입니다.

돈 까를로스   자넨 욕심이, 아니 신념이 대단하군! 더구나 이미 그 저작권을 마에스뜨로 유족들로부터 넘겨받은 듯이 행동하고 있으니……

살리나스   아하, 그 문제는 뻬드로가 간단히 처리해 줄 겁니다. (탁상 맞은편에 앉아있는 뻬드로에게 다가가서 묻는다.) 뻬드로, 자네 특기가 뭐지?

뻬드로   서류위조입니다.

살리나스   저작권 위임장을 하나 만들어주게. 위임자는 마에스뜨로 미망인 롤리따 여사, 그리고 세딸 엘레나, 세실리아, 레오노레이네.

뻬드로   위임받는 사람은요?

살리나스   변호사 미겔 살리나스, 바로 날세.

뻬드로   알겠습니다. 내일 아침까지 만들어드리죠.

돈 까를로스   (결단을 내린 듯 손바닥으로 세 번 탁상을 친다.) 우리 마요르까 마피아는 다음과 같이 결정한다. 꼬레아에 파견할 원정대를 조직, 대장은 미겔 살리나스를 임명하고, 대원은…… (마피아들을 둘러보며) 음…… 지구 끝까지 장시간 비행기를 타고 가도 멀미가 안나는 특수체질이어야 할 텐데…

리까르도 (손을 들고 일어선다.) 제가 자원하겠습니다.

돈 까를로스 리까르도……?

리까르도 네. 저는 전투기 조종사였거든요.

돈 까를로스 좋아! 그리고 또 없나?

옥따비오 (손을 들고 일어선다.) 접니다.

돈 까를로스 옥따비오, 자네 역시 비행사였나?

옥따비오 아, 아닙니다.

돈 까를로스 그럼 왜 자원을 해?

옥따비오 저의 이 우람한 체격이면 되지 않겠습니까?

돈 까를로스 안돼, 체격만으로는.

살리나스 괜찮습니다. 옥따비오와 리까르도를 데리고 가죠.

돈 까를로스 통역은? 꼬레아 정부와 교섭하려면 한국어에 능통한 사람이 필요하잖아. (마피아를 둘러본다.) 설마 우리 안엔 없겠지?

뻬드로 통역이라면 퇴역대령 알레익산드레를 찾아가 보시죠. 에스빠냐 군인으로서 유일하게 꼬레아 전쟁에 참가한 사람인데 저희 동네에서 사설 미술관을 운영하고 있습니다.

돈 까를로스 살리나스, 자네가 직접 가서 확인해 보게.

살리나스 네, 그렇게 하죠.

무대 천정에서 대형 화판에 그려진 초현실주의 화가 살바르도 달리의 그림들이 내려온다. 기린의 머리에서 엉덩이에 이르기까지 기다란 등줄기에 불이 붙은 「불타는 기린(1936년-1937년 작)」과 나뭇가지에 시계가 축 처진 채 걸려있는 「회상의 연속성(1931년 작)」, 눈 감은 거대한 얼굴을 긴 받침대로 받쳐놓은 「잠(1937년 작)」, 그리고 아무 것도 그리지 않은 살바도르 달리의 사인만이 있는 캔버스 등이다. 가슴에 무공 훈장을 단 퇴역대령 알레익산드레, 휠체어에 앉은 채 그림 앞에서 낮잠을 자고 있다. 뻬드로와 살리나스는 잠든 알렉익산드레에게 다가간다.

뻬드로 대령님! 대령님!

살리나스 (알레익산드레를 한심한 듯 살펴보더니 고개를 가로 저으며) 깨우지 말게!

뻬드로 왜요……?

살리나스 도대체 이 노인네 몇 살인가?

뻬드로 글쎄요, 일흔다섯 살 쯤 되실 겁니다.

살리나스 이젠 걷지도 못하는지 휠체어를 타셨군!

뻬드로 퇴행성관절염 때문이죠.

살리나스 그냥 돌아가세. 한국어에 능통해도 이런 상태로는 그 먼 곳까지의 여행이란 불가능해.

뻬드로 뭔가 오해하셨군요. 통역은 대령이 아니라 대령의 아들 안또니오 입니다.

살리나스 안또니오……?

뻬드로 꼬레아 전쟁이 끝난 뒤 귀국하면서 대령이 고아원에서 입양해온 아 들이죠. 그땐 코흘리게 어린애였는데, 지금은 커서 바르셀로나 음악 대학 학생입니다. 꼬레아 말은 물론에스빠냐 말도 아주 잘해요.

살리나스 어서 대령을 흔들어 깨워!

뻬드로 (알레익산드레가 잠든 휠체어를 흔든다.) 대령님, 눈 좀 뜨세요!

알레익산드레 어…… 이게 누군가?

뻬드로 접니다, 뻬드로에요.

알레익산드레 시에스타 시간이야, 지금은! 낮잠 자는 시간엔 아무도 내 미술 관에 입장 안시켜!

뻬드로 특별손님이 오셨어요. (살리나스를 가리키며) 미겔 살리나스 변호사 입니다!

알레익산드레 변호사는 낮잠도 안자나?

살리나스 죄송합니다, 대령님.

알레익산드레 진짜 변호사라면 법을 어기지는 않을 텐데?

살리나스 네……?

알레익산드레 입장권을 사지 않고 내 미술관에 들어오는 건 불법이오.

살리나스 매표소가 어딥니까? 지금 곧 입장권을 사겠습니다!

알레익산드레 (호주머니에서 표를 꺼내며) 내가 있는 곳이 매표소지.

살리나스   (돈지갑에서 지폐를 꺼내주고 표를 받는다.) 거스름돈은요……?

알레익산드레   뭘 망설이고 있소? 입장권을 샀거든 나에게 주시오. 그래야 당신을 정식으로 입장시킬 수 있지.

살리나스   아, 그렇군요!

살리나스, 방금 산 표를 알레익산드레에게 내민다. 알레익산드레는 표를 받더니 들어가도 좋다는 손짓을 한다. 살리나스는 전시된 그림들을 둘러본다.

살리나스   모두 초현실적 그림들인데요?

알레익산드레   입구에 걸린 간판을 못 보셨나? 여긴 「살바도르 달리 전문 미술관」이오.

살리나스   그런데…… 실례입니다만 그림들이 진품은 아닌 것 같군요.

알레익산드레   실례될 것 없소. 모두 가짜니까. 사인만은 살바도르 달리가 진짜 한 거라오.

살리나스   진짜 사인이라뇨……?

알레익산드레   달리는 위대한 화가 겸 위대한 사기꾼이오. 그는 그림을 그려 팔기도 했지만, 아무 것도 그리지 않은 텅 빈 캔버스에 그냥 사인만 해서 팔기도 했거든. (살바도르 달리의 사인이 있는 텅빈 캔버스를 가리키며) 내가 대령으로 제대할 때, 퇴직금을 몽땅 주고 산 것은 저 사인 하나 뿐이오.

뻬드로   그림들은 어설픈 삼류화가들이 복제한 것이죠. 하지만 저 사인만은…… 저 캔버스에 있는 진짜 사인을 보고 내가 위조한 겁니다.

살리나스   그래, 그래, 똑같군! 살바도르 달리가 와서 봐도 모두 자기 사인인 줄 알겠어!

알레익산드레   당신은 오늘 사인을 구경하셨소. 그러므로 거스름돈을 못 받았다고 너무 상심하지 마오.

살리나스   상심하다니요? 오히려 대령님의 말씀에 저는 무한한 용기를 얻었습니다. 사실 저는…… 뻬드로가 사인해 줄 어떤 서류 하나만 들고 지구의 끝으로 가야 합니다.

알레익산드레   지구의 끝……?

살리나스   예. 한국이죠.

알레익산드레   한국이라면 내 양아들 안또니오가 태어난 곳인데!

살리나스   그래서 대령님, 아드님의 도움을 받으려고 온 겁니다.

알레익산드레   그 앤 여기 있지 않고 바르셀로나에 있소.

뻬드로   하지만 대령께선 전화로 부탁할 순 있잖습니까?

알레익산드레   잠깐, 뻬드로…… (가까이 다가오도록 손짓하더니 귀에 대고 묻는
다.) 솔직히 말해봐. 저 변호사 양반이 무슨 일 때문에 한국에 가는
거야?

뻬드로   한국정부로부터 받을 돈이 있거든요.

알레익산드레   돈 받을 일이라면 도와줘야겠군.

뻬드로   고맙습니다!

알레익산드레   (살리나스에게) 난 한국정부에서 가장 높은 사람을 알고 있소.

살리나스   누군데요?

알레익산드레   꼬레아 쁘레지덴떼, 박정희 대통령.

살리나스   정말입니까……?

알레익산드레   함께 찍은 사진도 있어. (뻬드로에게) 자네가 내 방에 가서 사진
첩을 꺼내오게. 침대 밑에 있는 그 낡은 사진첩 말이네.

뻬드로, 그림들 뒤로 들어간다. 살리나스는 흥분을 감추지 못하고 서성거
린다.

살리나스   꼬레아 쁘레지덴떼……

알레익산드레   그 양반 대통령되기 전엔 군인이었어.

살리나스   아, 그래요?

알레익산드레   별 두 개짜리 장군이 되자 쿠테타를 일으켜 집권했지. 꼬레아
전쟁 때는 나보다도 계급이 낮았는데. 나는 대령이었고 그는 뭐였
더라? 대위던가, 소령이던가……?

빼드로, 사진첩과 함께 전화기를 가져온다.

빼드로　아예 전화기도 가져왔죠!

알레익산드레　사진첩부터 주게. (무릎 위에 사진첩을 올려놓고 펼친다.) 바로 이 사진이야. 유엔군 사령부 앞에서 무슨 기념식날 찍은 사진인데. 꼬레아군 장교, 미군 장교, 영국군 장교, 프랑스군 장교, 에티오피아군 장교…… (사진 속의 한 인물을 가리키며) 여기 훤칠하게 잘 생긴 인물이 바로 나요. 스페인은 아쉽게도 불참해서, 난 프랑스의 다국적 용병에 자원입대, 꼬레아에 갔었소. 하지만 전투할 때는 내 조국 스페인의 깃발을 휘날리며 용감하게 싸웠지. 박정희 대위던가 소령은…… 아, 여기 있군!

살리나스　(사진을 유심히 바라보며) 키가 아주 작군요.

알레익산드레　작은 고추가 매운 법이지!

빼드로　(전화기를 알레익산드레의 무릎 위에 올려놓는다.) 안또니오에게 전화하시죠.

알레익산드레　(전화기의 다이얼을 돌린다.) 거기, 바르셀로나 음악대학 기숙사요? 나는 작곡과 학생 안또니오의 아버지인데, 긴급한 일로 통화해야겠으니 그 애 좀 찾아주시오!

무대 왼쪽, 스포트라이트가 비춘다. 안또니오가 전화기를 들고 있다.

안또니오　웬일이십니까, 아버지?

알레익산드레　안또니오, 너한테 좋은 일이 생겼다. 꼬레아에 돈 받으러 가는 변호사 양반이 있는데, 너를 통역으로 데려가고 싶다는구나. (살리나스에게 묻는다.) 왕복 비행기값은 부담하시겠소?

살리나스　물론입니다!

알레익산드레　숙박비는?

살리나스　숙박비도요.

알레익산드레　비행기값 숙박비 모두 변호사 부담이란다!

안또니오 하지만 아버지, 제가 뭘 통역해야죠?

알레익산드레 (살리나스에게) 내 아들이 뭘 통역하는지 묻는구려.

살리나스 꼬레아 대통령과의 면담을 통역하는 거라고 하세요.

알레익산드레 꼬레아 대통령과 만날 때 통역하는 거란다! 안또니오, 갈테냐?

안또니오 가야죠! 제 소원이 한국에 가는 거예요!

무대의 살바도르 달리의 그림들, 천정 위로 올라간다. 무대 뒷면, 푸른 하
늘에 하얀 구름들이 빠르게 흘러간다. 구형 쌍발 프로펠러 여객기의 요란
한 소리가 들린다. 여행용 가방을 든 살리나스, 리까르도, 옥따비오, 안또
니오, 등장. 그들은 서울 풍경을 살펴보면서 걷는다.

리까르도 비행기를 마흔여덟 시간이나 탔더니 멀미가 나서 그런가…… 풍
경이 어째 이상한데요.

살리나스 어떻게 보이는데?

리까르도 초라하고, 궁색하고, 볼품없고……

옥따비오 어딜 봐도 엠파이어스테이트 빌딩 같은 고층빌딩은 안보여요.

살리나스 그런 건 뉴욕에 있지! 여긴 서울이야!

옥따비오 (안또니오에게) 우리가 확실히 서울에 오긴 온 거야?

안또니오 네. 지금 우리는 서울 한복판에 있는걸요. 저기 보이는 건물이 서
울 시청이죠.

옥따비오 맙소사, 저 우중충한 건물이……?

리까르도 지독히 가난한 후진국이군!

살리나스 왜들 실망해서 그래? 우린 건물을 보러 온 게 아냐!

리까르도 사람을 봐도 그렇죠. 통통하게 살찐 사람은 한 사람도 안보이고,
모두 비쩍 마른 게 영양부족상태입니다.

마요르까 마피아들, 멈춰 서서 바쁘게 오고 가는 서울 시민들을 바라본다.
서울 시청의 대형시계, 바늘이 오후 다섯 시를 가리킨다. 그 순간 시청 지
붕에 설치된 확성기에서 〈애국가〉가 울려 퍼진다. 두 명의 시청 직원이 시

청 앞 광장 국기게양대에 걸린 태극기를 내린다. 수많은 시민들, 일제히 멈춰 서서 가슴 위에 오른손을 얹고 부동자세가 된다.

살리나스 어어, 이게 무슨 소린가?

안또니오 〈애국가〉입니다.

살리나스 〈애국가〉……?

안또니오 네.

살리나스 난 처음 들어.

리까르도 완전히 마네킹이 됐어요, 사람들이!

옥따비오 한국사람들은 애국가를 들으면 마네킹이 되는 모양이야. 우린 외국인이니까 그냥 지나가자구.

살리나스 가만히 서서 들어봐! 얼마나 가슴 뭉클한 음악인가!

〈애국가〉의 연주가 끝난다. 부동자세였던 서울시민들이 일제히 움직인다. 마요르까 마피아들, 그 모습을 신기한 듯 바라보더니 걸어간다. 텅빈 무대. 한 인물이 홀로 서 있다. 작은 키, 마른 체격, 강인한 얼굴의 박정희 대통령이다. 비서실장이 조심스런 태도로 등장한다.

비서실장 각하, 보고사항이 있습니다.

박정희 좋소. 간단명료하게 하시오.

비서실장 네, 각하!

비서실장, 들고 온 낡은 사진을 박정희 대통령에게 제출한다.

비서실장 지금 비서실에 스페인사람들이 몰려와서 떼를 씁니다. 각하께 이 사진을 보여드리면 자기들을 꼭 만나주실 거라면서요.

박정희 (사진을 바라본다.) 기억나는군. 돈 끼호테……

비서실장 돈 끼호테라뇨?

박정희 스페인 대령의 별명이요.

비서실장 그 대령의 아들이 통역자로 함께 왔습니다.

박정희 그들을 들여 보내시오.

비서실장 네, 각하!

비서실장, 마요르까 마피아들을 데리고 들어온다. 박정희 대통령은 무표정하게 경직된 얼굴로 그들은 맞이한다.

박정희 누가 대령의 아들인가?

안또니오 저…… 접니다.

박정희 임자는 동양인 같은데……?

안또니오 한국 출생입니다. 스페인 아버님이 전쟁고아였던 저를 입양해서 아들로 삼았죠.

박정희 (경직된 태도가 약간 누그러지며) 으음, 그래…… 임자의 부친 존함이 생각나는군. 알레익산드레 대령, 그렇지?

안또니오 맞습니다.

비서실장 기억력이 비상하십니다, 각하!

살리나스 안또니오, 어서 나를 꼬레아 쁘레지덴떼께 소개해 주게.

안또니오 (박정희에게 살리나스를 소개한다.) 이분은 마요르까의 변호사 미겔 살리나스입니다.

살리나스 브에노스 디아스, 세뇨르 쁘레지덴떼! 각하께서는 한국인 음악가 안익태 씨를 기억하시는지요?

안또니오 (살리나스의 말을 통역한다.) 변호사 말씀이 각하께서 안익태 씨를 아시냐고 묻는군요.

박정희 물론 잘 알고 있소!

안또니오 (살리나스에게 박정희의 말을 통역한다.) 잘 아신다고 합니다.

살리나스 마에스뜨로 안은 저희 마요르까 심포니 오케스트라 상임 지휘자였는데, 지난 달 9월 17일 갑작스런 병환으로 사망하였습니다. (십자성호를 그으며) 고인의 영혼이 천국에서 안식을 누리기를!

박정희 간단명료하게!

안또니오 (살리나스에게) 간단하게 말씀하시랍니다.

살리나스 나는 저작권 전문 변호사로서, 고인이 된 마에스뜨로의 유족으로
부터 위임을 받았습니다.

안또니오 (박정희에게) 안익태 씨 유족의 위임을 받았다고 합니다.

박정희 무슨 위임을 받아?

안또니오 (살리나스에게 통역한다.) 무슨 위임을 받았냐고 하시는데요?

살리나스 〈애국가〉의 저작권입니다.

박정희 뭐, 〈애국가〉?

살리나스 (서류가방에서 저작권 위임장을 꺼내 박정희에게 제시한다.) 보십시오, 세
뇨르 쁘레지덴떼! 여기 유족들이 사인한 위임장이 있습니다!

박정희 (서류를 쳐다보지 않고) 간단명료!

안또니오 (살리나스에게) 요점만 간단히 말씀하시랍니다.

살리나스 저희는 〈애국가〉 저작권의 사용료를 청구하러 꼬레아에 왔습니
다.

안또니오 (박정희에게) 애국가 사용료를 달라는군요.

살리나스 백과사전을 봤더니, 한국국민이 3천5백만 명이라는 공식통계가
있습니다. 국민 1인당 1달러씩의 사용료를 계산, 합계 3천5백만
달러를 청구합니다.

리까르도 살리나스, 이런 가난한 나라에 그런 엄청난 금액을 청구하다니!

옥따비오 제발 낮춰요, 낮춰!

살리나스 5백만 달러는 깎고, 3천만 달러만 주십시오!

안또니오 (박정희에게) 청구금액이 3천만 불이라는군요.

살리나스 그리고 사용료 지불은 한 번으로 끝나지 않습니다. 앞으로 오십
년간 계속 지불해야 합니다.

안또니오 (박정희에게) 매년 3천만 불씩, 오십 년간 계속 청구한답니다.

박정희 비서실장!

비서실장 네, 각하!

박정희 장관들에게 전화해서 알아봐! 우리나라가 외국에 저작권료를 지
불할 의무가 있는지!

비서실장 알아보나 마납니다, 각하! 우리나라는 국제 저작권법에 가입한 적이 없습니다!

박정희 없어?

비서실장 가입하면 외국소설책을 번역해도 돈을 내야하고, 외국 노래를 불러도 돈을 내야합니다. 그런 손해날 짓을 왜 우리가 해야 합니까!

안또니오 (비서실장의 말을 살리나스에게 **통역한다**.) 소설이든 음악이든 저작권료를 지불할 필요가 없답니다.

살리나스 세뇨르 쁘레지덴떼! 그건 국제관례에 어긋나는 짓입니다!

안또니오 (박정희에게 **통역한다**.) 돈 안내면 국제관례에 어긋난다는군요.

살리나스 선진국가에서는 저작권을 인권만큼이나 소중하게 보호해줍니다.

안또니오 (박정희에게 **통역한다**.) 선진국가에서는 저작권을 인권처럼 소중하게 보호한다고 합니다.

살리나스 오직 후진국만이 인권을 무시하듯이 저작권을 함부로 무시하는 겁니다.

안또니오 저어…… 그대로 통역하면 대통령 자존심이 상하실 텐데요?

살리나스 그대로 통역하게!

안또니오 (박정희에게 **통역한다**.) 후진국이나 저작권을 함부로 무시한다는군요.

박정희 뭐 후진국……?

박정희, 표정이 이그러진다. 그는 마요르까 마피아들을 매섭게 노려보더니 버럭 고함지른다.

박정희 임자들, 나가! 당장 꺼져버려!

마요르까 마피아들, 박정희의 분노한 태도에 질려서 뒷걸음질로 달아난다.

박정희 비서실장!

비서실장 네, 각하!

박정희   우리도 한 번 잘 살아봅시다! 어서어서 새마을운동을 하고, 빨리 빨리 경제발전을 해야지, 저런 외국 놈들한테 기죽고 살기는 싫 소!

비서실장   네, 각하!

무대 조명, 암전한다. 구형 쌍발 프로펠러 여객기가 날아가는 요란한 소 리. 무대 바닥에 조명으로 비행기 모양을 비춘다. 살리나스와 안또니오가 앞좌석에 앉아있고, 리까르도와 옥따비오는 뒷좌석에 앉아있다. 통로 건너 쪽 좌석에는 장선아가 앉아서 무릎 위에 올려놓은 두 종류의 악보들을 대 조해 보고 있다.

리까르도   우리가 큰 실수 했나봐요. 후진국이라면서 꼬레아 대통령의 자존 심을 건드려놨으   니……

살리나스   그건 자존심이 아냐, 열등감이지.

리까르도   그 쬐그만 양반이 무섭더군요. 버럭 화를 내니까 사지가 벌벌 떨 렸어요.

옥따비오   정말 등골이 오싹 합니다.

살리나스   그렇게들 무서웠어?

리까르도   어쨌든 그 양반이 꼬레아 대통령으로 있는 한 우린 돈 받기는 틀 렸어요.

살리나스   난 자네들 생각과는 달라. 그 양반 열등감을 잔뜩 긁어놨으니까, 악에 바쳐서라도 열심히 경제발전을 할 거라구. 꼬레아가 경제발 전하면 선진국이 되고, 선진국이 되면 저작권 사용료를 내겠지. 그게 국제적인 관례거든.

리까르도   나는 국제관례는 모르지만요, 사람 인상 볼 줄은 알아요. 꼬레아 대통령의 인상이 독종이에요. 선진국이 되어도 돈 한 푼 안 줄 겁 니다.

살리나스   안또니오, 꼬레아 대통령이 독종으로 보이던가?

안또니오   글쎄요…… 저한테는 친절했어요.

옥따비오 우린 어떻게 됩니까?

리까르도 빈손으로 돌아오는 걸 보면, 돈 까를로스께선 실망하실 텐데요.

살리나스 쓸데없는 걱정 마! 그분은 통이 크셔! 멀리, 먼 장래를 내다 볼 줄 아신다구!

장선아가 대조해 보던 악보 중에서 한 장이 통로에 떨어진다. 안또니오, 악보를 주워 장선아에게 준다.

안또니오 여기, 악보가 떨어졌는데요.

장선아 아, 네…… 고마워요.

안또니오 무슨 악보인지 궁금하군요. 제가 잠시 보면 안 될까요?

장선아 보시죠, 그럼.

장선아, 악보를 안또니오에게 건넨다. 안또니오는 악보의 음표를 낮게 소리내어 읽는다.

안또니오 딴− 따 다 다 따 따 다 다−

따− 다− 다 다 딴 다− 다−

이건 〈애국가〉인데요!

장선아 (갖고 있는 다른 악보도 내밀며) 이 악보도 드릴 테니 비교해 보시겠어요?

안또니오 딴 딴 다 다 딴 딴 다 다

따 단− 다− 딴 다− 다

장선아 어때요? 〈애국가〉와 비슷해요?

안또니오 어딘지 좀……

장선아 불가리아 민요 〈오! 도보르얀스키크레이〉에요. 지난해 서울에서 국제음악제가 열렸었는데요, 불가리아 음악가 피터 리콜로프 씨가 기자회견에서 놀라운 발언을 했죠. 〈애국가〉는 불가리아 민요를 표절했다구요. 그러니 한국은요, 나라 전체가 발칵 뒤집혔죠.

안또니오　(충격을 받은 표정으로 두 악보를 다시 대조해 보며) 하지만…… 구성형
　　　　　식이 다른데요. 〈애국가〉는 2부 16절로 되어있고, 불가리아 민요
　　　　　는 3부 24절입니다……

장선아　리콜로프씨는 〈애국가〉의 16소절 중 12소절, 그러니까 거의 대부
　　　　　분이 비슷하다는 거예요.

살리나스　(안또니오에게) 통역 좀 하게, 통역을.

안또니오　〈애국가〉가 표절이랍니다.

마요르까 마피아들, 깜짝 놀라 벌떡 일어선다.

마피아들　뭐, 표절……!

안또니오　하지만 안익태 선생님은 절대로 표절하실 분이 아닙니다!

살리나스　저 세뇨리따 누구야? 정체를 알아봐!

안또니오　(장선아에게) 실례입니다만, 뭘 하시는 분입니까?

장선아　서울신문 문화부 기자예요. 이름은 장선아구요.

안또니오　저는 바르셀로나 대학에서 작곡을 공부하는 학생입니다. 스페인
　　　　　식 이름은 안또니오 알레익산드레, 한국식 이름은 김태기죠.

장선아　그래서 악보를 잘 보시는군요.

살리나스　(안또니오에게) 정체를 알아냈어?

안또니오　신문기자입니다.

살리나스　신문기자……?

안또니오　네.

살리나스　어디를 가는지 알아봐!

안또니오　(장선아에게 악보를 되돌려주며) 지금 어디로 가십니까?

장선아　마요르까에요.

마피아들　(마요르까라는 말은 알아듣고 더욱 놀라며) 오! 마요르까!

안또니오　마요르까에 가신다니 반갑군요! 우리도 지금 그곳으로 갑니다!

장선아　저는 처음 가요.

안또니오　어린 시절부터 살던 곳입니다, 저에게는.

장선아   그럼 아주 잘 아시겠군요?

안또니오   그렇죠!

장선아   안익태 선생님 살던 자택이 어디에 있는지 아세요?

안또니오   네, 압니다.

마피아들   안익태……?

살리나스   뭣 때문에, 무슨 목적으로 죽은 안익태를 찾아가는지를 알아봐!

안또니오   그건 너무 지나친 실례인 것 같아 못 묻겠는데요……

살리나스, 장선아에게 온갖 손짓으로 목적을 묻는다. 장선아는 의아롭
다는 표정을 짓는다. 마요르까 마피아들이 모두 손짓을 하며 거들지만
실패한다.

장선아   저분들이 왜 저러시죠?

안또니오   마요르까의 안익태 선생님 댁에는 무슨 일로 가시는지 궁금해서
묻는 겁니다.

장선아   안 선생님 유족을 만나 뵙고 인터뷰하려구요.

안또니오   (마피아들에게) 유족을 만나 인터뷰한답니다.

마피아들   마에스뜨로의 유족……?

살리나스   왜?

안또니오   (장선아에게) 왜냐고 더욱 궁금해서 묻는군요.

장선아   안익태 선생님이 생존해 계실 땐, 〈애국가〉 표절을 본인에게 물어
서는 안될 타부였죠. 하지만 이젠 돌아가셨잖아요. 그래서 유족을
만나 뵙고 혹시 안 선생님이 불가리아를 여행하신 적이 있는지,
아니면 불가리아 민요에 관심이 있으셨는지, 그런 걸 확인해 봐야
죠. 그런 다음에 표절여부에 대한 기사를 쓸 거예요.

안또니오   (마피아들에게) 〈애국가〉 표절에 관한 기사를 쓰기 위해 유족을 만날
거라고 합니다.

살리나스   안 돼! 절대로 안 돼!

안또니오   안 된다니요……?

살리나스 자네, 나 좀 봐!

마요르까 마피아들, 안또니오를 비행기 뒷좌석 쪽으로 이끌고 간다.

살리나스 안또니오, 자네한테는 비밀이었는데 할 수 없군! 우린 마피아야, 마요르까 마피아! 비록 이번엔 실패했지만, 반드시 애국가 사용료를 받아내고 말거야! 그런데 뭐, 〈애국가〉가 불가리아 민요를 표절했다……? 그따위 신문기사가 나왔다간 우리 일은 완전히 망가져! (옥따비오에게 명령한다.) 이거봐, 옥따비오! 자네는 마에스뜨로 자택을 지키고 있다가 저 세뇨리따가 십 미터 이내로 접근해오면 총으로 쏴서 죽여버려!

옥따비오 네, 알겠습니다!

안또니오 죽여요……?

살리나스 그게 마피아의 법칙이지!

마요르까 마피아들, 겁에 질린 안또니오를 데리고 제자리로 돌아온다. 잠시 침묵. 살리나스, 비행기 창밖을 바라본다.

살리나스 비행기가 마요르까 위를 지나가는군!

안또니오 (장선아에게) 창밖을 보세요. 저기 바다 가운데의 섬이 마요르까예요.

장선아 굉장히 아름다운 섬이군요.

살리나스 뭐라고 하는 거야, 저 여자가?

안또니오 굉장히 아름답다고 합니다.

살리나스 세계적으로 유명한 관광지니까 아름답지!

장선아 (안또니오에게) 부탁합니다. 마요르까에 도착하거든 저를 안 선생님 댁으로 데려다 주세요.

조명, 암전한다. 무대는 마요르까 투우장. 투우경기를 알리는 나팔소리와 떠들썩한 함성이 울린다. 검정색 털이 반들반들 윤기 나는 건장한 숫소-머리에 뿔 달린 소탈을 쓰고 엉덩이에 기다란 쇠꼬리를 붙인 배우가 두발로 일어나 달린다. 그 뒤를 긴 창을 든 투우사가 고함을 지르며 뒤쫓아간다. 도망치던 검정소, 휙 돌아서서 투우사를 향해 붉은 천을 펼쳐 흔든다. 투우사, 그 붉은 천을 향해 맹렬하게 돌진한다. 관중들의 열광적인 함성. 투우사를 따돌린 검정소, 다시 달아난다. 뒤늦게 이 사실을 깨달은 투우사가 검정소를 놓치지 않으려고 쫓아간다. 마요르까 거리, 검정소가 달린다. 자전거를 탄 안또니오가 검정소와 엇비껴 지나간다. 호텔 정문 앞에서 기다리고 있던 장선아, 안또니오가 다가오자 손을 흔든다.

장선아　여기 있어요, 여기!
안또니오　난 자동차가 없거든요. 그래서 자전거를 가져왔죠. (자전거를 뒷자리를 가리킨다.) 타세요.
장선아　자전거를 타요……?
안또니오　네.
장선아　이걸 타고 안익태 선생님 댁에 가는 거예요?
안또니오　거긴 나중에 가요. 스페인에 오셨으니까 투우장부터 안내해 드리려구요.
장선아　하지만 먼저 갈 곳은……
안또니오　투우장에는 서둘러 가야해요. 소가 죽으면 끝나버리죠.

장선아, 안또니오의 재촉에 자전거에 올라탄다. 안또니오, 패달을 밟자 자전거는 달려간다.

장선아　무서워요! 떨어질 것 같아요!
안또니오　내 허리를 꼭 잡아요!

장선아, 두 팔로 안또니오의 허리를 붙잡는다. 알레익산드레가 휠체어를 타고 등장한다. 그는 휠체어 바퀴를 재빠르게 돌려서 안또니오의 달려가는 자전거를 앞지르더니 멈춘다.

알레익산드레 안또니오! 안또니오!

안또니오 네, 아버지!

알레익산드레 (가쁜 숨을 몰아쉬며) 너도 잠시만 멈춰라!

안또니오 자전거는 갑자기 멈추면요, 쓰러져요!

안또니오, 자전거의 속력을 줄여서 알레익산드레 휠체어 주위를 천천히 맴돈다. 알레익산드레, 흐뭇하게 미소를 짓고 그들을 바라본다.

알레익산드레 뻬드로가 나한테 그러더라. 네가 쎄울에서 예쁜 아가씨를 데리고 왔다구.

안또니오 오해 마세요, 아버지. 제가 데려온 건 아니에요.

알레익산드레 야, 그 아가씨 장미보다 어여쁘고, 백합보다 아름답구나!

안또니오 네, 그건 사실이죠!

알레익산드레 안또니오, 넌 그 아가씨한테 반한 모양이다! 그렇지?

장선아 누구세요?

안또니오 내 아버지십니다.

장선아 (알레익산드레에게) 안녕하세요!

알레익산드레 부에노스 디아스, 세뇨리따! [주)2]

안또니오 (자전거의 속도를 높이며) 저희들은 가요!

알레익산드레 (휠체어를 타고 뒤쫓아온다.) 잠깐만, 안또니오! 네가 그 아가씨 사랑하는 건 알겠는데 그 아가씨는 어떠냐? 너를 사랑해?

안또니오 아직은 모르겠어요.

알레익산드레 (휠체어 바퀴를 빠르게 돌려서 안또니오의 자전거와 속도를 맞추어 나란히 달린다.) 모르겠거든 알기 위해 키스해!

주) 2
· Aleixandre ： Buenos días, senorita!
· 알레익산드레 : 안녕하세요, 아가씨!

안또니오　키스를요……?

알레익산드레　캄캄한 밤에 어디 조용한 바닷가에 가서 키스해 봐! 그래도 모르겠거든 꼭 껴안아보고. 그래도 모르겠거든 최후의 방법이다, 과감히 덮쳐!

안또니오　덮쳐요……?

알레익산드레　이제는 힘들어서 더 이상은 못 따라가겠다! 안또니오, 네가 잘 알아서 해!

알레익산드레, 휠체어 바퀴 돌리기를 중지한다. 자전거가 앞으로 나간다.

장선아　아버님이 무슨 말씀을 하신 거예요?

안또니오　아…… 아무것도 아닙니다.

장선아　뭐라고 하셨잖아요?

안또니오　그게…… 자전거를 탈 땐 자동차를 조심해라, 그런 말씀이셨어요.

장선아　스페인은 이상해요. 햇빛도, 공기도, 사람들도……

안또니오　피레네 서쪽은 아프리카라는 말이 있죠.

장선아　그게 무슨 뜻이죠?

안또니오　피레네 산맥까지만 유럽이고 그 넘어 스페인부터는 아프리카다 그런 뜻인데요, 그게 좋은 뜻이든 나쁜 뜻이든, 스페인이 유럽의 나라들과 다른 건 분명해요.

장선아　맞아요. 스페인에만 투우가 있잖아요.

안또니오　처음엔 나도 투우를 이해 못했어요. 살아있는 소를 잔혹하게 살해하고, 더구나 그걸 보면서 열광한다니…… 하지만 어느 순간 깨달았죠. 수많은 관중들 앞에서, 드러내는 것, 바로 그건 생명 속에 감춰둔 죽음이에요.

장선아　죽음을 왜 일부러 드러내요?

안또니오　죽음이 보여야만 생명도 잘 보이거든요. (자전거를 멈춘다.) 마치 이 햇빛처럼요. 빛은 어둠이 있기에 밝게 보이는 거죠. 슬픔 없는 기쁨이 있을까요? 고통 없는 즐거움은요? 난 외롭게 자랐어요. 전쟁

속에 가족을 잃고…… 멀리멀리 이곳으로 와서…… 슬픔과 괴로움뿐이었죠. 난 차라리 내가 아니기를 바랬어요. 사람들에게도 나 자신을 감추려 했구요. 그랬는데…… 투우사들이 죽음을 드러낼 때, 그들이 진짜 보여주려 한 것은 생명임을 알게 된 겁니다. 결국 나도 언젠가는 보게 되겠지요. 내 슬픔 속에 감춰진 기쁨을, 지금은 고통스럽지만 언젠가는 드러날 환희를…… 미안합니다. 괜히 말이 길어져서 오래 멈춰 있었군요.

장선아 (웃으며) 배고프죠? 그렇죠?

안또니오 네?

장선아 난 살아야겠다는 강한 의욕이 나면서 배고파요. (길가에 있는 레스토랑을 가리키며) 우리, 저기 가서 뭘 먹어요.

안또니오와 장선아, 자전거를 끌고 길가의 레스토랑으로 간다. 웨이터가 식탁과 의자를 준비했다가 그들을 앉힌다.

안또니오 무엇을 먹을까요?

장선아 글쎄요…… 가장 맛있는 걸루요.

안또니오 (웨이터에게) 이 레스토랑에서 가장 맛있는 게 뭐죠?

웨이터 마요르까 마피아라는 이름의 특별요리가 있습니다.

안또니오 그럼 그걸 주세요.

웨이터 알겠습니다, 세뇨르, 세뇨리따!

웨이터는 퇴장한다. 길가에서 집시들이 만도린과 아코디언을 연주하며 플라멩고를 춘다. 안또니오와 장선아, 그 광경을 바라본다. 웨이터가 반구형(半球形)의 뚜껑을 덮은 접시를 쟁반에 담아들고 들어와서 그것을 식탁 위에 놓는다.

웨이터 맛있게 드십시오.

안또니오 고맙습니다.

안또니오, 뚜껑을 들어 올린다. 접시에는 피 묻은 소의 귀가 두 개 나란히 놓여있다. 장선아, 비명을 지르며 외면한다.

웨이터　투우장에서 방금 죽은 소의 귀죠.

안또니오　투우……?

웨이터　네. (식탁의 포크를 집어서 귀를 찍어 들어올린다.) 사람 귀는 아니니까 걱정말고 드세요. 변호사 살리나스 씨가 두 분을 위해 식사 값은 이미 지불했습니다.

웨이터, 괴상하게 웃는다. 안또니오, 의자에서 벌떡 일어나 장선아의 손을 잡아 이끈다.

안또니오　갑시다, 가요!

장선아　어디를요……?

안또니오　죽어도 좋으니 안익태 선생 댁으로 갑시다!

안또니오, 자전거에 장선아를 싣고 달린다. 웨이터는 식탁과 의자를 치운다. 집시들은 계속해서 음악을 연주하고 춤을 춘다. 안또니오, 안익태의 집 가까운 곳에 자전거를 멈춘다.

안또니오　저기, 보이는 집이 있죠? 안 선생님 댁이 바로 저깁니다! 하지만 잠시 기다리세요!

안또니오, 장선아를 자전거 옆에 세워둔 채 안익태 집 앞으로 달려가 두 팔로 벌리고 외친다.

안또니오　쏠테면 나를 쏴요! 그 대신 저 세뇨리따를 살려줘요!

옥따비오　(소리) 멋있는데, 안또니오!

안또니오　(목소리가 들리는 곳을 찾으려고 두리번거린다.)

옥따비오 (소리) 여기야, 여기!

옥타비오, 저격용 장총으로 안또니오를 겨눈 채 등장한다.

옥따비오 정말 감동적이야! 그럼 넌 죽어도 후회 마!
안또니오 후회 안 해요!
옥따비오 (입으로 발사음 흉내 내고 총을 내리며) 하지만 유감이군. 안익태 집은 비어있어!
안또니오 네……?
옥따비오 방금 유족들이 마드리드로 떠났거든! 친구도 만나고, 쇼핑도 하고, 한달쯤 머물다가 돌아온다는 거야! 믿어지지 않거든 안또니오, 잠긴 문에 붙은 메모를 읽어 봐! (허공을 향해 공포를 한 방 쏜다.) 안녕! 나는 가네!

옥따비오, 퇴장한다. 조명이 어두워진다. 음악을 연주하면서 춤을 추던 집 시들이 사라진다. 무대, 해변으로 변한다. 갈매기 떼의 울음소리. 하늘에는 저녁노을이 가득하고, 해변에는 파도가 밀려온다. 안또니오와 장선아, 바다를 바라본다.

안또니오 실망하셨죠? 유족들을 못 만나서……
장선아 참 아름다운 풍경이네요.
안또니오 한 달이나 있다가 돌아온다는데…… 이젠 어떻게 하실 겁니까?
장선아 난 곧 서울로 가야해요.
안또니오 (침묵한다.)
장선아 여기 더 있고 싶지만…… 그랬다가는 신문사에서 쫓겨날 걸요.
안또니오 그렇겠지요……
장선아 갑자기 우울해지셨어요. 왜 그런 거예요?
안또니오 (침묵한다.)
장선아 내가 노래 한곡 불러 드릴까요?

안또니오   네.

장선아   (〈애국가〉를 부른다.)

　　　　동해물과 백두산이 마르고 닳도록

　　　　하느님이 보우하사 우리나라 만세

안또니오   (후렴을 함께 부른다.)

　　　　무궁화 삼천리 화려강산

　　　　대한사람 대한으로 길이 보전하세.

장선아   노래 부르니까 기운이 나죠?

안또니오   네.

장선아   내가 간다고 너무 서운히 여기지 말아요.

안또니오   하지만 가기 전에…… 알고 싶은 게 있어요……

장선아   뭔데요?

안또니오   저어…… 키스를 하면 알 것 같아요.

장선아   그럼…… 하세요.

장선아, 주위를 둘러보더니 아무도 없자 눈을 감고 안또니오에게 얼굴을
돌린다. 안또니오, 눈을 감고 장선아에게 입맞춘다.

장선아   뭘 아셨죠?

안또니오   아직은 잘 모르겠어요. 껴안아 보면 알 것 같은데……

장선아   그럼……

장선아, 안또니오에게 자기 옆으로 더 다가오라는 몸짓을 한다. 안또니오,
다가가서 장선아를 포옹한다.

장선아   알았어요, 이제는?

안또니오   아직 캄캄한 밤이 안되어서…… 확실히는 모르겠어요.

장선아   우리 그럼…… 캄캄한 밤 될 때까지 기다려요.

안또니오   네.

안또니오와 장선아, 포옹한 채 밤을 기다린다. 무대 조명, 암전한다. 어둠 속에서 들리는 총소리. 무대 조명, 밝아진다. 장방형 탁상에 돈 까를로스를 비롯한 마요르까 마피아들이 앉아있다.

돈 까를로스 오늘 아침 긴급 뉴스야! 꼬레아 쁘레지덴떼가 정보부장에게 암살당했다는군! 그래서 나는 긴급하게 회의를 소집했지. 어떤가, 살리나스? 십여년 전 당한 수모를 잊었는가?

살리나스 어찌 잊겠습니까!

리까르도 그 쬐그만 양반이 어찌나 독종인지, 살아있는 동안엔 돈 받을 생각은 포기했었죠!

살리나스 난 포기 안 했어! 다만 앙갚음할 좋은 기회를 기다렸지!

돈 까를로스 지금이 바로 그 좋은 기회일세! (마피아들을 둘러본다.) 이번에는 누가 꼬레아에 가겠는가!

살리나스 제가 갑니다!

리까르도 저도 가야죠!

옥따비오 저도요!

돈 까를로스 좋아! 자네들이 당한 수모를 자네들이 설욕하게!

살리나스 지난번엔 위조된 저작권 위임장만 달랑 들고 갔어요. 그래서 실패했던 겁니다. 이번엔 그 실패를 거울삼아 아주 철저한 대책을 세웠습니다.

돈 까를로스 무슨 대책인가?

살리나스 우선 이렇습니다. 안익태 씨 부인 롤리따 여사와 세 명의 딸들 모습이 닮은 여자들을 골라서, 가짜 유족을 만들어 가려고 합니다.

돈 까를로스 으음…… 기발한 착상이군!

살리나스 그리고 다음은 이렇습니다. 막연히 국민 일인당 얼마, 그렇게 아니라 아주 구체적인 자료조사를 해서 〈애국가〉사용료를 받을 작정입니다.

돈 까를로스 예를 들자면……?

살리나스 국민 개개인은 물론 학교, 관공서, 운동장 등 〈애국가〉를 공적으로 부르는 모든 사례를 샅샅이 조사하고, 아울러 애국가를 반드시 부르게 되는 모든 국경일을 조사해서, 꼬레아 정부가 꼼짝 못하도록 완벽한 통계 자료를 제시할 겁니다.

돈 까를로스 그럴 땐 백과사전부터 찾는 것이 상식일세!

뻬드로 (백과사전을 펼쳐서 한국에 관한 항목을 찾는다.) 1979년 판 「엔싸이클로피디아 브리테니카」에 의하면, 꼬레아의 총인구가 4천만 명이라고 합니다. 1965년보다 5백만 명이 더 늘어난 거죠.

살리나스 뻬드로, 고맙네! 그것도 우리한테는 유리한 자료야!

돈 까를로스 통역은? 통역이 있어야 할 텐데?

살리나스 안또니오가 있잖습니까?

돈 까를로스 안또니오……?

살리나스 왜 처음에 저희가 데려갔던 학생 말씀입니다.

돈 까를로스 그래, 기억나는군. 지금도 학생인가?

살리나스 아뇨. 벌써 오래 전에 바르셀로나 음악대학을 졸업하고 지금은 작곡가가 되어 있습니다.

돈 까를로스 이번엔 다소 시간이 걸려도 철저히 준비해서 한국으로 가게!

살리나스 네. 오직 성공이 있을 뿐입니다.

돈 까를로스 (손바닥으로 탁상을 두드린다.) 신이여! 우리 마요르까 마피아 제 2차 원정대를 축복해 주시옵소서!

마피아들 신이여, 축복해 주시옵소서!

마요르까 마피아들, 탁상과 의자들을 치운다. 무대의 조명, 암전. 거친 바람소리, 파도치는 소리. 캄캄한 해변, 가스램프를 켜든 살리나스가 저 멀리서부터 안또니오를 찾고 있다.

살리나스 안또니오! 안또니오!

안또니오 누구십니까……?

살리나스 날세, 살리나스!

살리나스, 해변의 홀로 앉아 바다를 바라보고 있는 안또니오에게 다가와서 가스램프 불빛으로 그의 얼굴을 비쳐본다.

살리나스 몹시 고독한 얼굴이죠. 오랫동안 못 만나서 그런지 훨씬 나이 들어 보이고……

안또니오 (침묵한다.)

살리나스 자네 소식은 들었지. 그러니까 뭔가, 음악이란 배고픈 거야. 악기 연주자라든가 지휘자는 좀 낫겠지만, 자네처럼 작곡가는 굶어죽기 알맞네. 바흐, 베토벤, 모차르트, 그런 저작권 사용료를 안 줘도 되는 죽은 작곡가들이 수두룩한데, 저작권 사용료를 줘야하는 살아 있는 작곡가의 작품에 누가 관심을 갖겠는가?

안또니오 (한숨을 쉬며 침묵한다.)

살리나스 왜 한숨만 내쉬나?

안또니오 (한숨을 쉬며 침묵한다.)

살리나스 말 안 해도 난 다 아네. 그때의 사랑을 못 잊어서 그러는 거지?

안또니오 (한숨을 쉬며 침묵한다.)

살리나스 내가 자넬 다시 꼬레아로 데려가 주지! 꼬레아에 가면 그리운 세뇨리따를 만날 테니 얼마나 좋은가? 하지만 이건 명심해! 우린 마피아야. 만약 우리 일을 돕지 않거나 비밀을 발설할 경우, 우리 마피아의 보복은 잔혹하다네. 자네 목숨은 물론 사랑하는 그 세뇨리따의 목숨도 끝장일세! (안또니오의 어깨를 두드리며) 자, 일어나게, 안또니오!

무대 한가운데, 밝은 조명이 비춘다. 여행용 가방을 든 살리나스, 리까르도, 옥따비오, 안또니오, 안익태 유족으로 위장한 네 명의 여자들이 밝은 조명 안에 들어온다. 제트 여객기의 굉음이 들린다. 사이. 옥따비오가 여행용 가방에서 자동차의 핸들을 꺼내 운전하는 시늉을 한다. 제트여객기의 소리는 자동차소리로 바뀐다. 마피아들과 가짜유족은 몸을 흔들면서 차창 밖의 풍경을 바라본다.

마피아들 놀랍군, 놀라워!

옥따비오 쎄울이 온통 고층빌딩으로 가득 찼어요!

살리나스 글쎄 말이야, 한강의 기적이라더니 이렇게 변할 줄은 몰랐어!

가짜 유족들 참 근사해요! 뉴욕, 런던, 빠리 같아요!

리까르도 우리 덕분이죠! 우리가 그 쬐그만 양반의 자존심을 긁어 놨더니만, 이렇게 빨리 경제발전이 된 겁니다!

마요르까 마피아와 가짜 유족들, 갑자기 극심한 재채기를 하며 입과 코를 틀어막는다.

마피아들 그런데 으윽, 이게 무슨 지독한 냄새야?

가짜 롤리따 악, 숨이 막혀요!

가짜 딸들 (손수건을 꺼내 닦으며) 눈물이 나요! 콧물이 나요!

살리나스 최류탄, 최류탄이 터졌어!

마피아들 최류탄……?

살리나스 쎄울은 지금 계엄령이거든! 그래서 나도 철저히 준비했지!

살리나스, 여행용 가방에서 방독면을 꺼내 나눠준다. 마요르까 마피아들과 가짜 유족들은 다급하게 방독면을 얼굴에 쓴다. 밝은 조명, 무대 안쪽으로 이동한다. 그들도 따라 움직여서 퇴장한다. 무대 오른쪽, 스포트라이트가 전화기를 비춘다. 무대 왼쪽에도 스포트라이트. 살리나스가 전화를 걸고 있다. 돈 까를로스가 등장, 시끄럽게 울리는 무대 오른쪽의 전화기를 든다.

돈 까를로스 어…… 전화벨은 울렸는데, 아무 소리도 들리지 않는군.

살리나스 (방독면을 벗고 말한다.) 접니다!

돈 까를로스 살리나스?

살리나스 네.

돈 까를로스 목소리가 왜 그런가? 감기 걸렸나?

살리나스 아닙니다. 최류탄 가스 때문에 호텔방에서도 방독면을 써야 할 정 도旨니다. 쎄울에 와서, 우리 계획을 약간 수정했습니다.

돈 까를로스 어떻게……?

살리나스 우리가 만나려고 했던 최규하 쁘레지덴떼는 바지저고리에요.

돈 까를로스 바지저고리를 만날 필요 없지.

살리나스 모든 실권은 전두환 계엄사령관이 갖고 있죠. 그래서 우린 가짜 유족들을 계엄사령부로 보내 면담을 신청했습니다.

돈 까를로스 그랬더니 반응은?

살리나스 〈애국가〉작곡자 안익태의 유족이라고 했더니, 계엄사령관과 만나 게 해주겠답니다. 하지만 지금 당장은 안되고 이달 말쯤에나 가능 하다는군요.

돈 까를로스 지금은 왜 안 된다는 건가?

살리나스 계엄사령관이 워낙 바빠서요.

돈 까를로스 어쨌든 기다렸다가 결판을 내게!

살리나스 네. 그럴 겁니다!

무대 왼쪽, 살리나스가 전화기를 내려놓는다. 무대 오른쪽의 돈 까를로스 를 비추던 스포트라이트가 꺼진다. 무대 뒷쪽, 공중전화 박스가 놓여 있 다. 그곳에 조명이 비춘다. 안또니오가 다이얼을 돌리고 있다. 살리나스의 전화기가 울린다.

안또니오 접니다!

살리나스 안또니오?

안또니오 네.

살리나스 목소리가 왜 그런가? 감기 걸렸나?

안또니오 아닙니다. 최류탄 가스 때문에 목이 부어서요. 여긴 광주입니다.

살리나스 광주……?

안또니오 전라남도 광주요.

살리나스 거기도 지독한 모양이지?

안또니오 완전무장한 군인들이 쫙 깔려있고 분위기가 험악합니다.

살리나스 그런 위험한 곳을 왜 갔어?

안또니오 내 사랑을 찾으려구요.

살리나스 쎄울의 어떤 신문사 기자였잖아?

안또니오 물론 신문사에 가봤죠. 그랬더니 십여년 전에 사표를 내고 고향 광주로 내려 갔답니다. 내가 난감해 하니까, 고참 기자가 전남 도청 부근의 피아노 학원을 찾아보라더군요. 아마 피아노 교습을 하는 것 같다면서요.

살리나스 그럼 열심히 찾게! 그러나 안또니오, 명심해! 찾든 못 찾든 이 달 말에는 쎄울로 돌아와! 자네 없으면 누가 계엄사령관 면담을 통역하겠나?

안또니오 예, 알겠습니다.

무대 왼쪽, 살리나스를 비추던 스포트라이트가 꺼진다. 무대 뒷쪽의 공중전화 박스에서부터 무대를 대각선으로 가로질러 기다랗게 조명이 비춘다. 그 기다란 조명 중간에 〈금남로〉라고 쓰인 도로표지판이 서있고, 무대 앞 대각선 끝에는 피아노 한 대가 놓여있다. 장선아, 피아노를 연주한다. 그녀의 옆에 열 서너살 가량의 한 소년이 앉아있다. 공중전화 박스에서 안또니오가 나온다. 그는 대각선 도로의 좌우양쪽을 건너다니면서 장선아를 찾는다. 안또니오, 대각선 끝에 이르러 피아노 소리를 듣고 가상의 문을 두드린다.

안또니오 여보세요! 여보세요!

장선아 (피아노 연주를 멈추고 긴장한다.) 누구세요?

안또니오 여기가 혹시 장선아씨 피아노 학원입니까?

장선아 (가상의 문 앞으로 다가가서) 그런데요……?

안또니오 문 좀 열어주십시오!

장선아 무슨 일이죠?

안또니오 안또니오입니다! 김태기예요!

장선아, 닫힌 문을 연다. 안또니오가 들어온다. 두 사람은 서로를 한참동안 바라보더니 와락 껴안는다. 피아노 옆에 있는 한 소년이 그 광경을 놀란 표정으로 바라본다.

장선아   꿈이겠죠, 꿈…… 난 이런 꿈을 자주 꾸었어요!

안또니오 아닙니다. 꿈은……

장선아   꿈이라도 좋아요. 깨지만 않는다면……

한 소년   엄마……?

장선아   이리 가까이 오렴! 아버지셔! (안또니오에게 한 소년을 가리키며) 당신의 아들이에요!

한 소년   (머뭇거리며 다가온다.)

장선아   얼굴이 당신 닮았죠? 이름은 김수인이에요!

안또니오, 김수인에게 다가간다. 그들은 서로의 얼굴을 마주보더니 닮은 모양에 웃는다. 안또니오, 김수인의 웃는 얼굴을 쓰다듬는다.

장선아   마요르까 해변의 모래가 묻었나요? 자꾸만 쓰다듬게……

안또니오 우리 헤어지지 맙시다. 절대 헤어지지 말고 같이 삽시다.

안또니오와 장선아의 재회가 이루어지는 동안, 광주시민들이 함성을 지르며 대각선 도로 가운데 몰려나온다.

시민들   바리케이트를 쳐라!
             민주주의를 사수하라!

광주시민들, 드럼통과 상자들과 온갖 은폐물로 도로를 차단한다. 누군가가 먼저 〈애국가〉를 부르기 시작하자 광주시민들은 모두 따라 부른다. 완전무장한 군인들, 등장해 시민들을 향해 총을 쏜다. 한 장교가 부하병사들에게 명령한다.

장 교 바리케이트를 치워라!
  폭도들의 시체를 치워!

완전무장한 군인들, 바리케이트와 죽은 시민들을 치운다. 전투복 차림의 전두환 계엄사령관, 참모장교들과 더불어 등장한다. 한 참모가 그에게 브리핑 챠트를 넘기며 군대식 발성으로 또박또박 말한다.

한 참모 사령관 각하! 각하의 오늘 일정을 말씀드립니다! 오전 8시 정각, 최규하 대통령과의 아침식사가 있습니다.
전두환 그건 취소해!
한 참모 9시 30분, 신현확 총리의 방문이 있으며……
전두환 그것도 취소해!
한 참모 10시 정각에는 안익태 유족들과의 면담이 있습니다.
전두환 오늘의 모든 일정은 취소한다! 국가존망의 비상사태에 내 몸이 열 개가 있어도 모자랄 지경이야!
참모장 하지만 각하, 각하께선 이 나라의 대통령이 되실 분입니다. 국민들 정서를 생각하셔야지요. 〈애국가〉의 유족들을 만나주지 않고 돌려보내면 국민들의 여론이 좋지 않을 것입니다.
전두환 (참모들에게 묻는다.) 모두 같은 의견인가? 내가 대통령이 되어야 하고, 그것이 국민들의 정서라는……?
참모들 넷! 각하!
전두환 그렇다면 잠깐 유족들을 잠깐 만나기로 하지.

안익태의 가짜 유족들, 마요르까 마피아들, 안또니오가 등장한다. 가짜 미망인 롤리따는 들어오자마자 계엄사령관 전두환의 팔을 잡고 서럽게 울기 시작한다.

전두환 어어, 이게 무슨 일이야?
참모장 각하를 뵙자 너무 감격해서 그런 것 같습니다.

리까르도 (가짜 딸들을 향해) 함께 울어!

옥따비오 더욱 슬프게, 다같이 울라구!

가짜 롤리따 제 남편이 죽은 지 십년하고 오년이 더 지났어요!

살리나스 통역해, 안또니오!

안또니오 안익태 선생님이 작고하신지 십오년이 됐다고 합니다.

가짜 롤리따 조금 남겨둔 재산은요, 벌써 다 써버렸어요!

안또니오 받은 유산은 다 썼다는군요.

가짜 롤리따 (가짜 딸들을 가리키며 더욱 서럽게 운다.) 딸들은 저렇게 커서 시집 갈 때가 됐는데요, 우린 돈 한 푼이 없어요!

가짜 딸들 (손수건을 꺼내 들고 흐느껴 운다.)

안또니오 딸들이 시집갈 때가 됐는데 돈 한 푼이 없답니다.

전두환 그래서……?

안또니오 (가짜 롤리따에게) 그래서요?

가짜 롤리따 법률을 잘 아는 변호사께 상의했더니요, 죽은 제 남편이 작곡한 〈애국가〉의 저작권 사용료를 받을 수 있다는 거예요!

안또니오 (전두환에게 통역한다.) 안익태 선생이 작곡한 〈애국가〉의 사용료를 달라고 합니다.

살리나스 내가 유족들의 고문 변호사, 살리나스입니다.

안또니오 살리나스 변호사이십니다.

살리나스 세뇨르 헤네랄, 국제적인 〈베른 조약〉에 의하면……

안또니오 국제적인 〈베른 조약〉에 의하면……

전두환 베른 조약? (참모들에게 묻는다.) 그거 군사조약인가?

참모들 (대답 못하고 우물쭈물한다.)

살리나스 모든 창작물은 국제적으로 보호받을 권리가 있습니다. 꼬레아 정부는 지금껏 보호조약에 가입을 안 했죠. 그건 파렴치한 불법행위입니다. 우리는 한국에서 〈애국가〉가 얼마나 불법적으로 사용되고 있는지 면밀하게 조사해 봤습니다. (두툼한 서류들을 전두환에게 제출한다.) 세뇨르 헤네랄께서도 보시면 아시겠지만, 이 엄청난 자료들의 결론은 간단합니다. 즉, 〈애국가〉를 합법적으로 부르려면 정당한 사용료를 지불하라는 것이지요.

전두환 (살리나스에게서 받은 서류들을 참모들에게 넘기며) 난 이걸 볼 시간 없어! (짜증난 표정으로 안또니오에게) 여봐, 통역! 이 변호사가 했던 말을 한마디로 요약하면 뭔가?

안또니오 〈애국가〉의 사용료를 지불해 달라는 것입니다.

전두환 뭐, 뭘 달라구……?

안또니오 (살리나스에게) 어서 사용료를 말씀하시지요.

살리나스 5천만 달러입니다. 그것도 저작권이 살아있는 향후 35년간 해마다 주셔야 합니다.

안또니오 매년 5천만 불이랍니다.

전두환 도대체 무슨 소린지 알 수가 없군!

참모장 각하, 알아듣기 쉽게 구체적인 예를 들라고 하십시오.

전두환 예를 하나 들어봐!

안또니오 제 자신의 경험을 말씀드리지요. 저는 광주에서 시민들이 죽어가면서도 〈애국가〉 부르는 광경을 직접 보았습니다.

전두환 그러니까 뭐야, 지금 나한테 폭도들이 부른 〈애국가〉 값도 달라 그거야?

분노한 전두환, 휙 돌아서서 나가려고 한다. 가짜 유족들이 그를 붙잡고 울부짖는다.

전두환 고얀 것들, 이거 놔!

가짜 유족 안돼요, 안돼! 돈을 주세요!

참모장 각하…… 얼마쯤 주어서 보내지요.

전두환 참모장이 처리해!

참모장 넷, 각하!

전두환, 울부짖는 가짜 유족들을 뿌리치고 퇴장한다. 가짜 유족들이 전두환을 뒤쫓아가자 참모들이 그들을 벽처럼 직립자세로 가로 막는다. 참모장, 가짜 유족들과 마피아에게 냉정한 어투로 말한다.

참모장 우리 계엄사령부는 한국국민의 정서를 참작하여 안익태 유족들에게 왕복 항공료 및 체재비, 그리고 국가 유공자에 대한 포상금 명목으로 일금 5만 불을 지급한다. 알겠나? 더 이상은 울어도 소용없다!

참모장, 참모들을 데리고 퇴장한다.

살리나스 저 사람이 뭐라고 하는가?
안또니오 그 동안의 경비에다 5만 달러를 주겠다고 합니다.
살리나스 겨우 5만 달러……?
가짜 유족 그것도 우리가 울어서 받은 거예요!
살리나스 국제사회가 군사정권을 싫어하는 이유가 있지! 문화적으로 무식한 고집불통, 돌대가리이기 때문이야! 우린 마요르까로 돌아가겠네!
안또니오 나는 한국에 남아 있겠습니다.

마요르까 마피아와 가짜 유족, 안또니오는 각기 다른 방향으로 퇴장한다. 한 등장인물이 〈스페인 주재 한국 대사관〉이라고 적혀있는 표지판을 무대 위에 세운다. 한국대사 조규탁이다. 그는 매우 심각한 표정으로 호주머니에서 편지를 꺼내 읽더니 직원을 부른다.

대 사 거기, 2등 서기관 이영민 있거든 들어오게!
이영민 (등장한다.) 부르셨습니까, 대사님?
대 사 골치 아픈 문제가 생겼어.
이영민 뭔데요?
대 사 마요르까에서 우리 대사관으로 편지 한 통이 왔는데 말야, 안익태 씨 부인되는 롤리따 여사가 보냈어. 최근에 안익태 유족을 사칭한

자들이 한국에 가서 돈을 받아왔다는 소문이 들리는데, 그게 사실인지 확인해 달라는 거야.

이영민   이런 세상에…… 별 괴상한 일이 다 있군요!

대 사   (이영민에게 편지를 주며) 자네가 그 편지봉투에 적힌 주소를 찾아가 봐. 롤리따 여사에게 어디서 그런 소문을 들었는지 물어보라구. 이런 해괴한 일을 본국정부에 알릴 수도 없고, 먼저 소문의 진상부터 확인해 봐야겠어.

이영민   지금 곧 떠나겠습니다.

대 사   (나가려는 이영민을 손짓으로 멈추도록 한다.) 잠깐만! 대사관의 다른 직원들한테는 비밀로 하고 갔다오게. 알면 괜히 소문만 커져!

이영민   네, 대사님.

2등 서기관 이영민, 퇴장한다. 무대 앞, 노란색 제복을 입은 마요르까 택시기사가 등장한다. 그는 두 개의 의자를 앞뒤에 놓는다. 앞 의자가 운전석, 뒤 의자가 손님좌석이 된다. 관광객 차림으로 마요르까에 도착한 이영민이 공항에서 택시를 부른다.

이영민   택시! 택시!

택시기사   어디로 모실까요?

이영민   (뒷좌석에 앉아 편지봉투를 보여주며) 이 주소로 가주시오.

택시기사   오, 여긴 안익태 선생 댁이군요!

이영민   그걸 어떻게 아십니까?

택시기사   마요르까에선 누구나 다 알죠!

택시기사는 마치 구불구불한 길을 빠르게 달리듯이 운전한다. 검정색 중절모를 쓰고 검정색 선글라스를 쓴 마요르까 마피아들이 나타나 기관단총을 난사한다. 택시 기사, 급브레이크를 밟는다.

택시기사   머리를 숙여요, 머리를!

이영민 어이구…… 무슨 일입니까……?

택시기사 모르죠! 하지만 저 미친 듯이 총 쏘는 놈들은 마피아가 분명해요!

이영민 마피아……?

택시기사 네, 마요르까 마피아!

이영민 차를 돌려요! 어서요!

택시기사, 핸들을 꺾으며 엑셀을 밟는다.

택시기사 다음은 어디로 모실까요?

이영민 호텔! 호텔!

빨간색 제복을 입은 보이, 무대 뒤쪽에서 등장한다. 호텔보이는 〈마요르까 힐튼 호텔〉 표지판을 무대 가운데 세운다. 그리고 표지판 옆에 전화기를 놓는다. 장난감 택시, 호텔에 멈춘다. 이영민, 다급하게 뒷좌석에서 일어나 호텔 문안으로 뛰어들어간다. 그는 숨을 헐떡이며 전화기를 든다.

이영민 거, 거, 거기, 롤, 롤, 롤리따 여사, 계신가요? 저, 저, 저는, 한, 한 국, 대, 대사관에서, 왔, 왔는데요…… 도, 도, 도저히, 그, 그 쪽으 로는, 갈, 갈 수가, 없습니다! 그, 그래, 그래서, 죄, 죄송합니다만, 이, 이쪽, 힐, 힐튼 호텔로, 지, 지금 곧, 오, 오시겠어요? 고, 고, 고맙습니다!

호텔보이, 전화선에 도청기를 연결시켜 듣고 있다. 이영민, 통화를 끝낸다. 호텔보이는 급히 도청기에 부착된 다이얼을 돌린다.

호텔보이 살리나스씨? 접니다, 안젤리또. 방금 도청했는데요…… 네…… 네…… 그가 있는 방은 607호실이에요!

스페인 전통의상을 차려입은 중년부인, 등장. 힐튼호텔 607호실 방문을 두드린다.

이영민   누, 누구, 십니까?
가짜 롤리따   롤리따에요.

이영민, 방문을 열어준다. 첫번째 가짜 롤리따, 방으로 들어온다. 그러자 또 한 명의 똑같은 전통의상을 입은 중년부인이 방문을 두드린다.

이영민   누, 누구세요?
가짜 롤리따   롤리따에요.

두번째 가짜 롤리따, 방 안으로 들어온다. 이영민은 놀란 표정으로 두 명의 롤리따를 번갈아 바라본다.

첫번째 가짜 롤리따   내가 진짜 안익태 미망인이야!
두번째 가짜 롤리따   넌 가짜야! 내가 진짜 안익태 미망인이지!
첫번째 가짜 롤리따   가짜는 바로 너야!
두번째 가짜 롤리따   가짜가 진짜더러 가짜라고해?
첫번째 가짜 롤리따   목숨 걸고 맹세하지만, 난 진짜야!
두번째 가짜 롤리따   나도 목숨 걸고 맹세하지만, 내가 진짜야!
첫번째 가짜 롤리따   (가슴에서 6연발 권총을 꺼내며) 그럼 할 수 없구나! 누가 진짜인지 이걸로 결정할 수밖에!
두번째 가짜 롤리따   (가슴에서 6연발 권총을 꺼낸다.) 좋아! 러시안 룰렛으로 결정해!
이영민   (숨을 헐떡이며 만류한다.) 이, 이러시면 안, 안됩니다! 제, 제발, 이, 이러지 마, 마세요!

두 명의 가짜 롤리따, 각자 6연발 권총 탄창에 총알 한 개씩을 집어넣는다.

첫번째 가짜 롤리따　살면 진짜, 죽으면 가짜야!

두번째 가짜 롤리따　죽으면 가짜, 살면 진짜야!

첫 번째 가짜 롤리따, 권총을 관자놀이에 대고 방아쇠를 당긴다. 철컥 소리가 날 뿐 총알이 발사되지 않는다. 두 번째 가짜 롤리따, 자기 권총을 관자놀이에 대고 방아쇠를 당긴다. 철컥 소리가 난다. 다시 첫 번째 가짜 롤리따가 권총의 방아쇠를 당긴다. 그녀들이 러시안 룰렛 게임을 반복하는 동안 이영민은 불안해서 안절부절 하지 못한다.

이영민　이, 이러시면 안, 안, 안돼요! 큰, 큰 일, 나요! 제발, 제발 이러지 좀 마세요!

첫 번째 가짜 롤리따, 방아쇠를 당긴다. 그러자 총알이 발사되면서 쓰러진다. 이영민, 실성한 표정으로 그 광경을 바라본다.

두번째 가짜 롤리따　그것 봐, 네가 가짜잖아!

첫번째 가짜 롤리따　(죽어가면서 잦아드는 목소리로) 다음은 네 차례야…… 너도 쏴……

두번째 가짜 롤리따　물론 나도 차례를 지킬 거야!

두 번째 가짜 롤리따, 권총을 관자놀이에 대고 방아쇠를 당긴다. 총알이 발사된다. 그녀는 첫 번째 가짜 롤리따 위에 겹쳐 쓰러진다. 이영민, 안 된다는 말을 반복하면서 시체를 남겨두고 방을 나간다. 호텔보이가 들어와서 두 명의 가짜 롤리따를 흔들어 깨운다.

호텔보이　그만들 일어나요! 그 사람 갔어요!

무대 조명, 암전한다. 스포트라이트, 횡설수설하면서 한국대사관으로 돌아오는 이영민을 비춘다. 대사가 그를 맞이한다.

대 사 여봐, 이영민. 갔다온 결과를 보고하게.

이영민 이, 이러, 이러지, 마세요! (오른손으로 권총모양을 만들어 관자놀이에 대고) 탕! 제발! 이러시면 안돼요! (왼손으로 권총모양을 만들어 관자놀이에 대고) 탕! 이러지 좀 마세요! 탕! 안돼요. 제발, 제발 안돼요! 탕!

대 사 완전히 미쳤군. 자넬 한국으로 보내야겠어!

스포트라이트, 꺼진다. 어둠 속에서 이영민의 횡설수설 소리가 멀어진다. 조명, 서서히 밝는다. 마요르까 마피아들이 무대 가운데에 장방형 탁상과 대형 텔레비젼을 운반해 나온다. 그들은 탁상 한쪽에 텔레비젼을 올려놓고, 맞은쪽으로 몰려간다. 텔레비젼 화면, 서울올림픽 개회식 광경이 비쳐진다. 흥분한 아나운서의 목소리와 관중들의 환성이 뒤섞여 들린다.

돈 까를로스 쎄울 올림픽 중계방송을 보고 있자니까, 마음이 착잡해 지는군.

살리나스 저도 그렇습니다.

돈 까를로스 저렇게 올림픽을 개최하는 나라가 〈애국가〉사용료를 내지 않는다니, 도대체 그게 무슨 배짱인가!

리까르도 쁘레지덴떼들이 모두 군인이라서 그렇죠. (텔레비젼 화면을 가리키면서) 보세요! 저 로얄박스의 가운데 왼쪽이 전직 쁘레지덴떼 전두환, 오른쪽이 현직 쁘레지덴떼 노태우, 두 양반이 육군사관학교 동기동창이죠.

뻬드로 저런 바르셀로나의 신사께서도 으스대고 있군.

옥따비오 바르셀로나의 신사……?

뻬드로 후안 사마란치! 저 양반이 국제올림픽조직위원회의 두목이야.

옥따비오 그럼 부탁해서 국제올림픽조직위원회가 꼬레아 정부에 압력 좀 넣으라고 그래!

살리나스 시끄러워! 조용히 텔레비젼이나 봐!

돈 까를로스 (살리나스에게) 나 좀 보세.

돈 까를로스, 살리나스를 구석진 곳으로 데려간다.

돈 까를로스 자넨 〈애국가〉 사용료 받기를 체념했는가?

살리나스 체념은 아니지만…… 의욕상실이죠.

돈 까를로스 그게 그거지!

살리나스 전두환 쁘레지덴떼가 바뀌면 뭔가 가능성이 있을 줄 알았어요. 그런데 노태우 쁘레지덴떼입니다. 꼬레아는 전혀 변한 것이 없어요.

돈 까를로스 그렇다면 살리나스, 5만 달러 받을 걸로 만족해야겠군?

살리나스 (침묵한다.)

돈 까를로스 우리 거지가 아냐. 자존심 있는 마요르까 마피아라구.

살리나스 죄송합니다……

돈 까를로스 (담뱃갑을 꺼내 살리나스에게 내민다.) 한 대 피우겠나?

살리나스 네.

돈 까를로스와 살리나스, 심각한 표정으로 담배를 피운다.

돈 까를로스 아까 옥따비오가 좋은 말을 하더군.

살리나스 국제올림픽 조직위원회요?

돈 까를로스 국제적인 조직은 많지. 유엔도 있고, 유네스코도 있고, 우리 마피아들도 국제 조직이 있지 않은가? 그걸 움직여서, 꼬레아 정부가 국제저작권협약에 가입토록 하는 걸세. 어떤가, 내 생각이……?

살리나스 좋은데요. 하지만 국제압력이 아무리 강해도 꼬레아 정부가 가입 안 하면 허사죠.

돈 까를로스 그러니까 문제는, 꼬레아 내부의 압력도 있어야 해결되겠군. 여보게, 살리나스. 이번엔 내가 꼬레아에 갔다 오겠네.

살리나스 네……?

돈 까를로스 지난 번 케냐 나이로비에서 국제마피아 총회가 열렸을 때 꼬레아 마피아 두목을 만났어. 사람이 풍채가 좋고 품위가 있던데……

(지갑을 뒤적여서 명함을 꺼낸다.) 아, 그때 받은 명함이 있군. 대한민국 국회의원 후앙원재, 이게 그 사람 공식직함이야.

살리나스 제가 다녀올까요?

돈 까를로스 아냐, 이번엔 나 혼자 분위기를 살피고 올 테니까 〈애국가〉 사용료 받는 건 자네가 하게. 아참, 안또니오든가…… 통역하던 그 친구는 어디에 있나?

살리나스 꼬레아에요.

돈 까를로스 그 친구한테 연락해서 공항으로 나오도록 해주게.

살리나스 알겠습니다.

돈 까를로스와 살리나스, 텔레비전을 시청하고 있는 마피아들에게 되돌아온다. 마침 화면에는 올림픽 개최국의 국기가 게양되면서 〈애국가〉를 연주하고 있다. 마요르까 마피아들, 분통을 터뜨린다.

마피아들 아이구, 저런! 저작권 사용료도 안 내고 또 〈애국가〉를 써먹잖아!

무대조명, 암전. 마요르까 마피아들은 텔레비전 수상기가 놓인 탁상을 무대 밖으로 옮긴다. 무대 뒤쪽, 여행용 가방을 든 돈 까를로스를 스포트라이트가 비춘다. 비행기들이 이착륙하는 소음이 들린다. 안또니오, 돈 까를로스에게 다가온다.

안또니오 실례입니다만, 돈 까를로스 씨……?

돈 까를로스 안또니오 ……?

안또니오 네.

돈 까를로스 (악수를 청하며) 고맙소, 마중 나와 주어서!

안또니오 참 오랜만에 뵙는군요!

돈 까를로스 마요르까에선 작곡가로서 고생이 심했었는데, 꼬레아에서는 뭘 하고 있는가?

안또니오 한국에서도 작곡 활동을 하고 있습니다.

돈 까를로스 그럼 여전히 가난하겠군?

안또니오 그렇지요. 하지만 가족이 있으니 행복합니다.

네 명의 남자 경호원들이 리무진 승용차를 좌우에 두 명씩 경호하면서 돈 까를로스 앞으로 다가온다. 경호원들은 모두 짧은 머리에 검정색 양복을 입고, 검정색 선글라스를 썼으며 귀에는 무전기의 이어폰을 꼈다. 한 경호원, 정중하게 승용차 문을 연다. 황원재가 그 안에서 나온다.

황원재 어서 오십시오, 돈 까를로스! 이렇게 다시 뵙게 되어 반갑습니다!

안또니오 (돈 까를로스에게 통역한다.) 다시 만나 반갑다고 합니다.

돈 까를로스 (황원재를 포옹하고 뺨에 입 맞춘다.) 브에노스 디아스, 세뇨르 후앙!

안또니오 (황원재에게 통역한다.) 이 분도 반갑다고 합니다.

황원재 내 차를 타시지요. 호텔로 모셔다 드리겠습니다.

안또니오 (돈 까를로스에게) 호텔로 모셔다 드린다는군요.

돈 까를로스와 황원재, 안또니오, 리무진 승용차 안으로 들어간다. 네 명의 경호원들, 밀착경호하며 달린다. 승용차 안에 탄 사람들도 속도를 맞춰 뛰어간다. 조명, 무대 위에 직선 도로, 대각선 도로, 십자로 등의 형태를 비춘다.

돈 까를로스 안또니오!

안또니오 네.

돈 까를로스 옆에 계신 분께 물어보게. 케냐에서 나에게 준 명함이 혹시 위조된 건 아니었냐구.

안또니오 (황원재에게) 명함이 진짜였냐고 물으시는데요.

황원재 진짜……? 아, 내가 진짜 국회의원인지 그게 궁금하신 거군. 여기 내 옷에서 금배지가 빛나고 있잖는가!

안또니오 (황원재의 웃옷에서 국회의원 배지를 확인하고 돈 까를로스에게 말한다.)

대한민국 국회의원 맞습니다.

돈 까를로스   그럼 본격적으로 묻겠는데…… 꼬레아 국회에서는 국제저작권 협약에 가입한다는 논의가 있었는지?

안또니오   (황원재에게 통역한다.) 한국 국회에서 국제저작권 협약에 가입한다는 논의가 있었느냐고 물으십니다.

황원재   국제저작권이라…… 전혀 논의한 바 없었는데……

안또니오   (돈 까를로스에게) 전혀 없었답니다.

돈 까를로스   앞으로 논의할 계획은 있느냐고 묻게.

안또니오   (황원재에게) 앞으로 논의할 계획은 있으십니까?

황원재   아니, 없어요.

안또니오   (돈 까를로스에게) 그것도 없답니다.

돈 까를로스   (상반신을 벌떡 일으켜 세운다.) 세뇨르 후앙, 국제 마피아의 친선과 의리를 생각해 주시오!

황원재   (어리둥절한 표정으로 돈 까를로스를 바라보며) 네……?

안또니오   국제 마피아의 친선과 의리를 생각하시랍니다.

돈 까를로스   우리 마요르까 마피아는 매년 엄청난 손해를 보고 있소!

안또니오   (황원재에게) 마요르까 마피아는 엄청난 손해라는군요.

황원재   도대체 뭣 때문에……?

안또니오   (돈 까를로스에게) 뭣 때문에 손해냐고 묻습니다.

돈 까를로스   꼬레아가 국제저작권협약에 가입 안하고 있기 때문이오!

안또니오   (황원재에게) 한국이 국제저작권협약에 가입 않기 때문이랍니다.

돈 까를로스   (황원재의 손을 덥썩 잡는다.) 세뇨르 후앙! 꼬레아 국회를 움직여 주시오! 적극 나서서 협약가입을 주장하고, 아니지…… 주장만 할게 아니라 협약 가입안을 국회에 제출, 반드시 통과시켜 주시오. 그럼 우리 마요르까 마피아는 꼬레아 마피아의 은혜를 영원히 잊지 않겠소!

안또니오   (황원재에게) 한국 국회에서 국제저작권협약 가입을 의결해 달라는 간절한 부탁이십니다.

황원재   국회 움직이는 거야 어렵지는 않습니다. 알게 모르게, 우리 마피아한테서 정치자금을 받아쓰는 국회의원들이 많거든요.

안또니오 (돈 까를로스에게) 부탁하신 것에 대해 긍정적 반응입니다.

황원재 하지만 한국은 대통령중심제 국가예요. 대통령 결심이면 간단히 해결됩니다.

안또니오 (돈 까를로스에게) 더 간단한 해결 방법이 있답니다.

황원재 돈 까를로스씨, 우리 대통령을 직접 만나보시겠습니까?

안또니오 (돈 까를로스에게) 대통령을 만나시라는군요.

돈 까를로스 꼬레아 쁘레지덴떼……?

황원재 내가 주선해 드리겠습니다.

황원재, 무선 전화기로 통화한다.

황원재 아, 안녕하십니까! 황원잽니다. 매우 긴급하게 각하를 뵙고자 하는데, 비서실에서 각하의 의향을 여쭤봐 주십시오. 네…… 네…… 알겠습니다. (돈 까를로스에게) 지금 만나 주시겠다는군요.

안또니오 지금 만나 주시겠답니다.

네 명의 경호원들과 리무진 승용차, 무대를 한 바퀴 돌아서 멈춘다. 무대 가운데, 봉황 문장이 새겨진 의자 하나가 놓여있다. 노태우 대통령, 미소 지은 얼굴로 방문객들을 맞이한다.

황원재 각하, 스페인 국회의원 돈 까를로스 씨를 소개해 드립니다.

돈 까를로스 뵙게 되어 영광입니다.

노태우 귀한 손님이 오셨군요, 먼 곳에서.

황원재 까를로스 의원과 저는 한국-스페인 친선협회 멤버입니다. 그런데 친선이 안되는 중대한 장애요인이 있어서, 이렇게 각하를 뵙게 된 것입니다. 직접 말씀하십시오, 돈 까를로스 의원.

안또니오 (돈 까를로스에게 통역한다.) 대통령께 말씀 드리시랍니다.

돈 까를로스 저희 마요르까 마피…… 아니 저희 에스빠냐 국회의원들은 꼬레아 쁘리지덴떼께 진심으로 호소드립니다. 국제저작권 협약에 가입해 주십시오.

안또니오 국제저작권협약에 가입해 주시기를 간곡히……

노태우 (통역이 끝나기도 전에 앞질러 말한다.) 아, 그 문제라면 잘 압니다. 미국 국회의원, 영국국회의원, 불란서 국회의원, 독일 국회의원, 일본 국회의원, 세계 각국의 국회의원들이 그 문제를 해결해 달라고 아우성이니까요. 한국은 올림픽을 개최한 국가입니다. 선진국의 반열에 오른 한국이, 다른 국가의 지적재산권을 아무 대가없이 사용한다는 건 부끄러운 일이지요. 조속한 시일 내, 국제저작권 협약에 가입하겠습니다. 이 사람을 믿어 주세요.

안또니오 (돈 까를로스에게) 이제 곧 가입할 테니, 이 사람을 믿어달랍니다.

돈 까를로스 진심으로 고맙습니다. 세뇨르 쁘레지덴떼!

안또니오 (노태우에게) 각하께 감사하다고 합니다.

노태우 지금부터는 마음 놓고 한국과 스페인의 친선을 위해 더욱 노력하시기를 바랍니다.

안또니오 (돈 까를로스에게) 두 나라의 친선을 당부하셨습니다.

돈 까를로스 최선을 다 하겠습니다.

안또니오 (노태우에게) 최선을 다짐했습니다.

노태우 (의자에서 일어나며) 안녕히 가십시오, 돈까…… 스……

황원재 돈 까를로스 의원이십니다.

노태우 까를로스 의원!

안또니오 (돈 까를로스에게) 대통령께서 작별인사를 하시는군요.

돈 까를로스 안녕히 계십시오, 세뇨르 쁘레지덴떼!

노태우 황의원은 나 좀 봅시다.

돈 까를로스와 안또니오, 대통령 집무실을 나온다. 노태우 대통령은 못마땅한 표정으로 황원재에게 말한다.

노태우 이런 일이라면 전화를 하지.

황원재   전화로서는······

노태우   긴급한 일로 만나자기에 난 황의원이 비자금을 가지고 오는 줄 알았어.

황원재   지금 준비하고 있습니다.

노태우   얼마나······?

황원재   사과 박스 다섯 개입니다.

노태우   사과 박스 겨우 다섯 개? 열 개 채워!

황원재   알겠습니다, 각하.

노태우와 황원재를 비추던 조명이 꺼진다. 돈 까를로스, 안또니오, 둘이서 거리를 걷고 있다.

돈 까를로스   너무 간단히 끝났군.

안또니오   홀가분 하시겠군요, 이제는.

돈 까를로스   자네 덕분일세. 그런데 내일은 뭘한다······? 내일 당장 떠나자니 비행기 좌석을 미처 예약 못했고, 호텔에서 빈둥거리기엔······

안또니오   경마 어떠십니까?

돈 까를로스   좋지! 내가 경마광 아닌가!

안또니오   내일은 우리 가족이 과천 경마장에 가기로 했거든요.

돈 까를로스   자네 가족들도 모두 경마광인 모양이군!

안또니오   아뇨. 내 아들이 경마 결과를 미리 알아맞추는 시뮬레이션 게임을 만들었죠. 그걸 시험하러 가는 겁니다.

돈 까를로스   시뮬레이션 뭐······?

안또니오   한국에서는 어렸을 때부터 전자 게임을 하면서 자라지요. 내 아들도 그렇습니다. 컴퓨터 프로그램을 만들 정도니까 대단한 실력입니다. 어쨌든 내일 우리 가족과 함께 가시지요.

경마장. 일곱 마리의 말- 앞쪽에 말 머리를 달고, 뒤쪽에 말 꼬리를 매단 긴 막대기를 탄 일곱 명의 기수들이 등장한다. 기수들의 몸에는 1번에서 7

번까지의 번호가 각각 부착되어 있다. 관중들의 함성. 기수들은 서로 앞서려고 말들을 재촉하여 달린다. 관중석, 안또니오의 가족과 돈 까를로스가 앉아있다. 장선아는 분홍색 줄무늬의 원피스를 입고 넓은 차양이 달린 하얀 모자를 썼다. 김수인은 휴대용 노트북 같은 소형 컴퓨터를 무릎 위에 올려놓고 키보드를 두드린다. 스타트 라인, 일곱 명의 기수들이 새로운 시합을 하기 위해 정렬한다.

김수인　이번엔 6번 말 지리산이 1등, 3번 적토마가 2등, 1번 천하무적이 꼴찌를 할 겁니다.

돈 까를로스　미리 결과를 알 수 있다니…… 믿어지질 않는군!

안또니오　어디 두고 보십시다.

장선아　(망원경으로 스타트 라인을 바라본다.) 수인아, 내 생각엔 7번 말 금강산이 제일 빠를 것 같구나.

김수인　글쎄요, 어머니. 시뮬레이션으로는 7번 말 금강산은 5등이군요.

스타트 라인, 기수와 말들이 출발한다. 울려 퍼지는 함성. 1번 말이 앞서고, 6번 말은 가운데, 3번 말이 맨 뒤에 처진다. 그러나 레이스 중간에 이 순위는 바뀌어지더니 최종결과는 김수인의 시뮬레이션게임과 일치한다. 경마장 스피커, 말들의 순위를 방송한다.

스피커　1등 6번 지리산, 2등 3번 적토마, 3등 5번 블랙호크, 4등 3번 압록강, 5등 7번 금강산, 6등 2번 레인져스, 7등 1번 천하무적!

안또니오　내 아들이 말한 대로입니다, 돈 까를로스!

돈 까를로스　한 번 더!

김수인　(키보드를 두드리더니 모니터 스크린을 바라본다.) 이번엔 4번 말 천둥번개 1등, 7번염라대왕 2등, 3번 나폴레옹 3등, 2번 날쌘돌이가 꼴등이군요.

장선아　(망원경으로 스타트 라인을 바라본다.)

김수인　(장선아에게) 어머니 생각은요?

장선아   난 모르겠어……

돈 까를로스   나에게 망원경 좀 빌려 주시요.

안또니오   (장선아에게 통역한다.) 당신 망원경을 빌리고 싶다는군.

장선아   (돈 까를로스에게 망원경을 준다.) 네, 보세요.

돈 까를로스   (스타트 라인의 말들을 바라본다.) 이번엔 3번 말이 1등 할 걸!

안또니오   3번이 1등을 할 거란다.

　

스타트 라인, 기수와 말들이 달리기 시작한다. 엎치락뒤치락 혼선을 거듭
하던 말들은 마지막 순간에서 김수인의 시뮬레이션 결과와 일치한다. 경
마장의 스피커, 말들의 순위를 방송한다.

　

스피커   1등 4번 천둥번개, 2등 7번 염라대왕, 3등 3번 나폴레옹, 4등 5번
백마강, 5등 6번 설악산, 6등 1번 하이퀸, 7등마 2번 날쌘돌이!

장선아   천재예요! 우리 아들은 천재라구요!

안또니오   이번에도 시뮬레이션 결과와 똑같습니다!

돈 까를로스   (혀를 빼물고 고개를 흔든다.) 오직 감탄할 뿐이오!

김수인   (키보드를 두드리며) 이번 결과는……

돈 까를로스   잠깐만! 이렇게 결과를 미리 안다면 마권을 사야지!

안또니오   (김수인에게 통역한다.) 이분 말씀이 마권을 사라고 한다.

김수인   마권요?

돈 까를로스   마권을 사면 떼돈을 벌잖는가!

안또니오   (김수인에게) 마권을 사서 떼돈을 벌란다.

김수인   아뇨. (컴퓨터의 뚜껑을 닫는다.) 저는 돈 벌기 위해 컴퓨터 시뮬레이
션을 한 건 아니에요.

안또니오   (돈 까를로스에게) 내 아들은 돈 벌려고 한 건 아니라는군요.

돈 까를로스   그럼 뭐지……?

안또니오   (김수인에게) 그럼 뭐냐는구나.

김수인   컴퓨터, 즉 만능두뇌에 대한 순수한 사랑이죠.

안또니오   (돈 까를로스에게 통역한다.) 만능두뇌에 대한 순수한 사랑이랍니다.

돈 까를로스   오, 그래……!

김수인   경마 시뮬레이션이 성공했으니까 다음 목표는 마라톤 시뮬레이션 입니다.

안또니오   (돈 까를로스에게) 다음 목표는 마라톤 시뮬레이션이랍니다.

돈 까를로스   뭐? 어떻게…… 그런 일이 가능하지?

안또니오   (김수인에게) 어떻게 그런 일이 가능하냐고 묻는구나.

김수인   전 세계 마라토너 기록, 마라톤 코스, 시합 당일의 기후조건 등 정 확한 정보를 입력 시키면 미리 알 수 있습니다.

안또니오   (돈 까를로스에게) 정확한 정보만 입력시키면 문제없다는군요.

김수인   1992년 봄까지는 마라톤 시뮬레이션을 만들 겁니다. 그해 여름에 바르셀로나에서 올림픽이 있거든요.

안또니오   (돈 까를로스에게) 1992년 바르셀로나 올림픽 때까지는 만든다고 합 니다.

장선아   (안또니오에게) 당신이 도와줄 거죠? 당신은 대학 시절 바르셀로나 에서 사셨잖아요.

안또니오   눈을 감고도 훤히 알지! 바르셀로나 올림픽 코스는 내가 자전거 타고 학교 다니던 코스였소.

무대 조명, 암전한다. 밤. 비가 내린다. 우산으로 얼굴이 가려진 두 명의 남자가 레인코트를 입고 각기 다른 방향에서 등장한다. 그들은 한곳에서 마주친다. 두 남자, 우산을 치켜든다.

돈 까를로스   살리나스, 자네였군.

살리나스   돈 까를로스……

돈 까를로스   웬일인가, 밤늦게……?

살리나스   웬일이십니까? 이 늦은 밤, 비도 내리는데요?

돈 까를로스   잠이 오질 않네.

살리나스   저 역시 잠을 못 잡니다.

돈 까를로스   우울증 때문에?

살리나스 울화증 때문이죠.

돈 까를로스 증상이 나하고 똑같군. (울분 섞인 한숨을 길게 내쉰다.) 꼬레아 쁘레지덴떼가 "이 사람을 믿어주세요!" 하더니만……

살리나스 그 말을 들은 때가 언제였죠?

돈 까를로스 1988년.

살리나스 지금은요?

돈 까를로스 1992년.

살리나스 우린 4년 동안이나 믿어줬어요! 그런데도 그 사람은 차일피일 미루기만 할 뿐, 국제저작권협약에는 가입 안 해요.

돈 까를로스 살리나스……

살리나스 네!

돈 까를로스 아, 아닐세……

살리나스 하실 말씀이 있거든 하세요!

돈 까를로스 금년엔 바르셀로나에서 올림픽이 있잖는가……

살리나스 그래서요?

돈 까를로스 꼬레아의 안또니오한테서 편지가 왔어. 자기 아들이 마라톤 시뮬레이션을 완성했는데, 그 시험 결과 꼬레아 선수가 1등을 한다는군.

살리나스 꼬레아 선수가…… 뭐, 1등을 해요?

돈 까를로스 후앙 영조라는 선수인데, 2시간 13분 23초로 금메달이래. 2등 은메달은 일본선수 모리시타 고이시키, 2시간 13분 45초. 3등 동메달은 독일선수 스테판 프라이강이 받게 될 건데, 2시간 14분 걸린다는군.

살리나스 시간까지도요?

돈 까를로스 그래, 시간까지 정확하게.

살리나스 그 편지 언제 왔죠?

돈 까를로스 한 일주일쯤 됐나……

살리나스 일주일이나요? 왜 이제서야 말씀하십니까!

돈 까를로스 음…… 말해도 자네가 믿을 것 같지 않아서……

살리나스 난 믿어요!

돈 까를로스 믿어?

살리나스 이 사람을 믿어 달라는 말보다는 난 그 말을 훨씬 더 믿겠습니다!

돈 까를로스 사실은, 나도 그래!

살리나스 (우산을 빙그르 돌려서 허공 위로 던지며) 드디어 우리는 〈애국가〉사용료를 받게 됐어요.

돈 까를로스 진정하게, 살리나스!

살리나스 드디어 받게 됐다구요, 드디어! 생각해 보세요! 꼬레아 선수가 마라톤에서 금메달을 따면요, 꼬레아 국기를 게양하면서 〈애국가〉를 연주해야죠! 그런데 사용료를 안내면, 우리가 〈애국가〉 연주를 못하게 하는 겁니다!

돈 까를로스 못하게 해……?

살리나스 바르셀로나는 에스빠냐 땅입니다! 꼬레아 땅이 아니에요! 꼬레아 정부가 꼬레아 땅에서 돈 안내고 〈애국가〉를 사용해도 우리가 어떻게 할 수 없지만, 에스빠냐 땅에서는 사정이 달라요. 우리가 얼마든지 법적으로 못하게 할 수 있거든요. 난 지금 바르셀로나에 갑니다! 바르셀로나 법원에 〈애국가〉 차압을 신청, 법원의 승인을 받는 즉시 마드리드 꼬레아 대사관으로 가겠습니다!

돈 까를로스 날 밝거든 가게, 살리나스!

살리나스 아뇨! 지금 갑니다! 돌아올 때는 두고 보세요! 트렁크에 가득히, 돈을 담아 갖고 올 겁니다!

살리나스, 비오는 어둠 속을 뛰어간다. 돈 까를로스 역시 흥분 상태가 되어 우산을 빙그르 돌려 허공 위로 던져 올린다. 무대 조명, 밝아진다. 마드리드에 있는 한국대사관. 소형 한국 국기와 스페인 국기를 교차시켜 놓은 원탁, 조규탁 대사가 인터폰을 받는다.

대 사 누가 오셨어? 미겔 살리나스? 저작권법 전문 변호사……? 음…… 음…… 어쨌든 들여보내게……

레인코트 차림의 살리나스 등장한다. 그는 인사도 생략한 채 레인코트 자락을 열어젖히고 안 호주머니에서 차압증서를 꺼내 조규탁 대사에게 내민다.

대　사　이게 뭡니까?

살리나스　바르셀로나 법원의 차압증서입니다!

대　사　차압이라뇨? (차압증서를 펴서 목독한다.) 내 스페인어 실력이 읽고 쓰기엔 불편이 없습니다. 그런데…… 이건 무슨 뜻인지 알 수 없군요.

살리나스　문자 그대로 해석하십시오!

대　사　문자 그대로라면 〈애국가〉를 차압한다……?

살리나스　바로 그겁니다, 대사! 이제 에스빠냐의 모든 영토 안에서는 〈애국가〉 사용이 금지됐습니다!

대　사　그럼 바르셀로나 올림픽에서는요?

살리나스　물론 올림픽도 마찬가지죠! 전세계로 중계방송될 마라톤에서 꼬레아 선수가 1등을 한다해도 〈애국가〉는 울려 퍼지지 않을 겁니다!

대　사　오, 하필이면 내 임기 때…… 그것만은!

살리나스　하하, 하하하! 대사, 사태의 심각성을 이해하셨군요!

살리나스, 원탁의 교차되어 있는 국기들을 분리시켜 한국 국기는 대사 앞에 놓고, 스페인 국기는 자기 앞에 놓는다.

살리나스　우리, 협상 테이블에 앉읍시다!

대　사　그럽시다!

살리나스　〈애국가〉저작권을 갖고 있는 에스빠냐 국민 롤리따 여사 및 세 딸로부터 그 권한을 위임받은 본인은, 꼬레아 정부를 대표한 대사께 매년 5천만 달러의 사용료 지불을 정중히 제안하는 바입니다.

대　사　그것이 〈애국가〉 차압의 해지조건입니까?

살리나스　그렇습니다, 대사!

대 사 5천만 불은 과다합니다. 그중에서 2천만 불을 깎아 줄 것을 정중하게 수정 제안하는 바입니다.

살리나스 깎아드릴 수 없습니다, 단 한푼도!

대 사 더구나 매년 마다 너무 가혹합니다. 일시불 3천만 불로 영구히 〈애국가〉를 양도하는 조건이 아니라면……

살리나스 아니라면?

대 사 꼬레아 정부는 〈애국가〉를 포기하고, 새로운 국가를 제정할 수 도 있음을 알려드립니다.

살리나스 새로운 국가를요? 올림픽이 내일 모레 코 앞에 다가왔는데, 언제 새로운 국가를 제정할 수 있단 말씀입니까?

대 사 그건 염려 안 하셔도 됩니다. 우리 한국에는 하룻밤 사이에 다리를 놓고 고층건물을 세우는 인재들이 수두룩한데, 그까짓 노래 한 곡쯤이야 식은 죽 먹기니까요!

살리나스 (신음소리를 낸다.) 으음……

대 사 귀측의 현명한 판단을 기대합니다.

살리나스 좋습니다. 일시불 3천만불의 수정제안을 받아들입니다.

대 사 단, 한국선수가 마라톤에서 우승하지 못할 경우 3천만 불은 지불되지 않습니다. 좋습니까?

살리나스 좋습니다, 대사. 그 조건에 동의하는 조건으로, 마라톤에서 우승할 경우, 귀측은 즉각 3천만 불을 현찰로 지불해야 합니다.

대 사 네, 좋습니다.

살리나스 그럼, 합의사항을 문서로 작성하고 서명합시다.

대 사 아직 한 단계 남았습니다. 합의사항을 본국정부에 보고, 최종 승인을 받아야 합니다.

살리나스 도대체 얼마나 걸립니까, 승인 받기 까지는?

대 사 금방입니다. 요즘엔 팩스가 있으니까요.

대사, 종이에 합의사항을 적어 원탁 위에 놓여있는 팩스기에 집어넣는다. 살리나스가 그 광경을 지켜본다. 잠시 후 응답하듯 팩스기에서 삑- 소리가 나며 종이 한 장이 나온다.

대　사　　본국정부의 훈령이 왔습니다. (팩스를 읽는다.) "사태의 긴급성에 비
　　　　　추어 지체 없이 승인함."
살리나스　잘 됐군요!

　　　　　살리나스, 한국대사 두 장의 문서를 작성하고 사인한다. 그들은 굳은 악수
　　　　　를 하면서 문서를 나눠 갖는다. 그들이 원탁을 들고 퇴장하는 동안, 무대
　　　　　천정에서 프로젝션 텔레비전용 대형 스크린이 내려온다. 그 스크린에 바
　　　　　르셀로나 올림픽 마라톤 중계방송 화면이 비쳐진다. 스타트 라인을 출발
　　　　　하는 세계 각국의 마라토너들, 앞선 그룹과 뒤쳐진 그룹…… 스크린 앞에
　　　　　는 마요르까 마피아들이 등장해서 황영조 선수를 열렬히 응원한다. 살리
　　　　　나스도 그들 속에 있다. 몬주익 스타디움이 가까워지자 1,2 등을 다투는
　　　　　황영조 선수와 모리시타 고이시키 선수…… 간발의 차이로 앞선 황영조
　　　　　선수가 스타디움 안으로 들어와 테이프를 끊는다. 관중들의 우레 같은 함
　　　　　성. 금메달을 목에 걸고 월계관을 쓰는 황영조 선수. 태극기 게양, 〈애국
　　　　　가〉가 우렁차게 울려 퍼진다. 마요르까 마피아들, 열광한다. 뻬드로가 샴
　　　　　페인의 병마개를 열려고 하자 살리나스가 제지시킨다.

뻬드로　　샴페인을 터뜨립시다, 샴페인을!
살리나스　잠깐만, 뻬드로!
뻬드로　　왜요?
살리나스　우리 돈을 받고 터뜨리자구!
돈 까를로스　그래, 그게 좋겠어!

　　　　　살리나스, 전화기의 숫자판을 누른다. 마요르까 마피아들이 살리나스 주변
　　　　　에 모여든다.

살리나스　거기, 마드리드 꼬레아 대사관입니까? 아…… 대사님! 방금 마라

톤 중계방송 보셨죠? 전세계가 완전히 흥분의 도가니에요!

돈 까를로스   기록도 놀라워, 2시간 13분 23초야!

살리나스   후앙 영조의 기록도 아주 놀랍습니다! 막판에서 간발의 차이로 일본선수를 앞서는 순간, 정말 감동적이었어요! 그건 그렇고…… 지금 대사관으로 돈 받으러 갑니다! 네? 시간을 좀 달라니요……?

돈 까를로스   도대체 뭐라고 하는 건가?

살리나스   너무 많은 현찰이라서 준비가 안된 모양입니다. (전화기에 대고) 그래서 얼마나 기다려야 합니까? 네…… 네…… 알겠습니다. (전화기를 내려 놓는다.) 몇 주쯤 기다려 달라는군요.

마요르까 마피아들, 실망하는 표정이 역력하다. 그들을 비추는 조명이 조금 어두워진다. 살리나스가 다시 전화한다.

살리나스   나, 살리나스 변호삽니다. 약속하신 몇 주일이 지났는데 이젠 준비가 되었겠지요? 뭐…… 뭐라구요? 본국정부가 아직도 돈을 안 보내 왔다니요? 대사, 이제 와서 그게 말이나 됩니까?

돈 까를로스   무슨 소린가, 지금은?

살리나스   대사도 답답해서 직접 꼬레아에 가 돈을 받아 오겠답니다.

돈 까를로스   물어보게, 얼마나 기다려야 하는지?

살리나스   그래서 대사, 언제 돌아오실 겁니까? 네, 그럼 다녀오세요! (전화기를 신경질적으로 내려놓는다.) 짧으면 한 달, 길면 두어 달 걸린답니다!

마요르까 마피아들, 더욱 실망한다. 그들을 비추는 조명이 약간 더 어두워진다. 마피아들은 기다리기에 지친 듯 주저앉는다. 살리나스, 다시 전화한다.

살리나스   꼬레아 대사관이죠? 대사 오셨습니까? 예정 보다 늦게 오신다……? 도대체 뭣 때문에 늦어지는 겁니까?

돈 까를로스   이유가 뭔가, 이번에는?

살리나스   꼬레아는 지금 노태우 쁘레지덴떼 임기가 끝난답니다. 그래서 새
로 쁘레지덴떼 뽑는 선거를 한다는군요.

돈 까를로스   쁘레지덴떼 선거와 대사 늦어지는 게 무슨 상관이야?

살리나스   선거 때문에 꼬레아 정부가 어수선해져서 볼일을 못보고 있다는
겁니다.

살리나스, 전화기를 내던지듯 내려놓는다. 마요르까 마피아들, 바닥에 누
워서 잠들어있다. 그들을 비추는 조명, 더 어두워진다. 살리나스, 울분을
삭히면서 전화한다.

살리나스   대사, 왔어요? 뭐…… 안 올거라뇨? 노태우 쁘레지덴떼는 퇴임하
고 김영삼 쁘레지덴떼가 새로 취임…… 정부가 확 바뀌어서……
에스빠냐 주재 대사도 바뀌었다…… (신음소리와 함께 전화기를 떨어
뜨린다.) 나를…… 미치게 만드는군…… 빌어먹을!

살리나스, 잠든 마요르까 마피아들을 흔들어 깨운다.

살리나스   일어나, 일어나라구!

돈 까를로스   그냥 곤히 자도록 놔두게.

살리나스   아뇨! 제 4차 원정대를 조직, 꼬레아로 가야죠!

샴페인 병을 부둥켜 안고 자던 뻬드로, 잠에서 덜 깬 상태로 일어선다.

뻬드로   이제 샴페인을 터뜨려도 됩니까?

살리나스   뻬드로, 나와 함께 돈 받으러 가세! (옥따비오를 깨운다.) 옥따비오!
옥따비오!

옥따비오   (손을 내저으며 돌아눕는다.) 이번엔 난 안갑니다.

살리나스   (리까르도를 붙잡아 일으켜 세운다.) 리까르도!

리까르도   (잠이 덜 깬 채 대답한다.) 네……

살리나스   자, 떠나세!

무대조명, 암전한다. 허공을 순식간에 가로지르는 제트여객기의 굉음이 들린다. 뒤이어 무대조명, 밝아진다. 〈인터콘티넨탈 호텔〉 팻말이 무대 가운데 놓여있다. 한국마피아 두목 황원재, 마요르까 마피아 원정대를 맞이한다. 안또니오, 그들의 대화를 통역한다.

황원재   잠을 못 잔 모습들이신데, 오늘 밤은 이 호텔에서 푹 주무십시오. 내일은 일찍 일어나야 합니다. 내가 김영삼 대통령과 여러분의 면담을 주선해 놨습니다.

안또니오   (살리나스에게) 내일 아침 김영삼 쁘레지덴떼와의 면담이 있다고 합니다.

살리나스   고맙습니다.

안또니오   (황원재에게) 고맙다고 합니다.

살리나스   그런데 여쭤봐도 될까요? 세뇨르 후앙께선 지금도 국회의원이십니까?

안또니오   (황원재에게) 지금도 국회의원이시냐고 묻는군요.

황원재   물론입니다.

안또니오   (살리나스에게) 그렇답니다.

살리나스   지난 번엔 여당이셨는데, 지금은 야당이겠군요?

안또니오   (황원재에게) 혹시 야당 국회의원이십니까?

황원재   아뇨. 여당입니다. 꼬레아에서는 여당 국회의원을 해야 힘을 쓰거든요.

안또니오   (살리나스에게) 힘 있는 여당이라고 합니다.

황원재   그럼 내일 아침 다시 봅시다!

황원재, 살리나스와 악수한다. 그는 네 명의 경호원들로 둘러싸인 리무진 승용차를 타고 떠난다. 뻬드로, 호텔 내부를 두리번거리며 탄성을 지른다.

뻬드로 인터콘티넨탈 호텔, 정말 으리으리한 호텔이군!

리까르도 꼬레아는 올 때마다 변해요!

살리나스 그래, 많이도 변했어.

리까르도 여기 오면서 보니까 건물도 건물이지만, 한강의 다리들도 몇 개나 더 생겼더군요!

두 대의 리무진 승용차가 호텔 앞에 도착한다. 각 차 마다 네 명의 경호원들이 붙어있다. 앞 차에서 황원재가 내려와 살리나스를 만난다.

황원재 자, 가십시다!

살리나스 (안또니오에게) 이제 겨우 아침 해가 떴는데, 저 사람 왜 저러지?

안또니오 (황원재에게 통역한다.) 서두르는 이유가 뭐냐는데요?

황원재 서울은 출근시간에 차가 막힙니다! 어서 서둘러야 해요!

안또니오 (살리나스에게) 교통체증 때문에 서둘러 출발하자고 합니다.

앞쪽의 리무진 승용차에 황원재, 살리나스, 안또니오가 탄다. 뒤쪽 리무진 승용차에는 뻬드로, 리까르도가 탄다. 두 대의 승용차, 무대를 달린다. 앞쪽 승용차의 한 경호원이 무전기에 대고 말한다.

앞 차 경호원 여기는 앞 차다! 뒷 차 나와라, 오버!

뒤쪽의 승용차 경호원이 무전기에 대고 응답한다.

뒤 차 경호원 여기는 뒷 차! 앞 차는 말하라, 오버!

앞 차 경호원 앞 차는 성수대교를 건너간다, 오버!

뒤 차 경호원 알겠다! 뒷 차도 앞 차 따라 성수대교를 건너간다, 오버!

무대, 다리를 연상시키는 넓은 띠 모양의 일직선 조명이 바닥에 비친다. 달리는 두 대의 승용차, 일직선 조명으로 들어온다. 앞 차가 다리 한 가운데를 지나간다. 약간의 거리를 두고 따라가는 뒷 차, 다리 한 가운데 이른다. 갑자기 요란한 소리와 함께 다리 가운데가 무너져 내린다. 무대 바닥이 밑으로 꺼지면서, 뒤따라오던 승용차가 추락한다.

앞 차 경호원   스톱! 스톱!

다리 한가운데를 통과한 앞 차, 정지한다. 황원재, 살리나스, 안또니오, 차에서 다급하게 내려 무너진 곳으로 달려간다. 네 명의 경호원들도 함께 달린다.

살리나스   (다리 밑을 향해 외친다.) 뻬드로! 리까르도! 뻬드로! 리까르도!

버스, 트럭, 승용차 등 각종 자동차들이 미쳐 피하지 못하고 무너진 곳 아래로 추락하는 소리가 연달아 들려온다. 자동차의 클락션 소리, 사람들의 울부짖음, 한강물 소용돌이치는 소리…… 그 광경을 지켜보는 살리나스는 창백하게 질린 표정이다.

살리나스   오, 뻬드로…… 리까르도……
경호원들   (황원재에게) 어떻게 하죠? 우리 휘밀리도 네 명이나 다리 밑에 떨어졌어요!
황원재   청와대로 차 출발시켜!
경호원들   청와대요……?
황원재   대통령을 만나기로 했으면 만나야지! (황원재, 휙 돌아서서 리무진 승용차로 걸어간다.)
안또니오   (살리나스에게) 쁘레지덴떼를 만나러 가자고 합니다.
살리나스   가, 가자구……!

황원재, 살리나스, 안또니오가 리무진 승용차에 탑승한다. 그들은 경호원들의 호위를 받으며 달린다. 무대 뒤쪽, 대통령 문장이 그려진 화판이 내려온다. 리무진 승용차, 화판 앞에 멈춘다. 탑승했던 사람들이 내리자 경호원들은 퇴장한다. 김영삼 대통령 등장, 기다리고 있던 사람들과 악수한다.

황원재　각하, 스페인 민주산악회 총무이며 국제저작권협회 상임이사인 미겔 살리나스 변호사를 소개해 드립니다.

김영삼　스페인에도 민주산악회가 있소?

황원재　아마…… 프랑코 총통 때 생긴 모양입니다.

살리나스　세뇨르 쁘레지덴떼! 오늘 아침 저는 각하를 만나러 오는 도중에, 가장 소중한 동지를 두 명이나 한강 다리에서 잃었습니다! (안또니오에게) 그 다리의 이름이 뭔지 정확하게 통역하게!

안또니오　(김영삼 대통령에게) 성수대교에서 이 분의 가장 소중한 동지 두 명이 사망했습니다.

김영삼　나도 긴급보고를 들었소.

안또니오　(살리나스에게) 이미 알고 계신다고 합니다.

살리나스　제발 세뇨르 쁘레지덴떼, 시체라도 찾아 주십시오!

안또니오　(김영삼에게) 시체라도 찾아 달라는군요.

김영삼　그 다리와 우리 문민정부는 아무 상관없소! 왜냐고? 그 다리는 군사정권 시절에 만들었기 때문이야!

안또니오　(살리나스에게) 무너진 성수대교는 군사정권 때 만든 거라서, 지금의 문민정부는 아무 책임이 없다고 합니다.

살리나스　어떻게 쁘레지덴떼가 그런 말씀을 하실 수 있으십니까? 더구나 그 동지들은 꼬레아 정부가 지불해야 할 돈을 받으러 왔다가 목숨을 잃은 겁니다!

안또니오　(김영삼에게) 한국정부가 주어야 할 돈을 받으러 왔다가 사고를 당했으니까 책임지라고 합니다.

김영삼　무슨 돈?

안또니오　(살리나스에게) 무슨 돈이냐는데요?

살리나스　지난 번 노태우 쁘레지덴떼 때 준다고 약속한 돈입니다!

안또니오　(김영삼에게) 지난 번 노태우 대통령 시절 약속했던 것이라고 합니다.

김영삼　씰데없는 소리! 난 몰라!

안또니오　(살리나스에게) 쁘레지덴떼께서는 모른다고 하십니다.

김영삼　군사정권에서 한 일들은 난 모른다, 절대로 몰라!

안또니오　(살리나스에게) 모른다고 거듭거듭 강조하십니다.

김영삼　모르는 나한테 책임을 묻지 마! 난 아무 상관도 없고, 아무 책임도 없어!

　　　　　김영삼 대통령, 퇴장한다. 황원재는 대통령의 갑작스런 퇴장에 곤혹스런 모습이다.

황원재　살리나스씨…… 이해하십시오. 갑자기 사고가 나서 수많은 사람들이 죽는 바람에, 대통령께서는 심기가 불편하신 것 같습니다.

안또니오　(살리나스에게) 쁘레지덴떼 기분이 안 좋은 것 같다고 합니다.

황원재　그만 가십시다.

안또니오　(살리나스에게) 더 있어 봐야 소용 없다는군요.

　　　　　무대조명 암전. 사이. 서서히 밝아진다. 비장한 모습으로 엄숙하게 도열해 있는 마요르까 마피아들. 두 개의 하얀 유골함을 가슴 앞에 둔 살리나스가 고개를 숙인 채 걸어 들어와서 멈춘다.

돈 까를로스　어찌된 일인가, 살리나스?

살리나스　면목 없습니다……

돈 까를로스　갈 때는 셋이었는데, 올 때는 혼자라니…… 이래도 되는 것인가?

살리나스　꼬레아 쁘레지덴떼는 아무 책임이 없다고만 할 뿐…… 그나마 꼬레아 마피아들이 강물 속의 뻬드로와 리까르도를 찾아내느라 애썼습니다. 하지만…… 이미 싸늘한 몸…… 그들의 죽음은 내 책임입니다. (유골상자를 내려놓고 권총을 꺼내 관자놀이에 댄다.) 죄송합니다…… 모든 것을 내가 책임집니다.

돈 까를로스　책임지고 죽는다……

살리나스 이제 마지막 소원은 〈애국가〉를 듣는 겁니다.

한 마피아 (트럼펫을 들고 몇 걸음 앞으로 나온다.)

돈 까를로스 잠깐만! (살리나스에게 다가가서 귀에 입을 대고 말한다.) 여보게, 살리나스…… 자네도 기억할 걸세. 〈애국가〉의 사용료를 받자는 건 자네 생각이었고…… 안익태 유족의 사인을 위조해서 저작권 위임장을 만든 건 뻬드로였지. 처음부터 이건 사실이 아니었어. 자네가 책임지고 죽을 필요는 없네.

살리나스 말씀은 고맙습니다만, 뻬드로는 죽었습니다. 그러므로 이제는, 위임장의 사인이 위조라는 걸 입증할 수 없게 되었죠. 시작은 가짜였으나 끝은 이렇게 진짜입니다. 리까르도는 인생을 진짜로 끝냈습니다. 나 역시 가짜로 살기보다는 진짜로 죽고 싶습니다. 돈 까를로스, 허락해 주십시오.

돈 까를로스 알겠네, 자네 심정을……

살리나스 감사합니다.

돈 까를로스 살리나스, 죽어서도 지켜보게! 내가 기필코 〈애국가〉의 사용료를 받아낼 테니! (뒷걸음으로 물러나며 트럼펫을 든 마피아에게 손짓한다.) 연주하라, 〈애국가〉를!

한 마피아, 〈애국가〉를 연주한다. 모든 마피아들이 살리나스를 향해 거수경례를 한다. 살리나스는 〈애국가〉 연주를 들으며 권총의 방아쇠를 당겨 자결한다. 연주가 끝나면서 조명이 어두워진다. 잠시 침묵. 조명, 밝아진다. 텅 빈 무대, 옥따비오가 무대 앞 오른쪽에서 등장, 망치로 바닥을 조심스레 두드려서 이상이 없는지를 확인한다. 이상 없음을 확인한 그는 뒤를 향해 걸어와도 좋다는 손짓을 한다. 돈 까를로스를 포함한 여섯 명의 마요르까 마피아, 서로 몸을 바짝 붙인 상태로 매우 조심스럽게 발을 내딛으면서 등장한다. 그들은 5미터 정도 걸은 다음 멈춘다. 옥따비오가 다시 전방 5미터 정도의 바닥을 망치로 조심스럽게 두드려 안전한지를 점검한다. 마요르까 마피아들은 옥따비오가 안전하다는 신호를 할 때까지 꼼짝 않고 기다린다. 그들은 그와 같은 행동을 반복하면서 무대 뒤 왼쪽으로 퇴장한다. 잠시 침묵. 무대 왼쪽의 안에서 전자게임 음향- 躬, 躬, 꽈꽝! 하는 소리와 마요르까 마피아들의 웃음소리가 뒤섞여서 들려온다. 그 소리나는 쪽에서 돈 까를로스와 안또니오가 무대 가운데로 걸어나온다.

안또니오 정말 뜻밖입니다, 저희 집에 오실 줄은요!

돈 까를로스 사과하러 왔네, 안또니오.

안또니오 사과라뇨……?

돈 까를로스 자네 아들, 그 천재가 순수한 마음으로 만든 것을…… 내가 잘못했어. 용서하게.

안또니오 뭘 말씀입니까?

돈 까를로스 마라톤 시뮬레이션 있잖은가…… 난 그걸 〈애국가〉사용료 받는 일에 써먹었네. 결국 돈도 못 받고 사람만 여럿 죽었지. 뻬드로, 리까르도, 살리나스…… (손수건을 꺼내 눈물을 닦는다.) 나도 늙었군. 늙으면 감상적이 된다더니 요즘 내가 그러네.

안또니오 돈 까를로스…… 미안해하실 것 없습니다.

돈 까를로스 나도 이젠 은퇴할 때가 됐어. 〈애국가〉 사용료만 받으면 마요르까의 조용한 곳으로 물러나 살고 싶네.

안또니오 저도 그립군요, 마요르까…………

돈 까를로스 자네 가족과 함께 놀러 오게나. 특히 자네 아들은 인기 최고일세. 이번에 내가 쎄울 간다니까, 천재적인 자네 아들을 만나보고 싶다며 여러 명이 따라 왔지. (뿅, 뿅, 뿅, 꽈꽝! 소리와 웃음소리가 들려오는 쪽을 바라보며) 다들 재미있는 모양이군! 저건 무슨 게임인가?

안또니오 우주에 대한 시뮬레이션 게임입니다.

돈 까를로스 우주 시뮬레이션……?

안또니오 태양계의 지구, 금성, 화성, 수성, 목성…… 2924년에 지구는 화성과 부딪혀서 대폭발한다는군요.

돈 까를로스 정말인가? 지구가 대폭발을……?

안또니오 네, 그렇습니다.

돈 까를로스 그런데도 저렇듯 즐겁게 웃어?

안또니오　비극이란 우스운 거죠, 실제로 닥치기 전엔.

돈 까를로스　허허…… 그 말은 맞네, 안또니오.

　　　　　무대 오른쪽, 황원재와 경호원들 등장, 돈 까를로스에게 다가온다.

황원재　여기 계셨군요, 돈 까를로스!

돈 까를로스　오, 세뇨르 후앙!

　　　　　황원재와 돈 까를로스, 반갑게 포옹한다.

돈 까를로스　김영삼 쁘레지덴떼를 만나러 왔소. 후앙 의원이 면담을 주선해
　　　　　주시오.

안또니오　(황원재에게 통역한다.) 김영삼 대통령과의 면담을 주선해 달라고 하
　　　　　십니다.

황원재　그렇게 해야지요. 하지만 가스 폭발사고, 지하철 공사장 붕괴사
　　　　　고, 줄줄이 터지는 대형사고 때문에, 대통령의 심기가 좋지 않아
　　　　　서……

안또니오　(돈 까를로스에게) 요즘 온갖 사고들이 터져 쁘레지덴떼 심기가 좋
　　　　　지 않다는군요.

돈 까를로스　그래서 불가능하다는거요?

안또니오　(황원재에게) 면담이 불가능합니까?

황원재　최대한 노력은 하겠습니다.

안또니오　(돈 까를로스에게) 최대한 노력하겠답니다.

황원재　그리고 이건…… (두툼한 돈 봉투를 꺼내 돈 까를로스에게 내민다.) 한국
　　　　　마피아들이 걷은 조의금입니다.

안또니오　(돈 까를로스에게) 꼬레아 마피아의 조의금이랍니다.

황원재　작은 정성이니 받아 주십시오.

안또니오　(돈 까를로스에게) 한국에서는 조의금을 거절하면 큰 실례입니다.

돈 까를로스　(조의금 봉투를 받는다.) 고맙소. 마요르까 마피아를 대표해서 꼬

레아 마피아의 정성을 고맙게 받으리다.

안또니오　(황원재에게) 대단히 감사하다고 합니다.

황원재　대통령 면담이 이루어지면 알려드리겠습니다.

안또니오　(돈 까를로스에게) 나중에 연락드린다고 합니다.

돈 까를로스　아디오스, 세뇨르 후앙!

안또니오　(황원재에게) 곧 다시 보자는군요.

황원재, 돈 까를로스와 작별의 악수를 하고 네 명의 경호원들과 함께 퇴장한다. 무대 왼쪽에서 마요르까 마피아들과 김수인이 웃으며 등장한다. 돈 까를로스, 옥따비오에게 조의금 봉투를 준다.

돈 까를로스　옥따비오, 이 돈을 모두 나눠 갖게.

옥따비오　이게 무슨 돈입니까?

돈 까를로스　보너스일세!

옥따비오　(봉투를 열어 돈을 꺼내본다.) 꼬레아 돈이군요. 마요르까에 갖고 가서는 쓸 수가 없고……

마피아들　여기에서 쓰면 되지!

옥따비오　(마피아들에게 돈을 나누어준다.) 그래, 여기에서 쓰자구!

마피아들　(안또니오에게) 백화점이 어디 있죠?

안또니오　이 근처엔 삼풍백화점이 있는데요.

마피아들　우릴 그곳으로 데려다 줘요!

안또니오　(김수인에게) 수인아, 네가 도와드리렴. 이 분들을 삼풍백화점에 모시고 가.

김수인　모두 나를 따라오세요!

마요르까 마피아들, 김수인을 따라 우루루 몰려간다. 돈 까를로스, 옥따비오가 놓고 간 안전점검용 망치를 줏어든다. 그의 표정이 심각하게 굳어진다.

돈 까를로스 안또니오, 우리도 가세!

안또니오 네……?

돈 까를로스 뭔가 불길한 느낌이 들어. 꼬레아에서는 돌다리도 두드려보고 건너야 하는데, 이걸 그냥 놓고 가다니……

안또니오 설마 무슨 사고가 나겠습니까?

돈 까를로스 아냐, 어서 가보세!

무대 뒤쪽, 순간적으로 건물이 붕괴되는 굉장한 소리와 함께 뭉클뭉클 먼지구름이 솟아오른다. 연쇄적으로 무너지는 소리, 사람들의 비명…… 옥따비오, 무너진 건물 더미 속에서 피투성이가 되어 기어나온다. 그의 왼쪽 다리는 뼈가 으스러져 덜렁거린다. 오른쪽 다리 하나로 일어선 안또니오, 두 팔을 벌리고 부르짖는다.

옥따비오 이건 꼬레아 정부의 음모다!

무대, 암전한다. 안또니오, 등장. 망연자실한 모습으로 주저앉는다. 침묵. 알레익산드레, 휠체어 바퀴를 굴리면서 등장한다.

알레익산드레 아들아…… 울고 있구나……

안또니오 아…… 아뇨……

알레익산드레 너의 슬픈 마음, 내가 잘 안다.

안또니오 (침묵)

알레익산드레 하지만 아들아…… 비록 나는 걷지 못하게 됐다만, 초현실주의 미술에 대한 순수한 사랑만은 아무 변함없다.

안또니오 다행이군요, 아버지.

알레익산드레, 휠체어 바퀴를 거꾸로 돌려서 후진한다. 안또니오, 일어선다. 알레익산드레가 퇴장한 방향에서 휠체어를 탄 김수인을 장선아가 밀며 들어온다.

김수인　아버지…… 울고 계시군요……

안또니오　아…… 아니다……

김수인　아버지의 슬픈 마음, 제가 잘 압니다.

안또니오　(침묵)

김수인　하지만 아버지…… 저는 비록 걷지 못하게 됐지만, 만능두뇌에 대한 순수한 사랑만은 변함없어요.

안또니오　다행이구나!

김수인　제 인생은 끝난 게 아닙니다. 아버지, 어머니, 두고 보세요. 저는 얼마든지 행복할 수 있어요!

장선아　우리 수인이는 의젓해요. (흐르는 눈물을 닦는다.) 그러니까 여보…… 우리 마음 약해지면 안돼요.

안또니오와 장선아, 김수인의 휠체어를 함께 밀며 퇴장한다. 국회의사당의 내부 모습이 슬라이드 영상으로 비쳐진다. 스포트라이트가 발언대에 서 있는 황원재를 비춘다.

황원재　존경하는 의장님, 그리고 동료의원 여러분, 1996년 8월 21일 오늘은 역사적인 날입니다. 우리 국회는 오늘 국제저작권보호조약인 「베른 협약」에 가입할 것을 의결하였습니다. 가입안을 제출했던 저로서는, 찬성해주신 동료의원들께 진심으로 감사드립니다. 일부 반대한 의원들께서는, 우리 나라가 「베른 협약」에 가입하면 손해이며 아직은 시기상조라고 말씀하셨습니다. 하지만 더 이상 가입을 미룰 경우 국제사회의 친선과 의리는 완전히 파탄날 것이며, 인명피해도 속출할 것입니다. 그동안 저작권료 때문에 목숨을 잃은 분들이 얼마나 많은지 아십니까? 이번 가입이 그분들의 영혼과 훼밀리에게 심심한 위로가 되기를 바랍니다. 의장님, 제 발언을 기록에 남겨주세요!

황원재를 비추던 스포트라이트, 꺼진다. 마요르까 마피아들이 장방형 탁상을 무대 가운데로 옮기면서 등장한다. 그들 중에는 성수대교에서 죽은 뻬드로와 리까르도, 자결한 살리나스, 그리고 삼풍백화점에서 죽은 이름 없는 마피아들이 있다. 그들의 얼굴은 하얗게 칠해져 있고 머리 위에는 둥근 테가 달려있다. 오른쪽 다리뼈가 으스러진 옥따비오는 목발에 의지해서 절름거리며 걸어나온다. 돈 까를로스, 탁상에 둘러앉은 마피아들을 둘러본다.

돈 까를로스 살아있는 사람보다 죽은 사람이 더 많군……

옥따비오 이게 다 꼬레아 정부의 음모 때문이죠!

돈 까를로스 으, 음모……

옥따비오 〈애국가〉 사용료를 주기 싫어서 꾸민 음모였어요. 갑자기 다리를 무너뜨려 죽이고, 느닷없이 백화점을 쓰러뜨려 죽이고…… 이제 우리가 완전히 겁먹은 것 같으니까 슬그머니 「베른 조약」에 가입한 걸 보세요.

돈 까를로스 정권이 바뀌었어. 옥따비오.

옥따비오 나는 그래도 꼬레아에 안갑니다!

돈 까를로스 신문과 방송을 봐서 알잖는가? 김영삼 쁘레지덴떼가 퇴임하고, 김대중 쁘레지덴떼가 취임했어. 어떤 신문엔 김대중 쁘레지덴떼는 노벨 평화상 후보라더군. 그런 양반이 사람을 죽일 리는 없겠지.

옥따비오 신문과 방송을 봐서 아시잖습니까! 꼬레아는 지금 파산상태랍니다! 아이엠에프인가 뭔가에 구걸하는 거지 신세가 됐다는 거예요!

살리나스 (돈 까를로스에게) 오히려 지금이 기회입니다. 가장 좋은 이 기회를 놓치지 마세요.

옥따비오 입 다물고 가만 계시지, 죽은 사람은!

살리나스 꼬레아는 지금 사방으로 돈 얻으러 다닙니다. 하지만 돈 가진 자가 누굽니까? 마피아에요, 마피아! 국제자본이란 사실 국제 마피아 자본입니다.

돈 까를로스 살리나스, 그래서……?

옥따비오 또 산 사람 잡겠군!

살리나스 이 세상의 모든 돈들은 뉴욕에 몰려있고, 뉴욕 금융가의 황제는 마요르까 출신 아놀드 솔로몬이죠.

돈 까를로스 (탁상을 치면서 벌떡 일어선다.) 아놀드 솔로몬! 담배가겟집 그 코흘리개!

살리나스 그렇습니다. 마요르까 담배가게 집 아들로 태어난 그가 지금은 뉴욕에서 전세계 마피아 돈줄을 쥐고 있죠. 나, 뻬드로, 리까르도, 우리 셋은 어젯밤 그의 꿈속에 나타났습니다.

뻬드로 아놀드 솔로몬이 기겁을 하더군요.

리까르도 생오줌을 싸면서 벌벌 떨었어요.

뻬드로 우리가 물귀신이거든요.

리까르도 온몸에 물을 뚝뚝 흘리면서 나타났으니 놀란 만도 하죠.

살리나스 우린 말했습니다. 꼬레아 정부가 돈 빌리러 오거든 절대로 그냥 주면 안된다, 우리에게 〈애국가〉 사용료를 지불하는 조건으로 빌려줘라…… 오늘밤 나는 또 한 팀, 삼풍백화점에서 죽은 마피아들을 인솔하고 찾아갑니다.

죽은 마피아들 우린 더 무서울 걸요! 짓뭉겨진 몸에서 피를 뚝뚝 흘리며 나타날 테니까요!

살리나스 아놀드 솔로몬, 그는 우리 돈을 해결해 주지 않고는 못 견딜 겁니다.

무서운 악몽에 시달리는 신음소리가 들린다. 마요르까 마피아들, 탁상과 함께 퇴장한다. 아놀드 솔로몬 등장. 그는 마분지로 만든 거대한 인형이다. 머리카락은 쭈빗쭈빗 서 있고, 두 눈동자는 용수철이 빙글빙글 돌아가는 형태로 그려져 있다. 죽은 마피아들이 아놀드 솔로몬의 몸체와 두 팔을 움직이는 인형조정자들이다. 그들은 귀신처럼 무시무시한 소리를 지르고, 아놀드 솔로몬은 신음을 지르고 사지를 벌벌 떤다. 다섯 명의 한국정부 사절단이 들어온다.

사절단 아놀드 솔로몬 씨, 우린 한국정부의 경제사절단입니다.

솔로몬	으– 으– 으– 으으––
사절단	긴급 차관을 빌리려 왔습니다. 제발 우릴 도와주십시오.
솔로몬	여봐! 여봐!
사절단	네……?
솔로몬	한국이 왜 재정파탄이 난 줄 알아? 우리가 빌려준 돈을 일시에 빼 갔거든.
사절단	그건 압니다.
솔로몬	으으– 으– 으–– 〈애국가〉저작권 사용료부터 지불해! 그래야만 다시 빌려줘!
사절단	〈애국가〉요……?
솔로몬	그거 지불 안하면 이 세상 어딜 가도 돈 못 빌릴 걸! 뉴욕, 런던, 도쿄, 파리, 프랑크푸르트, 내 허락 없이는 어딜 가봐야 헛수고야!

아놀드 솔로몬, 악몽에 시달리는 비명을 질러댄다. 무대 조명, 암전. 스포
트라이트가 무대 가운데를 비춘다. 김대중 대통령이 그 비춘 자리에 등장
한다. 해외에 파견되었던 경제사절단이 대통령 앞으로 다가온다.

사절단	각하!
김대중	각하라 말고, 대통령님으로 불러주시오.
사절단	대통령님. 저희가 다녀왔습니다.
김대중	수고하셨소.
한 사절	각하 아니, 대통령님! 다시 빌려주겠다는 언질을 받았습니다만, 한 가지 선결할 문제가 있어서……
김대중	뭐요, 문제가?
한 사절	〈애국가〉 저작권 사용료를 줘야 한답니다.
다른 사절	저희들도 영문을 몰라 조사해 봤더니…… 〈애국가〉 저작권은 스페 인에 있더군요. 작곡자 안익태 씨가 한국인이면서도 스페인 국적을 갖는 바람에 국제저작권법상 우린 사용료를 지불해야 합니다.
김대중	그게 얼마요……?

사절단　대통령님, 놀라지 마십시오. 3천만 불입니다.

김대중　뭐, 3천만 불! (두 손으로 자신의 양 볼을 잡아당긴다.) 아얏, 이건 분명히 악몽은 아닌데!

한 사절　그걸 주지 않고는 돈 빌릴 수가 없습니다.

사절단　뉴욕, 런던, 도쿄, 파리, 프랑크푸르트…… 헛수고만 했죠!

김대중　참말로 환장해 버리겠구만! 국가의 재정파탄을 면하려면 〈애국가〉 사용료를 줘야겠고, 〈애국가〉 사용료를 주자니 대통령 체면이 말이 아니고……

사절단　그래도 대통령님의 체면보다는 국가를 살려야 합니다!

김대중　좋아…… 줘, 줘 버려! 그 대신 〈애국가〉 사용료 줬다는 사실은 철저히 비밀로 해! 절대로 우리 나라 국민들은 몰라야 하고, 다른 나라 국민들도 알면 안 돼! 만약 그걸 알면 노벨상을 못 받아!

무대 전면, 안또니오가 편지를 들고 목독하며 등장한다. 김대중 대통령과 경제사절단은 퇴장. 편지를 읽는 안또니오의 표정이 점점 심각해진다. 장선아, 안또니오에게 다가온다.

장선아　어디에서 온 편지예요?

안또니오　마요르까……

장선아　당신, 심각한 얼굴이군요.

안또니오　한국정부가 3천만 불을 줄 테니, 서울에 와서 받아가라 했다는거요.

장선아　(현기증을 일으키며) 3천만 불…… 어지러워라……

안또니오　이번 마지막 통역하면 나에겐 백만 불을 주겠다는군.

장선아　난 그 사람들이 싫어요. 올 때마다 사고만 생기고…… 마요르까의 그 사람들, 뭔가 나쁜 사람들 아닌가요? 왜 대답 않으시죠?

안또니오　그들은 마피아요, 마요르까 마피아…… 그들과 관계를 끊으면, 우리 가족을 죽인다고 했소.

장선아　그렇군요…… 당신이 그래서 어울려 다니셨군요. 하지만 여보…… 이번엔 결단을 내리세요. 더구나 지금은 우리나라가 파산

상태잖아요. 돌날 받은 금반지, 결혼반지, 너도나도 나라에 헌납했어요. 그렇게 모은 돈을 삼천만 불이나 마피아들이 가져간다니……

안또니오   어쨌든 내가 마지막 통역을 맡겠소. 장소는 하이얏트 호텔, 돈 까를로스는 나를 기다릴 거요.

무대, 암전. 머리 위로 낮게 떠서 날아가는 여객기의 굉음이 들린다. 스포트라이트, 무대 중앙을 비춘다. 돈 까를로스가 원탁에 앉아있다. 그 뒤에는 안또니오, 목발을 짚은 옥따비오와 두 명의 이름 없는 마요르까 마피아들이 서있다. 잠시 후 방문을 두드리는 소리. 검은색 정장을 입은 세 명의 남자들이 양손에 두 개씩 가방을 들고 등장한다.

남자들   삼천만 불을 가져왔습니다.
안또니오   (통역한다.) 삼천만 달러를 가져왔답니다.
돈 까를로스   모두 현찰이요?
안또니오   (통역한다.) 현찰입니까?
첫 번째 남자   네. 수표는 받지 않겠다고 해서, 현찰로만 준비했습니다.
두 번째 남자   백 불짜리, 오십 불짜리, 십 불짜리, 오 불짜리, 일 불짜리, 새 돈과 헌 돈이 뒤섞여 있습니다.
세 번째 남자   지폐만으로는 부족해서, 동전까지 긁어 왔지요.
안또니오   (통역한다.) 여러 종류의 지폐와 동전으로 삼천만 달러를 준비해 왔다고 합니다.
첫 번째 남자   우선 여기 여섯 개의 가방이 있고……
두 번째 남자   복도에 스물 두 개의 가방이 더 있습니다.
세 번째 남자   저희들이 날라다 드리지요.

세 명의 남자들, 부지런히 스물여덟 개의 크고 작은 가방을 방 안으로 가져온다. 마요르까 마피아들, 가방들이 들어올 때 마다 환성을 지른다.

마피아들 가방 속을 확인해 봐야죠!

옥따비오 열어 봐, 진짜 돈인지!

마피아들, 가방 하나를 원탁 위에 올려놓고 열어젖힌다. 달러 지폐가 가득 들어있다.

마피아들 스물여덟 개를 다 열어 볼까요?

옥따비오 하나만 봐도 됐어!

돈 까를로스, 첫 번째 남자에게 서류 한 장을 내민다.

돈 까를로스   좋소. 이제 우리는 애국가의 저작권을 꼬레아 정부에 영구히 양도하는 바요.

옥따비오 (남자들에게 묻는다.) 공항통과는 보장되어 있는 거요? 이렇게 많은 현찰을 갖고도 통과할 수 있어야 하는데?

안또니오 (옥따비오의 말을 남자들에게 통역한다.) 공항통과는 문제없는지 묻는 군요.

첫 번째 남자   출국하실 때 공항귀빈실을 사용하십시오. 우리 특수직원이 암호를 물을 겁니다. "동해물과 백두산이……" 하거든 "마르고 닳도록" 대답하면 통과됩니다.

안또니오 (옥따비오에게) 공항귀빈실에서 암호를 말하면 통과된다고 합니다.

돈가방을 가지고 왔던 남자들 퇴장한다. 돈 까를로스는 원탁 위의 가방에서 백 달러짜리 지폐 묶음 백 개를 꺼내 원탁 위에 올려놓더니 안또니오를 향해 말한다.

돈 까를로스   그동안 수고 많았네. 이건 자네 몫일세.

안또니오 고맙습니다만…… 사양하겠습니다.

돈 까를로스   사양한다니……

안또니오　난 마요르까 마피아가 아닙니다.

돈 까를로스　안또니오, 이제 와서 그게 무슨 소린가? 나는 자넬 우리 훼밀리로 여겼고, 자네 역시 그렇게 행동했어.

안또니오　그렇습니다. 마요르까에 입양된 나는 마요르까 사람이죠. 하지만 마피아는 아닙니다. 더구나 이렇게 결정적인 순간에는, 난 순수한 한국 사람입니다.

돈 까를로스　결국 자넨 에스빠뇰이 아니라 꼬레아나군!

안또니오　대답해 주십시오, 돈 까를로스. 한국 사람으로서 묻는 겁니다. 애국가 저작권을 마요르까 마피아가 갖고 있다는 것이 진실입니까? 거짓입니까?

옥따비오　(권총을 꺼내 안또니오를 겨누며) 내가 대답해 주지!

옥따비오, 권총의 방아쇠를 당기려 한다. 돈 까를로스가 다급하게 제지시킨다.

돈 까를로스　왜 이러는가, 옥따비오!

옥따비오　이런 배신자는 죽여야 합니다!

돈 까를로스　죽이면 우린 어떻게 공항을 빠져 나가지? 암호를 아는 건 안또니오 뿐인데?

옥따비오　빌어먹을……!

마피아들　시간이 없습니다! 어서 공항으로 가야합니다!

돈 까를로스　그래, 어서 떠나자구.

옥따비오　(안또니오를 겨눴던 권총의 방향을 돈 까를로스에게 돌리며) 하지만 당신은 못 떠날걸!

옥따비오, 권총의 방아쇠를 당긴다. 돈 까를로스는 원탁 밑에 쓰러진다. 옥따비오는 쓰러진 그의 머리에 권총을 대고 확인사살한다.

옥따비오　돈 까를로스! 당신의 고집 때문에, 우리 마요르까 마피아들은 수

많이 희생당했어! 그래서 새로운 두목을 선출했지. 그게 바로 나야! 안또니오, 미안하지만 공항까지 우리의 인질이 돼야겠어!

안또니오 옥따비오……

옥따비오 잔말 말고 따라와!

마요르까 마피아들, 원탁 위의 돈을 가방 속에 집어넣는다. 그들은 안또니오를 에워싸고 돈가방과 함께 퇴장한다. 무대 전면, 장선아 등장. 그녀는 불안한 모습으로 서성거린다. 김수인이 휠체어를 타고 들어온다. 그의 무릎 위에는 노트북 같은 소형 컴퓨터가 올려져 있다.

장선아 마음이 초조하고 불안해서 견딜 수가 없구나.

김수인 왜요? 뭐가 불안해요?

장선아 마요르까 마피아들이 너의 아버지를 마요르까로 데려갈 것 같다. 수인아, 어찌하면 좋으냐?

김수인 어머니, 어서 공항으로 가세요.

장선아 공항……?

김수인 빨리 공항에 가서서 스페인 행 비행기를 찾아보세요. (소형 컴퓨터의 키보드를 두드린다.) 공항까지 가장 빨리 가는 방법은? 1번 택시, 2번 버스, 3번 지하철, 4번 퀵 서비스 오토바이. 어머니, 4번입니다! 퀵 서비스 오토바이를 타고 가세요!

무대 조명, 암전한다. 빠르게 달려가는 오토바이 소리, 그 소리와 함께 비행기 출발과 도착을 알리는 안내 방송 소리, 이착륙하는 비행기 소음 등이 뒤섞여 들린다. 무대 뒤쪽, 「KOREAN AIR」 여객기가 서서히 움직이며 들어온다. 두툼한 합판에 여객기 그림을 그려 만든 것인데, 바퀴와 출입문이 달려 있다. 무대 앞 왼쪽, 「KIMPO INTERNATIONAL AIRPORT INFORMATION」이라는 안내판이 부착된 책상과 함께 안내양이 들어온다. 장선아, 다급한 걸음으로 뛰어와 안내양에게 묻는다.

장선아 스페인행 비행기를 알고 싶은데요?

안내양 에스파냐 에어라인, 대한항공, 루프트한자가 있어요. 에스파냐 에어라인과 루프트한자는 오전 10시와 오후 2시에 출발하였고, 대한항공은 이제 곧 떠나요. (장선아를 알아 보고 반색한다.) 어머, 선생님 아니세요? 순옥이에요, 순옥이! 선생님한테 피아노를 배웠던 제자라구요!

장선아 그래, 순옥아! 나 좀 도와다오!

안내양 뭐를 도와드릴까요?

장선아 저기, 저, 내 남편을 구해 줘! 마요르까 마피아, 나쁜 놈들한테 잡혀 있어!

안내양 걱정마세요, 선생님! 김포공항에는요, 선생님의 피아노 제자들이 많아요! 항공사 직원도 있구요, 환전소 직원도 있구요. 면세점 점원들도 있어요! (마이크에 대고 말한다.) 긴급사항입니다! 긴급사항입니다! 장선아 선생님을 아시는 분들은 인포메이션 부스 앞으로 와주세요! 지금 선생님께서 긴급 구조를 요청하십니다! 지금 곧 모두 모여주세요!

마요르까 마피아들, 등장한다. 크고 작은 스물여덟 개의 가방들을 직접 운반하느라 애를 먹는다. 옥따비오가 목발을 휘두르며 재촉한다. 그들 밑으로 화물 운반용 카터에 가방들을 잔뜩 실은 사람들이 몰려온다. 항공사 직원, 여행사 직원, 환전소 직원, 면세점 직원들이다. 그들은 서로 고의적으로 부딪쳐 수많은 가방들을 쏟아 놓는다. 그 가방들이 마요르까 마피아 가방들과 순식간에 뒤섞여진다. 그리고 각자 자기 가방을 찾으려는 사람들 때문에 아수라장이 된다. 그 속에서 안또니오와 장선아, 감격적으로 만나 포옹한다. 김포공항의 안내 방송이 들려온다.

안내방송 승객 여러분께 알려드립니다. 마드리드 행 대한항공은 3시에 출발합니다. 아직 탑승 못한 승객들은 서둘러 주십시오. 출구는 28번입니다.

어텐션 프리즈! 코리안 에어 바운드 포 마드리드 디파팅 엣 쓰리어 클락. 패신져스 투 마드리드, 플리즈 컴 투 더 게이트 넘버 트웬티 에잇.

마드리드 행 탑승을 독촉하는 안내방송이 반복된다. 무대 가득, 수백 개 뒤섞여진 가방들 속에서 마요르까 마피아들의 얼굴 표정은 분노와 실망으로 일그러져 있다.

마피아들 어떻게 할까요?
옥따비오 빌어먹을, 비행기 떠나겠어! 어서 타!

옥따비오와 마요르까 마피아들, 허겁지겁 대한항공 여객기를 타려고 뛰어간다. 여객기 출입구, 활짝 미소 지은 스튜어디스들이 옥따비오와 마피아들을 맞아들인다. 옥따비오와 마피아들, 출입구에서 뒤돌아보면서 부르짖는다.

옥따비오 야, 꼬리아나들아! 우리가 이렇게 간다고 포기한 줄 아느냐? 두고봐! 우린 또 다시 〈애국가〉 저작권료를 받으러 올 테다!
마피아들 야, 지독한 꼬리아나들아! 우린 절대로 포기 못 한다!

대한항공 여객기의 출입구가 닫힌다. 그 순간, 누가 먼저 시작했는지 무대 위의 모든 등장인물들이 우렁차게 〈애국가〉를 합창한다. 대한항공 여객기, 출발. 여객기가 떠난 뒤쪽에 옥따비오와 마요르까 마피아들이 나란히 서 있다. 그들도 각오를 다짐하듯 〈애국가〉를 힘차게 부른다.

– 막 –

오, 맙소사!

· 등장인물
  낭독자
  아버지
  어머니
  상희
  상면
  상준
  나미
  변호사
  이발소 주인
  여자 면도사
  고물상인
  보트 타는 사람들
  유족들
  투자가들

· 때
  1999년 4월 12일부터 2000년 1월 10일까지

· 곳
  호수가 있는 곳

무대, 어둠. 스포트라이트가 무대 앞 오른쪽을 비춘다. 높다란 의자 위에 낭독자가 앉아 있다. 그는 상준의 일기장을 펼쳐 들고 읽기 시작한다.

낭독자 1999년 4월 12일. 날씨, 맑음. 전혀 이해할 수 없는 일이 벌어졌다. 호수에 가득 차 있던 물이 어디론가 사라져버린 것이다. 너무나 갑작스럽게 벌어진 일이어서, 호수에서 보트를 타던 사람들도 그 사실을 곧 깨닫지는 못 했다.

무대, 밝아진다. 여기저기에 몇 척의 보트들이 놓여 있다. 그 보트에 둘씩 혹은 셋씩 탄 사람들은 한참 동안 노를 젓다가 뒤늦게 당황한다.

한남자 어어…… 배가 움직이질 않아요!
한여자 물이 없어요, 물이!

한 남자, 다른 보트에 탄 사람들을 향해 묻는다.

한남자 이게 어찌 된 겁니까?
다른남자 모르겠습니다, 나도!
한여자 저길 봐요! 저 사람들은 그냥 걸어가요!
한남자 별 수 없군! 우리도 보트에서 내려 여길 떠납시다!

보트에 탔던 사람들, 내려서 무대 밖으로 걸어 나간다. 상준, 등장한다. 그는 놀란 표정으로 물 없는 호수를 바라본다.

낭독자 우리 가족 중에 가장 먼저 그 사실을 발견한 건 나였다. 내가 호수 밑바닥으로부터 걸어 나오는 사람들을 봤던 것이다. 나는 수선창고에서 보트를 손질하고 있는 형을 불렀다.

상준 형! 형! 이리 좀 와 봐!

상면   (무대 안쪽에서 대답하는 소리가 들려온다.) 그래, 그래!

상준   어서 와서 보라니까!

상면, 등장한다. 그는 상준의 다급한 부름에도 불구하고 평소대로 느릿느릿하게 걸어온다. 상면, 상준의 곁에 와서 물 없는 호수를 바라본다.

상면   그래, 그래……

상준   뭐가 그래, 그래야?

상면   그래, 그래……

상준   형!

상면   물…… 물고기가…… 많구나……

상준   형 눈에는 물고기밖엔 안 보여?

상면   불쌍해……

상면, 보트 옆에서 팔뚝만큼 큼직한 물고기를 조심스럽게 주워 가슴에 부둥켜 안는다. 무대 오른쪽, 아버지와 어머니가 등장한다. 그들은 식탁에 앉아 주사위 놀이를 한다. 아버지는 검정색의 주사위를, 어머니는 흰색의 주사위를 사용한다. 상준과 상면, 그들에게 다가간다.

상준   아버지, 큰일 났어요!

아버지   우릴 방해 말아라.

상준   (상면이 부둥켜 안은 물고기를 빼앗아 식탁 위에 올려놓는다.)

어머니   이게 웬 물고기냐?

상준   아버지, 어머니도 호수에 가서 보세요! 밑바닥에 죽은 물고기들이 가득해요!

무대 조명, 암전한다. 스포트라이트가 낭독자를 비춘다.

낭독자   1999년 4월 13일. 날씨, 맑음. 아버지와 어머니는 엄청난 충격을 받은 듯하다. 우리 가족은 아무 것도 먹지 않은 채 하룻밤을 지냈다.

무대, 밝아진다. 아버지, 어머니, 상면, 상준이 식탁에 앉아 있다. 어머니는
흐느껴 운다.

상준 그만 우세요, 어머니.

어머니 (울음을 참으려고 애쓴다.)

상준 배가 고파요. (상면에게 묻는다.) 형도 배고프지?

상면 그래, 그래……

어머니, 식탁 위에 놓인 물고기를 부엌 조리대로 들고 간다. 도마 위에 물
고기를 올려놓고 식칼로 내리쳐 토막을 낸다.

낭독자 어머니가 죽은 물고기로 요리를 하는 동안 우리는 물끄러미 창밖
의 호수를 바라보았다. 호수는 단 하루 만에 완전히 변해 있었다.
마치 움푹 파인 달 표면의 분화구 같았다. 지금껏 아무 말 없던 아
버지가 입을 열었다.

아버지 난 꿈을 꾸었다. 새벽에 얼핏 잠들었는데…… 호수에서 비명소리
가 들렸어. 그래서 달려갔더니…… 사람들이 모여 울부짖고 있더
라. 그 수효가 어찌나 많은지, 온 세상 사람들이 모두 모여 있는
것 같았다.

상준 악몽이군요, 아버지.

상면 나도 꿈 꿨어.

상준 형도 잤었어?

상면 그래, 그래……

상준 무슨 꿈인데?

상면 내가 물 없는 호수 밑바닥에서…… 뭔가를 캐내고 있었어. 그게
뭐냐면…… 죽은 사람 뼈야. 그런데 참 신기해. 그 뼈들이 다시 살

아 움직여.

어머니 (부엌 조리대 앞에서 말한다.) 나도 꿈 꿨다.

상준 어머니두요?

어머니 응…… 내가 슬프게 울고 있는데, 집 나간 상희가 돌아오더라.

낭독자 주사야몽(晝思夜夢)이란 말이 있다. 낮에 생각한 것을 밤에 꿈꾼다는 뜻이다. 아버지 꿈은 잘 모르겠다. 하지만 죽은 사람 뼈를 캐내는 형의 꿈은 알겠다. 형은 열일곱 살 때 첫사랑을 했다. 열세 살짜리 계집앨 사랑한 것이다. 형은 그 앨 보트에 태웠다. 그 보트는 호수 한가운데에서 뒤집혔다. 형의 첫사랑은 익사하였고, 형은 헤엄쳐 나와 목숨을 건졌다. 죽은 애의 시체는 찾지 못했다. 형은 그때부터 이상한 사람이 됐다. 물이 없어진 호수 밑바닥을 바라보며 형은 첫사랑을 생각했을 것이고, 그래서 죽은 그 애의 뼈가 되살아나는 꿈을 꿨을 것이다. 어머니의 꿈에 대해서는 말하고 싶지 않다. 집 나간 상희는, 나의 누님이다. 누님은 십 년 전에 유부남과 눈이 맞아 집을 나갔다. 그 뒤로 우리 가족은 누님의 이름을 입 밖에 꺼내지도 않았는데, 어머니가 처음으로 그 부끄러운 이름을 말한 것이다.

어머니, 물고기 요리가 담긴 펄펄 끓는 냄비를 식탁으로 가져온다.

어머니 상준아, 넌 어젯밤 무슨 꿈을 꿨냐?

상준 (퉁명스럽게 대답한다.) 아무 꿈도 안 꿨어요.

어머니 왜……?

상준 왜라뇨?

어머니 난…… 상희가 돌아오면 좋겠구나. 이런 슬픈 일을 당한 때는, 무뚝뚝한 아들보다는 곱상한 딸이 더 에미 맘을 알아주거든.

상준 (냄비 뚜껑을 연다.) 형, 먹어!

상면 그래, 그래……

무대 조명, 암전한다. 스포트라이트가 낭독자를 비춘다.

낭독자 1999년 4월 22일. 날씨, 흐림. 호수의 물이 사라져버린 지 아흐레 째가 되었다. 그 동안 우리 가족이 한 일이라고는 호수 입구에 〈임 시휴업〉이라는 팻말을 세운 것뿐이었다. 말이 임시휴업이지, 다시 는 보트를 빌려주고 돈을 받는 유선업은 못할 것이다. 그런데도 많은 사람들이 호수에 몰려왔다. 갑작스럽게 호수 물이 말라버렸 다는 소문이 퍼지면 퍼질수록 그것을 직접 눈으로 보려는 구경꾼 들이 늘어났던 것이다.

무대 전체 조명, 밝아진다. 말쑥한 정장차림을 하고 고급스런 서류가방을 든 변호사가 등장한다. 아버지를 비롯한 가족은 괴롭고 슬픈 모습으로 거 실 의자에 나란히 앉아 있다.

변호사 안녕하십니까!
상준 정말 지겨워 죽겠군.
변호사 좀 들어가도 될까요?
상준 (의자에서 일어나 변호사 앞으로 다가가며) 제발 호수나 구경하고 가요! 괜히 집 안까지 들어와서 이것저것 묻지 말고!
변호사 제가 찾아온 건 보상금 문젭니다.
상준 보상금……?
변호사 제가 판단하건대, 호수의 물이 없어져 버린 건 아주 무분별한 주 택지 개발 때문이지요. 이 책임은 호수 주변을 파헤친 주택건설회 사와 그것을 허락해 준 시청 당국이 져야 합니다. 원하신다면 제 가 그들로부터 손해 보상금을 받아드릴 용의가 있습니다.
아버지 그 분을 들어오시도록 해라.
상준 (변호사의 앞을 비켜준다.)
아버지 내가 호수의 주인이오.
변호사 아, 그러십니까! 저는 변호사입니다.

아버지	(빈 의자를 가리키며) 앉으시오, 변호사 선생.
변호사	고맙습니다.
아버지	방금 하신 말씀을 들었소. 손해 보상금을 받을 수 있다 하셨는데, 솔직히 우린 그걸 생각조차 못했구려.
변호사	물론 그러실 겁니다. 엄청난 일을 당하면 사람이란 누구나 당황할 뿐이지요.
아버지	우리가 지금 그런 실정이오.
변호사	하지만 이젠 걱정 마십시오. 손해배상 전문 변호사인 저 같은 사람을 만나신 건 정말 행운입니다. (서류가방에서 필기구와 종이를 꺼낸다.) 먼저 보상금 계산부터 합시다. 물 빠진 호수 면적이 어느 정도입니까?
아버지	글쎄…… 십만 평은 될 거요.
변호사	(종이에 적는다.) 피해면적 십만 평. 쓸모없게 된 보트들은 모두 몇 척이죠?
아버지	(상준에게) 모두 몇 척이지?
상준	오륙십 척은 됩니다.
변호사	보트가 육십 척. 그 보트들을 빌려주고 받는 수입은요?
아버지	수입도 알아야 하오?
변호사	그럼요. 벌었던 수입이 끊겼다는 건 손해보상에 있어서 중요한 사항입니다.
아버지	(상준에게) 네가 대답해 드려라.
상준	여름과 겨울 수입이 다르고, 또 휴일과 평일, 맑은 날과 비오는 날이 달라서…… 어쨌든 보트 한 척에 만 원씩 받고 빌려줬죠.
변호사	(계산한다.) 육십 척 곱하기 만 원은, 육십만 원. 육십만 원 곱하기 삼백육십오 일은 이억일천구백만 원. 일년 평균 호수에서 2억 이상의 수입이 있었군요. 그러니까 이젠 쓸모없게 된 호수와 보트에 대한 보상금, 수입에 대한 보상금을 더하면…… 제 계산에 의하면 최소한 오십억은 받을 수 있겠습니다.
아버지	오십억……?

변호사 물론 소송할 때는 깎일 셈치고 백억 정도를 청구해야겠죠.

아버지 (어머니에게) 당신 들었소?

어머니 정말 엄청난 금액이군요!

변호사 잘 아시겠지만, 이런 거액의 손해보상재판에서 이긴 변호사는, 특별히 성공보수라는 것을 받습니다. 즉 손해 보상금의 반절이 제 몫이지요.

상준 만약 재판에서 지면 어떻게 됩니까?

변호사 성공보수는 안 받습니다.

상준 재판비용은요?

변호사 그건 소송하신 쪽에서 부담해야죠.

상준 그럼 변호사 선생께선 져도 손해 볼 것이 없군요?

변호사 난 이깁니다, 이겨요! 요즘 개발이다 뭐다 하면서 얼마나 자연환경을 파괴합니까! 그래서 호수로 들어오던 물길이 끊어졌고, 있던 물은 빠져나간 겁니다! 어서 당장 그들을 법원에 고소하십시오! 제가 반드시 그들로부터 손해보상을 받아내겠습니다!

아버지 고맙소, 변호사 선생!

아버지와 변호사, 일어나서 굳게 악수한다. 무대 조명, 암전한다. 스포트라이트, 낭독자를 비춘다. 그는 상준의 일기를 읽는다.

낭독자 1999년 5월 8일. 날씨, 맑음. 법원에 고소장을 내고 돌아온 아버지의 표정은 밝았다. 흐느끼기만 하던 어머니도 울음을 그쳤다. 최소 이십오 억, 최대 오십억의 보상금으로 이 세상에서 할 수 있는 여러 가지 것들을 의논하면서 두 분은 행복한 듯 웃었다. 아버지는 나에게도 그 돈이 생기면 무엇을 할 거냐고 물으셨다. 난 아직 생각하지 않았으니, 생각한 다음 말하겠다면서 집을 나왔다. 나에겐 특이한 버릇이 있었는데, 이발소에 가서 머리를 자르며 생각하는 버릇이었다.

무대, 조명이 밝아진다. 이발소. 의자와 의자 사이를 차단시키는 칸막이가 여러 곳 설치되어 있고, 입구는 진홍색 두터운 커튼으로 가려져 있다. 상준, 들어온다. 이발소 주인이 그를 맞이한다.

이발소주인   어서 오시게나, 호숫집 도련님.

상준   (어리둥절한 표정으로 이발소 내부를 둘러보며) 이발소가 아니라…… 무슨 룸살롱 술집 같은데요?

이발소주인   놀라지 말게. 아주 늘씬한 여자 면도사들도 고용해 놨네.

상준   왜 이렇게 고친 겁니까?

이발소주인   왜냐구? 호수의 물이 없어졌기 때문일세. 보트 타러 오던 사람들 발길이 끊어졌고, 이젠 구경꾼들마저 드물어졌네. 호수 주변의 상점이나 음식점들은 모두 망했지. 우리 이발소도 문 닫을까 했지만, 이렇게 고급스럽고 은밀하게 꾸미면 찾아 올 손님이 있을 것 같아 신장개업을 한 것일세. (상준의 귀에 대고 속삭인다.) 보게나, 저 칸막이한 곳을. 저 속엔 손님들이 가득 차 있어. 머리는 깎지 않고 면도만 하러 오는 손님들일세.

상준   난 머리를 깎아야 하는데요.

이발소주인   자넨 내가 깎아주지. 코흘리개 어렸을 때부터 내 단골이었으니까. 앉게, 이 의자에!

이발소 주인, 이발전용의자가 아닌 보통 의자를 가져와서 상준을 앉도록 한다. 그는 상준의 목에 천을 두르고 가위로 머리를 깎는다.

상준   거울은요?

이발소주인   거울 대신 저 벽을 보고 있게.

상준   벽을요……?

이발소주인   아주 멋진 광경이 보일 걸! 내가 외국잡지에서 오려붙인 사진일세. 자네, 눈이 나쁜가?

상준   아뇨.

이발소주인 그럼 자세히 보게.

상준 공중열차, 회전목마, 바이킹 곤돌라…… 놀이동산 사진이군요!

상준, 벽에 붙은 사진을 바라보며 생각하는 표정이다. 사이. 칸막이한 곳의 커튼이 올려지면서 변호사가 나온다.

상준 어어…… 변호사 선생님!

변호사 (몹시 당황하며) 네, 네……

상준 우리 재판은 언제 시작합니까?

변호사 나중에 알려드리지요. 지금은 바빠서……

변호사, 도망치듯 황급하게 나간다. 칸막이한 곳에는 육감적인 반라의 여자 면도사가 서 있다. 이발소 주인, 머리깎기를 끝내고 상준의 목에 둘렀던 천을 벗긴다.

여자면도사 면도하실 거죠?

상준 네……

이발소주인 저기 호숫집 도련님이셔. 지나치게 자극 말고, 부드럽게 잘 해드려.

여자면도사 (웃으며) 들어오세요. 끝내드릴게요.

상준, 칸막이한 곳 안으로 들어간다. 이발소 주인이 들춰졌던 입구의 진홍색 커튼을 가린다. 무대 조명, 서서히 암전한다. 스포트라이트가 낭독자를 비춘다.

낭독자 변호사가 왜 이곳까지 와서 면도를 하는지, 왜 나를 보자 당황해서 달아났는지, 난 그 이유를 알게 되었다. 칸막이 안의 여자면도사는 면도만 하는 것이 아니었다. 능숙하게 숙련된 솜씨로, 그 여자는 나를 쾌락의 세계로 데려갔다. 그곳에서 나는 숨가쁘게 회전목마를 탔고, 아찔하게 공중열차를 탔으며, 바이킹 곤돌라를 타고 흔들릴 때는 황홀감 속에서 사정을 했다.

무대 조명, 밝아진다. 재판정. 아버지, 어머니, 상면, 상준과 변호사가 정장 차림으로 나란히 서 있다. 그들의 태도는 긴장 속에 굳어 있으나, 표정만은 기대에 가득 찬 듯 미소 짓고 있다. 낭독자, 상준의 일기를 읽는다.

낭독자　1999년 8월 16일. 날씨, 흐림. 마침내 기다렸던 재판이 열렸다. 우리 가족은 당연히 승소하여 거액의 보상금을 받으리라 믿었다. 그러나 판사의 판결은 의외였다. 호수의 물이 없어진 원인이 주택지 개발이라는 주장은, 그 가능성의 막연한 추측일 뿐, 그것을 객관적 사실로서 입증할 확실한 증거는 아니라는 것이었다.

상준　이게 어찌 된 겁니까?

변호사　아직 실망할 것 없습니다. 비록 제1심에서는 졌지만, 제2심인 고등법원도 있고 최종심인 대법원도 있으니까요.

아버지　(하늘을 향해 두 팔을 벌리고 부르짖는다.) 더 이상 재판은 필요없다! 옴 아모카 살바다라! (Om amoca salbadara)

변호사　진정하십시오. 여긴 법정입니다.

아버지　법도 썩었고, 정의도 썩었다! 옴 아모카 살바다라!

변호사, 아버지의 절규에 당혹한다. 그는 서류가방을 챙겨 들고 달아난다.

아버지　내 꿈이 맞았어! 호수의 물이 말라버린 날, 이 세상 사람들이 울부짖었지. 그건 이 세상이 종말이기 때문이야!

상준　(상면에게 묻는다.) 형, '옴 아모카 살바다라'가 뭐지?

상면　그래, 그래……

상준　(어머니에게) 무슨 주문 같은데, 어머닌 아세요?

어머니　(흐느껴 울며) 몰라……

무대, 암전한다. 스포트라이트가 낭독자를 비춘다.

낭독자　1999년 8월 21일. 날씨, 비. 우리 가족을 더욱 절망시킨 것은 재판이 끝난 다음 들리는 소문이었다. 우리에게 손해배상 소송을 내라고 부추긴 변호사는 악명 높은 사건 브로커로서 주택지 개발회사로부터 뒷돈을 받고 일부러 재판에 졌다는 것이었다. 이렇게 절망하면 할수록, 아버지는 자신의 꿈을 더욱 더 믿었다. 어머니 역시 마찬가지였다. 집 나간 딸이 돌아오는 꿈 이야기를 되뇌이곤 했다. 형마저 그랬다. 메마른 호수 밑바닥에서 첫사랑의 뼈를 캐내는 꿈…… 인간이란 그런 존재이다. 절망을 견디기 위해서는 각자 꿈이 필요했던 것이다.

무대, 밝아진다. 침울한 분위기 속에 가족이 모여 있다. 긴 침묵. 답답한 듯이 침묵을 깨고 상준이 말한다.

상준　나도 꿈을 꿨어요.

어머니　너도……?

상준　네.

어머니　넌 꿈 안 꾸잖아?

상준　내 꿈은, 물이 없어진 우리 호수에 놀이동산을 만드는 겁니다. 회전목마, 우주선, 마술터널과 로봇 게임은 호수의 입구 쪽에, 가운데엔 바이킹 곤돌라와 움직이는 문어발을, 뒤쪽에는 공중열차를 설치하는 거죠. 어떻습니까, 내 꿈이? 듣기만 해도 가슴 설레죠? 이제 우리 집안은 다시 일어설 수 있습니다! 보트 빌려주고 받는 돈보다 놀이기계에서 더 많은 돈을 받을 테니까요!

가족들　(침묵)

상준　왜 아무 반응이 없어요?

가족들　(침묵)

상준　아버지 시대는요, 보트놀이가 최고의 즐거움이었죠. 하지만 시대가 달라졌어요. 요즘 시대는 사람들이 보트 타고 노 젓는 건 힘들다고 싫어합니다. 그저 가만히 있어도, 온갖 놀이기계들이 빙글빙글 신나게 돌려주고, 위 아래로 아찔아찔하게 흔들어주고, 이리저리 순식간에 옮겨다 주거든요. 어차피 이런 시대니까 힘든 보트놀이는 끝장날 운명이었죠. 오히려 잘 된 겁니다. 우리에게 놀이동산을 만들라고 호수의 물이 없어져 버린 거예요.

가족들 (침묵)

상준 그래도 아무 반응이 없군!

가족들 (침묵)

상준 우린 지금 돈 한 푼 없는 처지, 놀이동산을 만들려면 막대한 비용이 들 텐데 어떻게 할 거냐…… 그래서 아무 반응이 없는 모양인데, 그 문제는 아주 쉬운 겁니다.

가족들 (침묵)

상준 형, 내 말 듣고 있어?

상면 그래, 그래……

상준 내 단골 이발소 주인이 그러더군! 자기 손님들 중엔 투자할 사람들이 얼마든지 있다고! 우리 호수 근처에서 식당이나 상점을 하던 사람들인데 물이 없어지자 문을 닫고는 다른 사업을 찾고 있대! 그러니까 우리는 물 빠진 호수 땅을 대고, 그들은 놀이기계 시설비를 댄다, 이렇게 공동사업을 하자는 거지. 이익금은 서로 나눠 갖고…… (가족들을 둘러보며) 이젠 알겠죠? 이것보다 쉬운 방법이 어디 있겠어요?

아버지 옴 아모카 살바다라!

상준 네……?

아버지 부질없구나, 네 꿈은.

상준 부질없다뇨?

아버지 이제 곧 세상의 종말이 온다. 그런데 놀이동산을 만들어 무슨 소용이 있겠냐?

어머니 상준아, 네 아버지 말씀이 맞는 것 같구나.

상준 오, 맙소사……

어머니 (아버지에게 간청한다.) 여보, 상희가 돌아오도록 용서해 주세요. 이젠 모든 것이 헛되고 헛될 뿐인데…… 상희의 잘못을 용서해 주실 때가 됐죠.

상면 그래, 그래……

상준 형은 또 뭐가 그래, 그래야?

상면 내 첫사랑…… 보고 싶어……

무대, 어두워진다. 낭독자에게 스포트라이트가 비친다. 낭독자, 상준의 일기를 읽는다.

낭독자 1999년 9월 4일. 날씨, 흐림. 우리 집안 분위기가 점점 이상해지고 있다. 아버지와 어머니, 그리고 형은 비현실적인 생각만 한다. 몇 달 동안 수입은 없고, 예금은 바닥났다. 오늘은 어머니가 고물상인을 불러와 집에 있는 물건들을 팔았다.

무대, 밝아진다. 어머니가 고물상인을 데리고 다니며 집 안의 가구와 물건들을 보여준다. 고물상인은 수첩에 물건의 종류와 수량을 적는다. 상면은 창문 앞에 서서 호수 쪽을 바라보고 있다. 상준, 의자에 앉아 못마땅한 표정으로 어머니와 고물상인을 지켜본다.

고물상인 침대가 네 개, 식탁이 하나, 의자 일곱……

어머니 여기, 장롱도 있어요.

고물상인 이 장롱 말씀입니까?

어머니 네.

고물상인 몹시 낡았군요.

어머니 얼핏 보면 그럴 거예요. 하지만 다시 칠을 하면 새 것과 같을 걸요.

고물상인 그럼 수선비가 더 들어요. 칠해 봤자 신품이 되는 것도 아니고…… 다른 것은 없습니까?

어머니 저쪽 방에도 뭔가 팔 것들이 있어요.

어머니, 고물상인을 데리고 나간다. 상준, 의자에서 일어난다. 그는 창밖의
호수를 바라보고 있는 상면에게 다가간다.

상준 형, 봤어? 고물상인의 건방진 태도를 봤냐구?
상면 (건성으로 대답한다.) 그래, 그래……
상준 빌어먹을!
상면 그래, 그래……
상준 돈 때문에 집안 물건까지 팔 지경이 됐다니…… (상면의 몸을 붙잡아
자기 쪽으로 돌아서게 한다.) 형, 나와 함께 이발소에 가!
상면 이발소……?
상준 우리 집안을 대표해 아버지가 가서 상의하는 게 제일 좋지만, 아
버지는…… 그래서 장남인 형더러 가자는 거야! 이발소 단골손님
들과 하루라도 빨리 놀이동산 투자 문제를 매듭지어야지, 이대로
가만있다간 우린 거지가 되고 말겠어!

상준의 말이 채 끝나기 전에 호수 쪽에서 아이들의 떠들썩한 소리가 들려
온다. 상면, 기다리고 있었다는 듯이 밖으로 나가려고 한다.

상면 아이들이 왔어, 아이들이!
상준 (상면을 붙잡는다.) 형, 어딜 가?
상면 호수에!
상준 호수엔 왜?
상면 저 아이들이 호수에서 놀다가…… 바닥에 묻혀 있는 뼈들을 봤
대……
상준 뭘 봤다구?
상면 사람 뼈……
상준 사람 뼈라니? 보트 타다가 익사한……?

상면	그래, 그래. 내가 아이들한테 부탁했지. 봤던 곳을 가르쳐 달라고……
상준	가르쳐 주면?
상면	내가 캐내야지.
상준	미쳤어, 사람 뼈들을 캐내 어쩌겠다는 거야?
상면	지금 부르는데 안 가면…… 아이들이 캐낼 걸.
상준	(상면을 놓아준다.) 그럼 형이 가서 야단 쳐! 묻힌 채 그냥 두라구!

상면, 아이들이 떠드는 쪽으로 나간다. 어머니와 고물상인이 나온다.

고물상인	캐비닛은 녹슬고…… 엉망인데요.
어머니	샹들리에는 어때요?
고물상인	샹들리에……?
어머니	네. 아까 거실 천장에 매달린 걸 보셨잖아요. 진짜 크리스탈로 만든 거죠. 그걸 사시면 반드시 비싸게 되팔 수가 있을 거예요.
고물상인	어디 그럼 다시 가서 봅시다.

어머니와 고물상인, 거실 쪽으로 가려고 한다. 상준, 그들을 가로막는다.

상준	어머니, 너무 그러지 마세요.
어머니	그러지 말라니……?
상준	이런 고물상인이 진짜 크리스탈 같은 고급품을 알 리 없죠. 우리 집안 위신만 떨어지고, 어머니 자존심만 상할 테니 그냥 둬요.
고물상인	뭔가 오해하셨군요. 나를 시시한 고물상인으로 보신 모양인데……
상준	그럼 시시하지 않다 그거요?
고물상인	식탁이나 의자 따위 말고 비싼 걸 내놓으세요. 금이나 은, 보석 같은 거, 큰 건물이나 땅도 난 얼마든지 살 수 있습니다!

어머니, 고물상인을 상준에게서 Ep어놓으려는 듯 의자로 데리고 가 앉기를 권한다.

어머니　우리 잠시 앉을까요? 오래 서 있었더니 현기증이 나서……

고물상인　(의자에 앉아 창밖을 바라본다.) 저기, 거대하게 움푹 패인 곳이 호수 아닙니까?

어머니　네.

고물상인　정말 많이 변했군요! 예전엔 사람들이 저 곳에서 배를 탔었는데……

상준, 어머니와 고물상인이 앉아 있는 곳으로 와서 옆 의자를 끌어당겨 앉는다.

상준　조금만 기다려요! 내가 저 곳에 멋진 놀이동산을 만들 테니!

고물상인　뭐, 놀이동산요……?

갑자기 지붕 위의 확성기에서 아버지의 목소리가 커다랗게 울려나온다.

아버지　(확성기 소리) 옴 아모카 살바다라!

고물상인　(깜짝 놀라 일어선다.) 이게 무슨 소립니까?

상준　당신은 알 것 없어요!

고물상인　아, 기억납니다! 보트 타던 사람이 물에 빠졌을 때, 지붕 위의 확성기에서 소리가 났어요! 옴 아모카 살바다라? 사람 살려라, 그런 뜻인가요?

상준　알 것 없다잖아요!

아버지　(확성기 소리) 옴 아모카 살바다라! 마침내 세상의 종말이 온다!

어머니　(고물상인에게) 저, 샹들리에는 나중에 팔겠어요. 지금까지 보신 물건들만 계산해 주세요.

고물상인　그러죠. (수첩에 적힌 물품과 수량을 확인하며) 하지만 계산해 봐야 얼마 안 됩니다. 모두 형편없는 것들이어서……

어머니, 잠시 망설이더니 손가락에서 반지를 빼내 고물상인에게 넘긴다.

어머니   이 반지를 팔겠어요.
고물상인   (반지를 받아들고 살펴보더니 만족해서 웃는다.) 네, 이건 좀 값이 있군
요.

고물상인, 지갑에서 한 묶음의 돈을 꺼내 어머니에게 준다.

고물상인   저는 이만…… 다른 물건들은 그냥 두고 가겠습니다.
어머니   안녕히 가세요.

상준, 성난 얼굴로 고물상인을 노려본다. 고물상인은 그 시선을 아랑곳하
지 않고 상준 앞을 태연하게 지나간다.

상준   저 건방진 자식이……
어머니   괜히 그 사람 미워할 것 없다.
상준   어머니, 그 돈 어디에 쓰실 거죠?
어머니   난 상희한테 편지했어.
상준   편지를요?
어머니   답장이 왔지. 돈을 보내주면, 빚을 갚고 기차표를 사서 집으로 돌
아오겠대.
상준   맙소사, 집으로 돌아온다니!
어머니   이젠 아버지도 용서하신 걸.
상준   누님은 돌아올 자격이 없어요! 우리 가족이 그렇게 반대했는데도,
유부남과 눈이 맞아 집을 나갔으면 그걸로 끝난 겁니다!
어머니   상희가 오거든 반갑게 맞아 줘. 그래도 한 가족인데……
상준   어머니, 누님에게 줄 돈 나를 주세요! 우리 집안을 다시 살려내기

위해서 내가 유용하게 쓰겠어요!

어머니   안 돼. 이 돈은……

상준   나한테 주는 건 아까워요?

어머니, 돈의 일부를 상준에게 나눠준다.

어머니   아껴 써. 다음엔 뭘 팔아야 할 지……

상준   걱정 마세요, 어머니! 오늘 이발소를 갔다 오면 만사 잘 될 테니까요!

상준, 돈을 받아 호주머니에 집어넣고 나간다. 어머니는 근심 가득한 얼굴로 의자에 앉아 있다. 사이. 호수 쪽에서 아이들의 왁자지껄한 목소리가 들려온다.

아이들   (소리) 해골이다! 해골!

어머니   해골……?

아이들   (소리) 여기도 있다! 여기 또 하나 있어!

어머니, 의자에서 일어나 창 앞쪽으로 가서 호수를 바라본다. 지붕 위의 확성기에서는 세상의 종말을 알리는 아버지의 목소리가 울려 퍼진다. 무대, 암전한다. 스포트라이트가 낭독자를 비춘다.

낭독자   1999년 9월 24일. 날씨, 비. 하루 종일 굳은비가 내렸다. 오후 일곱 시경, 집을 나간 지 십년 만에 상희 누님이 열너댓 살쯤 되는 의붓딸을 데리고 돌아왔다.

무대, 밝아진다. 식탁에는 음식이 차려져 있다. 아버지, 어머니, 상면, 상준이 식탁 의자에 앉아 있다. 여행용 가방을 든 상희가 나미와 함께 들어와 문 앞에 멈춰선다. 어머니가 달려가 상희를 껴안는다.

어머니	상희야, 돌아왔구나!
상희	어머니!
어머니	(상희 옆에 서 있는 나미를 바라보며) 이 앤 누구냐?
상희	내 딸이에요.
어머니	설마 이렇게 큰 딸이……?
상희	남편의 전처가 낳았지만, 어쨌든 내 딸이죠.
어머니	어서들 식탁에 앉으렴. 멀리서 오느라 시장하겠다.

어머니, 상희와 나미를 데리고 와서 식탁 의자에 앉힌다.

어머니	오늘 저녁은 특별 요리를 했다. 너 돌아온 기념으로, 네가 좋아하는 바다새우 요리를 했어.
상희	고마워요, 어머니.

어머니, 성냥을 그어서 식탁 위에 놓인 촛대에 불을 붙인다.

어머니	촛불도 켰다. 너를 환영하는 분위기가 나지?
상준	어머닌 내 생일에 뭘 하셨죠? 돈 없다고 요리는커녕 미역국도 안 끓였잖아요?
어머니	제발 상준아…… (아버지에게) 당신은 상희가 돌아와서 기쁘시죠?
아버지	(상희에게) 넌 왜 이 애비를 멀뚱멀뚱 쳐다만 보냐?
상희	죄송요, 아버지. 너무나 변해서…… 놀라서 그런 거예요.
상준	우리 동생들은 쳐다보지도 않는군.
상희	상준아, 잘 지냈니?
상준	글쎄요……
상희	결혼은 했어?
상준	난 아직 총각입니다.
상희	상면이는……?
상면	(얼굴이 붉어지며 고개를 숙인다.)

상준	형도 총각이죠. 하지만 형은 결혼 못할 총각, 난 결혼할 총각이죠.
상희	그게 무슨 말이니?
상준	나는 이발소의 여자 면도사만 봐도 가운데 다리가 벌떡 일어서요. 그러나 형은 안 돼요. 가운데 다리가 일어서질 않으니까 결혼할 수 없죠.
어머니	말조심해라. 어린애도 있는데……
나미	난 다 알아요.
상준	뭘 알아?
나미	남자들이 말하는, 그 가운데 다리요.
상희	입 닥쳐!

가족들, 어색한 분위기 속에 침묵한다. 사이. 아버지가 손에 쥐고 있던 흑색 주사위와 백색 주사위 두 개를 식탁 위에 던진다.

아버지	옴 아모카 살바다라!
어머니	여보, 식사 때는 주사위를 던지지 않기로 하셨잖아요?
아버지	(상희에게) 자, 봐라! 네 앞에 이 세상 종말의 숫자가 나와 있다!
상희	(영문을 모르는 채 백색 주사위를 집어들고 바라본다.) 4…… 넷인데요……
아버지	또 하나의 숫자는?
상희	(흑색 주사위를 집어든다.) 6…… 여섯이구요.
아버지	4 더하기 6은 10! 종말은 시월이다, 시월!
상희	시월……?
아버지	(상희에게 주사위들을 돌려달라 손짓하며) 시월 며칠인지 궁금하지? (돌려받은 두 개의 주사위를 다시 식탁 위에 던진다.) 옴 아모카 살바다라! 날짜가 거기 나와 있다!
상희	(주사위 두 개를 한꺼번에 집어들고 숫자를 말한다.) 3과 2, 합치면 다섯인데요……
아버지	그렇다! 금년 시월 오일, 밤 열두 시, 마침내 이 세상에 종말이 온다!

상희	왜 하필 밤 열두 시예요?
아버지	열두 시가 넘으면 다음 날이 된다. 그러니까 다음 날이 되기 전에 이 세상은 끝나는 거지!
상준	(비웃는 어조로) 오, 맙소사!
아버지	한 번 던진 주사위의 숫자는 우연일지 모른다! 그러나 수천 번 던져서 가장 많이 나온 숫자는 우연이 아닌 필연이지! 난 삼천 번씩 던져서 필연적인 종말의 숫자를 알아냈다. 십과 다섯, 그게 바로 시월 오일이다!
상희	시월 오일은…… 얼마 안 남았군요!
나미	(상희에게) 종말이 뭐예요?
상희	넌 알 것 없어.
나미	아줌마, 난 알고 싶어요!

상희, 나미의 어깨를 붙잡아 일으켜 세우더니 구석으로 데려간다.

상희	너, 죽고 싶어?
나미	왜요?
상희	날 엄마라고 불러!
나미	싫어요!
상희	나쁜 년! 엄마라고 안 부르면 너를 죽여버릴 거야!

상희, 분노를 삭히지 못한 채 식탁에 돌아와 앉는다. 아버지, 구석에 서 있는 나미에게 오라고 손짓한다.

아버지	이리 와서 네 자리에 앉아라! 종말이 뭔지 내가 설명해 주마.
나미	(멈칫거리다가 식탁의 자기 자리에 돌아와 앉는다.)
아버지	이 세상에는 여러 가지 형태가 있다. 삼각형, 사각형, 원형…… (나미에게 주사위를 보여주며) 그러나 얘야, 가장 완전한 형태는 정육면체란다. 그리고 바로 이런 정육면체만이 이 세상의 필연적인 운명

을 증명할 수 있지. 어떤 바보들은 수정공처럼 둥글게 생긴 것이 완전한 형태라고 주장하면서, 그것으로 이 세상의 운명을 알 수 있다고 한다만은, 그 둥근 것은 데굴데굴 굴러가는 물체라서 우연은 나타낼 뿐, 필연은 도저히 증명하지 못해.

상준 아버지, 어린애한테 그런 어려운 말씀을 하시다니요!

아버지 어린애라도 종말은 알아야 한다. 옴 아모카 살바다라!

나미 옴 아모카 살바다라……?

아버지 진언주문이다. 확실히 그렇다는 뜻이지.

어머니 여보, 오늘 저녁은 상희 말 좀 들어봅시다. (상희에게) 네 남편은 어찌 된 거냐? 편지에는 죽었다고 했다만은…… 그게 정말이냐?

상희 네, 죽었어요.

나미 아뇨. 죽은 게 아니라, 우리 아버진 다른 여자랑 달아났어요.

어머니 달아나……?

나미 그 여자는요, 아줌마보다 훨씬 젊고 예쁘거든요.

상희 입 닥쳐!

상준 누님의 그 바람둥이가 제 버릇을 못 고쳤군!

상희 진짜 죽고 싶냐, 너? 이 년이 왜 이러는지 모르겠어요! 난 내 친딸처럼 잘 해주는데, 이 년은 나를 의붓어미로 여겨 반항만 해요!

어머니 애가 사춘기라서 그런 모양이구나.

나미 아줌마는 거짓말쟁이예요! 날 여기 데려오면서 그랬어요! 호수에는 배들이 떠 있고, 아름다운 백조들이 날아오고…… 난 또 속았어요!

아버지 속았다고 실망마라! 이제 곧 종말이 된다! 종말의 날이 되면, 우리 가족은 배를 타고 하늘 위로 올라간다! (자기 자신과 가족을 한 명씩 손가락으로 가리키며) 하나, 둘, 셋, 넷, 다섯, (마지막으로 나미를 가리킨다.) 그리고 너까지 여섯! 옴 아모카 살바다라!

상희 하지만 아버지……

아버지 뭐냐? 할 말이 있거든 해!

상희 아버지 말씀이 믿어지질 않아요.

아버지 내가 몇 번이나 말해야 믿겠느냐? 이 주사위를 봐라! 모두 여섯 면으로 이루어진 이 정육면체, 각 면마다 한 사람씩 모두 여섯 명을 의미한다!

상준 아버지의 주사위는 백색, 흑색, 두 개잖아요? 육면체 두 개를 합치면 모두 열두 면이죠. (아버지의 목소리를 흉내낸다.) 옴 아모카 살바다라! 우리 가족이 열두 명이어야 종말이 될 텐데, 핏줄 다른 저 애까지 합쳐서 이제 겨우 반절밖엔 안 됐으니 종말은 불가능하죠!

아버지 어리석은 놈! (흑과 백의 주사위를 양 손에 나눠들고 일어선다.) 잘 들어라! 이 백색 주사위는 살아 있는 자 여섯을 나타내고, 흑색 주사위는 죽은 자 여섯을 나타낸다! 옴 아모카 살바다라! 이 세상 종말의 날, 산 자들 가운데서 여섯 명이 영생을 얻듯이, 죽은 자들 중에서도 여섯 명이 되살아나 영원한 생명을 얻는다!

상면 그래, 그래!

상준 형은 또 뭐가 그래, 그래야?

상면 죽은 사람 뼈…… 호수에서 내가 캐낸 유골이 모두 여섯이거든.

아버지 그것 봐라! 옴 아모카 살바다라!

상준 (의자에서 일어나며) 형, 나 좀 봐!

상준, 문 쪽으로 걸어간다. 상면이 머뭇거리며 일어나지 않자 상준은 고함 지른다.

상준 나 좀 보자니까!

상면 그래, 그래……

상면, 의자에서 일어나 상준을 따라 문 밖으로 나간다. 식탁을 비추던 조명이 꺼진다. 스포트라이트가 집 밖에 나와 있는 상면과 상준을 비춘다.

상준 도대체 어쩌자고 그 뼈들을 캐낸 거야?

상면 내 첫사랑……

상준	아버지 말을 믿어? 이제 와서 죽은 자가 되살아난다니, 그걸 믿느냐구?
상면	넌 내 심정 알 텐데……
상준	다 지난 일이야!
상면	지금도 괴로워. 내 실수로 죽었거든……
상준	보트가 뒤집힌 건 형 실수 때문이 아냐! 더구나 그게 언제 적 일이야? 형이 철없던 시절, 머리에 피도 안 마른 계집애와 배 타고 놀다가 둘 다 물속에 빠진 사고잖아! 그 앤 죽고 형만 살았다고 너무 괴로워하는데, 그런 쓸데없는 감상은 버려!
상면	그래, 그래……
상준	내일 아침에 투자가들이 온댔어. 놀이동산 만들 곳을 직접 둘러보고 돈 댈 작정인데, 뼈를 보면 기분이 어떻겠어? 다들 투자고 뭐고, 집어치우고 돌아가 버릴 거라구!
상면	그래, 그래……
상준	형, 캐낸 뼈들은 어디 됐지?
상면	저기…… 수선창고에……
상준	오늘밤 내가 깨끗이 묻어버리겠어!
상면	하지만…… 이미 연락한 걸……
상준	연락이라니?
상면	유족들……
상준	뭐, 유족들?
상면	익사자의 명부를 보고…… 내가 전화도 하고 전보도 쳤어. 호수 밑에서 뼈들을 찾았는데…… 누가 누구인지 난 분간 못했어. 그래서 유족들더러 와서 확인해 보라구……
상준	미치겠군, 내가! 형도 분간 못한 뼈들인데, 유족들이 본다고 알 수 있겠어?
상면	그래, 그래……
상준	언제 오는 거야, 그들은?
상면	내일 아침……

상준　오, 맙소사!

무대, 암전한다. 스포트라이트가 낭독자를 비춘다.

낭독자　1999년 9월 25일. 날씨, 흐림. 아침부터 나는 초조하고 불안했다. 투자가들과 유족들이 서로 마주칠 것만 같았기 때문이다. 오전 10시, 약속한 시간에 이발소 주인과 그의 단골손님들이 왔다. 나는 그들을 데리고 다니면서 물 없는 호수의 이곳저곳을 보여줬다. 다만 한 군데, 수선창고만은 피했다. 그곳에는 형이 캐낸 뼈들이 있었고, 익사자의 유족들이 몰려와 있었다.

무대, 밝아진다. 수선창고 앞. 여섯 구의 유골들이 나란히 놓여 있다. 유골들은 부분적으로 훼손된 형태들이다. 유족들이 유골의 신원을 확인하느라 웅성거린다. 익사자 명부를 가진 상면이 그들과 함께 있다.

한여자　어떻게 확인해야죠? 뼈만 보고는 알 수 없는데?
유족들　글쎄, 확인할 방법이 막연해요!
한여자　호수에서 보트 타다가 죽은 내 남편은요, 보통 사람들보다 훨씬 키가 컸어요. 그런데 이것 보세요! 가장 큰 유골은 왼쪽 다리가 없어요! 키는 제일 크고, 다리 하나는 모자라고…… 이런 경우는 어떻게 해야 하죠?
한남자　죽은 내 아들은 굉장한 뚱보였습니다! 보통 사람들보다 두세 배쯤요. 그래서 살아 있을 땐 금방 눈에 띄었는데…… (유골들을 가리키며) 이렇게 살 없는 뼈는…… 어떤 뼈가 내 아들인지 모르겠군요.
다른여자　저희 언니 별명은 소프라노 가수였답니다. 목소리가 아름다웠죠. 하지만 뼈들은 노래 부르지도 않고…… (유골들을 향해 슬픈 얼굴로 묻는다.) 언니! 언니! 누가 제 언니예요?
상면　(유족들에게 익사자 명부를 펼쳐 보이며) 혹시…… 이걸 보면 도움이 안 될까요? 이름도 있고, 주소도 있습니다.

유족들	그게 뭡니까?
상면	익사자의 명부입니다.
다른남자	어디 좀 봅시다. (상면에게서 명부를 건네받아 들춰본다.) 이게 모두 몇 명이야?
유족들	(다른 남자 주위로 몰려가서 명부를 들여다본다.) 엄청나게도 많이 죽었었군요!
다른남자	그런데 찾아낸 유골은 겨우 여섯이라니……
한여자	이건 아무 소용없어요! 뼈에 이름과 주소가 적혀 있지 않은 이상, 이런 명부를 본다고 뭘 알겠어요?
한남자	(상면에게 묻는다.) 이따위 명부 말고 유품을 보여주시오!
상면	네……?
한남자	안경이라든가, 시계, 반지 같은 것 말이오. 그런 유품들이 있으면 신원 확인이 될 텐데?
유족들	(상면에게 몰려든다.) 맞아요! 유품이 중요해요!
상면	없습니다……
유족들	아니, 없다니?
상면	죄송합니다……
유족들	죄송하다는 소리는 집어치우고, 왜 유품이 없는 겁니까?
상면	호수 밑바닥이 굳어서…… 뼈를 캐내기에도 힘들었죠. 유품까지는…… 정말 죄송합니다……
유족들	그럼 도대체 이게 뭐죠? 우리들을 불러놓고, 이 뼈들을 적당히 나눠가져라, 그건가요?
상면	(얼굴을 붉힌 채 침묵한다.)
유족들	이봐요, 똑바로 대답해요! 우리 유족들을 이렇게 무시해도 되는 거예요?

유족들, 상면에게 격렬히 항의한다. 아버지, 등장한다. 그는 유족들을 향해 외친다.

아버지	옴 아모카 살바다라! 옴 알 아모카 살바다라!
유족들	(갑작스런 외침에 놀라 아버지를 바라본다.)
아버지	그만들 두시오! 내 아들은 아무 잘못도 없소!
한여자	저 사람이에요! 바로 저 양반이 이 호수의 주인이라구요!
아버지	옴 아모카 살바다라! 그 뼈들은 다시 살아날 거요!
유족들	살…… 살아나요?
아버지	그렇소!
유족들	저 양반 미쳤군!

호수 밑바닥으로부터 상준이 이발소 주인과 투자할 사람들을 데리고 올라온다. 그들은 수선창고 앞의 소란스런 광경을 목격한다. 상준, 이발소 주인과 투자가들을 다른 곳으로 데려가려고 한다.

상준	저쪽은 나중에 가십시다. 우선 다른 곳을 보여드리지요.
투자가들	우린 저쪽이 흥미 있는데요.

이발소 주인과 투자가들, 유골들이 있는 곳으로 다가온다. 상준은 마지못해 뒤따라온다.

아버지	당신들, 내가 미쳤다고 했소? 난 실성하지도 않았고 노망들지도 않았소! 내 정신은 멀쩡하오! 지극히 멀쩡하기에 이 세상을 정확하게 알고 있소. 지금 이 세상은 썩을 대로 썩었고, 더럽혀질 대로 더럽혀졌으며, 곪을 대로 곪았소. 당신들, 대답해 보구려. 내 말이 틀렸소? 만약 당신들도 올바른 정신이라면, 결코 내 말이 틀리지 않음을 인정할 거요!
유족들	(아무 대꾸도 못하고 잠잠해진다.)
아버지	그래도 익사자의 유골을 찾으러 온 당신들은 착한 사람들이오. 통보를 받고도 오지 않은 자들, 통보마저 거부하거나, 아예 그걸 받지 않으려고 자취를 감춰버린 자들, 난 그들이 누구인지 알고 있

소. 그들은 살인자들이오! 뱃놀이를 가장해서 일부러 보트를 뒤집어 자기 아내를, 남편을, 부모를, 자식을, 친척들과 친구들을 죽였단 말이오! 이유야 여러 가지였지. 아내가 싫증나서, 남편의 부정이 미워서, 부모의 재산이 탐나서, 경쟁자인 친구를 제거하기 위해서…… 그들은 은밀히 나에게 부탁했소. 구멍 난 보트를 빌려달라, 자주 사고 나는 배가 어떤 거냐…… 옴 아모카 살바다라! 나의 호수는 얼핏 보기에는 아름다웠지만, 온갖 더러운 죄악으로 가득 차 있었소!

유족들 그게 사실입니까?

아버지 나는 진실만을 말하오! 호수의 물이 없어지자, 변호사는 그것이 무분별한 주택지 개발 때문이라고 하더군. 나더러 고소를 해라, 시청과 건설회사를 상대로 해서 손해배상을 받아주겠다 했소. 하지만 법과 정의는 한낱 허구일 뿐, 재판의 결과는 나를 절망시켰소. 옴 아모카 살바다라! 나는 그 순간 깨달았소. 하늘은 호수의 물을 마르게 함으로써, 이 세상이 끝날 때가 됐음을 보여 준 거요!

한남자 터무니없는 소리 말아요! 지금가지 세상의 종말을 떠든 자들은 많았지만, 단 한 번도 맞지 않았습니다!

아버지 물론 맞질 않았지! 어떤 자는 하늘의 별을 보고 종말을 예언하였고, 어떤 자는 신비로운 책을 읽고 예언하였으며, 또 어떤 자는 광신적인 영감에 사로잡혀 예언했었소. 하지만 그 예언들은 모두 빗나갔으니, 종말의 날짜를 계산하는 방법이 잘못 됐기 때문이오. 하지만 나는 그들과 다르오. 나의 계산방법은 너무나 정확해서 단 하루의 착오도 없소!

투자가들 언제입니까, 종말의 날은?

아버지 금년 시월 오일!

유족들과 투자가들 그럼 며칠 밖에 안 남았군요!

아버지 그렇소. 시월 오일 밤 열두 시, 당신들은 하늘 위로 올라가는 배 한 척을 보게 될 거요. 그 배에는 산 자 여섯과 죽은 자 여섯, 오직 열두 명이 탈 것인데, 그들만이 하늘로 올라가 영원한 복락을 누릴 것이오!

유족들   우린 어떻게 됩니까?

투자가들   우리는요……?

아버지   세상에 남아 있는 당신들은 참혹한 고통을 겪게 될 거요. 지옥보다 더 큰 고통을!

한남자   종말은 무슨 빌어먹을! 절대로 그건 될 리가 없어요!

다른남자   난 어쩐지…… 될 것 같아요.

한여자   나도 그래요!

다른여자   무섭고 두려워요! 온 몸이 바들바들 떨려요!

한남자   진정들 하세요! 종말은 안 될 테니까 어디 두고 봅시다! (아버지에게) 그 날, 우린 다시 오겠소. 다시 와서 종말이 안 되면 미치광이 당신을 가만 두지 않겠소!

유족들, 웅성거리며 물러간다. 이발소 주인과 투자가들이 남는다. 이발소 주인이 아버지에게 허리를 굽혀 정중히 인사한다.

이발소주인   오랜만에 뵙습니다.

아버지   누구시더라……?

이발소주인   저를 기억 못하시겠습니까?

아버지   아, 이발소 주인이구려!

이발소주인   (투자가들을 가리키며) 이 사람들도 아실 겁니다. 호수 주변의 갈비집, 술집, 까페, 레스토랑, 상점 주인들이지요.

투자가들   (아버지에게 인사한다.) 안녕하십니까!

아버지   모두 낯이 익군. 그런데 무슨 일로 이렇게 모여 왔소?

이발소주인   작은 아드님이 우리한테 그러더군요. 이곳에 놀이동산을 만들 테니 투자하라구요.

아버지   (상준을 꾸짖는다.) 네가 내 말을 믿지 않고 쓸 데 없는 짓을 하는구나!

상준   난 종말을 믿지 않습니다, 아버지.

아버지   반드시 넌 후회할 거다, 후회를! (상면에게) 피곤하구나. 나를 부축해서 집 안으로 데려가다오.

상면, 아버지를 부축해서 데려간다. 이발소 주인은 아버지의 뒷모습을 바라보며 감탄한다.

이발소주인 대단한 분일세, 자네 춘부장 어른은!
상준 글쎄요……
이발소주인 자넨 겨우 놀이동산을 생각해냈지만, 저 분은 이 세상의 종말을 생각해 내셨네. 비교해 보게. 발상에 있어서나 규모에 있어서 어느 쪽의 생각이 더 탁월한가?
상준 아버지는 공상입니다. 저는 현실이구요.

투자가들 중에서 한 상점주인이 상준에게 말한다.

상점주인 그나저나 궁금하군요. 이 세상 종말의 날, 하늘 위로 배가 올라간다니…… 우리에게 그 특수한 배를 좀 보여줄 수 있습니까?
상준 특수한 건 아니고, 그 배는 호수에서 쓰던 겁니다.
상점주인 쓰던 거라니요?
상준 그냥 보트입니다. 아버진 작은 보트를 몇 척 묶어서 큰 배 하나를 만들 모양인데, 아직 시작도 안 했죠.
투자가들 아직 만들지도 않았다구요?
음식점주인 그 배는…… 노를 저어 올라갈 건가요? 아니면 돛을 달아서?
상준 그런 건 필요 없답니다. 때가 되면, 그냥 두둥실 떠 올라간다면서요.
이발소주인 여보게, 종말의 배가 너무 초라해선 안 되네. 우리가 그 배에 투자함세. 그래서 색깔도 화려하게 칠하고, 기다란 돛도 달고, 꽃들을 엮어서 아름답게 장식하게.

이발소 주인과 투자가들, 지갑이며 호주머니에서 돈을 꺼내 모으더니 상준에게 준다.

상준　왜들 이러십니까? 설마, 그 배가 하늘로 뜰 거라고 믿는 건 아니시겠죠?

이발소주인　춘부장 어른께는 잘 말씀드리게. 우리가 투자해서 그 배를 만들었다고. 혹시 누가 아는가? 어른께서 감동하셔서 우리를 그 배에 태워줄지……

상준　그건 단념하세요! 아까 들으셨겠지만, 아버지는 그 배에 태울 열두 명을 이미 선정해 놨습니다.

이발소주인　유감이군. 하지만 구경하는 건 괜찮겠지? 비록 배에는 못 탈지라도, 그 배가 하늘 위로 올라가는 광경을 이곳 현장에서 생생하게 볼 수만 있다면, 투자한 우린 그걸로 만족하겠네.

투자가들　그렇구 말구요. 구경만으로도 우린 대단히 만족할 겁니다.

상준　구경이야 뭐…… 그럼 다들 그 날 오세요.

이발소주인　고맙네. 그 날 다시 보세. 우린 가겠네.

상준　놀이동산은요? 놀이동산 투자는 어떻게 하실 겁니까?

이발소주인　그건 그 날 이후에 결정하세.

　　　　이발소 주인과 투자가들, 퇴장한다. 무대, 어두워진다. 스포트라이트가 낭독자를 비춘다.

낭독자　1999년 10월 4일. 날씨, 맑음. 오늘은 종말의 날 하루 전이다. 아버지는 마침내 우리 가족에게 배를 만들라고 지시했다. 나는 투자가들이 모아준 돈으로 그 배를 색칠하고, 돛이며 꽃을 달자고 했다. 물론 아버지는 반대했다. 그러나 어머니와 누님은 타고 갈 그 배가 멋있기를 바랐다. 아버지를 겨우 설득해서, 투자가의 돈으로 우리는 아버지의 생각보다 더 멋진 배를 만들게 되었다.

　　　　무대, 밝아진다. 두 척의 보트들이 일렬종대로 맞붙은 듯 놓여 있다. 상면은 그 맞붙은 부분에 널빤지를 대고 못질을 해서 하나의 배가 되도록 연결시킨다. 어머니는 적(赤) · 청(靑) · 황(黃) 삼색 천을 엮어 뱃전을 두르고,

상희는 여러 가지 꽃들로 화환을 만들어 배의 안팎을 장식한다. 상준은 방관자처럼 바라만 보고 있다. 지붕 위의 확성기에서 이 세상 종말을 알리는 아버지 목소리가 울려 퍼진다.

아버지 옴 아모카 살바다라! 마침내 내일이다! 내일이 종말의 날이다!

상희 손끝마다 갈라졌어요. 피가 나고 아려요.

어머니 잠시 쉬렴. 무리하지 말고.

상희 아니에요, 엄마. 손에서 피가 나도 열심히 만들어야죠.

상희, 화환을 만들면서 하늘을 올려다 본다.

상희 엄마……

어머니 왜?

상희 저 하늘 좀 바라보세요.

어머니 하늘이 참 맑구나.

상희 밑에서 봐도 맑고 밝은데, 위에 올라가 보면 얼마나 좋을까요! 가슴이 떨려요! 눈물이 나요! 이젠 저 하늘에 올라가 살게 된다니…… 나를 집으로 부르는 소리가 들렸어요. 돌아와, 어서 돌아오너라, 자꾸만 그런 소리가 들리는 것 같았죠. 늦으면 안 된다, 늦으면 때를 놓쳐, 뭔가 강한 힘이 나를 끌어당겼어요!

어머니 그래, 네가 집으로 돌아 온 건 잘 했다. 자꾸만 돈을 부쳐달라는 네 편지를 받을 때마다, 이 에미는 너무 속상하더라.

상희 그이가 그런 편지를 쓰게 했죠. 자긴 나 때문에 신세를 망쳤대요. 나를 데리고 도망치느라 모든 걸 포기했다면서, 나더러 그 손해를 보상하래요.

어머니 뻔뻔스럽구나, 그 남자! 오히려 신세를 망친 건 너 아니냐?

상희 그이는 나를 사랑하지 않았어요. 우린 매일매일 싸움만 했죠. 하지만 엄마, 이제는 알아요. 그게 다 우연이 아닌 필연이었어요. 어떤 필연적인 힘이, 나에게 하늘 위로 올라가는 이 큰 기쁨을 주려고, 일부러 땅에서의 그 지독한 고생을 시켰던 거죠.

상준 꿈보다 해몽이 좋군!

지붕 위의 확성기, 아버지의 목소리가 울려퍼진다.

아버지 옴 아모카 살바다라! 옴 아모카 살바다라!

상희 그런데 이 계집애는 어디 갔지? 나를 도와주지는 않고 어딜 간 거야? (사방을 향해 외친다.) 나미야! 나미야!

어머니 그 애는 가만 둬라.

상희 가만 둬요?

어머니 이 세상 종말이라니, 그 어린 것이 얼마나 무섭겠냐?

상준 영악하던데요, 누님 딸은. 누님이 의붓딸인 자기를 꼭 붙잡고 놓아주지 않는 이유가 있다는 거예요. 그래야 도망친 자기 아버지가 누님한테 돌아온다는 거죠.

상희 그 년이 그 따위 소리를 지껄여?

상준 다른 이야기도 나한테 했어요. 누님이 매일 남편한테 두들겨 맞았다는 이야기, 누님의 남편이라는 자는 술주정뱅이라는 이야기도 했죠. 더욱 재미있는 건 그 애는 벌써 남자 경험을 했다는 겁니다. 자기 살던 곳에 남자애가 있는데, 서로 사랑하고 있다는군요.

상희 나쁜 년! (사방을 향해 다시 외친다.) 나미야! 어딨어? 어디 있냐구?

상준 마침 저기 오는군요.

나미, 호수 쪽에서 울적한 표정으로 걸어온다. 상희는 나미를 보자 더욱 화를 낸다.

상희 저 년 좀 봐! 내가 목 터지게 부르는데도 일부러 느릿느릿 걸어오네!

어머니 조용히 타일러라. 너무 야단치면 들을 말도 안 들어.

상희 너, 어서 와서 무릎 꿇고 빌어!

나미	(상희에게 가까이 오지 않고 멈춘다.) 난 잘못한 거 없어요.
상희	저런 못된 년! 내가 너를 친딸처럼, 진짜 친딸처럼 여기니까 데려 온 거야! 그런데 뭐, 나를 원망해? 그 더러운 시궁창 속에서 꺼내 줬더니 고마워하긴커녕 내 흉을 봐?
나미	난 아줌마 흉보지 않았어요.
상희	들은 사람이 있는데 아니라고 잡아 떼?
나미	난 이곳이 싫어요. 내가 살던 곳으로 가고 싶어요. 아줌마는 그곳 이 시궁창이라고 욕하지만요, 그래도 그곳이 여기보다는 훨씬 좋 아요.
상희	시끄러워!
나미	아줌마……
상희	넌 이 엄마와 함께 하늘로 가야 해! 저 밝고 깨끗한 하늘 위로 올 라가서, 이 더러운 땅을 말끔히 잊어버려!
나미	난 안 가요, 하늘에는!

상준, 상희와 나미의 말다툼을 재미있다는 듯 바라보더니 웃으면서 말 한다.

상준	한 사람이 안 타면 어떻게 되나? 우리 아버진 산 사람 여섯, 죽은 사람 여섯, 열둘이 타야만 배가 하늘 위로 올라간다는데……
나미	난 하늘도 싫어요! 거기에는 날 기다리는 사람이 없어요!

상면, 배의 한가운데 널빤지 위에 올라선다. 그는 나미에게 말한다.

상면	걱정 마라. 하늘에는 널 기다리는 사람이 있어.
나미	그게 누구죠?
상면	네가 좋아하는 바로 그 사람.
상희	아냐! 아냐! 하늘에는 그런 잡놈은 없어!
상면	내일 이 배를 타렴. 하늘에서 반드시 만날 거다. 네가 정말 그 사

람을 사랑하고, 그 사람도 너를 사랑한다면……

상준 아, 형이 왜 그렇게 말하는지 알겠다. 형은 죽은 사람 뼈를 여섯이나 캐냈지만, 어느 것이 첫사랑 뼈인지 분간 못했거든. 그래서 하늘 위에 올라가면 반드시 첫사랑을 만날 수 있다, 그렇게 생각하는 거지.

상희 그건 잘못된 생각이야! 하늘이란 깨끗해! 이 세상의 그 어떤 기억도 말끔히 지워져버리는, 아주 맑고 밝은 곳이라구!

상준 그거야 누님의 생각이죠. 어머니는 어떠세요? (하늘을 가리키며) 하늘을 보고 어머니의 생각을 말씀하시죠.

어머니 (하늘을 바라본다.) 글쎄다…… 사람이 저 위에 올라가면 나쁜 기억은 지워지겠지. 그래야 행복할 테니. 하지만 좋은 기억은 영원히 남을 거다. 좋은 기억마저 지워진다면, 사람이 어찌 행복할 수 있겠냐?

상준 어머니의 생각은 그렇군요. 그럼 내 생각은 어떤 것일까……? (하늘을 올려다 본다.) 텅 빈, 아무 것도 없군!

아버지, 집 안에서 나온다.

아버지 뭣들 하느냐, 너희들?

상준 아, 아버지!

아버지 하루 종일 모여서 떠들기만 해?

상준 거의 다 만들었죠!

아버지 바보 같은 놈!

상준 네?

아버지 다 만들었다고 가만히 있는 건 바보야! 어서 뼈들을 실어라!

상준 형, 뭘 해? 뼈들을 싣자구!

상면 그래, 그래!

상면과 상준, 수선창고 쪽으로 퇴장한다. 어머니, 뱃전을 한 바퀴 두른 삼색천의 양쪽 끝을 리본 모양으로 묶는다.

어머니　자, 됐다. 제법 모양이 나는구나!

상희　나도 화환을 다 걸었어요!

상면과 상준, 들것에 여섯 구의 뼈들을 담아 온다. 그들은 그것을 배의 뒤쪽에 앉은 자세로 싣는다. 무대, 서서히 암전. 스포트라이트가 낭독자를 비춘다.

낭독자　바보 같다는 말과 어리석다는 말은 같은 뜻이다. 종말의 배 만드는 것을 어리석은 짓이라고 생각한 나는, 그저 옆에서 방관자 노릇만 했다. 아버지는 그걸 보자 나를 바보 같은 놈이라고 했다. 하지만 나는 바보가 아니다. 하늘로 올라가지도 못할 배에 죽은 자의 뼈들을 실으면서, 나는 터져 나오는 웃음을 참느라고 애를 썼다.

무대의 부분조명, 상준을 비춘다. 그는 누군가를 기다리고 있다. 여자 면도사가 나타난다.

여자면도사　나를 만나려면 이발소로 오셔야죠.

상준　이렇게 밖에서 만나고 싶었어.

여자면도사　왜요?

상준　난 당신이 좋아. 당신도 내가 좋지?

여자면도사　네……?

상준　(자신을 가리키며) 나를 봐! 죽으면 나도 뼈가 될 뿐이야! (바지의 지퍼를 내린다.) 살아 있을 때 나를 만져 줘. 당신이 나를 만져주면, 난 즐거운 놀이동산에 온 것처럼 황홀해져!

여자면도사　(웃는다.) 기가 막혀…… 당신, 변태군요!

여자면도사, 상준의 바지 속에 손을 넣는다. 상준, 표정이 미묘하게 변한다. 그는 여자면도사를 와락 껴안고 입맞춘다. 무대, 암전한다. 낭독자에게 스포트라이트가 비친다.

낭독자　1999년 10월 5일. 날씨, 맑음. 마침내 종말의 날이 됐다. 밤 열한 시 무렵, 아버지는 우리 가족을 이끌고 종말의 배로 다가갔다. 하늘에는 밝은 보름달이 떠 있었다. 물이 사라진 후 분화구처럼 보이는 호수를 배경으로, 그 배는 하얀 색의 빛을 내고 있었다.

아버지, 가족을 배 앞에 정지시킨다. 여섯 구의 유골들은 배의 선미 쪽에 나란히 앉은 자세로 실려 있다.

아버지　자, 모두 따라 외쳐라! 옴 아모카 살바다라!
가족　옴 아모카 살바다라!
아버지　약하다, 목소리가. 더 크게! 옴 아모카 살바다라!
가족　옴 아모카 살바다라!
아버지　좋다. 배를 타기 전에 주의사항을 말하겠다. 먼저, 짐을 갖고 타지 마라. 짐은 배만 무겁게 할 뿐 하늘에 가면 아무 쓸모가 없다. (큼직한 짐꾸러미를 든 어머니에게) 당신은 그게 뭐요?
어머니　담요와 물이에요. 배를 타면 며칠, 아니 몇 달이 걸릴지 몰라서요.
아버지　그런 건 두고 가구려! 하늘에선 물을 안 마셔도 목이 마르지 않고, 담요를 안 덮어도 춥지 않소! (화려한 옷을 입고 온갖 장신구로 치장한 상희에게) 넌 그 옷차림이 뭐냐?
상희　아버지…… 어때서요?
아버지　넌 지금 우리가 어디 잔치하러 가는 줄 아느냐?
나미　(뒷걸음으로 물러나며) 나는 배 안 타요!
아버지　안 타면 죽는다!
나미　죽어도 땅에서 죽겠어요!
상희　나쁜 년, 또 그 소리야? (나미의 머리카락을 움켜잡고 끌어오며) 너 하나 빠지면 배가 못 올라가!

아버지　승선하라, 승선을!

　　　아버지와 가족들, 배에 올라탄다. 아버지는 뱃머리에 자리잡고 어머니와 상희와 나미는 이물에, 상준은 돛대가 있는 가운데에, 상면은 뼈들이 있는 고물 쪽에 자리잡는다. 그들이 승선해서 자리잡는 동안 이발소 주인과 여자 면도사, 투자가들이 배를 향해 다가온다. 이발소 주인은 목에 줄 달린 쌍안경을 걸고 있다.

투자가들　안녕하십니까! 저희들이 왔습니다!
아버지　아…… 당신들이군!

　　　이발소 주인과 투자가들, 배를 살펴보며 자기들끼리 말한다.

이발소주인　배가 너무 작아……
투자가들　글쎄 말입니다. 우리가 투자한 돈으로 좀 더 큰 걸 만들지 않고……
이발소주인　그래도 몇 명쯤은 더 탈 수 있겠소.
아버지　당신들 지금 무슨 소릴 하는 거요?
이발소주인　아무 것도 아닙니다!
아버지　배에 탈 생각은 말고 구경이나 잘 하구려.
이발소주인　네, 그러지요.
아버지　그건 망원경이오? 당신 목에 걸려 있는……?
이발소주인　그렇습니다만……
아버지　어디 좀 봅시다.

　　　이발소주인, 목에 걸린 쌍안경을 벗어 아버지에게 준다. 아버지가 그것을 받아 눈에 대고 사방을 둘러본다.

아버지　아주 잘 보여! 항해할 때 필요하겠는데!

투자가 그럼 가지십시오.

아버지 고맙소!

아버지, 쌍안경으로 하늘을 올려다 본다.

아버지 이 배는 정확히, 열두 시 정각에 출발한다!

상준 아버지!

아버지 왜?

상준 저기, 또 다른 사람들이 몰려오는데요!

아버지, 쌍안경으로 상준이 가리키는 곳을 바라본다. 유족들이 배를 향해 다가오고 있다.

아버지 유족들이구나!

상준 지난번보다 더 많이 몰려오는 것 같아요!

아버지 저런, 악질 변호사도 있어!

상준 고물상인도 있어요!

몰려온 사람들, 배 앞에 멈춰 선다. 유족들 속에서 한 남자가 뱃머리에 서 있는 아버지를 향해 말한다.

한남자 당신은 각오하시오! 오늘 밤 종말이 안 되면, 이 배는 물론 당신 집까지 때려부수겠소!

어머니 우리 집을…… 부수다뇨?

한남자 그렇소! (호주머니에서 회중시계를 꺼내 시간을 헤아린다.) 열한 시 삼십 육 분 이십칠 초, 이십팔 초, 이십구 초……

유족들과 투자가들, 침묵. 두려움에 질린 두 명의 여자들이 뱃머리에 바짝 다가와서 무릎을 꿇고 애원한다.

한여자	살려주세요! 살려주세요!
다른여자	제발 배에 태워 주세요! 저희는 인정해요! 오늘이 이 세상 종말임을 인정한다구요!
아버지	이제 와서야 인정하겠다? 종말의 시간이 임박한 이제 와서? 이 세상에서 진리가 사라진 지 언제이며, 정의가 없어진 지 언제였소? 그런데 지금에서야 인정하겠다니, 당신들은 그걸 몰랐던 거요? 아니면 알고도 모르는 척 했던 거요?
한여자	저는 전혀 몰랐어요!
아버지	당신은 바보였군!
한여자	저는 바보가 아니에요! 순진해서 속은 거죠! 사악한 세상이 순진한 저를 감쪽같이 속였어요!
아버지	어쨌든 속은 것이 바보지. 바보는 이 배를 탈 자격이 없소!
다른여자	저는 탈 자격이 있어요! 세상의 추악함을 알고도 모르는 척 할 수밖에 없었지만요, 그래서 항상 고민과 갈등을 했었죠!
아버지	당신 역시 자격이 없소! 세상의 악함을 알았으니 고치려고 노력했어야지, 그것을 모르는 척 방관만 했다는 건 아주 큰 죄요!
한남자	(회중시계를 보며) 열한 시 사십팔 분 이십 초, 이십일 초……

두 여자, 시간 헤아리는 소리를 듣자 절박해진 듯 뱃전을 붙잡고 올라타려 한다.

여자들	저희를 태워 주세요! 저희는 살고 싶어요!

유족들과 투자가들, 두 여자의 절박한 행동을 보자 동요를 일으킨다.

유족들	우리도 살려주십시오!
투자가들	우리도 불쌍히 여겨 살려줘요!
상희	(배에 올라타려는 한 여자를 밀쳐낸다.) 저리 가! 저리 가지 못해!
고물상인	(쓰러진 여자를 일으켜 세우며) 살려달라는 사람을 밀쳐내다니, 이건

너무 야박하군!

상희　너희들은 모두 탈 자격이 없어!

고물상인　(상희를 손가락으로 가리키며) 그런 넌 무슨 자격이 있다고 탔어?

상희　나……?

고물상인　그래! 우리가 너의 행실을 모를 줄 알아? 넌 유부남을 꼬셔서 도 망갔었잖아!

여자들　(아버지에게 항의한다.) 맞아! 저 창녀 같은 년은 왜 탄 거예요?

여자면도사　(상준을 손가락으로 가리키며) 저 자식도 자격 없어!

상준　뭐, 나를……?

여자면도사　넌 변태잖아!

상준　저 여자가 돌았군! (투자가들을 가리키며) 그럼 저기 있는 이발소 단 골들은 모두 변태냐?

변호사　(아버지에게) 이건 아주 중대한 문젭니다! 당신들은 배를 타고 우리 는 왜 못 타는지 대답해 보시오!

아버지　(분노한다.) 너 같은 놈이 감히 나에게 그런 질문을 하다니!

유족들　대답해라, 대답을!

투자가들　옳소! 대답해라, 대답을!

한남자　열한 시 오십이 분 삼십 초, 삼십일 초, 삼십이 초……

유족들　배에서 뼈들을 끌어내! 뼈 대신 우리가 타자구!

상면　안 돼요, 이 뼈들은!

유족들　어서 끌어내! 뼈보다는 살아 있는 우리가 타야 해!

유족들, 일제히 배를 향해 몰려들어 유골들을 끌어내려고 한다. 상면은 그 들을 온 몸으로 가로막고, 상준은 그들에게 발길질을 한다. 그 싸움에 놀 란 나미는 비명을 질러댄다.

한남자　열한 시 오십오 분! 이젠 겨우 오 분 남았다!

변호사　(두툼한 지갑에서 수십 장의 수표들을 꺼내 부챗살처럼 펼쳐들고 흔들며) 여기, 내가 지금까지 벌어들인 재산이 있소! 배에 탄 누구, 이 돈 받고 자리를 팔 사람 없소?

상희 자리를……?

변호사 내 전 재산이오!

상희 (비명을 질러대는 나미에게) 넌 내려! 이 배에 타고 싶지 않다고 했잖아!

상희, 한 손으로 변호사가 내민 수표를 거머쥐면서, 다른 손으로는 나미를 배 아래로 밀쳐낸다. 변호사, 나미가 있던 자리로 올라간다. 더욱 분노한 아버지는 상희를 향해 꾸짖듯이 외친다.

아버지 옴 아모카 살바다라! 옴 아모카 살바다라!

다른 여자, 손가방을 열고 보석반지와 목걸이 등을 한 웅큼 꺼낸다. 그녀는 상희에게 그것을 내밀며 애원한다.

다른여자 또 한 자리 없어요? 이 보석들을 드릴 테니 나한테도 자리를 파세요!

상희 좋아요! 내 자리와 바꿔요!

더욱 분노한 아버지, 상희를 붙잡으러 다가오려고 한다. 상희는 아버지를 피해 배 아래로 내려온다. 다른 여자는 상희에게 보석들을 주고 배에 올라탄다. 여자면도사, 배 위로 손을 뻗쳐 상준의 바짓가랑이를 잡는다.

여자면도사 나 좀 살려줘요! 당신은 변태가 아냐! 이 세상에 당신처럼 매력적인 남자는 없어!

상준 이제서야 진심이 나오는군!

여자면도사 나 좀 배에 태워 줘!

상준 내 자리를 줄 테니 올라 와! 하지만 나중에 실망하진 마!

상준, 여자면도사에게 자기 자리를 주고 배에서 내려온다.

아버지	저런 어리석은 놈!
상준	화내지 마세요, 아버지! 어쨌든 여섯 명 숫자는 똑같은 걸요!
한남자	열한시 오십구분 오십구초…… 열두시 정각!
아버지	출발이다! 옴 아모카 살바다라!

아버지가 출발을 외치는 순간, 맑은 하늘에서 번개가 치고 천둥이 울린다. 배가 서서히 하늘로 떠오른다. 놀란 유족들과 투자가들이 배에 올라 타려고 덤벼든다. 벼락이 그들에게 떨어지면서 자욱한 연기가 피어오른다. 유족들과 투자가들은 비명을 지르면서 물러선다. 무대, 암전한다. 스포트라이트가 낭독자를 비춘다.

낭독자	1999년 10월 6일. 날씨, 맑음. 밤이 지나고 아침이 되었다. 해는 다시 떠오르고, 새들은 여전히 지저귀며 날아다닌다. 종말의 배가 하늘 위로 올라간 것 말고는, 이 세상은 여느 날과 다름없었다.

무대, 밝아진다. 배가 있던 곳은 텅 비었다. 유족들과 투자가들도 보이지 않는다. 상준과 상희는 우두커니 서 있고, 나미는 주저앉아 있다.

상준	드디어 날이 밝는군.
상희	(침묵)
상준	햇살은 비추고, 바람은 불고……
상희	(침묵)
상준	새들은 지저귀며 날아다니네.
상희	(침묵)
상준	아, 얼마나 다행인가! 종말의 다음 날 풍경이 이렇다니……
상희	시끄러워! 우린 배를 못 탔는데 뭐가 다행이야!
상준	그래도 누님은 나보다 낫죠. 난 그냥 자리를 양보했지만, 누님은 돈도 받고 보석도 받았잖아요.
나미	(몸을 웅크리고 떨며) 나, 추워…… 추워 죽겠어……

상준 애는 어젯밤 충격 때문에 병이 났나 봐요.

나미 아줌마, 난 죽어요……

상희 죽어라! 죽어!

상준 (나미의 이마에 손을 얹는다.) 이런, 열이 나 펄펄 끓는군!

나미 (일어나서 비틀거리며 걷는다.) 난 갈 거예요…… 나 살던 곳으로…… 간다구요……

나미, 몇 걸음 걷다가 쓰러진다. 상준, 배가 있던 곳에서 담요와 물병을 주워 나미에게 간다. 그는 나미의 몸을 담요로 덮어주고 물병의 뚜껑을 열어 물을 먹여준다.

상희 어젯밤, 어떻게 된 거야? 뭔가 번쩍번쩍 하면서 요란한 소리가 나서 난 아무 정신 없었어.

상준 모르겠어요, 나도. 배가 하늘 위로 올라간 것밖엔……

상희 사람들은 왜 안 보여?

상준 다들 도망쳐버리더군요.

상희 생각할수록 분해 죽겠네! 나를 창녀라고 욕했던 놈, 솔직히 말해서 그놈 과거는 뭐 깨끗한 줄 알아? 다른 년들도 마찬가지야! 이 세상 계집 치고 더럽지 않은 년 있거든 나와보라고 그래!

상준 누님 말이 맞군요. 아무도 안 나오는데요?

상희 넌 분하지 않아? 어젯밤 너도 욕설을 들었잖아?

상준 분하긴요. 날 모르고 한 소린 걸요.

상희 아냐, 아냐! 이 세상 사내 치고, 잡놈 아닌 놈 있거든 오늘 아침에 나와 봐!

상준 누님, 애를 집으로 데려가요. 해열제라도 찾아 먹여야지 이대로 뒀다간 큰일나겠어요.

상희 그 년은 죽게 내버려둬!

상준 제발 데리고 들어가요, 누님. 아무리 의붓딸이지만 살려 놓고 봐야죠.

상희, 내키지 않는 태도로 나미를 부축해서 데리고 간다. 사이. 상준은 하늘을 올려다 본다. 이발소 주인이 상준에게 다가온다.

상준   지금은 배가 어디쯤 가고 있을까……?

이발소주인   옴 아모카 살바다라!

상준   어, 언제 오셨죠?

이발소주인   태초에!

상준   태초라뇨?

이발소주인   이 세상이 생긴 처음부터. 농담이야. 사실은 방금 왔네. 자네한테 조간신문을 보여주려구.

이발소 주인, 겨드랑이에 꼈던 반쯤 접힌 신문을 내민다. 상준, 신문을 받아 펼쳐 든다.

이발소주인   어처구니 없는 종말의 배 사건, 제법 크게 났지?

상준   (곤혹스러운 표정이 되며) 맙소사……

이발소주인   그만하면 특종일세.

상준   신문에 날 줄은 몰랐어요. 더구나 이렇듯 큼직하게……

이발소주인   어젯밤 구경꾼들 중에 신문기자도 있었던 모양이야.

상준   하지만 기사는 엉터리군요. 종말이 안 됐다고 우리 가족이 실망해서 집단 자살을 했다니……

이발소주인   종말론자들은 대개 그렇지. 무슨 종교집단인가, 종말을 믿던 자들도 한꺼번에 수천 명이 죽었고……

상준   우리 가족은 단 한 명도 안 죽었어요. 아버지, 어머니, 형님은 하늘 위로 올라갔고, 나, 누님, 누님 딸은 이 땅에 버젓이 살아 있죠.

이발소주인   신문기자는 그걸 이렇게 썼더군. 집단자살자 중에 반절은 죽었고, 반절은 살았다……

상준   난 이해가 안 됩니다. 어젯밤 직접 눈으로 보고서도 이런 거짓 기사를 쓰다니!

이발소주인 직접 눈으로 본 사람들보다 안 본 사람들이 더 많으니까 그렇지.

상준 네……?

이발소주인 만약 이 세상 모든 사람들이 종말이 됐다는 걸 알면 어찌 하겠는가?

상준 무슨 말씀인지……?

이발소주인 더구나 어젯밤, 배를 타고 하늘로 올라 간 기적이 있었다는 걸 안다면?

상준 네……?

이발소주인 (갑자기 울부짖는다.) 난 견딜 수 없어! 견딜 수가 없다구! 이 세상이 종말이라는 사실도 견디지 못하겠고, 더구나 배 같은 그런 기적에서 내가 빠졌다는 건 도저히 견디지를 못하겠어!

무대, 암전. 스포트라이트가 낭독자를 비춘다. 낭독자, 상준의 일기를 읽는다.

낭독자 1999년 10월 8일. 날씨, 흐림. 이 세상이 종말이 된 지 사흘이 지났다. 충격이란 이런 것인가. 사흘 밤낮을 잠도 자지 않고 헤매 다녔다는 고물상인이 큼직한 가방을 들고 나에게 왔다. 그 가방에는 그가 사흘 동안 주워 모은 신발들이 잔뜩 들어 있었다.

무대조명, 상준과 고물상인을 비춘다. 고물상인은 큼직한 가방에서 수십 켤레의 구두, 슬리퍼, 운동화 등 각종 크고 작은 신발들을 꺼내 놓는다. 낭독자를 비추는 스포트라이트는 켜져 있다.

상준 이게 뭡니까?

고물상인 그동안 길거리를 다니면서 내가 모은 거예요.

상준 왜 이런 걸 주워 나에게 가져왔죠?

고물상인 자, 찾아보세요! 당신 가족들 신발이 반드시 있을 겁니다. 난 믿거든요. 그 날 배가 하늘로 올라가지 못하고 떨어졌을 거라구요!

상준	떨어져요?
고물상인	이게 바로 그 증거품입니다! 배와 함께 당신 아버지, 어머니, 형도 떨어지면서 벗겨진 신발이예요!
상준	(고물상인을 어처구니 없다는 듯 바라본다.)
고물상인	빨리 찾아내요! 난 그 증거가 있어야 안심하고 살 수 있어요!

고물상인, 신발들을 부둥켜 안고 흐느껴 운다. 낭독자, 상준의 일기를 읽는다.

낭독자	**1999년 10월 15일. 날씨, 비. 고물상인이 다녀간 지 며칠 후**였다. 이번에는 투자가들이 무엇인가 담긴 들것을 들고 나에게 왔다.

음식점 주인과 상점주인이 들것을 들고 상준 앞에 등장한다. 그들은 의기양양한 표정으로 들것 위를 덮었던 천을 들어올린다. 형체를 알 수 없게 짓뭉개진 커다란 고깃덩어리가 드러난다.

투자가들	드디어 찾았습니다! 시체를 찾았어요!
음식점주인	영동 고속도로에서 발견했지요!
상점주인	이렇게 짓뭉개진 상태로 봐서, 하늘에서 떨어진 사람의 시체가 분명해요!
상준	(고깃덩어리를 유심히 살핀다.) 아닌데요.
투자가들	아니라뇨?
상준	사람 시체가 아닙니다. 발굽과 꼬리가 남아 있는 걸로 봐서, 이건 돼지나 송아지겠죠. 아마 고속도로에 잘못 나온 걸 화물자동차가 치고 지나간 모양입니다.

투자가들, 실망하는 기색이 역력해지면서 들것을 들고 나간다. 낭독자는 계속해서 상준의 일기를 읽는다.

낭독자 1999년 10월 20일. 날씨, 흐림. 종말을 부정하고 싶은 욕구는 인간 모두에게 있는 것 같다. 이발소주인, 고물상인, 투자가뿐만이 아니라 유족들도 증거를 찾기에 혈안이었던 것이다. 그들은 뼈처럼 보이는 것들은 모두 주워 나에게 가져왔다.

유족들이 크고 작은 뼈 조각을 들고 와서 상준에게 내민다. 상준은 지친 모습으로 고개를 흔든다.

상준 제발 이런 걸 나한테 가져오지 말아요! 개뼈인지 소뼈인지, 아니면 하늘 위로 올라가던 배에서 떨어진 유골인지 나는 몰라요!

낭독자는 계속해서 상준의 일기를 읽는다.

낭독자 1999년 11월 4일. 날씨, 비. 거의 한 달이나 집 안에만 있던 누님이 수표와 보석을 들고 밖으로 나갔다가 돌아왔다. 누님은 발광상태였다. 입에서는 욕설이 터져 나왔고 눈에서는 눈물이 쏟아져 내렸다.

상희, 등장. 변호사에게 받았던 수표들을 갈가리 찢으며 울부짖는다.

상희 그 변호사 새끼, 나쁜 새끼! 이 수표들은 은행에서 돈으로 못 바꿔준대! 그 똥 같은 새끼가 미리 지급정지를 시켜놓고는, 이 똥구멍이나 닦을 휴지 조각으로 배의 내 자릴 샀던 거야!

상준 오, 맙소사⋯⋯

상희 (한 웅큼의 보석들을 내던진다.) 이 보석들도 가짜야! 보석상에서 감정을 해 봤더니 모두 가짜래! 못된 년, 똥 같은 년! 내가 속은 거야! 아버지가 이 세상은 종말이라고 그렇게 귀따갑게 말했는데도, 왜 내가 깜빡 속았는지 모르겠어!

상준 그건 누님의 탐욕 때문이죠.

상희　아냐, 아니라구! 이 세상이 완전히 똥구덩이가 됐기 때문이야!

상준　누님은 하늘로 올라가게 됐다면서 기뻐하더니만, 돈과 보석을 준다니까 얼른 의붓딸 자리도 팔고 자기 자리도 팔았잖아요. 그래놓고 이제 와서 세상만 나쁘다고 욕하다니⋯⋯ 누님의 의붓딸이 들으면 기가 찰 노릇이겠군요.

나미, 등장한다. 병을 앓고 있는 쇠약한 모습이다.

나미　아줌마, 나 여기 있으면 죽어요⋯⋯

상희　아니, 저 년이⋯⋯

나미　난 내가 살던 곳으로 갈 거예요.

상희　입 닥쳐!

나미　(비틀비틀 걸어가며) 아줌마⋯⋯ 난 간다구요.

상희　아픈 년이 가긴 어딜 가? (나미를 붙잡아 끌고 나가며) 넌 꼼짝 말고 가만히 있어!

상준, 혼자 남는다. 침묵. 상준, 낭독자에게 말한다.

상준　이제서야 나는 알게 됐어.

낭독자　무엇을⋯⋯?

상준　이 세상이 종말임을.

낭독자　그래서⋯⋯?

상준　난 그 날 떠나야 했어! 하지만 배가 뜨리라곤 믿지 않았지. 그저 장난인 줄만 알고⋯⋯ 내 자릴 양보했던 거야!

낭독자　그 여자에게 양보한 걸 후회하는군.

상준　난 절망할 때 마스터베이션을 해. 기분을 좀 바꾸려구.

낭독자　그 여자면도사를 생각하면서?

상준　(바지의 지퍼를 열고 손을 넣는다.) 음⋯⋯ 그 여자를 생각하면서⋯⋯

무대, 암전한다. 스포트라이트가 낭독자를 비춘다.

낭독자　그렇다. 나는 그 여자를 생각한다. 그 여자를 생각하면, 이발소 벽에 붙어 있던 놀이동산 사진이 떠오른다. 사람들이 가만히 앉아만 있어도 빙글빙글 신나게 돌려주고, 위 아래로 아찔아찔하게 흔들어 주고, 이리저리 순식간에 옮겨다 주는……

무대, 어둠 속에서 온갖 놀이기계들의 움직임이 환상적인 광선으로 나타난다. 사이. 무대 전체가 밝아진다. 고물상인, 이발소 주인, 투자가들, 유족들이 모두 모여 반원형으로 앉아 있다. 낭독자, 상준의 일기를 읽는다.

낭독자　1999년 12월 26일. 날씨, 눈. 나는 사람들에게 놀이동산을 만들자고 제안했다.

상준, 일어나서 모여 있는 사람들에게 말한다.

상준　난 요즘 내 일기장에 이렇게 쓰곤 합니다. 하늘에 못 올라간 것을 더 이상 슬퍼하지 말자, 실망하지도 말고 괴로워하지도 말자…… 그 대신 놀이동산을 만들자, 멋진 놀이동산을 만들어서 모두들 즐거워 하자…… 그래서 여러분과 함께 놀이동산을 만들기 위해, 모두 모여 의논하는 이런 자릴 마련하였습니다.

투자가와 유족들　(일제히 박수를 친다.)

상준　놀이동산은 나의 꿈입니다. 나는 호수였던 땅을 내놓겠습니다. 여러분은 놀이기계 시설비를 대십시오. 자, 투자하실 분은 손을 들어주기 바랍니다.

이발소주인　(손을 들며) 내가 투자하겠소. 물론 이익금은 나눠 갖는 조건으로!

투자가들　(손을 들어올린다.) 우리도 투자합니다!

유족들　(손을 든다.) 우리도 합니다!

고물상인   (손을 들고) 나도 해야죠!

상준   (손 든 사람들을 둘러본다.) 고맙습니다, 여러분. 난 우리가 만들 놀이동산 이름을 지어 봤는데, 〈환타지아 랜드〉와 〈파라다이스 랜드〉입니다. 어느 이름이 좋을까요?

투자가들   (손을 흔들며 연호한다.) 환타지아 랜드! 환타지아 랜드!

유족들   (손을 흔들면서 연호한다.) 파라다이스 랜드! 파라다이스 랜드!

투자가들   (유족들에게 지지 않으려고 더욱 열광적으로 외친다.) 환타지아 랜드!

유족들   (더욱 더 기세를 올리며) 파라다이스 랜드!

이발소주인   (일어나서 사람들에게 손짓한다.) 조용히들 하시오! 우리에겐 이름보다 더 중요한 것이 있소!

상준   그게 뭡니까?

이발소주인   놀이동산 기계들을 새로 시설하려면 돈도 많이 들고 시간도 많이 듭니다. 아마 몇십 억은 될 테고, 주문제작에 설치까지는 몇 년이나 걸릴 텐데…… (고물상인을 가리키며) 당신이 일어나 말해요! (사람들에게) 저 고물상인이 우리에게 좋은 방법을 말해 줄 거요.

고물상인   (일어나서 말한다.) 내가 중고품 놀이기계들을 알거든요.

상준   중고품……?

고물상인   얼마 전 사고가 난 놀이동산이 있죠. 사람들이 죽고 다쳐서 폐업하게 됐는데, 그 놀이기계들은 아주 헐값입니다.

상준   난 완전히 새로운 놀이동산을 만들 겁니다! 그 따위 낡은 놀이기계들은 소용없어요!

이발소주인   그건 도련님 생각이지. (투자가들과 유족들을 둘러보며) 어떠십니까, 여러분 생각은? 중고품은 가격도 싸고 금방 뜯어다가 설치할 수도 있습니다.

투자가와 유족들   (일제히 찬성의 손을 들고 〈환타지아 랜드〉와 〈파라다이스 랜드〉를 외쳐댄다.)

상준   사람들이 죽고 다쳤다잖아요! 그런 놀이기계들을 다시 쓰자는 겁니까?

이발소주인   (상준에게) 여보게, 동업자로서 자네에게 한 마디 충고하지. 이 세상에 진짜 새로운 건 하나도 없네.

상준 오, 맙소사······

유족들 파라다이스 랜드! 파라다이스 랜드!

투자가들 환타지아 랜드! 환타지아 랜드!

이발소주인 여러분, 그럼 내일부터 놀이동산 공사를 시작합시다!

무대, 암전한다. 불도저와 크레인이 작업하는 요란한 소리가 들린다. 스포트라이트, 낭독자를 비춘다.

낭독자 2000년 1월 10일. 날씨, 흐림. 1999년이 지나고 2000년이 된 지도 열흘째이다. 호수에서 놀이동산 만드는 소리가 요란하다. 그러나 이발소 주인의 말이 맞다. 이 세상에 새로운 것은 하나도 없다. 나는 누님과 흥정을 했다. 놀이동산이 완성되면 매표소 직원으로 누님을 채용할 테니, 누님의 의붓딸은 예전 살던 곳으로 보내주라고. 누님은 매표소를 맡는다는 것에 흥미를 느꼈다. 거스름돈을 슬쩍 챙길 수도 있고 표 판 돈의 일부를 훔칠 수도 있기 때문이다. 종말의 날부터 앓기 시작한 누님의 의붓딸은, 이제는 앙상하게 뼈만 남았다. 그 애는 그토록 바라던 곳으로 돌아가도 살지는 못할 것이다.

무대, 밝아진다. 상준이 식탁에 혼자 앉아, 아버지가 썼던 흑과 백 두 개의 주사위를 던지고 있다. 그는 주사위의 숫자를 합산해서 노트에 적는다. 여행용 가방을 든 상희가 창백하고 초췌한 나미를 이끌고 나온다.

상희 역까지만 바래다 주고 난 돌아올 거야.

상준 그러세요.

상희 넌 뭘 하는 거냐?

상준 날짜를 계산하고 있죠. 다음 종말의 배가 언제 뜨는지······

상희, 비틀비틀 걷는 나미를 이끌고 식탁 앞을 지나간다. 나미의 얼굴에는 표정이 없다. 상준, 주사위 던지기를 계속해서 반복한다. 긴 사이. 상준은 벌떡 일어나 주먹으로 식탁을 내려치며 울부짖듯 외친다.

상준   옴 아모카 살바다라!

무대조명, 서서히 암전한다.

– 막 –

진땀 흘리기

· **등장인물**

　왕과 근친들 : 경종/ 중전/ 희빈 장씨/ 연잉군
　궁인들 : 엄상궁/ 어의/ 약방내시 최씨/ 약방내시 박씨
　노론 신하들 : 김창집/ 윤지술/ 조성복/ 목호룡/ 서중섭
　소론 신하들 : 조태구/ 김일경/ 이두명/ 조승우/ 유봉휘

· **장소**

　창덕궁

· **시간**

　1720년~1724년

· **일러두기**

　이 희곡은 경종실록(景宗實錄)을 참조하였으나 사실 그대로 극
화한 것은 아니다. 경종실록의 경종(景宗)은 병약하고 결단력이
없는 매우 우유부단한 인물로 기록되어 있다. 그러나 이 희곡은
경종을 다르게 해석, 확고한 신념의 인물로 묘사하고 있다.
　경종은 14살 어린 시절에 부친 숙종(肅宗)이 모친 희빈(禧嬪) 장
씨(張氏)를 사약 먹여 죽이는 비극을 경험한다. 국법으로 보면
희빈 장씨가 인현왕후를 저주 위해하였으니 그 죽임은 옳은 것
이나, 인륜으로 보면 아비가 어미를 죽임은 그른 것이다. 이 옳
음과 그름은 당쟁의 중요한 소재가 된다.
　경종의 재위기간은 1720년 9월부터 1724년 8월까지 4년간. 이
짧은 기간에 노론(老論)과 소론(少論)의 당쟁이 가장 격심하여
수많은 신하들이 죽는 신임당화(辛壬黨禍)가 발생한다. 옳으면
살고 그르면 죽는 격렬한 싸움을 벌이는 신하들은 옳음과 그름
의 판단을 경종에게 맡긴다. 이분법적 흑백논리에 사로잡힌 신
하들에게 판단을 재촉당하는 경종은, 최종판단을 늦추고자 온
몸에 진땀을 흘리면서 버티고 버틴다.
　이 희곡의 대사들은 완벽한 궁중어체가 아니다. 예를 들어, 임
금이 스스로를 칭할 때 '과인(寡人)'이라고 했던 것을 현대 일
상어인 '나'라고 하였다. 대사가 그렇게 고쳐졌듯이, 무대 장치
와 의상과 소품들도 반드시 옛 것을 재현할 필요는 없다.

제 1 장

노론 신하들과 소론 신하들이 자취를 감춘 경종을 찾아다닌다. 가끔씩 그들은 자기들끼리 모인다. 소론 신하들, 의논한다.

김일경　대조전에는 아니 계시오.
이두명　희정당에도 아니 계십니다.
조승우　우린 상량정으로 가서 찾아보겠소!
유봉휘　존덕정에는 우리가 가겠습니다!

소론 신하들이 두 패로 나뉜다. 노론 신하들, 의논한다.

조성복　어찌 하리이까? 인정전을 샅샅이 살폈건만 허사였으니…….
목호룡　찾아야지요! 반드시 주상 전하 계신 곳을 찾아내야 합니다!
윤지술　어서 서둘러 선정전으로 갑시다!

소론 신하들 한 패가 지나가는 노론 신하들을 바라보며 비웃는다.

유봉휘　저길 보시오. 노론들이 우르르 몰려가고 있소.
김일경　허허, 떼지어 다니는 꼴이 꼭 우둔한 멧돼지들 같구려.

노론 신하들, 소론 신하들의 동향을 살펴본다.

윤지술　저런 여우새끼 같은 것들! 우리는 모두 함께 다니며 찾는데, 저쪽 소론들은 약삭빠르게 두 패로 나뉘어 다니오.
조성복　그럼 우리도 여러 패로 나눕시다!
서중섭　그럽시다! 한 패는 의풍각, 또 한 패는 승화루, 또 한 패는 몽답정, 다른 한 패는 선향재로 가서 찾아봅시다!

노론 신하들, 여러 패로 나뉘어 흩어진다. 사이. 소론의 조태구와 노론의
김창집이 마주친다.

김창집　조태구 대감!

조태구　헉헉…… 김창집 대감…….

김창집　노론의 우두머리이신 대감께서 어찌 홀로 떨어져 계시오?

조태구　나는 헉…… 허파가 약해 숨이 가쁘오. 그런데 헉헉…… 소론의
　　　　　영수이신 대감께선…… 어쩌다가 낙오 되셨소?

김창집　난 관절염 때문에 잘 걷지 못하오.

조태구　그래도 헉헉…… 가만히 있는 건 신하의 도리가 아니오.

김창집　물론이오. 숨이 막히고 다리가 부러져도, 주상전하를 찾으러 다닙
　　　　　시다! 난 저 쪽으로 가겠소!

조태구　헉헉…… 나는 이쪽으로!

김창집과 조태구, 각기 헤어진다. 어의〈御醫〉와 약방내시들이 경종을 찾으
러 다닌다. 약방내시 최씨는 약사발을 들었고, 약방내시 박씨는 소반을 들
고 있다. 그들은 연잉군과 마주친다.

연잉군　이런, 이런! 부딪칠 뻔하였구려!

어 의　전하께선 어디 계십니까?

연잉군　전하와 숨바꼭질이오?

어 의　큰일입니다! 찾을 수가 없습니다!

연잉군　조정 신료들이 너무 어려운 질문을 한 것인가. 그래서 대답 못하
　　　　　시고 진땀을 흘리시다가, 슬며시 어디론가 숨어버리신 모양이오.

어 의　전하께선 반드시 약을 드셔야 합니다! 그런데 오늘은 아침, 낮, 두
　　　　　번이나 거르셨습니다!

연잉군　귀한 약 쏟아지겠소. 조심해서 천천히 다니시오.

연잉군, 어의를 비켜간다. 어의와 약방내시들, 서둘러 달려간다. 중전과 엄

상궁, 등장한다.

엄상궁 중전마마, 좌정 하소서. 저희가 찾을 것이옵니다!

중 전 문무백관이 모두 전하를 찾아 동분서주하는데, 국모인 내가 어찌 가만 있으리오. 내전의 모든 방문, 다락문, 벽장문을 열어라! 내가 직접 살펴보리라!

두 패로 나뉘어 다니던 소론 신하들이 한 곳에 모인다.

김일경 찾으셨소?

조승우 아니오.

유봉휘 노론들도 여러 패로 나눠 찾아다닙디다. 우린 더 신속하게, 각자 흩어져서 대궐 안을 샅샅이 살펴봄이 좋겠소!

소론 신하들, 각자 흩어져 분주히 찾아다닌다. 조태구와 김창집, 다시 만난다. 그들은 마주보고 멈춰 선다.

조태구 헉헉…… 우리 또 만났구려…….

김창집 술래잡기인지, 숨바꼭질인지, 날 저물겠소!

조태구 어떠시오, 대감? 오늘이 헉…… 그날 같지 않소?

김창집 오늘이 그날……?

조태구 (주위를 조심스럽게 살피더니 말한다.) 주상전하의…… 헉헉…… 생모 희빈 장씨가 헉…… 강제로 사약 먹고 죽은 날…….

김창집 모르겠소, 나는!

조태구 울컥 울컥 피를 토하면서, 헉헉…… 내 아들을 내놓아라…… 동궁을, 헉…… 데려오라…… 어찌나 헉헉…… 고함고함 지르던지…….

김창집 잊으시오! 그런 끔찍한 소린 잊어야 하는 거요!

조태구 헉, 전하께선…… 그 때 겨우 열네 살…… 어린 동궁은, 헉…… 생모 고함에 진땀을 흘리시더니…… 어디론가 숨어버리셨소. 헉…… 우리는 그날 온종일 찾아다녔고…… 헉헉, 오늘이…… 바로 그날 같소.

김창집 대감, 노망 드셨소?

조태구 이십 년 전 일을, 헉…… 생생히 기억하는데…… 어찌 나더러 노망이라 하오?

김창집 쓸데없는 기억에 집착하는 것, 그걸 노망이라 하는 거요!

연잉군, 지나가다가 걸음을 멈춘다.

연잉군 두 분 대감께선 무슨 재미있는 말씀을 하고 계십니까?

김창집 아, 아무 것도 아닙니다!

조태구 그날이 헉헉…… 꼭 오늘 같은데…… 아무 것도 아니라니요?

김창집 내가 다시 경고하겠소! 소론이 주상 전하의 생모를 잊어서는 안 된다고 주장하는 건 옳지 못한 짓이오!

조태구 헉헉…… 완전히 잊어야 한다는 노론의 주장이야말로, 헉…… 잘못된 것이오!

연잉군 아, 두 분이 다투고 계셨군요. 그럼 저는 물러갑니다.

연잉군, 김창집과 조태구 곁을 떠나간다.

조태구 잠깐만, 연잉군…… 헉!

연잉군 (걸음을 멈추고 뒤돌아본다.) 어찌 저를 부르십니까?

조태구 그날…… 숨은 동궁을 연잉군이 찾으셨소! 오늘은 헉, 어디 계시오?

연잉군 (웃으며) 모두들 저에게 묻는군요. 어의가 묻더니만, 대전 상궁이 물었고, 지금은 대감께서 물으시니……. (조태구에게 다가온다.) 좋습니다, 제가 가르쳐드리지요. (손가락으로 허공을 가리킨다.) 저기, 허공을 보십시오!

김창집과 조태구, 허공을 바라본다.

연잉군　전하께선 저 허공 속에 숨어 계십니다!

김창집　설마, 그럴 리가······?

연잉군　모두들 땅바닥만 보고 다니시니 못 찾습니다. 고개를 높이 들고 다니십시오. 그럼 반드시 전하를 저 허공 속에서 찾을 것입니다.

조태구　고맙소, 헉······! 어서 소론 신료들에게····· 알려 줘야겠소!

김창집　나는 노론 신료들에게!

연잉군　제가 가르쳐 줬다고는 하지 마십시오!

김창집과 조태구, 각기 다른 방향으로 흩어진다.

제 2 장

해질 무렵, 하늘 가득 번져있는 진붉은 황혼. 후원의 구석진 곳. 높다란 사다리 위에 경종이 웅크린 모습으로 매달려 있다. 희빈 장씨, 사약이 담긴 사발을 들고 경종에게 다가온다.

희빈 장씨　주상, 내 아들, 이 어미가 왔소!

경 종　(흠칫 놀란다.)

희빈 장씨　여기 숨어 계시면 못 찾을 줄 아셨소?

경 종　어머니······

희빈 장씨　오늘은 대답해 주오. 주상의 어미가 사약 먹고 죽은 것이 옳소? 아니면 그르오?

경 종　(침묵. 땀을 흘린다.)

희빈 장씨　이 에미가 죽어서도 찾아오는 건 결코 복수를 바라서가 아니오.

다만 나는 내 죽음이 옳은지, 그른지를 알고 싶소. 세상 사람들은 말하기를, 내가 국왕의 왕비를 시해코자 앙심품고 저주하였으니, 이는 국법으로 보면 죽임을 당해야 옳다 하였소. 그러나 또 세상 사람들이 말하기를, 내가 세자를 낳은 어미인데, 그 아비인 국왕이 세자 아직 어림에도 어미를 죽임은 인륜에 어긋나는 짓이니 그르다 하였소. 이렇듯 옳음과 그름이 분명하지 않으므로, 죽어서도 내 혼백이 혼란하여 안정을 취할 수가 없구려. 어린 세자 장성하여 주상이 되셨으니, 이제는 주상께서 이 에미 죽음의 옳고 그름을 판단하여 주시오!

경 종 (침묵. 온몸에서 흐른 땀이 옷을 흥건히 적신다.)

희빈 장씨 어찌 대답 못하고 진땀만 흘리시오?

경 종 어머니…… 차라리 복수를 바라십시오. 어머니의 죽음을 명한 부왕께서는 이미 고인이 되셨고, 강제로 사약을 먹인 자는 몇 명 되지 않으니, 복수는 쉬운 일입니다. 하오나 어머니, 옳음과 그름의 판단은 결코 쉽지가 않습니다.

희빈 장씨 도대체 주상, 무엇이 어렵소? 검은 것은 검다하고, 흰 것은 희다 하면 될 일이오!

경 종 어머니, 옳고 그름을 흑백 나누듯이, 그렇게 쉽게 나눌 수는 없습니다. 만약 그렇게 나눴다가는, 조정이 두 쪽 나고, 세상 전체가 두 쪽 납니다.

희빈 장씨 듣기 싫소!

경 종 세상이 두 쪽 나면 반절은 살겠지만 반절은 죽습니다. 이 어찌 무섭고 두렵지 않겠습니까?

희빈 장씨 궤변이오, 궤변! 주상이 정작 대답을 회피하니, 나는 다시 사약을 마시겠소!

희빈 장씨, 사약을 마신다. 울컥울컥 붉은 피를 약사발에 토한다. 경종은 그 광경을 바라보며 진땀을 흘린다. 신하들이 사다리 위에 있는 경종을 발견하고 몰려든다.

신하들	찾았다! 주상전하께서 여기 계신다!
경 종	그만 어머니, 그만…….
희빈 장씨	주상이 대답할 때까지 마시고 또 마실 테요!
신하들	전하, 내려오소서!
조태구	전하, 헉헉…… 어서 내려오소서!
경 종	아…… 경들은 돌아가 주오! 열흘만, 나 혼자 있고 싶소!
신하들	열흘이라니요? 아니 됩니다!
경 종	그리하면 닷새만…….
신하들	아니 됩니다!
경 종	사흘도 안되겠소?
김창집	단 하루도 아니 됩니다! 전하께서 안 계시면 그 누가 옳고 그름을 판단하겠습니까?
경 종	난 가만히 있겠소. 내가 판단을 안 하면 온 세상이 평안할 것이오.
희빈 장씨	궤변이오, 궤변!
경 종	어머니…….
유봉휘	전하의 저 흘러내리는 땀 좀 보시오. 꼭 소나기 맞은 것 같소!
연잉군	어의는 어디 있는가? 전하께 약을 드린다며 찾아다니더니만…….
신하들	전하, 어서 아래로 내려오십시오!
희빈 장씨	(사약을 마시고 피를 토하며) 주상이 그 위에 있으면 나는 계속할 테요. 마시고, 토하고, 마시고, 토하고…….
경 종	그만 좀, 어머니! 내가 내려가오!

중전과 엄상궁, 등장한다.

| 중 전 | 사다리를 놓아라, 사다리를! |

신하들, 사다리를 삼층 누각 지붕에 걸쳐놓는다. 경종, 사다리 아래로 내려온다.

중 전   뭣들 하느냐? 전하를 어서 내전으로 모셔라! (엄상궁에게) 전하께서 땀을 흠뻑 흘리셨다! 엄상궁은 갈아입을 새 옷을 준비하라!

중전, 엄상궁, 모든 신하들이 경종을 에워싸고 퇴장한다. 어의와 약방내시들이 경종을 찾아다닌다.

연잉군   이런, 아직도 찾아다니시오?
어 의   전하를 못 찾겠습니다. 아무리 헤매다녀도…….
연잉군   방금 내전에 드시었소.
어 의   내전에요?
연잉군   진땀 흘린 옷을 갈아입고 계실 것이오.

어의, 약방내시들을 데리고 내전을 향해 달려간다.

제 3 장

내전. 어의와 약방 내시들 등장 한다. 경종 앞에 약방 내시들이 탕약과 소반을 내려놓은 다음 어의 뒤로 물러나 무릎 꿇고 앉는다. 경종, 물끄러미 소반 위의 탕약 그릇을 바라본다.

어 의   전하, 진땀은 진액이옵니다. 육신의 살이 녹아 나오고, 뼈가 물러 나오는 것입니다. 진액이 조금만 빠져도 허약해지는데, 전하께선 너무 많이 흘리십니다.
경 종   오늘은 어머니를 뵈었소.
어 의   전하…….
경 종   어린 시절 뵙던 모습 그대로였소. 그날처럼 사약 마시며 묻기를,

어 의	내 죽음이 옳으냐, 그르냐, 대답하여라…… 나는 진땀을 흘렸소. 의서에 적혀 있기를, 기력 쇠진하면 헛것이 보인다 하였습니다. 전하, 이 약을 드시옵소서. 보약입니다. 제가 정성껏 지었습니다. 하루 세 번씩 드시면 옥체의 기력을 보강하실 수 있으십니다.

경종, 소반 위의 탕약 그릇을 들어 올린다.

경 종	이 약은 쓰디쓰오.
어 의	세상에 단 약은 없습니다.

경종, 탕약을 마신다.

경 종	어머니는 사약 먹고, 나는 보약 먹고…….
어 의	(송구스러워 몸을 엎드린다.) 전하…… 저는 어의입니다. 사약도, 보약도, 궁궐의 모든 약은 제가 짓습니다.
경 종	내가 그대를 탓하려 함이 아니오.
어 의	전하…….

경종, 탕약 그릇을 내려놓는다.

경 종	모든 것은 양면이 있소.
어 의	그러합니다…….
경 종	앞면을 볼 때는 뒷면이 안 보이고, 뒷면을 보게 되면 앞면이 안 보이오.
어 의	전하, 이 세상 그 누구도 양면을 동시에 볼 수는 없습니다.
경 종	하지만 나는 보았소. 어머니 사약 먹고 죽으신 날…… 옳음과 그름을 동시에 본 것이오. 마치 동전을 반쪽으로 나누면, 다시 앞면과 뒷면이 생기듯이…… 옳음과 그름을 나눠도 또다시 양면인 옳음과 그름이 생기오. 그것이 얼마나 무섭고 두려운 일인지…….

경종, 두려움에 질린 듯 몸을 움츠린다.

어 의 전하…… 무섭다 하시면 더 무섭습니다. 두렵다 하시면 더 두려워
집니다. 마음 굳건히, 담대하시옵소서. 무슨 일이든 미리 놀라지
마시고, 먼저 겁을 내어 숨지 마시옵소서. 보약이란 육신의 기력
을 회복시킬 뿐, 마음의 활력은 전하께서 스스로 북돋우셔야 하옵
니다.

어의, 경종에게 엎드려 절하고 뒷걸음으로 물러간다. 약방내시들이 빈 약
그릇과 소반을 들고 어의 뒤를 따라 나간다.

제 4 장

대전. 경종이 옥좌에 앉아있고 노론 신하들과 소론 신하들이 그 앞에 모여
있다.

서중섭 정언 서중섭, 전하께 아뢰옵니다. 전하께서는 침묵으로서 정사에
임하실 뿐, 의심스러운 사단이 있어도 묻기를 싫어하시며, 신하들
이 입을 모아 진언드려도 다만 유의하겠다 미뤄두시니, 판단 않은
온갖 시시비비가 쌓이고 쌓여 태산을 이뤘습니다!

유봉휘 대사헌 유봉휘, 아뢰옵니다. 무릇 시시비비란 그 판단하는 때가
중요합니다. 그 때를 놓치면 옳고 그름을 분별할 수가 없고, 설혹
분별이 된다 해도 뒤늦게는 아무 소용이 없습니다. 전하께선 속히
판단하소서!

신하들 전하, 어서 속히 판단하소서! 늦추고 미뤄두시면, 하늘과 땅마저
뒤섞이는 대혼란에 이를 것입니다!

경 종 과장도 심하시오. 본래 하늘은 저 위에 있고 땅은 이 아래 있는데, 어찌 그것이 뒤섞여질 리가 있겠소?

조태구 우의정 조태구, 헉헉…… 아뢰옵니다. 위와 아래를, 헉…… 분간 하지 않으면…… 어찌 위아래가, 헉헉…… 있겠습니까……!

신하들 전하, 어서 속히 판단하소서! 어서 속히 판단하소서!

김창집 영의정 김창집 아룁니다. 하늘이 하늘이고 땅이 땅인 것은 분별하 기 때문입니다. 전하께선 어서 속히 판단하소서!

신하들 전하, 어서 속히 판단하소서! 어서 속히 판단하소서!

소론 신하 조승우, 소매 속에서 두루마리를 꺼내든다.

조승우 전하, 소신 조승우, 전하께 상소문을 올립니다!

경 종 나중에 읽을 테니 여기 두오.

조승우 전하께서 속히 판단하시도록 제가 지금 읽겠습니다. (상소문을 펼쳐 들고 비분강개한 어조로 낭독한다.) 오늘날 조정의 신하들이 주상 전 하의 신하가 아니라면 그만이겠지만, 만약 그렇지 아니한대도 전 하로 하여금 자신을 낳아준 모친에 대하여 완전히 잊거나 소홀하 게 한다면, 이것이 과연 군신의 도리에 옳다 하겠습니까? 아들이 이제 용상의 자리에 오르셨으니, 그 모친께 합당한 작명을 드려야 마땅하며, 아들이 지금 한 나라를 누리고 있으니, 그 모친의 무 덤에 비석과 묘당을 세움이 옳다 하겠습니다. 그럼에도 그 모친의 작명이 없고, 무덤에는 비석 하나 없음은 지극히 통탄할 일입니 다. 전하께서는 어서 속히 이 잘못을 바로잡으소서!

조태구 헉…… 조승우의 말이 백 번 옳습니다!

소론신하들 전하, 어서 속히 판단하소서!

노론신하들 (소론 신하들을 제지하며) 아, 우리 노론 말도 들어보시오!

조성복 소신 조성복, 전하께 아뢰옵니다. 전하의 친모께서는 사약을 받고 죽은 죄인이십니다. 전하의 부왕이신 숙종대왕께서 엄명하시기 를, 죄인의 희빈 작명을 삭탈하며, 죄인의 무덤에는 아무 표지도 세우지 말며, 죄인에게는 제사도 지내지 말며…….

소론신하들 (고함을 지른다) 말씀을 삼가시오!

조성복 (더욱 강경하게) 아예 죄인을 기억하지도 말라 하셨습니다. 이렇듯 선왕께서 엄중히 분부하신 것을, 이제 와서 신하들이 잘못이라며 고치자고 할 수가 있겠습니까? 이는 전하의 모친을 위한다면서, 실상은 전하로 하여금 선왕께 반역토록 하는 짓입니다. 전하께선 반역을 사주하고 동조한 자들을 모조리 색출하여 능지처참하소서!

김창집 조성복의 말이 옳습니다! 반역자들을 모조리 능지처참하소서!

노론신하들 능지처참하소서! 어서 속히 능지처참하소서!

조태구 전하, 헉…… 잠시 의논할 시간을 주십시오.

소론 신하들, 구석진 곳으로 몰려가 의논한다.

조태구 저쪽에서, 헉헉…… 우리를 반역자로 모는구려!

이두명 전혀 예상 못한 일은 아닙니다. 선왕이 결정한 것은 절대로 고치면 안 된다는 보수주의자들이 어찌 우리의 개혁을 옳다 하겠습니까?

유봉휘 우리가 저들에게 지면 모두 죽습니다!

조태구 헉, 무슨…… 좋은 방법이 없소?

김일경 있지요! 이런 때는 한 사람 나서서 과감하게 목숨을 바쳐야 합니다. 그럼 분위기가 확연히 달라질 것입니다!

조태구 매우 좋소. 하지만…… 헉헉…… 그 사람이 누구요?

조승우 바로 저입니다!

조태구 헉헉…… 그대가……?

조승우 우리 모두 살리는데, 어찌 제 목숨을 아끼겠습니까?

소론 신하들이 제자리로 되돌아온다.

조승우 신 조승우, 전하께 죽음을 자청하옵니다!

경 종 죽음이라니……?

조승우   신이 대역죄를 졌습니다. 주상 전하의 모친을 위함이 곧 전하를 위하는 것임에도 도리어 전하를 선왕께 반역케 한다는 오해를 받게 되었으니, 이는 뭔가 조금만 개혁하려고 해도 완강하게 버티는 자들의 낡아빠진 생각 때문입니다. 이제 저는 죽음을 면할 수가 없습니다. 다만 이번 일은 저의 단독 소행인즉, 번거롭게 제 몸을 불로 지지거나 꼬챙이로 찔러도, 다른 공범자의 이름은 결코 나오지 않을 것입니다. 전하께선 지체 마옵시고 이 대역죄인을 형장으로 보내어, 어서 속히 능지처참하소서!

경 종   내가 경의 죽음을 바라지 않는데, 어찌 경은 죽겠다하오?

조태구   전하, 헉헉…… 조승우는 충신입니다. 헉…… 어서 죽여서 역사에, 헉…… 그 이름을 길이 빛나게 하오서!

소론신하들   전하, 어서 속히 처형하소서!

경 종   처형은 유보하겠소.

조승우   유보는 아니 됩니다! 어서 속히 저를 죽이소서!

소론신하들   (노론 신하들에게) 무엇을 꾸물거리오? 전하께 어서 처형을 재촉하시오!

노론신하들   전하, 어서 속히 처형하소서!

노론과 소론의 신하들, 다함께 처형을 재촉한다. 경종은 진땀을 흘린다.

경 종   유보가 안 된다면…… 멀리 섬으로 유배는 어떠하오?

조승우   유배도 아니 됩니다! 즉각 제 목숨을 끊어야 합니다!

신하들   전하, 속히 처형하소서!

경 종   정녕 그렇다면…… 그리하오…….

조승우, 경종에게 세 번 엎드려 절한다.

조승우   전하께선 부디 만수무강하옵소서!

경 종   죽음이 두렵지 않소?

조승우 옳은 일을 하다가 죽는데 무슨 두려움이 있겠습니까? 으하하, 하하! 저는 죽어도 기쁠 따름입니다!

조승우, 소론 신하들의 환송을 받으며 의기양양하게 퇴장한다. 노론신하들이 구석진 곳에 모여 의논한다.

김창집 우리가 이겼소만 오히려 진 쪽이 기세등등하구려.
서중섭 저쪽의 작전입니다.
목호룡 그렇습니다. 도마뱀이 살기 위해 꼬리 자르고 도망치듯이, 한 명을 희생시키고 모두 살려는 술책이지요.
김창집 더구나 우리를 낡아빠졌다니…… 이럴 때는 어찌해야 좋겠소?
윤지술 우리가 강하게 밀고 나가야 합니다!
김창집 강하게 민다……?
윤지술 지금 공격을 늦추면 도리어 저쪽 술책에 말려듭니다!
노론신하들 강공을 합시다, 강공을!
김창집 좋소, 강공이오!

노론 신하들, 제자리에 되돌아온다.

윤지술 소신 윤지술, 전하께 아룁니다.
경 종 이젠 그만하오.
노론신하들 아니 되옵니다, 전하! 이제 겨우 시작입니다!
김창집 (소론의 조태구에게) 대감, 비겁하게 달아날 거요?
조태구 헉…… 그 무슨 당치 않은 말씀을!
윤지술 전하께선 이조판서 이두명을 극형에 처하소서!
이두명 나를 죽여……?
윤지술 이두명은 주상 부친이신 숙종대왕의 치적비에 글을 지은 자입니다. 대왕의 위대하신 업적을 기록한 그 치적비에, 이두명은 반드시 들어가야 할 중요한 내용을 고의적으로 누락시켰습니다.

노론신하들 그 죄는 죽여 마땅하옵니다!

이두명, 불쾌하다는 표정으로 윤지술을 향해 항의한다.

이두명 도대체 내가 무엇을 누락시켰소?

윤지술 숙종대왕 치적비 그 어디를 살펴봐도, 죄인 장씨가 국법을 어겨 처단되었다는 내용이 없잖소! (경종에게) 전하, 그런 중대사실을 누락시킴은 단순한 실수가 아니라 일부러 저지른 것이 명백합니다. 그럼에도 이 잘못을 바로잡지 않으니, 죄인 장씨의 작명을 회복시켜야한다는 등, 심지어 죄인 장씨 제사를 지내자는 등, 해괴한 망발이 끊이질 않는 것입니다. 전하께선 어서 속히 이두명을 극형에 처하시고, 그가 빼놓은 사실을 다시 써서 추가하소서!

이두명 (윤지술을 손가락으로 가리키며 격노한다.) 네 이놈, 무엄하구나! 선왕 치적비에 전하의 모친을 사약 먹고 죽은 죄인이라고 써넣으라 그 말이냐? 그것은 전하를 죄인의 자식이다 모욕하는 것이니 참으로 옳지 않도다! (경종에게) 저런 무엄한 놈은 단 한시도 살려두면 안 됩니다! 즉각 윤지술을 처형하소서!

소론신하들 전하, 윤지술을 즉각 능지처참하소서!

윤지술 이두명아, 난 너의 잘못을 지적한 것뿐이다! 그런데 너는 어찌 존엄하신 주상을 끌어들여 네 잘못을 가리려고 하느냐! (경종에게) 전하, 저런 염치없는 놈은 즉각 죽여야 합니다! 지체 말고 처형하소서!

경 종 아, 진땀이 흐르는구려…….

노론신하들 전하, 이두명을 당장에 능지처참하소서!

소론신하들 아니되옵니다! 이두명은 옳고 윤지술이 옳지 못합니다!

노론신하들 윤지술이 옳습니다! 이두명은 글렀으니 능지처참하소서!

소론신하들 윤지술이 글렀습니다. 즉각 능지처참하소서!

경 종 어찌하여 이러시오? 악착같이 옳다 그르다를 다투는 모양이…… 경들에게 내 어머니의 넋이 씌운 것 같소!

노론신하들 전하, 어서 속히 이두명을 처형하소서!

소론신하들 윤지술을 즉각 능지처참하소서!

경 종 경들의 재촉이 그리 극심하면…… 아까는 소론에서 한 명 죽었으니, 이번에는 노론에서 한 명 죽는 것이…… 공평하겠소.

윤지술, 경종에게 삼배를 드린다.

윤지술 전하, 옥체 건녕하옵소서.

경 종 미안하오…….

윤지술 방금 미안타 하셨습니까?

경 종 그렇소. 죽지 않아도 될 경을 죽게 해서…….

윤지술 전하께서 그런 말씀을 하시면 제 꼴이 뭐가 됩니까? 어쩌다가 재수 없어서 죽는 놈이 되었으니 자신의 주장이 옳다며 목숨 걸고 싸우다가 죽는, 강직하고 고결한 선비 멋이 나질 않습니다!

경 종 미안하고 미안하오…….

윤지술, 몹시 언짢은 태도로 퇴장한다. 그를 배웅하는 노론 신하들도 불만스런 모습이다.

김창집 유감이오, 주상께서 죽는 사람 기분을 모르시다니…….

노론신하들 다들 맥이 빠집니다…….

소론신하들이 노론신하들을 바라보며 수근댄다.

김일경 저쪽 노론들이 몹시 불만이군요.

유봉휘 우리도 흥이 나질 않습니다. 주상께서 저러시면 그 누가 목숨 걸고 자신의 신념을 주장하겠습니까?

김창집 (조태구에게) 대감, 사태가 심각하오.

조태구 동감이오, 헉헉…….

김창집 이러다간 아무 것도 안 될 것 같소.

김창집과 조태구, 나란히 경종 앞으로 나온다.

김창집   전하, 성현 공자께서 말씀하셨습니다. 군군신신부부자자(君君臣臣
父父子子)니라. 임금은 임금 노릇하고, 신하는 신하 노릇하고, 아비
는 아비 노릇을, 자식은 자식 노릇을 할지니라. 그런데 임금이 임
금 노릇 아니 하고, 신하가 신하 노릇 아니 하고, 아비가 아비 노
릇 아니하며, 자식이 자식 노릇 아니하면 이 세상이 어찌 되겠습
니까?

조태구   헉헉…… 통촉하소서!

신하들   전하, 통촉하소서! 통촉하소서!

경 종   (곤혹스러워 진땀을 흘린다.)

조태구   저희는 신하들입니다, 헉헉…… 신하가 신하 노릇 하려면, 헉
헉…… 이것은 옳다, 저것은 그르다며…… 헉헉…… 부지런히 다
퉈야 합니다. 그래야 전하께선 헉…… 무엇이 옳은지를 판단……
세상 바르게 다스리시는…… 헉헉…… 임금 노릇을 하실 수 있으
십니다.

신하들   통촉하소서! 통촉하소서!

경 종   판단 않겠소, 나는…….

조태구   전하, 헉……?

경 종   나는 판단을 안 할 테니 경들은 다투지 마오. 옳고 그름의 다툼이
멈추면, 판단은 더 이상 쓸모가 없고, 판단이 쓸모없으면, 옳음도
그름도 더 이상은 생기지 않소. 그리하면 소란스런 이 세상이 마
침내 평온할 것이오.

신하들, 어이없다는 반응이다. 고개를 흔드는 신하, 한숨을 내쉬는 신하,
아예 못들은 체 허공을 바라보는 신하도 있다. 김창집, 경종에게 아뢴다.

김창집   전하, 태고의 세상은 혼돈이었습니다. 오랜 세월 옳고 그름을 분
별하여, 이제 겨우 사람 살만한 곳이 된 것입니다. 그런데 갑자기

중단하라니요? 전하께선 이 세상을 그 옛날의 혼란스런 아수라장
으로 만들려하십니까?

신하들　아니 됩니다, 전하! 결코 아니 됩니다!

경종, 항의하는 신하들을 바라보며 진땀을 흘린다.

경 종　연잉군은 어떻겠소?

조태구　연잉군이…… 헉헉…… 어떻다니요?

경 종　연잉군이 나보다는 임금 노릇을 잘 할 것이오.

신하들, 충격을 받은 듯 침묵한다.

경 종　진심이오. 나는 기꺼이 양위하겠소.

조태구　불가, 헉…… 절대 불가합니다!

김일경　그렇습니다, 전하! 전하의 보령이 서른셋, 젊고 젊으십니다! 임금
　　　　　자리를 넘겨야할 때가 결코 아닙니다!

이두명　양위는 여든이나 아흔이 되시거든 하십시오!

조태구　(김창집에게) 어찌…… 대감은, 헉…… 말이 없소?

유봉휘　그거야 뻔하지요! 노론은 전하께 충성심이라곤 눈꼽만큼도 없습
　　　　　니다!

노론신하들　우리가 충성심이 없다니, 그게 무슨 소리요!

김창집　전하, 양위는 불가합니다. 저희는 전하의 신속한 판단을 바랄 뿐,
　　　　　양위는 전혀 생각치도 않습니다!

신하들　불가, 절대 불가하옵니다!

경종, 더욱 곤혹스러운 모습으로 진땀을 흘린다.

경 종　양위가 안 된다면…… 대리청정은 어떠하오?

조태구　헉, 대리청정……?

경 종	그건 되지 않겠소?
김창집	전하, 잠시만 시간을…… 저희가 신중히 의논하여 아뢰겠습니다.
조태구	저희들도 헉, 의논을…….

노론 신하들과 소론 신하들 각기 나뉘어 의논한다.

김창집	소론은 틀림없이 연잉군의 대리청정도 반대할 거요.
노론신하들	우리는 찬성합시다. 찬성을!
조태구	노론에선…… 헉헉…… 찬성할 것이오.
김일경	그럼 우린 적극 반대해야지요!
소론신하들	반대요, 반대!

노론신하들과 소론신하들, 다시 제자리에 모인다.

노론신하들	대리청정을 지지합니다!
소론신하들	절대로 아니 됩니다!
노론신하들	반대의 이유가 무엇이오?
소론신하들	대리청정은 옳지 않습니다!
노론신하들	옳은 것입니다!
경 종	아아…… 오늘은 이만 하십시다. 진땀을 너무 많이 흘려…… 더 이상은 못하겠소.

신하들, 서로 옳다고 입씨름을 하면서 퇴장한다. 경종, 흠뻑 젖은 옷을 벗는다. 연잉군이 수건을 들고 들어온다.

연잉군	전하, 대리청정이라니요?
경 종	마침 잘 왔네. 내 땀 좀 닦아주게.
연잉군	(경종의 땀을 닦는다.) 오늘은 더 많이 흘리셨습니다.
경 종	미안하게도 나는, 옳다는 사람을 둘이나 죽였네.

연잉군 옳다는 것은 명분입니다. 명분은 가면이지요. 가면을 쓰고 다퉈야 추악한 얼굴이 감춰집니다.

경 종 추악한 얼굴…….

연잉군 전하께선 그들의 얼굴을 못 보셨습니까?

경 종 (침묵)

연잉군 그들이 다투는 진짜 목적은 권력입니다. 전하 모친의 죽음에 침묵했던 소론이 왜 지금 와서야 명예 회복을 주장하겠습니까? 새 국왕으로 등극하신 전하를 등에 업고 권력을 잡으려는 속셈입니다. 노론은 왜 명예회복을 적극 반대할까요? 선왕을 지지하고 얻었던 권력을 잃지 않으려는 수작입니다.

경 종 부탁일세. 아우가 내 대신 대리청정을 맡아주게.

연잉군 아닙니다, 전하. 신하들이 다투거든 약한 쪽을 편 드십시오. 옳고 그름은 중요하지 않습니다. 그러다가 약한 쪽이 강해지면, 반대로 약해진 쪽을 편 드십시오. 이렇듯 너무 강하지도 않고 너무 약하지도 않게, 양쪽을 적당히 조절해서 다퉈야, 전하께선 임금 노릇을 잘 하실 수 있으십니다.

희빈 장씨, 사약 그릇을 양 손에 받쳐들고 대전을 천천히 질러간다.

경 종 어머니…….

연잉군 전하……?

경 종 저길 보게. 내 어머니가 지나가시네.

연잉군 제 눈엔 안 보입니다.

경 종 아우의 모친은 어떠신가? 밝은 대낮에 나타나시는가?

연잉군 그런 일은 없습니다.

경 종 어둔 밤에는?

연잉군 어둔 밤에도 안 나오십니다. 전하의 모친께선 지체 높은 희빈이셨지만, 저를 낳은 생모는 궁궐 부엌의 미천한 무수리였습니다. 살아생전에도 감히 부끄러워 나다니질 못하셨는데, 죽은 다음이라고 나오실 리가 있겠습니까. 전하, 땀은 다 닦아드렸습니다. 대리청정은 없던 일로 알고 물러갑니다.

연잉군, 뒷걸음으로 나간다.

경 종 아우는 멈추게!

연잉군 (흠칫 멈춰 선다.)

경 종 우리가 비록 어머니는 다르지만 한 형제일세! 어찌 아우는 이 형의 곤경을 모른다하는가?

연잉군 (무릎 꿇고 공손히 앉는다.)

경 종 나는 아우가 부럽네. 아우는 모친 때문에 신하들이 다툴 일 없으니 얼마나 좋은가! 하지만 내 모친은 살아계실 때에도 다툼이 되셨고, 죽으신 후에도 그 다툼은 멈추지 않으니, 모친의 자궁에서 나온 나 자신은 물론 내 핏줄 이어지는 자손 대대로 그 다툼은 계속될 걸세. 나는 내 대에서 그것을 끊고 싶네. 부디 아우는 이 형의 간절한 마음을 헤아려 대리청정을 맡아주게!

연잉군 (침묵한다.)

경 종 어찌 대답 안 하는가?

연잉군 전하께선 전하의 입장만 말씀하십니다.

경 종 아우의 입장도 말해보게.

연잉군 저에게 곤혹스러운 문제들을 떠넘기시면, 전하께선 분명히 홀가분하시겠지요. 하늘의 구름, 피어나는 꽃, 지저귀는 새를 보며 한가롭게 즐길 수 있다는 것은 큰 행복입니다. 하지만 저는 어떻습니까? 제가 임금 노릇을 대신하고 얻을 것이 무엇인가요?

경 종 얻을 것……?

연잉군 전하, 생각해 보십시오. 제가 얻을 것이 없습니다.

연잉군, 일어선다. 경종에게 정중히 허리 굽혀 절한 다음 물러간다.

제 5 장

중전, 꼿꼿한 자세로 서탁 앞에 앉아 두루마리를 펼친다. 왕비 책봉 때 받은 교문〈敎文〉이다. 낭랑한 목소리로 읽는다. 희빈 장씨가 소리 없이 들어와서 중전 옆에 앉아 듣는다.

중 전 국왕은 이르도다. 군자의 도는 부부에서부터 시작하며, 예〈禮〉는 왕후의 임어하는데서 높아지는도다. 이에 어씨〈魚氏〉 가문의 아름다운 규수를 간택하여 왕비로 책봉하는 의식을 거행하나니, 왕의 기뻐 여기는 뜻을 널리 선양함이로다. 왕이 생각컨대, 왕비는 훌륭한 곤덕을 지니고 부족한 나의 배필이 되었은즉, 정일한 심성과 단아하고 장중한 의표는, 육궁〈六宮〉이 그 아름다운 규범에 감복하였고, 온화한 마음가짐과 효경스런 행실은…… (문득 희빈 장씨가 옆에 있음을 의식한다.) 누…… 누구냐?

희빈 장씨 어려운 글을 잘도 읽소.

중 전 누구냐고 묻지 않느냐?

희빈 장씨 주상의 어머니요.

중 전 주상 전하의……?

희빈 장씨 그렇소. 또한 중전의 시어머니요.

중 전 괴이하다! (문밖을 향해 외친다.) 엄상궁, 밖에 있느냐? 이것을 끌어내라!

희빈 장씨 (중전의 뺨을 후려친다.) 고얀 것! 며느리가 중전이어서 존대를 해줬더니, 그래 너는 시어머니 알기를 개 코로 아느냐? 나도 한 때는 이 나라의 국모인 왕비였다! 그러다가 희빈으로 강등, 나중에는 그것마저 박탈당했지! (중전의 뺨을 어루만지며) 많이 아프셨소? 엄상궁인지, 김상궁인지 들어와도 나를 못 볼 것이오.

중 전 이 손, 치우시오.

희빈 장씨 매섭게 치뜬 눈이 참 매력 있소. 웃을 때 어여쁜 계집이야 흔하지만, 얼굴 찌푸리며 성깔낼 때 어여뻐야 진짜 미인이라오.

중 전 용건이나 말씀하시오!

희빈 장씨 중전, 이 벌건 대낮에 귀신인 내가 중전을 찾아온 건 매우 중대한 일 때문이오. 주상이 이복동생 연잉군에게 대리청정을 맡긴다하오.

중 전 대리청정…… 왕을 대신케 한다?

희빈 장씨 그렇소.

중 전 조정 신료들의 다툼에 염증을 느껴 그런 것이니, 별 놀랄 일이 아니오.

희빈 장씨 주상에게 대 이을 세자가 있다면 무슨 걱정이겠소! 연잉군이 대리청정을 해도, 주상의 세자가 있으면 왕위에는 오르지 못할 것이오. 하지만 세자 없는 대리청정은, 주상 유고시에 곧바로 왕이 될 테니, 이는 그저 보고만 있을 일이 아니오! 중전, 세자를 낳으시오! 중전이 주상의 세자를 낳아야, 저 미천한 무수리의 자식한테 왕위를 빼앗기지 않소!

중 전 귀신 시어머니가 모르셨소? 나는 아직 주상 전하와 동침한 바 없는데, 어찌 세자를 낳을 수 있겠소?

희빈 장씨 아직도 숫총각, 숫처녀라니…… 놀랍소!

중 전 (서탁 위의 두루마리를 목청 돋워 읽는다.) 왕비가 왕실 열조의 제사를 극진히 올리어 제가치국을 돕는 것은 국운이 백세토록 오래가기를 바람이니, 황상〈黃裳〉이 진실로 길하게 되고 단의〈丹衣〉에 임어한 자태가 엄연하도다…… 왕비 책봉 때 받은 교문이오. 뜻 모를 글자가 많기는 하지만, 읽고 또 읽으면 더딘 시간이 조금씩은 흘러가오.

희빈 장씨 중전, 내가 세자 얻는 방법을 가르쳐주겠소.

중 전 한 손으로 어찌 손뼉을 치며 나 혼자 어찌 세자를 회임하겠소. 비법이 있거든 우선 전하께 가르쳐 주시오.

희빈 장씨 중전이 먼저 배우면 주상도 따를 것이오. 상궁을 부르오. 시킬 일이 있소.

중 전 (문 밖을 향해) 엄상궁은 들라!

엄상궁, 들어온다.

엄상궁　불러 계시옵니까?

희빈 장씨　중전은 내 말 그대로 따라하오. 특별한 부탁이 있네!

중 전　특별한 부탁이 있네!

엄상궁　분부하소서, 마마.

희빈 장씨　춘화도를 가져오라!

중 전　춘화도를 가져오라!

엄상궁　(당황하며) …… 춘화도라 하셨습니까?

희빈 장씨　그렇다!

중 전　그렇다!

엄상궁　중전마마…….

희빈 장씨　없다고 시치미떼지 말라! 외로운 밤, 상궁과 나인들이 은밀히 그것을 보며 즐기지 않더냐!

중 전　없다고 시치미떼지 말라! 상궁이나 나인 방에 반드시 있음을 내가 안다!

엄상궁　마마, 저희들이 어찌 감히 그런 망측한 것을…… 하오나 약방 내시들은…… 가끔씩 본다고 들었습니다.

희빈 장씨　내시라고 어찌 춘정이 없겠느냐. 춘화도와 함께 그들을 데려 오라!

중 전　춘화도와 함께 약방내시들을 데려 오라!

엄상궁　네, 마마…….

엄상궁, 곤혹스러운 표정으로 물러간다. 희빈 장씨가 중전을 유심히 바라본다.

희빈 장씨　중전은 주상을 사랑하오?

중 전　(침묵한다.)

희빈 장씨　시어미가 궁금하여 물었소.

중 전　(침묵한다.)

희빈 장씨　며느리는 묵묵부답이구려.

중 전　그것이 알고 싶으시면, 주상께 중전을 사랑하느냐 물으시오.

중전, 눈물을 주르륵 흘린다. 엄상궁이 약방내시들을 데리고 온다. 겁을 잔뜩 먹은 내시들은 중전 앞에 무릎 꿇고 엎드린다.

엄상궁　약방내시들이옵니다.

약방내시들　중전마마······.

희빈 장씨　내가 부탁한 책 가져왔느냐?

중 전　내가 부탁한 책 가져왔느냐?

엄상궁　네, 마마.

엄상궁, 춘화도가 그려진 화첩을 중전에게 바친다. 중전이 춘화도첩을 받아 서탁 위에 올려놓는다.

희빈 장씨　이 춘화도가 너희 것이냐?

중 전　이 춘화도가 너희 것이냐?

약방내시 최씨　그러하옵니다만······.

약방내시 박씨　마마, 저희들은 다만 의료용으로 보았을 뿐입니다······.

희빈 장씨, 춘화도첩을 한 장씩 넘긴다.

희빈 장씨　중전, 보시오. 세자 낳는 법이 여기 그려져 있소.

중 전　(얼굴을 붉힌다.) 사람이 이런 괴상한 짓을 하다니······.

희빈 장씨　하지만 왕족이든 천민이든 이 짓 아니고선 태어날 수가 없소.

중 전　(침묵 한다.)

희빈 장씨　중전, 약방내시들에게 이르시오. 너희가 이 그림대로 실연해 보여라.

중　전　(침묵한다.)

희빈 장씨　중전은 세자 갖기를 포기하려오?

중　전　(입술을 깨물고는 내시들에게 이른다.) 너희가 이 그림대로 해 보여라!

내시들　중전마마, 살려주옵소서!

중　전　하면 살려주겠으나, 아니하면 죽는 줄 알라!

희빈 장씨　(두 내시를 살펴보며) 내 눈이 틀림없지. 곱상한 저놈이 계집 짓을 하였겠고, 우락부락 저놈은 사내 짓을 하였겠소.

엄상궁　마마, 이만 저들을 돌려보내소서. 주상 전하 오실까 두렵습니다.

중　전　엄상궁은 문 앞에서 망을 보라. (내시들에게 부드러운 어조로 이른다.) 나는 이 나라의 중전, 세자를 낳아야할 몸이 아니냐? 포태하는 방법을 알고자 할 뿐이니, 너희는 성심 성의껏 실연해 보여라!

　　　　약방내시들, 성 체위를 실연해 보인다. 곱상한 박 내시가 여자를, 우람한 최 내시가 남자 역할을 한다. 처음에는 머뭇거리며 어색하던 것이 나중에는 제법 능란한 몸짓이다. 문 앞에서 망을 보던 엄상궁이 다급하게 말한다.

엄상궁　중전마마, 주상 전하께서 납시옵니다!

중　전　너희는 수고 많았다. 이만 물러가거라.

　　　　약방내시들, 황급히 달아나듯 퇴장한다. 경종이 들어온다.

희빈 장씨　잘 오셨소. 주상, 옷을 벗으시오.

경　종　어머니…….

희빈 장씨　주상이 벗으면 중전도 벗을 것이오.

경　종　어머니, 여기는 내전입니다. 아무리 어머니일지라도 들어오셔서는 아니 되는 곳이 있습니다.

희빈 장씨　옳은 말씀이오. 임금 아들과 왕비 며느리가 교합하여 세자를 얻고자 하는데, 죽은 에미가 지켜보고 있으면 어찌 흥을 내겠소? 두 분 아직 경험 없으나 다행히도 중전이 조금 배운 바 있소. 주상은 중전을 따라 하시오. 그럼 나는 이만 자리를 비키겠소.

희빈 장씨, 퇴장한다. 경종과 중전, 마주앉는다. 어색한 침묵. 중전이 경종에게 말한다.

중 전　전하, 너무 긴장하십니다.

경 종　(경직된 자세로 땀을 흘린다.)

중 전　긴장을 푸십시오. 토사곽란엔 건위환을 먹고, 고뿔에는 갈근탕을 먹듯이, 지금 약 먹는다 생각하십시오.

경 종　(침묵한다.)

중 전　먼저 제가 벗겠습니다. 따라 벗으십시오.

경 종　아, 중전한테도 어머니의 넋이 붙었구려…….

중전, 옷을 벗는다. 그 모습을 바라보는 경종은 진땀을 흘린다.

제 6 장

약방내시들이 탕약을 끓인다. 숯불 피운 화로 위에 탕기를 올려놓고, 부채질을 한다.

약방내시 박씨　야 멍청아! 중전마마 시킨다고 아무 데나 마구 쑤셔?

약방내시 최씨　왜? 안 좋든?

약방내시 박씨　아이구, 엉덩이만 얼얼하게 아프다!

약방내시 최씨　좋으면서…… 솔직히 말해봐, 좋았지?

약방내시 박씨　(노랫가락을 붙여 능청스럽게 읊는다.)

저 건너 숲속 딱따구리는

없는 구멍도 잘 쑤시는데

우리 집 멍텅구리는

있는 구멍도 못 쑤시네

약방내시 최씨　어, 이게 진짜 색골이네?

어의, 등장. 약방내시들을 꾸짖는다.

어 의　약 넘친다, 약이 넘쳐!

약방내시들　아이구······!

약방내시들, 당황한다. 박씨는 끓어 넘치는 탕기를 들어올리고, 최씨는 화로 밑 바람구멍을 막아 불기를 낮춘다.

어 의　약이란 뭐냐, 끓이는 정성 아니냐! 아무리 좋은 약이라도 잘못 끓이면 약효가 나지 않는다!

약방내시들　알고 있습니다······.

어 의　안다는 놈들이 그 모양이냐? 너희가 약방 경력 십 년이 넘었다. 이젠 제법 병도 알고 약재 쓰는 법도 안다만, 약 끓이는 정성은 아직도 부족하다. 이래서야 언제 어엿한 의관이 될 것이냐!

약방내시들, 고개를 숙이고 투덜거린다.

약방내시 최씨　그래도 우린 의관 뽑는 과거시험에 합격했는데······.

약방내시 박씨　장원은 나, 차석은 너였지.

약방내시 최씨　아니지, 너는 꼴찌, 일등은 나였어.

약방내시 박씨　난 너보다 먼저 어의가 될 거야.

양방내시 최씨　두고봐. 내가 먼저 어의가 될 테니까!

어 의　전하께서 약 드실 시간이다. 늦지 않게 올려라!

약방내시들, 탕기에 든 약을 짜서 사발에 담는다. 어의가 앞장서고 내시들이 약사발과 소반을 들고 뒤에 선다. 그들은 대전을 향해 종종걸음친다.

제 7 장

대전. 경종과 연잉군, 신하들이 모두 모여있다. 어의와 약방내시들이 들어온다. 약방내시 최씨가 경종 앞에 소반을 놓고, 약방내시 박씨가 약사발을 올려놓는다.

어 의　황송하오나 전하, 약 드실 시간이옵니다.
경 종　고맙소.

경종, 약사발을 들어 마신다.

서중섭　전하의 증세가 낫지 않으십니다. 효험 있는 다른 약으로 바꾸어 드심이 어떠하실지요?
유봉휘　약 보다는, 아예 저 무능한 어의를 파직함이 옳겠습니다.
신하들　전하, 약도 바꾸시고 어의도 바꾸십시오!
어 의　(잔뜩 긴장하여 경종을 바라본다.) 전하…….
경 종　경들은 나를 잘 알지 않소? 언제나 진땀만 흘리고…… 내 체질이 그러한데 어찌 약과 어의를 탓하겠소.
어 의　전하…….
경 종　(어의에게) 난 이 약이 좋소. 아무리 마셔도 부작용이 없으니, 그대 같은 명의가 아니고서는 이런 약을 짓지 못할 것이오.
어 의　(경종에게 엎드려 절한다.) 성은이 망극하옵니다!

어의와 약방내시들, 퇴장한다.

경 종   지난번 경들에게 말하였듯이, 솔직히 나는 임금으로서 부적합하
오. 내 동생 연잉군이 적합한데…… 모친이 달라 내 체질과는 근
본적으로 다르기 때문이오. 내가 임금 자릴 양위함이 마땅하나,
아직은 불가하여 대리청정을 맡기려 하오. 경들은 옳다 그르다 다
투지 말고, 모두 합심하여 찬성해 주오.

노론 신하들, 연잉군의 대리청정을 적극 지지한다.

노론신하들   저희는 적극 찬성입니다.
경 종   (소론 신하들에게) 어찌하여 경들은 묵묵부답이오?
조태구   전하, 헉…… 연잉군은 만나보셨습니까?
경 종   내가 직접 만나 부탁하였소.
조태구   승낙은, 헉헉…… 받으셨는지요?
경 종   못 받았소.
소론신하들   그렇다면야 찬성할 것 없겠습니다!

소론신하들, 활기를 되찾는다. 노론신하들은 침울해진다. 김창집, 잠시 생
각하더니 경종에게 아뢴다.

김창집   전하, 연잉군께서 승낙 안 하신 이유가 있을 것입니다. 혹시 그 이
유를 들으셨는지요?
경 종   대리청정은 아무 이득 없다 하였소.
김창집   그렇습니다, 전하. 막중한 의무만 있을 뿐, 이득은 전혀 없는 자리
가 대리청정입니다. 주상 전하를 대신하여 무엇인가 잘하면 그 영
광은 전하께 돌아가고, 못 하면 그 욕은 연잉군께서 먹습니다. 이
것이 어찌 형평에 맞고, 도리에 옳다 하겠습니까?
노론신하들   전하, 통촉하소서! 통촉하소서!

김창집 전하께선 연잉군을 세자로 책봉하시옵소서. 대리청정의 막중한 의무를 맡기려면, 왕위 잇는 권리를 드려야 형평에도 맞고 도리에도 맞습니다.

조태구 아니 됩니다, 헉! 대리청정의 권세도, 헉헉, 막강한데…… 세자까지 삼으라니요? 형평에 어긋나고, 헉헉…… 도리에 지나쳐서…… 소도 웃고, 헉…… 개도, 헉…… 웃을 일입니다!

소론신하들 하하, 하하하! 소도 웃고 개도 웃을 일입니다!

노론신하들 웃지 마시오! 여기는 중대한 국사를 논의하는 자리요!

소론신하들 그럼 웃지 않고 울겠습니다. 흑흑, 흐으윽! 소도 울고 개도 울 일입니다.

노론신하들 저런 몰상식한 것들!

경종, 곤혹스러운 모습으로 진땀을 흘린다.

경 종 경들은 진정하오. 나는 연잉군을 세자로서 책봉하겠소. 대리청정의 이득 없음을 보상하기 위함이니, 경들은 이 일로 더 이상 다투지 마오!

노론신하들 참으로 옳은 판단이십니다. 전하!

노론신하들은 의기양양하고, 소론신하들은 의기소침하다.

김창집 누구, 연잉군을 모셔오시오!

서중섭 제가 모셔오겠습니다.

조태구 우리들이…… 우려했던 사태요. 헉헉…… 잠시 모여 의논합시다.

소론신하들, 구석진 자리에 몰려가서 수군거린다.

유봉휘 우리 쪽이 불리합니다. 저 쪽 노론 덕분에 연잉군이 막강한 권세를 잡았으니, 사사건건 노론에게는 유리하게, 우리 소론에게는 불리하게 판단하겠지요.

조태구   바로 그것이, 헉…… 걱정이오!

노론신하들이 소론신하들을 향해 조롱한다.

김창집   그 구석에서 뭣들 하는 거요?

조성복   훔친 소를 몰래 잡고 있소?

목호룡   아니면 복날이라 개를 잡소?

노론신하들   하하하, 하하!

김일경   저것 보시오. 노론이 우리를 비웃습니다!

조태구   무슨, 헉…… 좋은 방법 없소?

김일경   다들 귀 좀 빌려 주십시오. 제가 은밀히 할 말이…….

소론신하들, 김일경의 귓속말을 들으며 고개를 끄덕인다. 서중섭, 연잉군을 모시고 들어온다. 노론신하들이 일제히 연잉군을 반긴다.

서중섭   여기, 연잉군을 모셔왔습니다!

김창집   어서 오십시오, 왕세제 저하!

노론신하들   왕세제 저하! 왕세제 저하!

연잉군   전하, 어찌 된 일입니까?

경 종   이제 아우는 세자일세! 대리청정을 사양 말게!

노론신하들   (소론신하들에게) 그만 그 구석에서 나오시오! 시급한 국사를 다룹시다!

소론신하들, 제자리로 돌아온다. 경종은 연잉군에게 자기 앞으로 와서 앉기를 권한다.

경 종   자, 이 앞자리에 앉으시게.

연잉군   전하, 오늘 당장 시작입니까?

경 종　난 이만 물러가네.

연잉군　지금 곧 가시면 아니 됩니다. 조금은 저를 지켜봐 주십시오.

경 종　그럼 잠시 지켜는 보겠네만, 간섭은 안 할 걸세.

연잉군, 경종 앞에 와서 앉는다. 모든 신하들이 연잉군에게 엎드려 절한다.

신하들　왕세제 저하, 경하 드리옵니다!

연잉군　경들은 부족한 나를 도와주오.

조태구　왕세제 저하, 헉…… 공명정대하신 판단을 바랍니다.

연잉군　무슨 문제가 있으시오?

조태구　저는…… 헉…… 숨이 가빠서…… (김일경에게) 그대가, 헉……

김일경　왕세제 저하…… 긴급 사태입니다! 노론의 신하들이 주상 전하를 시해하려는 음모를 꾸몄습니다. 어서 속히 그들을 색출, 처형하소서!

김창집　아니…… 저자가 갑자기 미쳤나?

노론신하들　증거를 대, 증거를!

김일경　그 증거가 바로 당신들 속에 있소!

김일경, 노론 신하들 속에 있는 목호룡을 가리킨다. 목호룡, 일어선다. 노론신하들은 웅성거린다.

목호룡　소신, 목호룡이옵니다. 소론의 김일경과는 성균관에서 같이 공부한 동기입니다.

김일경　그래서 저희는 비록 파는 달라도 내심 통하는 바가 있지요. 어젯밤, 목호룡이 저를 찾아와 말했습니다.

노론신하들　(목호룡을 꾸짖으며) 네가 감히 내통을……?

연잉군　계속 하시오. 판단은 내가 하겠소.

목호룡　저는 사실대로 말했을 뿐입니다. 전하께서 대리청정이 어떠냐고 하문하신 날, 저희 노론은 따로 모여 의논하였습니다. 그런데 분위기가 점점 해괴하게 변했지요. 소론이 적극 반대하고, 주상의 마음 또한 언제 변할지 모르니, 아예 주상 전하를 제거하여 연잉군을 새 국왕으로 모시자는 것입니다.

노론신하들　모함이다, 입 닥쳐!

소론신하들　계속해, 계속!

목호룡　저기 김창집 대감은 말하기를, 용감한 무사를 궁궐로 들여보내 칼로써 주상을 시해함이 좋다 하였고…… 또 여기 서중섭은 말하기를, 중국에서 사온 환약이 있는데, 그것을 궁녀에게 주어 전하의 수랏상 음식에 타서 독살하자 하였으며, 또 저기 조성복은 선왕의 전교를 위조하여 주상 전하를 폐출시킴이 좋다 하였습니다.

노론신하들　입 닥쳐라, 모함이다!

목호룡　그리고는 세 가지 시해 방법의 암호까지 정했는데, 칼로써 죽임은 대급수, 독살함은 소급수, 폐출함은 평급수라 하였습니다.

소론신하들　저 역적들을 즉각 끌어내 처형하소서!

김창집　완전히 거짓이옵니다, 왕세제 저하! 무엇인가 불리하다 느낀 소론들이 꾸민 모함이니 속지 마옵소서!

목호룡　제 말은 거짓이 아닙니다, 저하! 혹시 제가 소론이라면 거짓으로 꾸몄다 할 수도 있겠습니다만 저는 노론입니다. 추호도 저하께선 의심 마십시오!

조성복　너, 이놈! 구린내가 난다! 소론한테서 얼마나 많은 돈을 받았기에 우리를 배신하느냐?

목호룡　난 결백하오! 돈 한 푼 받지 않았소!

노론신하들　저런, 배은망덕한 놈!

목호룡　말씀 삼가시오! 내가 노론이면서 노론을 고발하는 것은, 노론이 옳지 못한 짓을 했기 때문이오!

서중섭　우린 너를 한 식구로 여겼었다! 그랬더니 너는 출세할 욕심으로 우리를 모함하여 죽음 속에 밀어 넣는구나!

김일경　왕세제 저하, 옳고 그름을 어서 속히 판단하소서!

소론신하들　어서 속히 판단하소서!

김창집   왕세제 저하, 소론한테 속지마소서!

노론신하들   어서 속히 판단하소서!

소론신하들   노론의 역적들을 능지처참하소서!

노론신하들   모함한 소론을 모두 척멸하소서!

경종, 앞에 앉아있는 연잉군에게 몸을 기울여 낮은 목소리로 묻는다.

경 종   온몸에서 진땀이 흐르는군…… 왕세제는 어떠신가?

연잉군   (낮은 목소리로 대답한다.) 겨우 이 정도 일쯤은 괜찮습니다.

경 종   괜찮다니 다행일세.

연잉군   지금이 좋은 기회입니다. 노론을 몇 명 죽여야 합니다.

경 종   죽여……?

연잉군   네. 그들을 이대로 두면 강해져서 다루기가 어렵게 됩니다.

경 종   아무도 죽이지는 말게. 나를 살해하려는 역모라지만, 나는 이렇게
살아있네.

연잉군   전하께선 간섭 마십시오. 지금은 소론을 두둔할 때입니다. 노론
덕분에 왕세제가 되었으니, 노론만 우대하고 소론은 냉대할 것이
라며, 잔뜩 의심의 눈초리로 저를 바라보고 있습니다. 이때, 소론
의 손을 들어줘야 합니다. 그리하면 저에 대한 생각이 달라질 것
입니다. (큰 목소리로 명령한다.) 경들은 들으라! 나는 판단하노니, 역
모가 분명하다! 가담자는 즉각 사형에 처한다!

갑자기 희빈 장씨의 카랑카랑한 목소리가 천장 위에서 들려온다.

희빈 장씨   김창집, 서중섭, 조성복, 이제 너희는 죽었다!

경 종   어머니…….

희빈 장씨, 대전의 천장 대들보에 올라앉아 있다. 손에 든 사약 사발을 기
울여 검붉은 액체를 밑으로 주르륵 쏟는다. 대전 마룻바닥에서 죽은 조승

우와 윤지술이 회〈灰〉 반죽 통과 붓을 들고 솟아 나온다. 그들의 얼굴은
죽은 자의 표시로 하얗게 회칠이 되어있다.

경 종	그대들은…… 죽지 않았소?
사자들	어찌하여 놀라십니까? 죽은 자가 죽을 자를 처형하려 왔습니다!

조승우와 윤지술, 역모자로 지목된 노론신하들의 얼굴에 회칠을 한다.

윤지술	죽을 때 멋지게 죽어!
조승우	괜히 악쓰고 발버둥치면, 죽는 꼴만 사납다구!

얼굴에 회칠을 당한 노론 신하들이 비명을 지르며 버둥거린다.

제 8 장

내전. 서탁 위에 춘화도첩을 펼쳐들고 중전이 앉아있다. 경종, 들어온다.
침울한 모습으로 내전 안을 서성거린다.

중 전	전하, 어찌 앉지도 않으십니까?
경 종	마음이 착잡해서 그러오.
중 전	연잉군 때문이지요? 그는 지극히 음흉한 사람이옵니다.
경 종	누가 그런 말을 하였소? 어머니였소?
중 전	이젠 어머님이 말씀 안 하셔도 제가 다 압니다.
경 종	중전……
중 전	전하께선 연잉군에게 속으셨습니다. 그는 바라던 대리청정을 맡게되어 기뻤고, 세자가 되자 더욱 기뻤지요. 이제 멀지 않아, 명색

뿐인 전하의 보위마저 그가 차지할 것입니다.

엄상궁, 문 밖에서 알린다.

엄상궁 전하, 왕세제 저하께서 오셨습니다.

중 전 연잉군을 살펴보십시오. 제가 오해한 것인지, 전하께서 속으신 것인지, 유심히 살펴보면 밝혀집니다. (문 밖을 향해) 저하를 어서 모시게!

엄상궁 네, 마마.

연잉군, 들어온다. 그는 중전의 쏘아보는 시선을 의식하고 멈칫거린다.

중 전 여기는 어인 일로 오시었소?

연잉군 마마…… 평안하시었습니까?

중 전 아, 문안인사 오셨구려!

경 종 번거롭네. 문안인사는 직접 올 것 없이 궁인을 대신 보내시게.

연잉군 전하, 알릴 일이 있습니다. 오늘 성균관 유생들이 일제히 권당〈捲堂〉을 하였습니다.

경 종 권당이라면…… 성균관을 비워두고 모두 떠난 것 아닌가?

연잉군 그러합니다, 전하. 저의 대리청정은 물론 세자 책봉이 옳지 않다면서, 성균관의 모든 유생들이 항의표시로 공부를 중단한 것입니다.

중 전 역시 성균관 유생들은 달라! 명문 집안의 총명한 자제들이 모였으니 어찌 옳지 못한 일을 보고만 있겠소!

연잉군 젖비린내 나는 어린 것들이지요!

연잉군, 경종에게 간청한다.

연잉군 전하, 불씨가 커지기 전에 막아야 합니다. 그 철없는 것들이 한 짓이, 노론과 소론 양쪽의 사주를 받아 크게 번질까 걱정입니다. 전국의 서원, 향교, 유림들이 들고 일어나면, 그때는 막을 길이 없습니다!

중 전 그것 참 구경났네!

연잉군 방법은 하나 있습니다!

경 종 말하시게.

연잉군 전하께서 직접 해명하시는 것입니다! 내일 아침, 성균관 유생들을 궁궐에 불러놓고, 직접 이유를 말씀하십시오! 오랫동안 고질적인 병환을 앓고 있다, 그 병환이 극도로 악화되어, 아우에게 정사를 맡긴 것이다, 이렇게 해명하시면 그들도 수긍하고 돌아갈 것입니다!

중 전 기막혀라! 전하의 어의가 들으면 실소하겠소!

연잉군 실소라니요?

중 전 전하께선 가끔씩 진땀을 흘리시지만, 그러나 죽을 만큼 위독한 병은 아니오!

연잉군 전하, 지금 당장 어의를 내쫓겠습니다!

경 종 내 어의는…… 아무 잘못 없잖은가?

연잉군 그 무능한 어의 때문에 전하의 병환이 악화되었습니다! 그를 파직시켜 내쫓아야 합니다. 그래야 전하 병환의 위독함을 설명할 때 설득력이 생길 것입니다!

중 전 저런, 저런! 성균관 권당 막는데, 어의를 희생물로 쓰시겠다…… 왕세제 머리는 비상도 하시지!

연잉군 지금은 그것이 필요한 때입니다. 제가 무능한 어의 대신, 유능한 어의를 추천토록 하겠습니다. 전하께선 그리 알고 계십시오!

연잉군, 단호한 태도로써 퇴장한다.

중 전 어떠십니까, 전하? 속았음을 아시겠지요?

경 종 원래 그렇지가 않았소.

중 전 그렇지…… 않다니요?

경 종 연잉군이 변한 것은 나 때문이오. 내가 그에게 판단하는 일을 맡겼소.

중 전　전하, 이제는 연잉군에게 기대하실 것이 없으십니다. 전하께서 원하신다면, 제가 연잉군보다 백 배, 천 배, 훌륭한 자식을 낳아드리지요.

중전, 서탁에서 춘화도첩을 들고 와서 경종 앞에 놓고 앉는다.

중 전　전하, 저는 이 책을 보고 공부 많이 했습니다. 인간 근본이 무엇인지, 공자 맹자 가르침보다 훨씬 더 많은 것을 배웠습니다. 이 세상에 믿을 건 오직 친자식뿐이지요. 아비가 자식에게 모든 것을 물려줌은, 그 자식이 아비의 피와 살을 나눈 분신이기 때문에 그렇습니다. 전하, 왕위를 어머니가 다른 이복동생에게 주지 마십시오. 그는 결코 전하께 순종하지 않을 것이옵니다.

중전, 경종의 손을 끌어당겨 앉힌다.

중 전　이 책을 보십시오, 전하.
경 종　(중전이 한 장씩 넘기는 춘화도첩을 바라본다.)
중 전　참으로 유익한 내용입니다. 자식 낳는 방법이 얼마나 재미있는지요!
경 종　(침묵. 중전의 홍조 띤 얼굴을 바라본다.)
중 전　자식을 낳아 기르면, 전하께서도 지극히 행복하실 것입니다!
경 종　나는…… 못하겠소.
중 전　어찌 못한다 하십니까?
경 종　중전은 내 어머니요.
중 전　저는 전하의 어머니가 아닙니다!
경 종　(중전의 얼굴을 움켜잡고 부르짖는다.) 어여쁘신 얼굴도 똑같고, 생각도 똑같고, 말씀도 똑같소! 내가 어찌 어머니와 상간(相姦)할 수 있겠소!

경종, 벌떡 일어나 나간다. 중전은 엎드려 흐느껴 운다. 희빈 장씨가 나타나 중전의 서탁 앞에 앉더니 왕비 책봉의 교문을 읽는다.

희빈 장씨 국왕은 이르도다. 군자의 도는 부부에서부터 시작하며, 예〈禮〉는 왕후의 임어하는데서 높아지는도다. 이에 어씨〈魚氏〉 가문의 아름다운 규수를 간택하여 왕비로 책봉하는 의식을 거행하나니, 왕의 기뻐 여기는 뜻을 널리 선양함이로다…… (중전에게 꾸짖듯이 말한다.) 그만 우시오! 제 계집과 제 에미를 분간 못하는 주상도 한심하오만, 주상 놓친 중전의 울음도 궁상맞소. (교문 읽기를 계속한다.) 국왕이 생각컨대, 왕비는 훌륭한 곤덕을 지니고 부족한 나의 배필이 되었은즉, 정일한 심성과, 단아하고 장중한 의표는, 육궁〈六宮〉이 그 아름다운 규범에 감복하였고……

중 전 사실이오, 그것이? 세간의 그 소문이?

희빈 장씨 무엇 말씀이오?

중 전 사약 마실 때, 동궁을 데려오라하여 불알을 잡아뗐다던데, 그것이 사실이오?

희빈 장씨 뗐는지 안 뗐는지는 중전이 확인하구려! (서탁을 손바닥을 내리친다.) 계집이 오죽 재주 없으면 사내를 놓칠까! 며느리가 제 탓은 안하고 시어미만 흉보네!

중전과 희빈 장씨, 서로 매섭게 노려본다. 그 자태가 흡사하다.

제 9 장

깊은 밤, 궁내 감옥. 파직 당한 어의가 목에 큰칼을 쓰고 앉아있다. 경종, 들어온다. 어의는 반색하며 일어섰다가 큰칼의 무게에 짓눌려 주저앉는다.

어 의 전하…….

경 종 그대는 오랫동안 날 위해 수고하였소.

어 의 황공하옵니다, 전하…….

경 종 열네 살 어린 시절, 어머니 죽임 당해 기겁하여 진땀 흘리는 나를, 그대는 정성껏 보살펴 주었고…… 지금까지 그랬건만…… 난 보답 못한 채, 그대를 떠나보내오.

어 의 저의 재주가 모자랐습니다. 이제 저는 전하 곁을 떠나 멀리 유배갑니다. 부디 옥체 건녕하옵소서.

경 종 그대 또한 몸조심하오. 내가 곧 다시 부를 것이오.

어 의 아니옵니다. 전하를 뵙고 싶어도 다시는 뵙지 못할 것입니다. 전하, 마지막 드릴 말씀이 있사옵니다. 저의 후임으로, 두 명의 약방 내시가 천거될 것입니다. 이미 노론에서는 최 내시를 내정하였고, 소론은 박 내시를 내정했다 합니다. 제가 보기에는 둘 다 침술이며 탕약에 뛰어난 재주가 있습니다. 다만 걱정은…… 노론과 소론이 어느 누구를 양보 않고 사생결판으로 밀어붙이면…….

경 종 걱정 마오. 둘 다 그대 후임으로 쓰겠소.

어 의 전하, 그것이 바로 제 걱정입니다. 최 내시나 박 내시는 서로 다른 약을 지어 올릴 것입니다. 그들이 스스로 자랑하기를, 전하의 땀 흘리시는 증세를 낫게 할 비법을 안다고 했습니다. 최 내시는 약 재 중에 비영초〈非影草〉을 넣으면 된다 하였고, 박 내시는 흑용골〈黑龍骨〉을 써야 된다고 하였는데, 비영초와 흑용골은 상극입니다. 서로 상극인 것을 합치면 큰일 납니다. 치명적 독이 되어 반드시 죽습니다!

어의, 감추고 있던 두 손을 무의식적으로 큰칼 위에 얹는다. 손가락들이 잘려있다.

경 종 그대 손이…… 왜 그러오?

어 의 (얼른 뒤로 감추며) 아, 아닙니다!

경 종	보여주오!
어 의	(피투성이 몽당손을 내민다.) 잘렸습니다. 손가락 열 개를 하나씩…… 하나씩…… 자르면서 저의 무능함을 실토하라기에…… 저는 능력 없음을 자백했습니다. 전하, 제 말씀을 유념하옵소서! 최 내시 약과 박 내시 약은 둘 중 하나만 쓰십시오! 둘 다 쓰시면, 반드시 목숨 잃는 독약이 됩니다!
경 종	고맙소. 그대 충언은 잊지 않겠소.

경종, 퇴장한다.

제 10 장

대전. 노론 신하들과 소론 신하들이 등장한다. 살아있는 신하들은 물론 얼굴에 회칠을 한 죽은 신하들이 함께 들어온다. 인사말, 잔기침, 몸동작 등이 잦아들고 분위기가 숙연해진다. 연잉군이 경종을 모시고 들어온다. 경종, 옥좌에 앉는다. 연잉군은 일부러 겸손하게 경종 옆에 시립한다.

연잉군	전하, 오늘 조회는 특별합니다. 문무백관들이 모두 모였습니다. 그리고 저기 대전 앞뜰을 보십시오. 성균관 유생들입니다. 전하의 옥음을 직접 듣고자 가득 몰려와 있습니다.
경 종	(경종, 대전 안팎을 둘러본다.)
연잉군	말씀하옵소서, 전하.
경 종	(침묵)
연잉군	전하…….
경 종	(침묵)
연잉군	저희가 기다리고 있습니다.

경 종   지금 내 눈에는 산 신하들과 죽은 신하들이 함께 보이네.

연잉군   죽은 신하들이라니요?

경 종   저기 있지 않는가. 김창집, 조승우, 서중섭, 윤지술, 조성복……

연잉군   제가 새로 등용시킨 인물들입니다. 죽어나간 자리에 들어올 자는 얼마든지 있습니다. 저 대전 밖의 성균관 유생들도, 결국엔 이 안으로 들어올 자들이지요.

경 종   그런데 어찌하여 똑같은가……?

연잉군   전하께선 헛것을 보시는 모양입니다. 더욱 정신 혼미하기 전에, 해명의 말씀을 하십시오.

신하들   전하, 어서 말씀 하옵소서!

경종 옥좌에서 일어나, 관객석 쪽으로 다가온다.

경 종   연잉군의 대리청정과 세자책봉은 내 뜻이었소. 궐내 신료들은 이를 분명히 알고 있으나, 궐 외에서는 미처 알지 못해 오해가 생긴 듯하오. 이제 성균관 유생들은 권당을 풀고 학문에 전념하기를 바라오.

연잉군   참으로 안타깝습니다, 전하! 무능한 어의를 좀 더 유능한 어의로 바꿨더라면, 전하의 병환이 이토록 위독하지는 않을 것입니다.

경종, 옥좌에 앉는다. 약방내시 최씨와 박씨, 각자 조제한 탕약 사발을 소반에 담아들고 들어와서 경종 앞에 놓는다.

노론신하들   전하, 유능한 어의를 천거하옵니다!

약방내시 최씨   (경종에게 무릎 꿇고 엎드려 절한다.)

소론신하들   전하, 저희들도 유능한 어의를 천거합니다!

약방내시 박씨   (경종에게 엎드려 절한다.)

연잉군   전하께선 누구를 새 어의로 택하시겠습니까?

약방내시 최씨   제가 지은 약을 드시옵소서! 전하의 진땀은 비영초를 약재로

써야 치유됩니다!

약방내시 박씨　아닙니다, 전하! 전하의 진땀에는 흑용골이 특효인데, 제가 제조한 약에는 그것이 들어 있습니다!

약방내시 최씨　(박씨를 비웃으며) 넌 무식하구나! 비영초가 흑용골보다 몇 배나 효험 있음을 너는 몰랐더냐?

약방내시 박씨　(최씨를 꾸짖는다.) 너야말로 무식하다! 약효는 흑용골이 비영초보다 훨씬 낫다!

조태구　헉헉…… 저희가 천거한 의관을, 헉…… 어의로 택하심이 옳습니다!

소론신하들　옳습니다, 전하!

김창집　무슨 당치 않는 말씀! 저희가 천거한 의관을 택하셔야 옳습니다!

노론신하들　옳습니다, 전하!

노론 신하들과 소론 신하들, 각자 옳다고 격렬하게 주장한다.

경 종　조용히들 하오. 난 둘 다 어의로 택하겠소.

신하들　지금…… 둘 다라고 하셨습니까?

경 종　그렇소.

경종, 두 개의 소반 위에 놓인 약사발을 양 손으로 하나씩 집어든다. 약방내시들이 흠칫 놀란다.

약방내시들　아니 되옵니다! 하나만 드십시오!

경 종　둘 다 옳다!

경종, 약을 마시고 빈 사발 두 개를 나란히 내려놓는다.

경 종　경들은 언제나 서로 옳다 하였소. 나는 어느 쪽이 옳고 어느 쪽이 그른지 판단 못해 진땀을 흘렸더니…… 이렇듯 합치면 쉬운 것을, 괜히 나누느라 어려워했구려…….

경종, 울컥 피를 토한다. 약방내시들이 달아나려고 뒷걸음친다. 살아있는 신하들은 놀라 술렁거리고, 죽은 신하들은 소란스럽게 비명을 지른다.

신하들 독살이다, 독살!

연잉군 (약방내시들을 가리키며 외친다.) 저놈들을 잡아라!

신하들 독살이다! 저놈들을 붙잡아라!

약방내시들 저희는…… 저희는…… 아무 잘못 없사옵니다!

경 종 너희는 옳다! 둘 다 걱정 말고 가거라!

약방내시들, 허겁지겁 달아난다.

소론신하들 (주춤주춤 뒷걸음질치며) 전하, 저희들도 아무 죄가 없습니다!

노론신하들 저놈들이 도망친다! 잡아라, 잡아! (뒷걸음질치며) 전하, 저희는 잘못 없습니다!

소론신하들 독살이다! 저놈들을 붙잡아라!

경 종 경들은 둘 다 옳소! 염려 말고 가시오!

신하들, 사방으로 달아난다. 경종은 울컥울컥 피를 토한다.

연잉군 분명히 독살입니다. 어찌하여 모두 놓아보내십니까?

경 종 부탁이 있네…….

연잉군 말씀하십시오!

경 종 왕세제는 폭군이 되지 말고 성군이 되시게.

연잉군 저는 전하와는 다른 왕이 될 것입니다. 신하들이 옳고 그름을 묻기 전에, 왕이 먼저 판단해야 합니다. 왕의 판단이 먼저 있으면, 신하들이 옳고 그름을 다툴 일 없으니, 세상은 조용해집니다.

경 종 그것이 폭군의 독단일세.

연잉군 하지만 비참하게 죽는 왕보다는 낫지요!

희빈 장씨, 사약 그릇을 들고 나타난다.

희빈 장씨 주상, 이 어미가 왔소!

경 종 내 어머니…… 오셨네…….

연잉군 전하 모친……?

경 종 모자 간에 할 말 있으니, 왕세제는 이만 가시게.

연잉군 그러지요!

경종, 다시 울컥 피를 토한다. 연잉군은 외면하고 밖으로 나간다. 희빈 장씨, 경종에게 다가온다.

희빈 장씨 불쌍한 내 아들!

경 종 어머니…….

희빈 장씨 못난 놈!

경 종 (침묵)

희빈 장씨 이 에미의 죽음이 옳은지, 그른지, 대답하라했더니, 너는 그 대답을 못하고 죽는구나!

경 종 제 죽음이…… 답입니다…….

희빈 장씨 아니다. 내가 언제 너의 죽음을 바랐더냐!

경 종 (침묵)

희빈 장씨 이제는…… 물을 것도 없고, 답할 것도 없다. (사약 그릇을 바닥에 내려놓는다.) 이 사약도 쓸모없게 되었구나.

경 종 참 잘하셨습니다, 어머니……

경종, 숨을 거둔다. 상반신이 옆으로 기울어진다. 희빈 장씨, 죽은 경종이 옥좌에서 떨어지지 않도록 기운 몸을 반듯하게 앉힌다.)

희빈 장씨 주상께선 소원 이루셨소. 열흘만, 닷새만, 그저 단 하루만, 조용히, 평온하게 지내고 싶어 하시더니…… 다시는 진땀 흘리지 않아

좋으시겠소.

희빈 장씨, 경종에게 세 번 엎드려 절한다. 막이 내린다.

— 막 —

사과가 사람을 먹는다

· **등장인물**
  아버지
  아들
  늙은 하녀
  형사
  일꾼들

· **시간**
  가을 어느 날

· **장소**
  아버지의 집

낮. 침대가 놓여있는 방. 두터운 커튼이 창문에 드리워져 어둡다. 오랜 침묵. 조심스럽게 방문 두드리는 소리. 침묵. 늙은 하녀가 방문을 열고 들어온다. 대낮의 밝은 빛이 방안을 비췄다가, 방문이 닫히면서 사라진다. 어둠 속에서 늙은 하녀의 목소리가 들린다.

늙은하녀　주인님, 주무세요?

아버지　(침묵)

늙은하녀　주인님?

아버지　(침묵)

늙은하녀　정말 잠드신 건 아니죠?

아버지　웬 소란이냐?

늙은하녀　손님이 오셨어요.

아버지　난 요즘 잠을 못 잤다! 어제 밤도, 그제 밤도! 넌 내가 잠 못 자서 죽는 꼴을 보고 싶냐?

늙은하녀　아뇨……

아버지　그럼 낮잠 자게 놔둬!

늙은하녀　죄송해요. 하지만 형사가 왔거든요.

아버지　형사……?

늙은하녀　저에게 신분증을 보여줬어요. 우리 과수원에 숨어있는 범인을 잡으러 왔다면서, 먼저 주인님을 뵙겠대요.

아버지　또 그 형사구나?

늙은하녀　네……?

아버지　지난 해 왔던 형사, 금년에 또 온 거냐구?

늙은하녀　(소리내어 웃는다.) 형사들은 비슷비슷해요. 너무 비슷해서 신분증을 봐도 구별이 안 되고, 얼굴을 봐도 구별이 안 돼요.

아버지　저 커튼을 걷어라!

하녀, 창문의 커튼을 걷는다. 강한 햇빛이 방안으로 쏟아진다.

| 아버지 | 나 좀 일으켜! |
| 늙은하녀 | 네, 주인님. |

늙은 하녀, 아버지를 일으켜서 침대에 걸터앉게 한다.

아버지	이런 맨몸으로는 만날 수 없고…… 정말 귀찮구나!
늙은하녀	뭘 입혀드릴까요?
아버지	아무거나 줘. 예전엔 내 몸이 단단한 근육질로 아름다웠는데……
늙은하녀	제가 그 몸에 반했었죠.
아버지	지금은 갈비뼈만 앙상하군.
늙은하녀	낮잠 주무실 시간이 있거든 운동을 하세요. 그럼 근육이 다시 생길 거예요.
아버지	나더러 이래라 저래라 하지 마!
늙은하녀	네, 주인님……
아버지	잠을 푹 자면 근육이 생겨!
늙은하녀	네, 주인님……

늙은 하녀, 아버지에게 화려한 꽃무늬의 가운을 입혀준다.

| 늙은하녀 | 거울을 보여 드릴까요? |
| 아버지 | 아냐. 어서 형사나 데려와! |

늙은 하녀, 방 밖으로 나간다. 아버지, 침대 밑에 숨겨 둔 손거울을 꺼내 자신의 모습을 비춰본다.

| 아버지 | 언제 봐도 변함없군, 내 꼬락서니는! 누렇게 찌든 얼굴, 썩은 생선 눈깔처럼 흐리멍덩한 두 눈, 흐물흐물 늘어진 엿가락 같은 코, 움푹 패인 뺨, 텅 빈 구멍이나 다름없는 입…… 그래도 아직 시체는 아니지! |

늙은 하녀, 형사를 데려온다. 아버지는 손거울을 얼른 침대 밑에 감춰놓는다. 형사, 공손하게 인사한다.

형 사 어르신, 안녕하십니까!

아버지 (하품을 길게 하며) 아, 졸려 죽겠어……

형 사 어디…… 편찮으신가요?

아버지 아픈 데는 없지. 그저 밤에도 못 자고 낮에도 못 자서 졸릴 뿐이야.

형 사 저 역시 마찬가집니다. 밤 낮 구분 없이 근무하는 탓에, 밤에도 잠을 못 자고 낮에도 잠을 못 자죠.

아버지 그럼 잠이나 잘 것이지 여긴 뭣하러 왔나?

형 사 범인을 잡으려고요.

아버지 범인이 어디 있는데?

형 사 어르신의 과수원에 있습니다.

형사, 커텐 걷힌 창 앞으로 다가가서 밖을 바라본다.

형 사 참 굉장한 풍경입니다! 저 드넓은 과수원이 온통 사과나무라니! 도대체 모두 몇 그루나 됩니까?

아버지 (귀찮다는 표정으로 하품을 하며) 나는 몰라…… 정말 졸려 죽겠군.

늙은하녀 (앞치마의 호주머니에서 두툼한 수첩을 꺼낸다.) 우리 주인님 과수원의 사과나무는 모두 삼만 육천 오백 일흔 아홉 그루예요. 그 중 죽은 나무는 삼백마흔다섯 그루, 병든 나무는 사백 여든두 그루가 있죠.

형 사 아, 대강 잡아 삼만 그루라고 합시다! 한 그루에 사과가 열 개씩 열리면 삼십만 개, 백 개씩 열리면 삼백만 개……!

늙은하녀 (아버지에게 낮은 목소리로) 주인님, 이상해요. 형사가 왜 저렇게 사과 숫자를 열심히 셈할까요?

아버지 잠 못 잔 탓이겠지.

늙은하녀 (형사에게) 솔직히 말씀하세요. 진짜 관심이 뭐죠?

형 사 제 관심은…… 지금 어르신 과수원에는 삼백만 개의 사과들을 따려고, 떠돌이 일꾼들이 잔뜩 몰려와 있다는 겁니다.

아버지　그거야 당연하지. 지금은 사과를 딸 때거든. 그런데 왜? 떠돌이 일꾼들은 쓰지 말라는 법이 새로 생겼나?

형 사　아뇨, 그런 법은 없습니다. 다만 그 떠돌이 일꾼들 중에 범인이 있다는 게 문젭니다.

아버지　(늙은 하녀를 꾸짖는다.) 나 몰래 범인을 고용한 거냐?

늙은하녀　주인님, 그럴 리가요⋯⋯

아버지　장부를 이리 내 놔!

늙은 하녀, 울상을 짓고 두툼한 수첩을 아버지에게 준다.

아버지　오늘 일꾼은 여든 세 명이군. 맞아?

늙은하녀　네, 주인님.

아버지　어제는 예순아홉 명.

늙은하녀　네, 주인님.

아버지　이걸 봐, 형사양반. 내 과수원엔 날마다 많은 일꾼들이 필요해. 토박이인지 떠돌이인지, 그런 건 상관없어.

형 사　(아버지가 내민 수첩을 바라본다.) 이름은 없고⋯⋯ 숫자뿐이군요.

아버지, 늙은 하녀에게 두툼한 수첩을 되돌려준다. 늙은 하녀는 웃는 얼굴로 수첩을 받아 앞치마의 호주머니에 집어넣는다.

형 사　그래도 저는 범인을 잡아야합니다.

아버지　과수원에 왔으니 사과나 먹지. (늙은 하녀에게) 내 아들더러 방금 딴 사과 좀 가져오라구 그래!

늙은하녀　네, 주인님!

늙은 하녀, 방 밖으로 나간다. 아버지, 서있는 형사에게 침대를 가리킨다.

아버지	형사양반은 우리 집에 온 손님인데, 이리 와서 앉아. 보다시피 내 방엔 잠자는 침대만 있지, 의자 따윈 없어.
형 사	저는 서 있어도 괜찮습니다만……
아버지	괜찮기는. 읍내에서 여기까지 걸어오려면 다리가 아플 텐데?
형 사	자동차를 타고 온 걸요.
아버지	자동차?
형 사	네, 범인을 잡아서 싣고 가려구요.

늙은 하녀와 아들이 방 안으로 들어온다. 아들은 붉은 사과들이 가득 담긴 바구니를 아버지 앞에 내려놓는다.

늙은하녀	주인님, 사과 가져왔어요.
아버지	수고했어.
아 들	수고는 내가 한 겁니다, 아버지!

아버지, 걸터앉은 침대에서 내려와 사과 바구니로 다가간다.

아버지	정말 잘 익은 사과구나! 이 곱고 예쁜 색깔! 아, 얼마나 먹음직스러우냐!

아버지, 형사에게 가까이 오라고 손짓한다. 형사, 사과 바구니가 있는 곳으로 다가온다.

아버지	형사양반, 몇 개나 먹겠어?
형 사	몇 개라뇨……?
아버지	한 개? 두 개? 세 개? 네 개? 다섯 개? 사람들이 그러는데 이 세상의 사과 중에서 우리 과수원 사과가 제일 맛있다는 거야. 여섯 개? 일곱 개?
형 사	그렇게 맛있습니까?

아 들	일단 한 개만 먹어보슈! 그럼 계속해서 먹게 될 테니!
아버지	지난 가을에 왔던 형사는 아홉 개를 먹고 갔어!
아 들	(형사에게) 자, 골라요! 어떤 사과를 드시겠수?
형 사	(바구니에서 사과 한 개를 집는다.) 아무 거나 먹겠습니다.
늙은하녀	제가 껍질을 깎아드리죠.

늙은 하녀, 앞치마 호주머니에서 과도를 꺼내 사과를 깎는다.

아버지	앉아서 깎아. 사과를 서서 깎으니깐 먹을 사람도 그냥 서 있잖아.
늙은하녀	네, 주인님.

늙은 하녀, 바닥에 앉아서 사과껍질을 깎는다. 형사는 주춤거리더니 사과 바구니 곁에 앉는다. 늙은 하녀가 껍질 깎은 사과를 내밀자 형사는 받아서 먹는다.

아버지	말해 봐, 맛이 어떤지……?
형 사	달콤해요.
아버지	그저 달콤만 해?
형 사	달콤하면서 새콤한…… 글쎄요, 보통 사과 맛 같은데요……
아 들	한 개 더 먹어 보슈! 진짜 사과 맛을 모르는군!
아버지	(아들에게) 너는 참견 말고 나가서 네 일이나 해!
아 들	아버지……!
아버지	일꾼들 감독이나 하라구!
아 들	아버지는 놀고, 아들은 일하고, 불공평해요! (늙은 하녀에게) 이건 어머니 때문이에요! 어머니가 아버지의 하녀 노릇을 하니까, 아버진 아들마저 하인으로 부려 먹는 겁니다!
늙은하녀	그런 불손한 말을 하다니! (아버지에게) 용서해 주세요, 제 아들을. 나이는 많지만 아직 철이 안 들었어요.
아버지	너무 버릇이 없군!

늙은하녀 (아들에게) 어서 가서 일꾼들을 감독해. 네가 여기 있으면, 그들은 빈둥빈둥 놀기만 할 거야.

아 들 어머니도 나만 부려 먹어요!

아들, 성난 모습으로 나간다. 형사도 나가려고 일어선다. 늙은 하녀는 두 번째 사과를 깎는다.

아버지 앉아, 형사 양반!

형 사 네……?

아버지 앉으라구! 앉아서 사과나 한 개 더 먹어!

형 사 아뇨, 됐습니다. 이젠 범인을 잡으러 가야죠.

아버지 사과 한 개 더 먹으면서 생각해봐! 형사가 나타나 설쳐대면, 사과 따는 일꾼들이 어떻게 되겠어?

늙은하녀 (껍질 깎은 사과를 형사에게 내민다.) 자, 두 번째 사과예요.

형 사 (사과를 먹으며 잠시 생각한다.) 일꾼들이…… 모두 도망치겠지요.

아버지 그래, 일꾼들이 모두 도망쳐버리면, 누가 사과를 따지?

형 사 (잠시 생각한다.) 사과 딸 사람이 없겠군요.

아버지 몇 해 전 바로 그런 일이 있었어! 어떤 바보 같은 형사가 불쑥 나타나는 바람에, 우리 과수원 일꾼들이 놀라 모두 달아나 버렸지! 그 해엔 사과를 따지 못했어. 고스란히, 나무에 매달린 채 썩어버렸다구!

늙은하녀 저는 그 해에 하녀 봉급을 한 푼도 못 받았어요.

아버지 파산지경인데 어떻게 줘?

늙은하녀 주인님은 식사라도 하셨지만 저는 굶었죠!

아버지 난 화가 나서 견딜 수 없었어! 읍내 경찰서를 찾아가 서장님을 만났지! 과수원 손해를 몽땅 변상하던가, 아니면 그 바보 같은 형사 목을 자르던가, 둘 중에 하나를 택하라구 소릴 질렀어! 결과는……

늙은하녀 (바구니에서 사과를 꺼내 과도로써 반 토막 내며) 형사 목이 싹둑 잘렸어요!

형　사　참 안됐군요.

아버지　어리석게 설친 탓이지!

형　사　(손으로 자신의 목을 자르는 시늉을 한다.) 하지만 오늘 범인을 못 잡으면, 제 목이 잘립니다.

늙은하녀　(두 토막 난 사과를 깎아서 형사에게 내밀며) 자, 사과 드세요!

형　사　(사과를 받는다.) 생각해 보십시오, 어르신. 범인 못 잡는 형사를 그냥 두겠습니까?

아버지　(잠시 생각한다.) 입장이 난처하겠군. 설쳐대도 목이 잘리고, 가만있어도 목이 잘리고…… 사과를 먹으면서 우리 생각해보자구. 무슨 좋은 수가 있을 거야.

　　　　　형사, 주저앉아서 양손의 반 토막 난 사과를 번갈아 먹는다.

아버지　형사양반, 이야기를 해 봐. 올해는 범인이 무슨 짓을 저질렀어?

형　사　지난 주 금요일 밤입니다. 불이 났어요. 읍내 양조장 창고가 몽땅 타버렸습니다. 술통들을 넣어두는 창고니까 도둑이 돈을 훔치려도 들어간 건 아니겠고, 떠돌이 일꾼들이 잠을 자러 들어간 겁니다. 요즘 날씨가 밤엔 쌀쌀해서 노숙은 못 하거든요. 그래서 어디 적당한 곳을 찾다가 양조장 창고를 발견하고는 들어가 누워있자니, 배가 고프고…… 뭔가 끓여 먹기 위해 불을 피웠지요.

아버지　결국 그 불이 양조장 창고를 홀라당 태웠군?

형　사　네. 저만 그렇게 생각하는 게 아닙니다. 우리 서장님 생각도 그렇고, 양조장 주인 생각도 그렇고, 읍내 주민들 모두가 떠돌이 일꾼들 때문에 불이 났다고 생각합니다.

아버지　불난 이야기하느라 수고했어. (늙은 하녀에게) 사과 하나 더 깎아드려.

늙은하녀　네.

형　사　또 먹어야 합니까?

늙은하녀 겨우 세 개 먹은 걸요.

늙은 하녀, 사과 껍질을 깎는다. 아버지가 늙은 하녀에게 묻는다.

아버지 불난 얘기 재미있었어?

늙은하녀 아뇨. 억지로 참고 들었어요.

아버지 나도 지겨워서 하품을 했지. 이미 여러 번 듣고 또 들은 이야기야. 지난해엔 어디서 불났다더라……? 그래, 기차 정거장 창고였지. 그 전에는 정미소 곡물 창고에 불이 났었고…… 조금씩 장소만 바뀔 뿐, 창고에 불난 건 똑같아!

늙은하녀 (형사에게 껍질 깎은 사과를 준다.) 제발 불 이야기는 그만 하세요. 다른 것도 있잖아요. 예쁘고 착한 소녀 이야기. 예쁘고 착한 소녀가 혼자서 골목길을 가고 있는데 늑대 같은 떠돌이 일꾼들이 떼를 지어 우르르 나타난 거예요. 예쁘고 착한 소녀는 오돌오돌 떨면서, 살려주세요, 살려주세요……

형 사 (사과를 우적우적 씹어 먹으면서 말한다.) 이번 주 월요일이에요. 예쁘고 착한 소녀가 납치당했습니다. 캄캄한 지하실에 끌려가 손발이 묶이고 입이 틀어 막히고는…… 무참하게 겁탈을 당했어요. 흉악한 떠돌이 일꾼들 짓입니다. 제 생각도 그렇고, 우리 서장님 생각도 그렇고, 소녀의 부모 생각도 그렇고, 읍내 주민들 모두가 그렇게 생각합니다.

아버지 예쁘고 착한 소녀 이야기도 너무 들었어!

늙은하녀 하지만 창고에 불난 이야기보다는 낫죠.

형 사 전당포 살인사건은 들으셨습니까?

아버지 전당포……?

형 사 네. 오늘 아침 전당포 영감님이 살해당했지요!

아버지 도끼로?

늙은하녀 칼……?

형 사 도끼입니다.

아버지	머리를 찍혔나?
형 사	가슴이 찍혔죠, 잔인하게!
아버지	머리가 더 잔인해.
늙은하녀	가슴이든 머리든 죽기는 마찬가지예요.
아버지	그건 그래. 더구나 지난 해 정육점 영감 죽은 이야기와 너무 비슷해!
늙은하녀	저는 가을이 지겨워요! 가을마다 듣는 이야기가 똑같아요!

늙은 하녀, 바구니의 사과를 집어서 껍질을 깎아 형사에게 준다.

아버지	몇 개째지?
늙은하녀	다섯 개째예요.
형 사	어쨌든 범인은 잡아야 해요! 방화, 강간, 살인, 그런 끔찍한 짓을 저지른 자는 반드시 잡아서 감옥에 집어넣거나 사형을 시켜야 합니다! 만약 그대로 뒀다간 선량한 사람들이 안심하고 살 수가 없습니다. 그것이 형사인 제 생각이고, 우리 서장님 생각이며, 읍내 주민들 모두의 생각입니다!
아버지	내 생각도 그래. 범인을 그냥 두면 무서워서 살 수 없거든.
늙은하녀	하지만 이상하군요. 범인을 사건의 현장인 읍내에서 잡지, 왜 엉뚱한 이곳에 와서 잡는 거죠?
형 사	그건 아까 말했잖습니까? 이곳 어르신의 과수원에 떠돌이 일꾼들이 잔뜩 있거든요!

형사, 사과를 우적우적 씹어서 반쯤은 삼키고 반쯤은 뱉는다.

늙은하녀	뱉지 말고 꼭꼭 삼켜요. 사과를 맛있게 먹으면 주인님께서 범인을 잡아주실 거예요.
형 사	어르신께서 범인을 잡아 준다구요? 어떻게 그럴 수가 있습니까?
늙은하녀	쉬잇, 목소리를 낮춰요.

형　사　(하녀의 귀에 대고 속삭인다.) 어떻게 잡아줘요?

늙은하녀　(형사의 귀에 대고) 주인님께 범인의 모습을 자세히 말씀하세요.

형　사　(늙은 하녀의 귀에 대고) 난 범인의 모습을 모릅니다.

아버지　크게 말해, 나도 좀 듣게!

늙은하녀　잠깐만요, 주인님. (형사의 귀에 대고 속삭인다.) 범인이 몇 살인지 나이는 알아요?

형　사　(늙은 하녀의 귀에 대고 속삭인다.) 몰라요.

늙은하녀　(형사의 귀에 대고) 말씨는요? 어느 지방 사투리를 쓰는지……?

형　사　(늙은 하녀의 귀에 대고 속삭인다.) 말씨도 모릅니다.

늙은하녀　전혀 아는 게 없군요!

아버지　뭘 아는 게 없어?

늙은하녀　이 형사는요, 범인을 모른대요!

형　사　범인은 다 똑같아요! 마치 이 사과처럼요! 한 개, 두 개, 세 개, 네 개, 다섯 개를 먹었는데, 다 같은 맛입니다. 범인도 그렇죠. 잡기 전엔 다를 것 같지만 잡고 나면 다 똑같습니다!

아버지　옳은 말이야, 형사양반. 지난 해 왔던 형사는 사과 아홉 개를 먹고, 범인이 다 똑같다는 말을 했어. 하지만 이제 겨우 다섯 개를 먹고 그런 말을 하다니, 너무 조급한 것 아냐?

늙은하녀　(긴장한 표정으로) 주인님……

아버지　왜?

늙은하녀　방금 무슨 소리 못 들으셨어요?

아버지　무슨 소리를……?

늙은하녀　범인들이 온 것 같아요.

아버지, 방문 쪽을 바라본다. 방문을 조심스럽게 두드리는 소리가 들린다. 사이. 문 두드리는 소리, 커진다. 늙은 하녀가 방문을 연다. 두 명의 일꾼들이 문 밖에 서 있다.

늙은하녀　누구야, 너희들?

일꾼들   저어…… 죄송합니다…… 사과를 따다가 나무 위에서 떨어져서……

아들, 일꾼들 뒤에서 달려온다.

아 들   소용없다니까! 우리 아버지한테 말해 봐야 아무 소용없어! (일꾼들을 쫓아내며) 다들 돌아가!

아버지   들여보내, 쫓아내지 말구!

아 들   도와 주지도 않을 텐데 왜 오라는 겁니까?

늙은하녀   들어 와, 어서.

일꾼들   네…… 고맙습니다……

일꾼들, 주춤주춤 방 안으로 들어온다. 한 일꾼은 다리를 다쳐 굵은 나뭇가지를 목발처럼 짚었고, 다른 일꾼은 헝겊으로 묶은 오른팔을 목에 걸었다. 일꾼들은 흙과 피로 얼룩져 있다.

아버지   쯧쯧, 보기 안 좋군! (아들을 꾸짖는다.) 일꾼들이 저 지경으로 다쳤는데, 감독인 너는 뭘 했어?

일꾼들   감독님은…… 아무 잘못 없습니다……

아버지   도대체 뭘 했냐구?

아 들   내가 아버지처럼 낮잠을 잔 줄 아세요?

아버지   술 마셨지?

아 들   난 안 마셨어요!

아버지   그럼 왜 일꾼들이 나무에서 떨어져?

일꾼 가   순전히 저희 잘못입니다, 주인님. 높은 가지에 매달린 사과를 따려고, 사다리 위에 올라갔는데…… 사다리가 쓰러졌어요. 위에 있던 저는 아래로 떨어지면서 다리를 다쳤고…… 밑에서 사다리를 붙잡고 있던 이 친구는…… 넘어지면서 팔을 다친 겁니다.

일꾼 나   그렇습니다, 주인님.

아 들	너희들, 깜박 졸았지?
일꾼들	아뇨!
아 들	졸지 않았는데 사다리 위에서 떨어졌다면, 그건 술 마신 거야! 너희들, 술 마셨지?
일꾼들	아닙니다!
늙은하녀	내가 보면 알아. 난 다친 일꾼들을 많이 봤거든.

늙은 하녀, 일꾼들에게 다가가서 살펴본다.

늙은하녀	이런 사고는 흔해. 사과 딸 때 생기는 그저 그런 사고야. (일꾼 나에게) 꽤 아프지?
일꾼 나	네……
늙은하녀	무척 아플 거야, 팔뼈가 부러졌으니까! 이런 팔로는 더 이상 일 할 수는 없겠어. (앞치마 호주머니에서 두툼한 수첩을 꺼낸다.) 이름을 말해. 지금까지 일한 품삯을 줄게.
일꾼 나	이름은…… 첫날부터 묻지 않으셨습니다.
늙은하녀	몇 번이야, 번호가?
일꾼 나	칠십팔 번입니다.
늙은하녀	칠십팔 번…… 음, 오늘까지 닷새 일했어.
일꾼 나	저는, 저…… 품삯은 안 받겠습니다! 그 대신 팔이 낫는 동안, 과수원에 머물러 있게 해주십시요! 창고도 좋고, 헛간도 좋습니다!
늙은하녀	(앞치마 호주머니에서 돈을 꺼내 던져주며) 받아, 닷새치 품삯이야. (일꾼 가에게) 다리가 통통 부어 올랐어. 진짜 아플 거야.
일꾼 가	아…… 안 아픕니다……
늙은하녀	발목이 부러진 건지, 무릎 뼈가 깨진 건지, 어디 살짝 다리를 움직여봐.
일꾼 가	움직이질 않아요, 전혀!
늙은하녀	너무 걱정할 것 없어. 다리를 석고로 고정시키고 한 일년쯤 누워 있으라구. 그렇게 편안히 누워 지내면, 부셔진 다리뼈들이 아물어

서 다시 걷게 되지.

일꾼 가 일년이나 누워 지내요?

늙은하녀 빠르면 육 개월 만에 걷는 사람도 있어. 번호를 말해.

일꾼 가 오십구 번요……

늙은하녀 겨우 사흘 일했군.

일꾼 가 (털썩 주저앉아 애원한다.) 이제 곧 겨울이 옵니다! 가을 내내 일해야 겨울을 날 텐데, 이런 다리로는…… 굶어 죽습니다! 주인님, 저희를 불쌍히 여겨 살려 주십시오!

일꾼 나 (바닥에 엎드려 애원한다.) 제발 살려 주십시오! 저희를 쫓아내면, 겨울에 얼어 죽습니다!

아버지 고개를 들어!

일꾼들 네, 주인님!

아버지 너희들 앞에 있는 사과를 봐.

일꾼들 네……?

아버지 잘 보라구, 바구니에 든 사과를!

일꾼들, 의아로운 표정으로 바구니의 사과들을 바라본다.

아버지 아무리 봐도 구별이 안 되지?

일꾼들 네……?

아버지 생긴 꼴이 비슷비슷해. 너무 비슷해서, 어떤 사과가 어느 사과나무에서 딴 것인지 구별할 수도 없어. 더구나 껍질을 벗기면 맛이 다 똑같아. 사람도 그래. 뭔가 다른 것 같지만, 다 똑같다구!

일꾼들 무슨 말씀이신지……?

아버지 사과를 먹어. 그럼 내 말을 알 거야.

늙은 하녀, 사과가 담긴 바구니로 다가온다. 과도를 들고 사과껍질을 깎는다.

늙은하녀 이 사과 먹고서 저 분을 따라가. 형사야. 우리 과수원 사과를 다섯
개 먹었지. 저 형사를 따라가면 창고에 불난 이야기, 소녀 겁탈 이
야기, 전당포 영감 죽은 이야기를 해 줄 거야. 그 이야기 중에 적
당한 걸 골라서, 자기가 범인이라고 하면 돼. (껍질 깎은 사과를 일꾼
들에게 주며) 그럼 감옥에서 살겠지만, 절대로 굶지는 않아. 겨울
동안 얼어 죽지도 않고……

아버지 지금은 사과를 딸 때야. 사과 딸 수 있는 사람이 잡혀 가느니, 사
과 딸 수 없는 너희들이 가는 게 낫지 않겠어?

일꾼들 (껍질 깎은 사과를 받아 들고 망설인다.)

아버지 어서 먹어. 괜히 망설이지 말구.

일꾼들, 사과를 흐느껴 울며 먹는다.

아버지 (형사에게) 지난 해 형사는 아홉 개 먹고 다섯 명 데려갔지. 네 개를
더 먹는 동안 사과나무에서 떨어진 일꾼이 더 생겼거든.

형 사 제가 성급했군요.

아버지 너무 서둘렀어.

형 사 나중에 다시 오겠습니다. 그 때는 천천히 더 많이 먹죠.

형사, 사과를 다 먹은 일꾼들에게 밖으로 나가자고 손짓한다.

형 사 어르신, 안녕히 계십시오.

아버지 잘 가.

형사, 일꾼들을 데리고 나간다.

늙은하녀 우리도 하나씩 깎아 먹을까요?

아버지 그러지.

아 들 난 사과 맛이 지겨워! 먹으면 목구멍에서 신물이 올라와!

아버지   그건 나도 그래!

아버지, 늙은 하녀, 아들, 사과 바구니 곁에 둘러앉는다. 늙은 하녀는 사과 껍질을 깎는다. 먼저 깎은 사과를 아버지에게 주고, 다음은 아들에게 준다. 그리고는 자기 먹을 사과를 깎는다. 그들이 사과를 먹는 동안 서서히 막이 내린다.

— 막 —

배우 우배

· **등장인물**
  박우배
  최정미
  연출가
  제갈조
  송진하
  준오 모친
  여장 남자가수
  돈 많은 남자
  술집 종업원 미스 킴
  간호사 미스 킴
  유치장 담당 순경
  술집 취객들
  친척들
  배우들

· **시간**
  이 연극을 공연하는 때

· **장소**
  이 연극이 공연되는 곳

1장 _극장무대

연출가와 배우들이 공연할 작품 「물거품」을 연습하고 있다. 무대 중앙에는 '나' 역을 맡은 박우배와 '그' 역의 배우가 있고, 연출가는 몇 걸음 옆에서 그들을 지켜보고 있다. 그밖의 배우들은 무대 뒤쪽에 놓인 의자에 앉아 등장할 차례를 기다리고 있다.

한 배우   자넨 아직도 젊군.

박우배   설마 그럴 리가 있겠나……

한 배우   난 이제 얼마 못살아. 벌써 죽음이야. 썩은 생선에 파리 떼가 몰려오듯이, 죽음이 왱왱거리며 맴돌고 있어.

박우배   자네에게 주려고…… 음…… 주려고…… 이걸 가져왔네……

연출가   그게 뭐야?

박우배   네……?

연출가   지금 주려고 손에 든 게 뭐냐고?

박우배   (당황한 표정으로 손에 든 연꽃을 바라본다.)

연출가   연꽃이야, 연꽃! 그런데 자넨 무거운 물건이나 가방 다루듯이 하고 있잖아!

박우배   아, 죄송합니다……

연출가   계속해!

박우배   맞아, 연꽃이야. 내가 음…… 그 연못에서…… 꺾어 왔네.

한 배우   그럼 자네는 아직도 그 연못에 가는 모양이군?

박우배   지금은…… 음……

연출가   왜 자꾸만 대사를 더듬어?

박우배   죄송합니다……

연출가   이거, 미치겠군! 공연이 며칠 앞인데, 배우가 대사를 못 외웠다니!

연습실 뒤 쪽 의자에 앉아 있는 배우들 중에서 최정미가 대본을 펼쳐들고 대사를 읽어준다.

최정미   지금도 자주 가네.

박우배   지금도 자주 가네.

한 배우 미쳤군! 난 그 연못을 잊었는데!

박우배   음…… 여보게……

최정미   (대사를 읽는다.) 여보게, 잊었다고 시치미 뗄 것 없네. 인간이란 누구
나 각자의 연못이 있는 걸세. 나는 평생 동안 그 연못을 바라보려고
애를 썼고, 자넨 평생 동안 그 연못을 보지 않으려고 애를 썼네.

박우배   여보게, 잊었다고 시치미 뗄 것 없네. 음…… 음…… 인간이란
음…… 누구나 각자의……

연출가   잘한다, 잘해!

박우배   누구나 음…… 각자의 연못이 있는 걸세……

연출가   (한 배우에게) 그 대사는 했다 치고, 그 다음을 받아!

한 배우 그러나 우린 뭐가 다른가? 결국엔 그 연못 속에서 잠시 떠올랐다
가 사라지는 물거품이 아닌가! 하하, 하하하! 물거품이라…… 하
하하!

박우배   (침묵)

최정미   이젠 그만 웃게나. 지금은 조용히 자네의 연못의 바라보게.

박우배   이젠…… 그만 웃게나. 지금은 음…… 조용히…… 자네의 연못을
바라보게……

연출가   그만! 그만!

박우배   네……?

연출가   오늘 연습은 그만하자구! 안되는 날은 죽어라고 안돼! (무대 뒷쪽의
배우들에게) 내일은 아침 10시부터 모여!

연출가, 무대 왼쪽으로 나간다. 배우들은 곤혹스런 표정으로 박우배를 바
라보더니, 하나 둘씩 무대 오른쪽으로 퇴장한다. 박우배, 털썩 바닥에 주
저앉는다. 최정미, 박우배에게 다가온다.

최정미　요즈음 왜 그래요?

박우배　(침묵)

최정미　이번 공연 작품, 마음에 안들어 그러는 거예요?

박우배　아냐, 그건……

최정미　말해줘요. 요즘 우배 씨는 넋 빠진 사람 같아요.

박우배　넋 빠진…… 나, 넋 빠졌어.

최정미　미안해요. 내가 너무 심한 말을 했군요. 내 마음 알죠? 내가 얼마나 우배 씨를 좋아하는지…… 우배 씬 우리 극단에서 가장 촉망받는 배우예요.

박우배　그래…… 나는 햄릿도 했고, 오이디푸스, 따르뛰프, 벚꽃동산의 로빠힌, 살아있는 이중생 각하도 했었는데…… 그렇게 나 자신의 모든 걸 다 바쳤던 인물은…… 사라지고 없어.

최정미　그런 기분, 나도 이해해요. 공연이 끝나면 얼마 동안은 허탈하죠.

박우배　지난번 공연이 끝난 뒤 분장을 지우면서 거울을 봤지. 나 자신이, 텅 빈, 완전히 텅 빈 모습이었어. (벌떡 일어나 무대를 왔다갔다하며) 그 후로는 밤에 잠이 안와. 음식을 봐도 멀뚱멀뚱 쳐다볼 뿐 먹지 않고…… 난 덜컥 겁이 나서 정신과 전문의에게 갔었어. 의사가 그러더군. 심각한 우울증이라고. 사랑하는 가족 중에 부모님이 돌아가시거나, 아내 혹은 자식이 죽는 경우, 그 큰 상실감 때문에 우울해지는데, 내 증세가 바로 그렇다는군. 난 아니라고 했지. 부모님도 생존해 계시고, 아직 미혼이어서 죽을 아내도 자식도 없다고 말야.

최정미　그랬더니 의사는요?

박우배　나더러 곰곰이 잘 생각해보랬어. 죽은 사람이 없다면 그럼 행방불명된 사람은 있을 거라구. 가족 중에 누군가 집을 나가 돌아오지 않거나, 전쟁터에서 실종된 경우는 증세가 더 심각하다는군. 죽은 사람은 장례를 치루면서 슬픔을 삭힐 수가 있지만, 실종된 사람은 장례식도 못 치루고 슬퍼 할 수도 없으니 더 나쁘다는 거야. 지금 내 기분이 꼭 그래.

최정미　기운 내요, 우배 씨. 새로 공연할 작품을 연습하면서, 새 인물을 만들면서, 배우는 다시 활기를 얻잖아요.

연출가, 가방과 우산을 들고 무대 왼쪽에서 나와서 오른쪽으로 걸어간다.

연출가　안 가고 뭘 하는 거야?
최정미　조금 할 얘기가 있어서요.
연출가　다들 갔어. 조명 꺼!
최정미　네. (박우배에게) 우리 맥주집에 가요.

2장 _ 길 건너 술집

여장 남자가수, 스탠드 마이크 앞에서 탬버린을 흔들며 노래 부른다. 술 취한 사람들이 손바닥으로 요란하게 탁자를 치며 가사 사이에 후렴을 집어 넣는다.

여장남자가수　물 위에 떠 있는 황혼의 종이배
　　　　　　　말없이 바라보는 해변의 여인아
취객들　앗싸! 앗싸! 앗싸라비아!
여장남자가수　바람에 휘날리는 머리카락 사이로
　　　　　　　황혼 빛에 물들은 여인의 눈동자.
취객들　앗싸! 앗싸!
여장남자가수　조용히 들려오는 조개들의 옛 이야기
　　　　　　　말없이 거니는 해변의 여인아
취객들　앗싸! 앗싸! 앗싸라비아!

돈 많은 남자, 술집 종업원 미스 킴에게 외친다.

돈 많은 남자 여봐, 미스 킴! 여기 있는 모든 분들께 맥주 한 병씩 돌려!
취객들 (환호성을 지른다.) 앗싸, 앗싸!
돈 많은 남자 형씨들, 오늘 무슨 날인지 아오? 내 생일이오, 내 생일!
취객들 (탁자를 두드리며) 축하! 축하! 축하라비아!
돈 많은 남자 마셔요, 마셔! 술값은 모두 내가 내겠소!

술집 종업원 미스 킴, 생맥주가 담긴 잔들을 사람에게 나눠준다. 박우배와
최정미, 들어온다.

미스 킴 어서 오세요!
박우배 세상 참 불공평하군.
최정미 왜요?
박우배 사람들은 저렇게 즐거운데, 나는 슬프고 괴로우니……

박우배와 최정미, 빈자리에 앉는다.

돈 많은 남자 여봐, 미스 킴! 저기 새로 오신 분들께도 한잔씩 드려!
취객들 (탁자를 두드리며) 앗싸! 앗싸!

미스 킴, 박우배와 최정미에게 맥주잔을 갖다 준다. 여장 남자가수는 노
래 부르고, 취객들은 탁자를 두드리며 소리 지른다. 박우배, 최정미에게
말한다.

박우배 저 가수…… 이상해. 아까 노래는 남자 목소리던데 지금 노래는
        여자 목소리야.
최정미 소란해서 잘 안들려요!
박우배 저 가수, 이상하다구!

미스 킴 (박우배 곁을 지나가다가 묻는다.) 뭐가 이상하죠?

박우배 노래할 때마다 목소리가 달라요!

미스 킴 립싱크죠!

박우배 립싱크……?

미스 킴 녹음테이프가 돌아가고 입 모양만 내는 거 있잖아요!

취객들 앗싸! 앗싸! 앗싸라비아!

여장 남자가수, 노래를 중단하고 박우배에게 다가온다.

여장남자가수 나에게 궁금한 게 있어요?

박우배 아…… 아뇨……

여장남자가수 솔직하게 말해요! 아까 나를 보면서 이상하다 소리 지르는 걸 봤어요!

박우배 (침묵)

여장남자가수 내가 그럼 물어볼까요?

박우배 (침묵)

여장남자가수 당신은 누구예요?

박우배, 침묵한다. 최정미, 대신 말한다.

최정미 연극 배우예요.

박우배 아뇨. 난 이제 배우가 아닙니다!

최정미 배우 맞아요. 우린 저기 길 건너 극장에서 연극하고 있어요.

박우배 그만 뒀습니다, 오늘!

돈 많은 남자 저 양반, 뭘 모르네! 그만 뒀어도 배우야! 이 세상은 무대, 모든 사람은 배우라고 그 누가 말했더라? 톨스토이? 링컨? 엘리자베스 테일러? 어쨌든 미스 킴, 여기 있는 모든 배우들한테 맥주 한 병씩 더 돌려!

취객들 앗싸, 앗싸, 앗싸라비아!

돈 많은 남자   난 누구냐? 사람들은 나를 돼지고기도 팔고, 쇠고기도 파는 푸줏간 주인이라고 해. 하지만 말이야, 그건 오해야! 왜냐, 왜냐하면 말이야, 난 고기를 팔면서 마음속으로는 고상하게 장미꽃, 백합꽃, 국화꽃을 판다고 생각했거든!

여장남자가수   그러니까, 꽃집 주인이군요!

돈 많은 남자   아냐, 아니야! 요즘엔 생각하기가 귀찮아서 아무 생각도 안해! 돼지고기든지, 장미꽃이든지, 아무 생각도 안하니까, 내가 뭘 파는지 나도 몰라!

취객들   앗싸! 앗싸! 앗싸라비아!

한 취객   나 역시 내가 누군지 몰라! 은행에 다닐 때는 난 은행원인 줄 알았는데, 퇴직하니까 난 아무 것도 아니더라구!

다른 취객   인생이란 그런 거야, 그런 거! 도대체 누구인지 알 수 없는 내가, 누구인지 모를 마누라와 결혼해서, 이게 다 누구인지 알지 못할 자식들을 일곱이나 낳았거든!

취객들   앗싸! 앗싸! 앗싸라비아!

돈 많은 남자   이게 희극이며, 비극이지! 그리고 우리는 모두 희비극의 배우들이야! (술병 을 나르는 미스 킴에게) 잘 들어, 미스 킴! 만약 자기가 배우 아니라는 놈 있거든, 그놈한테는 돈 받아! 그런 놈은 공짜로 술 먹을 자격이 없어!

박우배   (일어나서 다른 자리로 옮겨가며) 난 돈 내고 마시겠습니다!

돈 많은 남자   어, 뭐라구? 완전히 판을 깨잖아?

취객들   저런 놈은 쫓아내!

미스 킴   (박우배에게) 나가시죠. 분위기가 험악해요.

박우배   난 안 나갑니다!

취객들   (박우배를 쫓아내려고 위협적인 태도로 다가온다.) 앗쭈! 앗쭈! 앗쭈라비아!

박우배, 맥주병을 집어 들고 일어나더니 바닥에 내던진다. 여장 남자가수가 비명을 지르며 얼굴을 두 손으로 감싼다. 손가락 사이로 검붉은 피가 흘러내린다.

취객들　저런 미친놈이 있나!

돈 많은 남자　(박우배에게 다가와서 멱살을 잡는다.) 도대체 넌 누구야? 네가 누
　　　　군데 내 생일날 난장판을 만들어?

취객들　이런 나쁜 놈은 잡아가야해! 경찰 불러!

3장 _ 면회실

　　　　연출가와 최정미, 경찰서 유치장 면회실 의자에 앉아 있다. 묵직한 쇠문이
　　　　열리는 소리. 박우배, 들어온다.

연출가　어디 다친 데는 없어?

박우배　(고개를 숙인 채 끄덕인다.)

연출가　왜 맥주병은 집어 던진 거야? 일곱 바늘이나 꿰맸어, 이마가 찢어
　　　　져서. 그 가수 뭐라는지 알아? 자기는 목소리 가수가 아닌 얼굴
　　　　가수인데, 일곱 바늘 꼬매고는 가수 생활이 끝났대!

최정미　변상해 달래요, 엄청나게.

박우배　얼마나……?

최정미　얼굴 전체를 성형수술 할 만큼요.

박우배　난…… 돈 없어……

최정미　변상 안 해주면 감옥에 보내겠대요.

연출가　곧 막 올릴 작품의 출연배우를 감옥가게 할 수야 없지. 변상금은
　　　　우리 극단이 낼 테니까 그런 줄 알아.

박우배　고맙습니다, 선생님. 하지만……

연출가　하지만 뭐야?

박우배　저는 더 이상 배우를 할 수 없습니다.

최정미　우배 씨, 제발 그런 말을……!

연출가　말하게 둬!

박우배　죄송합니다. 이번 작품 연습할 때 보셨지만…… 그동안 제가 맡았던 인물들에게 모든 걸 다 바치고는…… 허탈 상태입니다.

연출가　그러니까 내가 너무 인물에 몰입하지 말라고 했잖아! 배우가 그렇게 몰입하면, 자기 자신도 안 보이고 맡은 인물도 안 보여! 결국 관객 반응도 신통치 않고, 공연이 끝난 뒤엔 모든 걸 잃은 듯한 후유증만 생긴다구!

최정미　우배 씨가 지금 그렇죠. 사랑하는 가족이 죽었거나 실종된 것 같은, 그런 심각한 증세거든요.

연출가　훌륭한 배우들은 절대로 몰입 안 해! 자기가 맡은 인물을 연기하면서, 느긋하게 일정한 거리를 두고, 그 인물을 지켜보거든!

최정미　극장으로 돌아와요, 우배 씨. 지금 단계를 극복해야만 우배 씨는 명배우가 될 수 있어요.

박우배　아니…… 난 불가능해……

연출가　그럼 배우 안하고 뭘 할 건데?

박우배　모르겠어요……

연출가　몰라?

박우배　선생님, 모르니까 더 괴롭습니다.

유치장 담당 순경, 들어온다.

순경　면회시간 끝났습니다. 박우배 씨, 유치장으로 들어가세요!

4장 _국립 모텔

경찰서 유치장. 박우배가 웅크리고 앉아 있다. 구석에는 수세식 변기가 낮은 칸막이로 가리워져 있다. 제갈조, 변기 위에 앉아 용변 중이다. 칸막이 위로 제갈조의 상반신이 보인다.

제갈조　휴지 좀 갖다 줘!

박우배　(침묵)

제갈조　내 말 안 들려? 휴지 가져오라니까!

박우배　(악취 때문에 뒤돌아 앉아 코를 잡는다.) 나, 휴지 없어요.

제갈조　지배인 불러서 휴지 달라고 해!

박우배　지배인이라뇨……?

제갈조　순경 말이야, 순경!

박우배　아, 네……

두루마리 화장지, 유치장 안으로 던져진다. 박우배는 한 손으로 코를 잡고, 다른 손으로 화장지를 집어 제갈조에게 갖다 준다.

제갈조　국립모텔이 예전 보다는 훨씬 좋아졌지. 예전엔 화장실이 푸세식이었는데, 지금은 수세식이거든.

박우배, 반대쪽 구석으로 물러나 벽을 향해 앉는다. 수세식 변기, 물 내리는 소리가 들린다. 제갈조가 박우배에게 다가와 등을 두드린다.

제갈조　악취가 지독하지?

박우배　저리 비켜요!

제갈조　그런데 악취를 풍기는 나는 못 느껴. 이 세상의 모든 악취는 그렇다구. 지독하게 끔찍한 악취를 풍기면서도, 정작 본인은 몰라. 그

냄새에 고통 받는 건 옆에 있는 사람이지. 내 말이 틀려?

박우배 맞아요.

제갈조 고통도 그래. 괴로워하는 자보다는, 그 꼴을 옆에서 보는 자가 더 괴롭거든. 어떼, 내말이 틀려?

박우배 (벽을 향해 뒤돌아 앉는다.) 그건 다르잖아요…….

제갈조 똑바로 앉아, 등 돌리지 말고!

박우배 (침묵한다.)

제갈조 나를 보고 똑바로 앉아!

박우배 (마지못한 듯 제갈조를 향해 앉는다.)

제갈조 왜 괴로워하는 거야?

박우배 (한숨을 쉬며) 나 자신 때문이죠.

제갈조 이것도 인연인데, 우리 서로 통성명이나 하자구. 난 제갈조야. 제갈량과 조조처럼 머리 좋은 사람이다 그런 뜻으로 내가 지었어. 임자는?

박우배 박우배요.

제갈조 박우배……?

박우배 배우 잘하라고 우리 극단 연출가 선생님이 지어준 예명입니다.

제갈조 배우 우배, 이름 좋군!

박우배 하지만 이젠 그 이름 필요없죠.

제갈조 왜 필요없어?

박우배 배우 그만 뒀어요.

제갈조 왜 그만 뒀어?

박우배 (침묵)

제갈조 배우 안하면 뭘 할 건데?

박우배 꼭 연출가 선생님처럼 묻는군요.

제갈조 말해봐, 궁금해!

박우배 잠시 연기했다가 그만 두는 인물은 허망해서 싫습니다. 내가 죽는 그 날까지, 평생 동안 할 인물이 있다면 좋겠는데…….

제갈조, 박우배를 와락 껴안고 일으켜 세운다.

제갈조 야호! 마침내 이곳에서 만나는군!

박우배 마침내 만나다니요?

제갈조 그동안 애타게 찾았었지. 어디, 일평생 한 역만 맡을 배우가 없나
　　　　찾아다녔거든!

곤봉으로 쇠창살을 두드리는 소리가 들린다. 순경, 들어온다.

순경 여봐, 절도범! 여기가 어딘 줄 알고 시끄럽게 떠들어요?

제갈조 (차렷 자세를 취한다.) 죄송합다! 용서합쇼!

순경 그리고, 폭행치상범!

박우배 네……

순경 둘 다 조용히 해요! 시끄럽게 굴면 오늘 저녁 밥 없어!

제갈조 (거수 경례를 하며) 알았습다!

순경, 두 사람을 노려보더니 나간다.

제갈조 괜히 엄포야. 난 생쥐는 무서워도 순경은 안 무서워!

박우배 쉿, 가만히 좀 있어요.

제갈조 방금 들었지? 나더러 절도범이라고 하는 소리 말야. 하지만 난 보
　　　　통 절도범이 아냐. 아주 특수한, 어떤 인간의 과거를 훔치고 있어.

박우배 절도죄는 진짜 교도소에 갈걸요?

제갈보 괜찮아, 훔친 증거가 없거든. 며칠 전 한밤중에 학교 담을 넘어 갔
　　　　지. 교무실로 들어가 학적부를 복사하고는 원본은 제자리에 뒀어.
　　　　그리고는 담 넘어 나오다가 재수 없게 걸렸어. 두고봐. 국립호텔
　　　　까지는 안 가고 여기 모텔에 좀 있다가 나갈 거야. 그런데 말이야,
　　　　우리 여길 나가거든 다시 만나자구. 그동안 내가 모아 놓은 성적
　　　　부, 호적등본, 사진, 심지어 신문기사까지, 온갖 자료들을 임자한

	테 보여주겠어.
박우배	내가 왜 그걸 봐야 해요?
제갈조	임자는 대본 외우듯이 그걸 보고 외워. 그럼 완전히 다른 인간이 되는 거지!
박우배	다른 인간……?
제갈조	그게 어떤 인간인지 알면 놀랄 걸!
박우배	그게 누굽니까?
제갈조	임자가 그 인간 된다고 손해 날 것 없어. 오히려 임자는 평생 동안 행복할 거라구! (새끼손가락을 내밀며) 어서 약속해! 우리가 다시 만난다는 약속으로 손가락을 걸자구.
박우배	쉿, 또 떠든다고 야단맞겠어요.

순경, 유치장 쇠창살을 두드리며 경고한다.

순경	(소리) 너희들, 정말 저녁 밥 굶고 싶어?
박우배	아뇨……
제갈조	(박우배의 귀에 대고 속삭인다.) 조용히 말할 때, 어서 손가락 걸어.
박우배	(새끼손가락을 내민다.) 밥은 먹어야죠.

5장 _ 연출가의 방

극장 연출가의 방. 연출가, 책상 앞에 서서 누군가를 기다리고 있다. 문 두드리는 소리. 최정미가 들어온다. 연출가, 책상 위에 놓여 있는 가방에서 두툼한 돈 봉투를 꺼내 내민다.

연출가	이 돈, 그 가수한테 갖다 줘. 얼굴 일곱 바늘 꼬맨 변상금이야.

최정미	선생님……
연출가	극단 사정이 여유롭진 않아. 하지만 박우배를 감옥 보낼 수는 없지.
최정미	(돈 봉투를 받는다.) 고맙습니다. 우배 씨도 선생님 마음 알 테니까, 극장으로 다시 돌아오겠지요.
연출가	정말 돌아오면 좋겠어. 재능 있는 배우인데…… 아까워.
최정미	선생님, 제가 꼭 우배 씨를 데려오겠어요.
연출가	그래……?
최정미	이 세상 모든 사람을 다 포기해도, 저는 우배 씨를 포기 못해요.
연출가	그 정도야?
최정미	네.
연출가	너무 푹 빠지진 마. 나중에 후회하지 말구!

6장 _ 옥탑방(1)

박우배의 자취방. 고가 전철의 전동차가 요란하게 달리는 소리, 방 안이 진동한다. 박우배가 불룩한 배낭을 등에 멘 제갈조를 데리고 들어온다. 제갈조, 불안한 표정으로 방안을 둘러본다.

박우배	여기가 내 자취방이에요. 지붕 꼭대기 옥탑방이고, 전철 바로 옆이여서 시끄럽죠.
제갈조	괜찮아, 생쥐만 없다면.
박우배	생쥐요?
제갈조	난 정말 이 세상에서 생쥐가 제일 무서워. 잘 살펴봐. 그 동안 비워둔 방이라서 쥐구멍이 생겼을지도 모르잖아.

박우배, 방 안을 둘러본다.

박우배 연출가 선생님도 생쥐를 싫어해요.

제갈조 그래?

박우배 연습하다가 생쥐만 나오면 비명을 지르죠.

제갈조 난 비명 정도가 아니야. 조그맣고 새카만 생쥐와 시선이 딱 마주치면, 난 온 몸이 쫙 굳으면서 심장이 덜컥 멎어.

박우배 쥐구멍은 없어요, 아무리 살펴봐도.

제갈조 있어!

박우배 어디요……?

제갈조 저기!

박우배 아, 저긴 전철 지날 때마다 벽이 흔들려서 생긴 틈입니다.

제갈조 어서 막아!

"찌익,짝―" 생쥐 소리가 들려온다. 제갈조는 그 소리에 질겁한다.

박우배 어? 쥐가 있네!

제갈조 나, 죽어! 어서 틀어막아!

박우배, 호주머니에서 손수건을 꺼내들고 벽으로 가서 갈라진 틈에 쑤셔 넣는다. 제갈조는 잔뜩 겁먹은 모습이다.

박우배 이젠 막았으니 안심하세요.

제갈조 숨을 못 쉬겠어. 어찌나 놀랐는지……

박우배 생쥐가 나오면 내가 때려잡죠.

제갈조 내 옆으로 바짝 와!

박우배 (제갈조에게 다가온다.)

제갈조 절대 떨어지면 안돼!

박우배 네.

제갈조, 배낭에서 여러 가지 수집한 것들을 꺼낸다.

제갈조　이거 굉장히 중요한 자료들이야. 수집하는 데만 몇 년이 걸렸지. (낡은 사진 한 장을 보여준다.) 잘 생겼지?

박우배　누구죠?

제갈조　열일곱 살 때 실종된 인물이야.

박우배　실종…… 행방불명요?

제갈조　이름은 송준오. 벌써 이십년 됐어. 고등학생 때, 수학여행 갔다가 사라졌다구.

박우배　수학여행을 어디로 갔었는데요?

제갈조　강원도 설악산.

박우배　설악산이라면 나도 학생 때 갔었어요.

제갈조　그날 날씨는 좋았다는군. 학생들 기분이 들떴겠지. 앞서거니 뒷서거니 하면서 설악산 정상까지 올라갔는데, 송준오가 안 올라오는 거야. 한참 기다려도 안 오니까 아마 힘들어서 포기했나보다, 그리고는 다들 내려왔는데…… 송준오가 안 내려와. 해가 저물어도 안 내려오고, 다음날이 되어도 안 내려오니까, 그제서야 뒤늦게 찾기 시작했지.

박우배　무슨 사고겠죠. 암벽에서 떨어졌다든가, 계곡에서 미끄러지는……

제갈조　그걸 알 수 없어. 경찰 수색대는 물론, 전문 산악인들을 동원해서 샅샅이 뒤졌지만, 아무 흔적도 못 찾았거든.

제갈조, 자료들 중에서 누렇게 바랜 신문을 보여준다.

제갈조　이걸 봐. 그 당시 신문이야.

박우배　(신문 기사의 내용을 읽는다.) 송준오 실종사건……

제갈조　찾느냐, 못 찾느냐, 엄청난 화제 거리였지.

제갈조, 또 다른 신문을 펼쳐 보인다.

제갈조　이 신문엔 이런 광고도 있어.

박우배　(신문의 광고란을 읽는다.) "송준오를 찾습니다."

제갈조　그 밑 줄.

박우배　"찾아주신 분께 사례금 오천만원을 드립니다."

제갈조　송준오 가족이 낸 광고지. 그런데 실종 첫 해만 낸 게 아니야. 해
　　　　마다 내더라고. 사례금도 일억, 이억, 삼억…… 껑충껑충 뛰어 올
　　　　랐어.

박우배　굉장한 부잣집인 모양이군요.

제갈조　내 관심을 끈 건 바로 이거야. 계속해서, 이런 광고가 나왔어.

제갈조, 또 다른 신문을 박우배에게 보여준다.

제갈조　임자가 읽어봐.

박우배　"준오야, 돌아오라. 어머니가 위독하다."

제갈조　가족들은 송준오가 살아있다고 믿는 거지.

박우배　도대체 누구 집 아들이에요, 송준오는……?

제갈조　유명한 매국노 집안의 손자라구!

제갈조, 자료 더미에서 호적등본을 찾아내 보여준다.

제갈조　이건 송준오의 호적등본이야! 송준오의 아버지는 송진하, 송준오
　　　　의 할아버지는 송만길! 송만길이 누군지는 초등학교 역사책에도
　　　　나와!

박우배　송만길…… 어디서 많이 들어본 것 같은데……

제갈조　유명한 매국노야, 매국노! 대한제국 고종황제 때 상무 대신이었는
　　　　데, 나라와 민족을 일본에 팔아 먹었어. 그 짓으로 엄청난 땅과 돈
　　　　을 받았고, 남작이란 귀족작위도 받았지!

박우배	고약한 집안이군요!
제갈조	아주 돈 많은 집안이야! 일본의 패전 후, 우리나라가 해방됐지만, 남작 칭호만 없어졌을 뿐 재산은 고스란히 그 집안 것이거든. 송만길 죽은 다음엔 그 아들 송진하가 물려받았고, 송진하 다음은 그 손자 송준오가 이어 받을 차례라구!

제갈조, 자료들 중에서 여러 겹으로 접힌 지도를 꺼내 방안 가득 펼쳐 놓는다.

제갈조	이게 다 송준오가 상속받을 땅이야!
박우배	정말 엄청난 땅입니다. 하지만 지금까지 나타나지 않았다면 송준오는 죽은 거 아닐까요?
제갈조	송준오는 살아있어.
박우배	살아있어요……?
제갈조	그럼!
박우배	어디예요?
제갈조	바로 내 눈 앞에!
박우배	눈 앞……?
제갈조	임자가 송준오야!
박우배	나요?
제갈조	그렇다니까!
박우배	말도 안돼요!
제갈조	왜 펄쩍 뛰어? 내 이야기를 들어봐. 그러니까 그게 어떻게 됐느냐 하면, 송준오는 설악산에서 길을 잃고 헤매다가 밀렵꾼이 파 놓은 함정에 빠진거야. 멧돼지, 노루, 산토끼 같은 짐승들을 잡으려고 아주 교묘하게 파놓은 함정이지. 송준오는 그런 함정에 빠져 머리를 크게 다쳤어. 피를 많이 흘렸지만, 다행히 죽지는 않았지. 며칠 후 밀렵꾼이 발견하고 꺼내놨는데, 송준오는 아무것도 기억 못하는 거야.

박우배	아무것도 기억 못해요?
제갈조	이름도 기억 못하고, 부모가 누군지, 어디 사는지도 몰라. 완전히 기억 상실증이지. 그래서 밀렵꾼이 자기 집으로 데려가 함께 살았다구.
박우배	설마 그럴 리가……
제갈조	지금까지 송준오는 그렇게 자기를 잊고 살았는데, 살다보니까 뭔가 조금씩 조금씩 생각나는 게 있는 거야. 이러저리 조각난 그림을 맞추듯이, 빈 칸에 글자 채워 넣듯이, 그렇게 기억나는 것들을 맞춰보니까, 이제 자기가 송준오라는 걸 알게 됐지. (수북하게 쌓여 있는 자료들을 가리키며) 이게 바로 송준오의 기억들이야. 임자가 연극 대본 외우듯이 이걸 외워. 그럼 임자는 송준오가 되는 거야.

고가 전철의 전동차가 지나간다. 요란한 괴음이 울린다. 제갈조, 황급하게 흩어져 있는 자료를 끌어 모아 배낭에 집어넣는다.

제갈조	누가 왔어! 방문 두드리는 소리를 들었다구!
박우배	난 못 들었어요.
제갈조	분명히 들었다니까! (배낭을 등에 둘러맨다.) 아까 내가 한 말 비밀이야. 아무한테도 발설 하지 마!

문 두드리는 소리, 뚜렷하게 들린다. 배낭을 등에 둘러맨 제갈조, 짙은 색 안경을 쓴다.

제갈조	이젠 열어줘.
박우배	(방문 앞에 가서 묻는다.) 누구십니까?
최정미	(소리) 나예요.

박우배, 방문을 연다. 최정미가 들어온다. 제갈조는 아무런 일도 없었다는 듯이 휘파람을 불면서 그 둘 사이를 지나간다.

제갈조 나, 잠깐 나갔다 올께!

박우배 여기 계셔도 됩니다.

제갈조 아냐. 담배 한대 피우고 금방 돌아올 거야.

제갈조, 퇴장한다.

최정미 저 분······ 누구예요?

박우배 몰라.

최정미 모르는데, 여길 데려 왔죠?

박우배 유치장에 함께 있었어. 한 가지 확실히 아는 건, 생쥐를 무서워하더군. 심장이 덜컥 멎는 걸 아까 실제로 봤어.

최정미 난 우배 씨가 유치장에서 나오면, 극장에 바로 올 줄 알았어요. 연출가 선생님이 극단 돈으로 변상금을 내셨고, 동료 배우들도 기다리고 있는데······ 자, 어서 가요.

박우배 난······ 못 가.

최정미 우배 씨!

박우배 (뒤돌아서서 침묵한다.)

최정미 다들 실망하기 전에, 나와 함께 가요.

박우배 미안해. 선생님께는 나중에 전화하겠어.

최정미 우배 씨······

박우배 미안해, 정말.

최정미 (속상해 흐느껴 운다.) 우배 씨······

박우배 울지마. 운다고 해결 될 일이 아니잖아······

7장 _옥탑방(2)

고가 전철, 전동차가 요란한 소리를 내며 지나간다. 박우배는 한 손에 송준오의 사진을, 다른 손에는 거울을 들고 번갈아 바라본다. 제갈조, 박우배를 지켜보고 있다.

박우배 전혀 달라요, 얼굴이…… 송준오는 얼굴 윤곽이 갸름하고, 눈이 큼직하고, 코가 오똑하게 잘 생겼는데, 나는 아닌 걸요.

제갈조 사진은 옛날 얼굴이야. 사람이 오래 살면 얼굴도 변해.

박우배 아무리 변해도 송준오의 얼굴이 내 얼굴처럼 될 리는 없죠. 내 얼굴은 평범하지만…… 송준오는 지극히 귀족적입니다.

제갈조 귀족적……?

박우배 품위가 있는 거죠. 고상하고 우아한……

제갈조 임자 얼굴도 그래. 고상하고 우아하거든.

박우배 (거울을 바닥에 내려놓으며) 농담마세요, 제발.

제갈조 농담 아니야.

박우배 송준오의 성적표를 보고는 완전히 기가 질렸어요. 국어, 수학은 물론, 영어, 역사, 지리, 음악, 모든 과목에서 일등이에요. 한 마디로 천재입니다, 천재!

제갈조 임자도 천재라구. 대본을 잘 외우잖아.

박우재 열일곱 살 때 난 뭘 했던가…… 얼굴에 잔뜩 돋은 여드름을 짜면서 여학생 꽁무니나 줄줄 따라 다녔겠죠.

제갈조 어서 송준오의 자료들이나 줄줄 외워.

박우배 여기에 있는 건 다 외웠어요. 호적등본, 아버지 이름과 어머니 이름, 친척들…… 초등학교, 중학교, 고등학교 학적부와 각 과목의 성적들…… 하지만 이것들은 부분적일 뿐, 송준오 전체를 알 수는 없죠.

제갈조 자료가 충분하지 않다는 건 나도 인정해. 하지만 부분적인 특징을 살펴보면 전체를 다 알 수 있어. 자, 송준오의 특징을 보자구. 매국노 집안이다, 학교 성적이 우수하다…… 어때? 이것만으로도 뭔가 감잡히는 게 있지?

박우배 무슨 감이 잡혀요?

제갈조 송준오란 인물의 성격 말이야. 매국노 집안이란 콤플렉스 때문에 지극히 내성적이었지. 친구도 사귀지 못했고, 사춘기인데 계집애도 꼬시지 못했어. 그래서 혼자 공부만 열심히 했던 거야. 천재 소리를 들을 만큼 성적이 좋았던 건 다 그런 이유가 있지.

박우배 글쎄요……

제갈조 송준오가 외톨이였다는 건 실종 사건에서 확실히 감 잡혀. 평소에 학생들과 잘 어울려 지냈다면 실종 됐을 때, 그렇게 무관심했을까……? 혼자 올라오겠지, 그러면서 모두들 올라가고, 혼자 내려오겠지, 그리고는 모두들 내려갔어. 언제나 따돌림을 당하는 외롭고 쓸쓸한 존재, 그게 송준오야.

박우배 네…… 이젠 뭔가 알 것 같아요.

제갈조 송준오가 실종된 지 며칠 지나서야 사람들이 찾기 시작했지. 하지만 뭔가 사고를 당해 죽었으면 시체라도 있어야 할 텐데, 아무 흔적이 없고…… 그래서 가족들은 송준오가 일부러 자취를 감췄다고 생각해. 매국노 집안이라는 콤플렉스, 그것에서 해방되고자 스스로 사라졌다고 말이야. 그리고는 어딘가에 아직도 송준오가 살아있다 믿고 있어.

박우배 그렇군요…… 송준오…… 가족들…… 그런데 왜 난 자꾸만……

제갈조 그런데 자꾸만 뭐?

박우배 아…… 아뇨……

제갈조 말해봐, 숨기지 말고.

박우배 빠지면 안된다, 안된다 하면서도…… 자꾸만 송준오에게 빠지는군요.

박우배, 심각한 모습으로 방안을 왔다갔다 한다.

박우배	연출가 선생님이 주의를 줬죠. 몰입해서 하는 연기는 좋은 게 아니다, 자기가 맡은 인물과 거리를 두고 떨어져 있어야 한다……
제갈조	어떤 연출가인지 헛소릴 했군! 몰입해, 몰입! 완전히 몰입해서 아예 그 인물이 되어야 한다구!

제갈조, 거울을 들고 박우배에게 다가온다. 그는 박우배의 등 뒤에 서서 거울을 얼굴 앞으로 내민다.

제갈조	자, 거울에 누가 보이지?
박우배	(거울을 유심히 바라본다.)
제갈조	송준오의 얼굴이야.
박우배	송준오 얼굴……
제갈조	웃어봐!
박우배	(웃는 표정을 짓는다.)
제갈조	크게 소리내 웃어!
박우배	하하, 하하하!
제갈조	(만족한 듯이 박우배의 어깨를 두드린다.) 잘했어, 송준오!

8장 _ 최정미의 방

빈 방. 최정미, 들어온다. 그녀는 전화기로 다가가서 녹음 재생 단추를 누른다. 지금 부재중이니 메시지를 남기라는 소리, 녹음 시작을 알리는 신호음, 뒤이어 박우배의 녹음된 목소리가 들린다.

박우배	(소리) 나야, 박우배…… 아참, 이젠 박우배가 아니고 송준오지. 오늘 저녁 나는 송만길 남작 댁에 가. 그런데…… 마치 연극 공연하

러 가는 것 같군. 지난 번 미안해, 울려 보내서…… 내 마음이 아
팠어. 그럼 정미 씨, 잘 있어……

9장 _ 남작 저택의 접견실

접견실 벽에 대형 인물화가 걸려있다. 대한제국의 서양식 고관 복장을 입
은 송만길 남작이다. 인물화 앞에 놓인 의자에는 송진화가 앉아 있다. 제
갈조와 박우배가 들어온다. 제갈조, 허리 굽혀 인사한다.

제갈조   이래 보니 영광이드래요. 남작 각하! 저는 강원도……

송진하   나는 남작이 아니오. 그저 평민과 똑같소.

제갈조   그래도 귀족 혈통은 변하지 않는 거래요. 각하! 저는……

송진하   각하라니, 듣기 거북하오. 나를 만나러 온 용건이나 말하시오.

제갈조   (박우배를 가르키며) 여기, 각하의 아들 송준오래요!

송진하   내 아들 준오……?

제갈조   제가 설명 드리겠습니다, 각하, 저는 강원도……

송진하   각하는 빼고 말하시오.

제갈조   알겠습니다, 각하! 그러니까요, 그게 저부터 소개하는 게 낫겠는
데요…… 저는 강원도 설악산 밀렵꾼이래요. 설악산 골짜기마다
함정을 파놓고는 짐승을 잡지요. 저희 집안은 대대로 밀렵꾼인데
요. 할아부지도 밀렵꾼, 아부지도 밀렵꾼, 손자도 밀렵꾼……

송진하   이야기가 길겠소. 짧게 요약 하시오.

제갈조   짧게요, 각하? 그러니까 그게 이십년 가까이쯤인데요, 그 날도 뭐
이 잡혔는지 함정들을 살피고 다녔는데요, 야 뭐이 이런 일이 있
는지요. 사람이 빠져있드라니요. 아주 잘 생긴 청년, 아니 아직 청
년은 안 된 것 같고, 소년은 지난 것 같은…… 어쨌든 그런 학생이

머리 크게 다쳐가꼬 피를 흘리고 있었잖소. 그래 우짜겠소? 제가 얼릉 그 학생을 들쳐 업고는 제 집으로 델고 와서 치료를 했는데요, 야는 숨만 까딱까딱 쉴 뿐 의식이 없었다니요. 근데요, 한 달인가 두 달인가 지나니깐 눈을 뜨데요. 한데 이름이 뭐냐 물어도 대답을 못하고 어디 사냐 물어도 대답을 못하드래요. 완전히 기억이 없어진 거래요. 그러더니 요즘 와서 기적처럼 조금씩 조금씩 뭔가를 기억해내는 거래요.

송진하   (박우배에게) 그럼 지금은 무엇을 기억하는가?

박우배   제 이름, 송준오요.

송진하   준오…… 그리고?

박우배   학교도 기억납니다. 저는 공부를 아주 잘했어요. 국어, 수학, 지리, 영어, 음악…… 뭐든 과목에서 1등을 했거든요.

송진하   응……

박우배   고등학교 때 설악산으로 수학여행 갔던 것도 기억납니다.

송진하   수학여행……

박우배   네. 학생들이 모두 설악산 위로 올라갔었는데…… 저 혼자 뒤쳐졌지요. 그렇게 혼자서 얼마나 따라갔을까…… 저는 발을 헛딛고는 푹 빠졌습니다.

제갈조   각하! 밀렵꾼은 아주 교묘하게 함정을 만들지요. 깊은 구뎅이 위에 무성한 풀과 나뭇잎을 살짝 얹어 놓는 거래요. 그런 다음……

송진하   조용히 하시오!

제갈조   (박우배에게) 계속 다 말하라니, 얼릉. 얼릉얼릉.

박우배   저는 함정에 빠져서…… 며칠을 지냈습니다. 하지만 처음부터 의식을 잃은 건 아닙니다.

송진하   의식이 있었다……?

박우배   길을 지나가는 사람들의 발자국 소리가 들렸고…… 제 이름을 부르며 찾아다니는 사람들의 목소리도 들었습니다. 그렇지만 저는…… 대답하지 않았어요. 왜…… 왜냐하면……

송진하   어서 말해보게.

박우배	사람들은 저를 싫어했습니다. 그들이 저를 찾는 건 사랑해서도 아니고 좋아해서도 아닙니다. 저는…… 혼자 가만히 있었지요. 함정 속에서 침묵한 채…… 오히려 저는 그게 마음 편했습니다.
송진하	(신음 소리를 낸다.) 으음……
제갈조	각하, 그 때 제가 각하의 아드님을 발견했는데요! 조금만 더 늦었으면 준오는 죽었다니까요!

송진하, 잠시 생각에 잠긴다. 사이. 그는 벽에 걸린 인물화를 가르킨다.

송진하	저 분은 누구신가? (제갈조가 대답하려는 것을 제지시키며) 자네가 말하게!
박우배	저의 조부님, 송만길 남작이십니다.
송진하	그럼 누구인가, 나는?
박우배	존함은 송진하, 저의 아버님이십니다.
제갈조	정말 놀랍습니다! 할아부님, 아부님, 아드님, 삼대 얼굴이 똑 닮은 거래요!
송진하	으음……

송진하, 잠시 침묵한다.

송진하	그만 일어나게.
박우배	네……?
송진하	일어나서 어머니를 만나보게.
박우배	어머님은 어디 계십니까……?
송진하	혼자 찾아야 하네.
박우배	저 혼자요……?
송진하	어렸을 때 살았던 집이라면, 당연히 어머니의 방을 기억하겠지.
제갈조	저도 함께 가야지요. 준오는 아직 기억이 완전하질 안 해요.
송진하	앉으시오!

제갈조　하지만 각하…… 제가 도와주고 싶은데요?

송진하　혼자 가게 두오. 우리 집은 낮고 오래 된 집, 궁궐처럼 크기만 해서 방도 많고 계단도 많아 미로와 같소. 진짜 아들은 어머니의 방을 찾겠지만, 가짜 아들은 헤매 다닐 뿐 찾지 못할 것이요.

10장 _ 길 건너 술집

여장 남자 가수, 애조 띤 상송을 부른다. 최정미가 혼자 쓸쓸한 모습으로 노래를 듣고 있다.

여장남자가수　그것은 우리를 닮은 노래

　　　　　그대 나를 사랑했고 난 그대를 사랑했네

　　　　　우리는 둘이 함께 살아 있었지

　　　　　나를 사랑했던 그대 그대 사랑했던 나

　　　　　하지만 삶은 살며시 소리도 없이

　　　　　사랑하는 사람들을 갈라놓고

　　　　　바다는 모래 위

　　　　　헤어진 연인들의 발자욱을 지워버리네

최정미　(조용히 박수를 친다.)

여장남자가수　이 노래 좋죠?

최정미　네.

여장남자가수　외로울 때 들으면 좋아요.

최정미　(침묵한다.)

여장남자가수　성형수술한 내 얼굴, 예뻐졌죠?

최정미　네, 예뻐요.

여장남자가수　한숨을 쉬시는군요. 사랑하는 남자, 보고 싶은 남자, 만날 수는 없고 지금은 어디서 무엇을 하고 있는지……

최정미　그래요…… 지금은 무엇을 하는지……

여장남자가수　아는 방법이 있죠. (자신의 목에서 큼직한 수정 구슬이 달린 목걸이를 끌 러내 최정미에게 내밀며) 티베트 여행 갔던 친구가 선물로 사다 준 건데요, 아주 오래된 마법의 수정구슬이에요. (목걸이를 최정미 눈앞에서 좌로 흔든다.) 정신을 집중시켜 이 수정구슬을 보세요. 사랑하는 남자, 그리운 남자가 보일 거예요. 자, 하나부터 열까지 세죠. 하나 두울, 세엣…… 보인다, 보여! 네엣, 다섯…… 차츰차츰 뚜렷하게 보인다! 여섯, 일곱, 여덟…… 보인다, 보여! 아홉, 여열!

최정미　(최면 걸린 듯 정지된 수정 구슬을 보면서) 네, 보여요!

여장남자가수　지금 뭘 하고 있죠? 보이는 걸 말하세요.

최정미　지금 기다란 복도를 걸어가요. 양 쪽엔 수많은 방들이 있고, 문들은 닫혀 있어요. 복도마다…… 위로 올라가는 계단과…… 아래로 내려가는 계단이 있고…… 그 계단 끝에는 기다란 복도가 또 있어요……

여장남자가수　미로 속을 헤매 다니는 군요?

최정미　네…… 아, 어떤 방 앞에 멈췄어요……

여장남자가수　그리고는 뭘 하죠?

최정미　그리고는…… 문을 두드려요……

11장 _ 어머니의 방

방문 두드리는 소리가 들린다. 간호사 미스 킴, 방문을 연다. 박우배가 들어온다. 방안에는 산소호흡기를 비롯한 여러 의료기구들이 부착된 침대가 있고, 온 몸이 잔뜩 부풀어 오른 송준오의 어머니가 누워 있다. 불규칙한 호흡소리, 심장박동 소리가 뒤섞여 들린다.

미스 킴   누구시죠?

박우배   (방안 광경에 놀라 멈칫 거린다.)

미스 킴   누구예요?

박우배   송준오입니다……

미스 킴   송준오씨?

박우배   네. 어머니를 만나 뵈려구요.

미스 킴, 박우배를 데리고 침대로 데려간다.

미스 킴   보시죠, 어머니를. 실종된 아드님 때문에 애간장이 다 녹으셨어요. 큰 창자, 작은 창자, 심장, 췌장, 간, 허파…… 몸속에 든 건 흐물흐물 다 녹아서 썩는 냄새가 나요. 그래도 죽지는 않으셨어요. 아드님을 만나기 전엔 결코 죽을 수 없다는 일념으로 살아 계신 거죠.

박우배   (악취를 견디지 못하고 코와 입을 막는다.) 굉장한 악취군요!

미스 킴   참아요. 그래도 어머님의 냄새인 걸요.

박우배   하지만 너무 지독합니다!

미스 킴   냄새난다고 불평하다니, 어머니께 죄송하지도 않아요?

박우배   죄송합니다…… (침대에 누워있는 어머니에게 사과한다.) 어머니, 제가 잘못했어요.

미스 킴   알아듣지 못하세요, 혼수상태라서.

박우배   언제나 이 상태입니까?

미스 킴   각성제 주사를 맞으면 잠깐 깨어나시죠.

간호사 미스 킴, 어머니에게 각성제 주사를 놓는다. 어머니, 쉭- 쉭- 괴상한 소리를 내며 꿈틀거린다.

미스 킴   아주 잠깐이에요. 빨리 말씀 하세요.

박우배   어머니, 제가 돌아왔어요!

어머니   준…… 오…… 냐?

박우배　네, 준오예요!

어머니　왔…… 구나…… 내 아들!

어머니, 퉁퉁 부풀어 오른 두 팔로 박우배를 덥석 부둥켜 앉는다. 박우배
는 빠져 나오려고 발버둥 친다. 그러나 어머니는 꿈쩍도 않고, 박우배는
빠져 나올 수가 없다.

박우배　나 좀 빼줘요!

미스 킴　너무 반가워서 그러시는 거예요!

박우배　제발 나를 좀 빼내줘요!

미스 킴, 박우배를 부둥켜안은 어머니의 팔을 잡아 벌린다. 박우배, 빠져
나오려고 발버둥 치다가 넘어진다.

박우배　무슨 힘이 그렇게 강해요?

미스 킴　어머니의 힘이란 강한 거예요.

미스 킴, 넘어진 박우배를 바라보며 웃는다.

박우배　왜 웃는 겁니까?

미스 킴　넘어진 꼴이 우스워서요.

박우배　(엉덩이를 털면서 일어선다.) 그만 웃어요.

미스 킴　지금까지 준오라는 사람이 여러 명 왔었죠. 모두 가짜였어요. 진
　　　　짜 아들을 만나기 전엔 죽을 수 없는 어머니, 그런 어머니만 괴로
　　　　워요!

침대의 어머니, 울부짖는 듯한 소리를 내며 꿈틀거린다. 미스 킴, 능숙한
솜씨로 재빠르게 진통제 주사를 놓는다.

미스 킴   진통제예요. 이번엔 진짜 아들이어서 어머니의 이 오랜 고통이 끝났으면 좋겠어요!

12장 _ 미로의 출구

제갈조, 박우배의 등을 두드리며 칭찬한다.

제갈조   잘했어! 정말 잘했다구! 어떻게 그 많은 방들 중에서 어머니의 방을 찾은 거야?

박우배   복도를 헤매다가…… 신문광고가 생각났죠. "송준오, 돌아오라. 어머니가 위독하다"

제갈조   아, 그래서?

박우배   위독한 환자가 있는 방은 약 냄새, 소독 냄새, 그런 냄새가 날 것이다…… 난 냄새나는 방을 찾아다닌 겁니다.

제갈조   역시 임자는 천재야, 천재!

박우배   (숙연한 표정이 되면서 침묵한다.)

제갈조   말해봐, 그 다음은?

박우배   (침묵)

제갈조   어머니의 방에 들어가서는 뭘 했는데?

박우배   굉장한 걸 봤어요. 어찌나 충격이 컸던지……

제갈조   도대체 뭘 봤어?

박우배   이 세상에서 가장 슬프고…… 고통스러운 모습을요. 냄새도 지독하더군요. 몸속이 다 썩는…… 그래도 죽지 않고 살아 있어요……

13장 _남작 저택의 접견실

송준오의 친척들이 모여든다. 그들은 박우배와 제갈조를 노려보며 노골적인 분노와 증오를 들어낸다.

친척들 또 어떤 놈이 귀찮게 나타난 거야?

고모부 개새끼!

제종형 빌어먹을 자식!

이모 (양손의 손가락 관절을 꺾어서 우드득 소리를 내며) 그 새끼 얼굴을 쥐어 뜯어야지!

송진하, 들어온다. 그는 송만길 남작의 인물화 앞 의자에 앉는다. 박우배와 제갈조는 오른쪽 의자에 앉고, 친척들은 왼쪽 의자에 앉는다. 마치 재판 광경을 연상시킨다.

친척들 저놈은 가짜입니다, 가짜!

송진하 조용히 하시오.

친척들 우리 집안의 재산이 탐나서 온 거라구요!

송진하 판단은 내가 합니다. 친척들께서는 흥분을 억제하시고, 조리있게 의문점을 추궁하시오.

고모부 그러지요, 지극히 이성적으로! (일어나서 박우배와 제갈조를 향해) 도대체 너희들은 어디서 굴러먹던 개뼈다귀냐?

제갈조 우리요?

친척들 그래, 너희들 정체가 뭐냐고!

제갈조 난 설악산의 밀렵꾼이드래요.

고모부 저 개뼈다귀가 거짓말을 하네! 야, 밀렵꾼이란 놈 얼굴이 왜 그렇게 말끔해?

제종형 희멀건 얼굴만이 아냐! 손가락도 가늘어! 산 속에서 험한 짓을 했으면, 얼굴도 새까맣고 손가락도 뭉툭하게 굵어야지!

박우배 (몸을 움츠리며 제갈조에게 말한다.) 공포 분위기예요, 완전히……

제갈조 겁먹지 마, 내가 있잖아.

고모부 (박우배를 손가락으로 가리키며) 특히 저놈! 송준오를 사칭하는 저놈을 봐.

친척들 야, 얼굴 똑바로 들어!

송진하 얼굴을 들게.

친척들 손가락 열개도 활짝 펴!

송진하 손가락도 보여주게.

제갈조 괜찮아, 보여줘.

박우배, 얼굴을 들고 손가락을 펴서 보여준다. 친척들, 의기양양하게 소리 지른다.

친척들 보셨지요? 바로 저 희멀건 얼굴과 가느다란 손가락이 가짜라는 증거입니다!

제갈조 (일어서며) 각하, 제가 한 말씀 드려도 될까요?

송진하 말하시오.

제갈조 존경하는 남작 각하, 그리고 친척 여러분! 여러분들께서도 잘 알고 계시듯이 설악산은 국립공원이잖소? 국가에서 임명한 관리인들이 공원 곳곳을 삼엄하게 지키는데, 그들 눈을 피해 밀렵할라믄 얼마나 힘들겠소? 낮에는 불가능해요. 야심한 밤 어둠 속을 숨어 댕기는데, 어데 햇볕을 볼 수 있겠소? 얼굴이 새까맣게 그을려야 밀렵꾼이라는 건 잘못된 생각이래요! 손가락두요, 하루에 수백 마리씩 소, 돼지 잡는 도살장 일꾼이라믄 손가락 마디 마디가 굵어지겠지만, 우리 밀렵꾼들은 한 달에 겨우 산 짐승 너댓 마리 잡을까 말까한데, 그 정도로는 손가락이 우째 굵어지겠소? 게다가요, 요즘은 산짐승 짝 짓는 기간이래요. 우린 이 엄숙한 자연의 번식 기간엔 절대로 살생 안 해요!

제종형	밀렵꾼이 살생을 안 한다구?
제갈조	네.
친척들	말도 안 돼!
제갈조	그치요, 말이 안 되지요! 인간이 먹고 살라믄 인정사정 볼 것 없이 산짐승들을 잡아야 하는데요, 헌데요, 그건 무자비한 짓이라고 점잖게 말리는 사람이 있는데 바로 이 사람이래요. 이 사람은요, 번식 기간이 아닌 때에도 잡힌 짐승 중 새끼 밴 애미나 어린 놈이 있으면 불쌍타 놓아주고요, 상처 입은 놈은 정성껏 치료해서 살려 보낸다니요! 진짜로 고상한 마음, 고결한 행동이래요! 존경하는 남작 각하, 그리고 친척 여러분, 진짜루 귀족 혈통에서 태어난 사람은 뭐이 달라도 다르던데요! 여러분은 이 사람 얼굴이 희멀겋다, 손가락이 가늘다, 그래서 밀렵꾼이 아니다 하셨는데요, 맞는 말이래요! 이 사람 마음이 고상하고 행동이 고결하듯이, 이 사람 얼굴 또한 기품 있고 귀족적이잖소? 그럼 누구겠소? 이 사람은, 아니 이 분은 바로 여러분과 같은 혈통의 자랑스런 가문에서 태어났다가 실종된, 하지만 지금은 살아서 돌아온 유일한 상속자, 바로 송준오, 송준오래요!

친척들, 제갈조의 능란한 말솜씨에 놀라 당황한 표정이다. 제갈조는 박우배 곁에 앉더니 귓속말을 한다.

제갈조	저놈들을 봐. 내 말 듣고 얼이 빠졌군.
박우배	나도 놀랐어요.
송진하	(친척들을 향해 묻는다.) 어떠시오? 친척들은 더 이상 이의가 없으신지……
이모	아, 있어요! 있어!

이모, 손가락 관절을 우드득 꺾으면서 박우배에게 다가온다.

이모   네가 진짜 송준오라면 나를 기억할 텐데?

박우배   네……?

이모   너의 어린 시절 생각나? 난 너를 무척 귀여워했어. 달콤한 사탕도
        주고, 재미있는 동화책도 읽어줬지. 그런 나를 몰라?

제갈조   (박우배에게 귓속말로 일러준다.) 기억이 안난다고 해.

박우배   기억이 안나는데요.

이모   뭐? 나를 기억 못해?

제갈조   (박우배에게 귓속말 한다.) 실종될 때 머리를 다쳐서 기억 상실증에
        걸렸다고 그래.

박우배   죄송합니다. 실종될 때 머리를 다쳐서……

송진하   (제갈조에게 경고한다.) 귓속말은 삼가시오.

제갈조   알겠습니다.

이모   난 이모다, 이모! 네 어머니의 여동생이야! 네가 나를 모르다니,
        넌 분명 가짜구나!

친척들   그 새끼 얼굴을 확- 할켜버려!

박우배   아…… 기억나요. 어린 시절 이모가……

이모   말해봐!

박우배   저에게 사탕을 주셨어요. 동화책도 읽어주셨구요.

이모   그건 내가 말했잖아!

박우배   난 사탕 먹고 싶지 않았어요. 이빨이 썩거든요. 그런데 강제로 먹
        힌 겁니다. 이모는 동화책도 일부러 무서운 것만 골라 읽어주셨어
        요. 귀신, 마녀, 흡혈귀…… 어린 저는 밤에 잠도 못자고…… 겁에
        질려 벌벌 떨었지요.

이모   뭐야?

박우배   제 기억은 그렇습니다.

이모   (분노하여 악을 쓴다.) 야, 이놈아! 네가 먹고 싶다 떼써서 사탕을 줬고,
        읽어달라 졸라서 동화책을 읽어줬어! 그런데 뭐가 어쩌고 어째?

박우배   그건 이모의 기억이죠.

제갈조   (잘했다는 듯이 박우배의 등을 두들며) 그럼, 그럼! 사람의 기억이란

전혀 다를 수 있는 거래요!

이모 (손가락 관절을 우드득 꺾어 치켜세우고 박우배의 얼굴을 노려본다.) 이놈 얼굴을 할켜버려?

친척들 할켜버려! 확— 할켜버려!

송진하 진정하시오, 진정을!

친척들 저런 놈은 따끔한 맛을 보여줘야 해!

송진하 냉정하게 판단합시다. 마침 증인이 들어오고 있소!

간호사 미스 킴, 들어온다. 박우배를 손톱으로 위협하던 이모는 친척 자리로 돌아가 앉는다.

송진하 모두 들으시오. 그 동안 내 아들을 자칭하며 나타난 자들이 많고 많았소. 나는 그들에게 어머니 방을 찾아가 보라는 시험을 냈었소. 대개는 집 안을 헤매 다닐 뿐 찾지 못했고, 극히 일부만이 어머니 방을 찾았는데, 그런 자도 아들로서의 태도가 어떤지를 간호사에게 살펴보라 하였소. (간호사 미스 킴에게) 이번에는 어떠한가? 저 사람의 태도를 본 대로 증언하도록!

친척들 저놈이 어머니의 방을 찾았다고?

미스 킴 네, 찾아왔어요.

고모부 개새끼!

제정형 빌어먹을 자식!

이모 염병할 놈, 어쩌다가 우연히 찾았겠지!

송진하 다들 조용히, 증인의 말을 경청하시오.

미스 킴 아들이라는 사람이 들어오면 혼수상태인 마님께 각성제 주사를 놓아드려요. 마님께선 방에 들어온 사람은 누구든지 아들로 여기시고, 있는 힘을 다해 껴안고는 놓아주실 않으시죠. (박우배를 바라보며) 그런데, 저 분 태도는…… 지금까지 왔던 사람들과는 전혀 달랐어요.

송진하 어떻게 달랐는가?

미스 킴	마님께서 와락 껴안자, 벗어나려고 발버둥쳤죠.
친척들	바로 그거야! 가짜니까 발버둥 쳤지!
미스 킴	지금까지 가짜들은 탄로날까 두려워 마님의 품안에서 얌전히 있었어요. 썩는 냄새가 지독한데도 억지로 참으면서요.
고모부	그러니까 뭐야? 발버둥친 놈이 진짜라는 거야?
제종형	어, 저놈 편을 들어?
미스 킴	제가 누구 편을 들다니요?
이모	방금 그랬잖아? 가짜들은 품 안에서 얌전히 있는데, 저 새끼는 진짜라서 발버둥쳤다며?
미스 킴	저는 제가 본 것을, 사실 그대로 말씀드렸어요.
송진하	돌아가도 좋소.
미스 킴	네.

간호원 미스 킴, 송진하에게 정중히 절하고 퇴장한다. 송진하는 박우배를 향해 묻는다.

송진하	마지막 진술을 듣겠다. 방금 자네의 태도가 다른 사람과는 달랐다는 증언이 있었다. 어찌하여 그런 태도를 취했는가?
박우배	(일어나서 말한다.) 이런 말씀을 드려 죄송합니다…… 제가 다시 그 방에 들어간다면…… 어머니를 죽여 드리고 싶습니다.
친척들	뭐, 죽여?
박우배	네. 이젠 고통이 멈추도록……
친척들	저런 개새끼! 어머니를 죽인다는 새끼가 무슨 진짜 아들이겠어!
제갈조	(박우배에게) 여봐, 왜 그런 불리만 말을 해?
송진하	그것이 진심인가?
박우배	네.
송진하	으음……

송진하, 침묵한다. 제갈조는 낭패한 표정이다. 친척들은 의기양양하게 외

쳐댄다.

친척들　더 이상 볼 것 없어! 저 새끼는 송준오가 아니야!

송진하　(침묵한다.)

친척들　어서 판정을 해요!

송진하　(침묵한다.)

친척들　어서요, 어서!

송진하　나는 이 사람을 내 아들 준오로 인정하겠소.

친척들　아니…… 뭐라구요?

송진하　이제 그만 고통을 끝냅시다. 어머니가 실종된 자식 돌아오길 기다리며 하루 하루 목숨을 이어가는 것, 이 세상에 그것처럼 비통하고 참혹한 일이 어디 있겠소? (의자에서 일어나 박우배에게 다가간다.) 준오야, 아버지와 함께 가자. 이번엔 진짜 아들이 돌아왔다고 내가 네 어머니에게 말하마. 죽지도 못하고 살지도 못하던 네 어머니가 이젠 편안하게 숨을 거둘 것이다!

제갈조　만세, 송준오 만세! 우리가 이겼다!

14장 _ 모친 빈소

박우배, 노부인의 영정 사진을 제단 위에 올려놓는다. 삼베 두건을 쓰고 삼베 완장을 두른 상주 박우배, 대나무 지팡이를 짚고 제단 옆에 서서 문상객을 맞이한다. 연출가와 최정미가 문상 온다. 박우배는 구슬프게 "아이고- 아이고-" 곡한다. 연출가와 최정미는 영정 앞에 서서 묵념한 후, 박우배에게 다가와 목례를 한다.

박우배　선생님, 여긴 어떻게 오셨습니까?

연출가　신문 보고 문상 왔네. 실종됐던 송만길 손자, 송준오가 살아서 돌아왔다며 신문마다 떠들썩해.

최정미　나도 신문 방송 봤어요.

연출가　그런데 빈소가 너무 쓸쓸하군.

박우배　네……

연출가　친척들은 문상 안 오는가?

박우배　아무도 안 옵니다, 친척은……

연출가　몹시 화가 났겠지. 재산이 자기들 것인 줄 알았는데, 상속자가 나타났으니.

최정미　(핸드백에서 편지 봉투를 꺼내 박우배에게 내민다.) 이건 내가 쓴 편지예요. 나중에 꼭 읽어보세요.

박우배　(편지 봉투를 받는다.)

연출가　저기 누가 오는군. 우린 이만 가겠네.

연출가와 최정미, 퇴장한다. 검정색 정장 차림의 간호사 미스 킴, 흰색 국화 한 송이를 들고 와서 영정 앞에 놓더니 고개 숙인다. 박우배는 "아이고 – 아이고–" 곡 한다. 간호사 미스 킴, 박우배에게 다가온다.

미스 킴　얼마나 마음 아프세요? 어머님을 하늘에 보내시고……

박우배　아이고— 아이고—

미스 킴　지난 번 제가 유리한 증언을 해 드렸죠?

박우배　고맙습니다.

미스 킴　말로만 고맙다고 하실 건가요?

박우배　네……?

미스 킴　보답해 주세요.

박우배　물론 보답해야죠. 바라는 게 뭔지……?

미스 킴　저와 결혼해요.

박우배　결혼을요?

미스 킴　어머니의 방을 보셨잖아요. 저는 그 방에서 간병하느라 청춘을 보냈어요. 그 흔한 연애는커녕, 남자 한번 만날 틈도 없었죠. (제단에 놓았던 흰 국화를 집어서 박우배에게 내민다.) 이 꽃, 받아주세요. 제가 청혼하는 거예요.

박우배 글, 글쎄요…… 지금은 상중이서……

미스 킴 난 준오씨 집안 사정을 잘 알죠. 어디에 무엇이 있는지, 내 도움이 필요할 걸요. 장례식 끝난 뒤에 우리 결혼해요!

간호사 미스 킴, 퇴장한다. 제갈조, 등장. 박우배는 구슬픈 목소리로 "아이고— 아이고—" 곡한다.

제갈조 나야, 나! 방들을 구경하고 다녔어! 길고 긴 복도의 양 쪽 방마다 값비싼 골동품이며 그림들이 가득 찼더군! 역시 매국노 송만길 남작의 재산은 대단해!

박우배 벌써 그걸 보고 다녔어요?

제갈조 봤지! 결국 우리 재산인 걸. 그런데, 눈에 보이는 것보다 보이지 않게 감춰 둔 것이 더 많을 거야!

박우배 방금 전 조문객들이 다녀갔습니다. 그중 한 명은 간호사 미스 킴인데, 나더러 결혼하자더군요.

제갈조 어, 그래?

박우배 미스 킴은 자기 도움이 필요할 거랍니다. 어디에 무엇이 있는지 잘 안다면서. 하지만 난 미스 킴과 결혼할 마음 없어요. 예쁘지도 않고, 더구나 나이도 많거든요.

제갈조 오히려 그런 여자가 아내로서 적합한 거야. 예쁘고 젊은 여자는 말야, 쓸모 없는 골치 덩어리야. 그저 평생 동안 속만 썩이거든. 그래서 현명한 남자들은 대게 못생기고 늙은 여자들을 마누라 삼지. 임자도 그렇게 해. 꼭 필요한, 쓸모있는 여자를 마누라 삼아야 평생 동안 행복하다구.

박우배 그건 생각해 볼 문젭니다.

제갈조 더 생각할 것 없어. 불필요한 마누라 때문에, 얼마나 많은 남자들이 곤욕을 치루는지 알아?

박우배   (침묵한다.)

제갈조   다른 문상객들은 누구야?

박우배   연출가 선생님과 여배우요.

제갈조   임자가 그만 둔 극단의……?

박우배   네.

제갈조   그들이 어떻게 알고 왔어?

박우배   신문 방송이 떠들썩하다는군요.

제갈조   연출가는 배가 아파 왔겠지. 같은 배우를 써서, 자긴 별 볼일 없었
는데, 난 대성공을 거뒀거든!

15장 _아버지의 방

송진하, 창밖을 바라보며 깊은 생각에 잠겨있다. 방문 두드리는 소리. 박
우배가 들어온다.

박우배   부르셨습니까, 아버님?

송진하   의자에 앉아.

박우배   네, 아버님.

박우배, 머뭇거리며 서 있다.

송진하   왜 앉지 않고?

박우배   아버님께서 먼저 앉으셔야죠.

송진하   그런가……

송진하, 의자에 앉는다. 박우배는 맞은 편 의자에 공손한 자세로 앉는다.

송진하 장례식은 무사히 치뤘고, 고인은 영원한 안식을 얻었으니, 산 사람이나 죽은 사람이나 분주한 일은 끝났군. 오늘은 모처럼 한가롭게, 부자지간 격의 없는 말들을 해보자고 불렀지.

박우배 먼저 말씀 하십시오, 아버님.

송진하 나부터……?

박우배 저는 나중에 말씀드리겠습니다.

송진하 좋아, 그렇게 하지. 사실은…… 나도 어디론가 사라지고 싶었어. 매국노 집안이라는 부담감을 훌훌 벗어 던지고, 홀가분하게, 전혀 남의 눈총을 받지 않는 곳에서, 자유를 만끽하며 살고 싶었지. 하지만 용기가 없었어. 차일피일 미루면서 이렇게 산 것이 후회가 돼. 평생 동안 떳떳하게 얼굴을 내밀지도 못했고…… 사회적 활동은 물론, 지극히 개인적인 일마저 불가능했지. 내 아들 준오가 실종되자, 아비로서 나는 슬프면서 기뻤어. 슬픔은 하나뿐인 아들이 사라졌기 때문이고, 기쁨은 내 아들이 자유를 얻었기 때문이지. 이제 그 아들 준오가 돌아왔고, 내 심정은 여전히 기쁘면서 슬퍼. 사랑하는 아들이 나타났으니 기쁘고, 내 아들이 자유를 잃었으니 슬픔이지. 자, 이번엔 아들이 말할 차례군. 어떤가, 지금 심정이?

박우배 제 심정은, 행복합니다.

송진하 행복하다……?

박우배 네. 그동안 저는 뭐랄까요…… 모든 걸 잃어버리는 삶을 살았습니다. 너무나 아쉽고, 허탈한 삶이었죠.

송진하 처음 왔을 때 눈여겨봤어. 그 밀렵꾼이 내 아들 준오는 기억상실증이라면서, 이렇게 하라 저렇게 하라, 사사건건 지시하더군.

박우배 처음엔 그랬었지요. 하지만 지금은 아닙니다. 그런 지시 없이도 저는 제 능력으로 완벽하게 잘 하고 있습니다.

송진하 으음…… 그건 나도 인정해 다만 나는……

박우배 말씀하십시오, 아버님.

송진하	이 모든 걸 준오가 보고 있다는 느낌이야.
박우배	준오가 보고 있다니요?
송진하	그 느낌은 준오가 실종된 때부터 느껴졌어. 어딘가에서 반드시 지켜보고 있다는 강한 느낌……

송진하, 박우배를 지긋이 바라본다.

송진하	여보게……
박우배	네?
송진하	자넨 누구인가?
박우배	저, 준옵니다.
송진하	난 솔직히, 자네가 누구인지 모르네. 그러나 나는 자네를 내 아들로 받아들였고, 친척들은 물론 이 세상 모든 사람들에게 내 아들이라고 공표했네. 더구나 자네 스스로 말했듯이, 자넨 완벽하게 준오가 될 능력이 있어. 하지만 부디 잊지는 말게. 준오가 되어서도, 언제나 준오가 바라보고 있다는 것을……
박우배	알겠습니다……
송진하	(의자에서 일어나며) 벌써 점심때인가, 시장하군. 우리 함께 식당에 가세.
박우배	먼저 드십시오. 저는 나중에……
송진하	(나가면서 말한다.) 준오 버릇이 꼭 그랬어. 언제나 자기 혼자 식사했지.

16장 _밀렵꾼의 방

박우배, 의자에 앉아 있다. 제갈조가 몹시 화를 내며 박우배를 꾸짖는다.

제갈조	도대체 그게 무슨 소리야? 준오가 지켜보고 있다니? 임자 자신이 준오야, 준오! 잠 잘때도 준오, 깨어서도 준오, 밥 먹으면서도 준오, 앉아서도 준오, 걸어 다니면서도 준오, 살아서도 준오, 죽어서도 준오, 임자는 영원한 준오라구! 자, 따라해봐! 나는 준오다!
박우배	나는 준오다……
제갈조	목청껏 크게!
박우배	나는 준오다!
제갈조	더 크게!
박우배	나는 준오다!
제갈조	이젠 됐어!
박우배	그래도 점점 느낌이 강해져요.
제갈조	뭐……?
박우배	준오의 시선요. 내가 준오처럼 되면 될 수록, 준오가 나를 바라보고 있다는 그 느낌은 더욱 더 뚜렷해집니다. 참 신기해요. 예전에는 이런 일이 없었죠. 나는 햄릿도 했었고, 따르뛰프도 했었고, 살아있는 이중생 각하도 했었는데…… 그들이 나를 바라본다는 건 생각조차 못했거든요.
제갈조	임자, 지금 미쳤어?
박우배	저기, 보이지 않는 곳에 준오가 있어요. 나는 여기, 이렇게 있고요. 난 준오처럼 말하고 준오처럼 행동합니다. 만약 준오의 시선을 못 느낀다면…… 난 준오처럼 보이려고 애쓰지 않을 겁니다. 엉뚱한 말과 행동을 해도 아무 상관없으니까요.
제갈조	여봐, 정신 차려! 정말 준오가 본다면 가만 있겠어? "야, 네가 왜 내 흉내를 내?"하면서 뺨따귀를 때릴 거라구!
박우배	서툰 흉내는 맞아야죠. 하지만 잘한 건 박수를 받습니다. "야, 너는 꼭 나구나!" 이런 칭찬은 최상의 기쁨입니다! 더 이상 바랄 것도 없고, 더 이상 할 것도 없죠!
제갈조	임자는 준오와 똑같다는 인정을 받았잖아! 더 이상 바랄 것도 없고 더 이상할 것도 없다면, 언제든지 미련 없이 그만 두겠다, 그거

아냐?

박우배 난 중요한 걸 깨달았어요. 내가 연기하는 인물이 나를 지켜본다는 것을요. 준오 덕분이죠. 준오에게 진심으로 감사합니다.

제갈조 분명히 말해! 그래서 어떻게 할 작정이야?

박우배 이제 난 극장으로 돌아갑니다.

제갈조 이런 염병할! 임자는 배우 버릇을 못 버렸군! 햄릿이 어떻고, 따르 튀프가 어떻고, 그럴 때 어쩐지 수상쩍더라니! 좋아…… 알았어! 우리가 극장을 짓자구! 엄청난 재산이 생겼는데, 그까짓 극장 하나쯤이야! 뉴욕이나 런던, 파리, 전세계의 그 어떤 극장보다 훨씬 좋게 지을 수 있어! 물론 극장 주인은 나야, 나! 나는 듬뿍 듬뿍 돈을 줘서 최고의 연출가와 배우들을 데려다가 이 세상 최고의 연극을 만들 거야! 임자는 주인공을 해! 햄릿이든, 돈키호테든, 임자가 하고 싶은대로 하라구! 어때, 그렇게 하고 싶지?

박우배 아뇨.

제갈조 왜, 아니야?

박우배 나를 데려갈 사람이 오고 있어요.

제갈조 누가……?

박우배 곧 알게 됩니다.

제갈조 안돼! 절대로 안돼! 임자는 내 것이야! 결코 내 손에서 놓아 줄 수 없어!

방문 두드리는 소리, 들린다.

제갈조 누구야!?

박우배 어서 들어와요!

최정미, 들어온다. 그녀는 붉은 헝겊 덮개로 가려진 원통형의 새장을 들고 있다.

박우배　나 좀 구해줘! 지난번 편지 보고 전화했어!

최정미　위급할 땐 나를 불러요 그랬죠! 자, 여기 부탁한 걸 가져 왔어요!

최정미, 새장의 덮개를 벗긴다. 제갈조, 깜짝 놀란다. 새장 속에는 새까만 생쥐가 살아 움직인 있다.

제갈조　생…… 생쥐잖아……!

최정미　(제갈조 앞으로 다가가며 새장을 흔든다.) 무섭죠?

제갈조　난…… 안 무서워!

박우배　거짓말 말아요! 생쥐만 보면 벌벌 떨면서 숨도 못 쉬잖아요!

최정미　바닥에 풀어 놓겠어요.

제갈조　으악, 안돼!

제갈조, 허겁지겁 달아난다.

최정미　밀렵꾼이 달아났어요!

박우배　(최정미의 뺨에 입 맞춘다.) 고마워, 정말!

최정미　(박우배의 뺨에 입맞추며) 내가 당신 곁에 있으니, 밀렵꾼은 다시 못 올 거예요!

17장 _연출가의 방

극장 연출가의 방. 박우배와 최정미, 들어온다. 연출가는 박우배를 반갑게 맞이한다.

연출가　명배우가 돌아왔군, 돌아왔어!

박우배	그동안 죄송합니다, 선생님!
연출가	자넨 세상을 두 번 놀라게 했네. 지난번엔 준오라고 해서 놀라게 하더니, 이번엔 준오가 아니라고 해서 놀랐지! (책상 위에 신문을 들고 와서 펼쳐 보인다.) 신문 보게! 온통 자네 이야기뿐이야!
최정미	사람들이 구름처럼 쫓아 다녀요, 우배 씨를 보려구요. 우배 씨가 출연한 연극은, 관객으로 극장이 터질 거예요.
연출가	그야 당연하지! 하지만…… 배우는 싫다고 했잖아? 공연이 끝나면, 맡았던 인물은 사라지고 없다, 그래서 그만 뒀었는데, 다시 배우를 하겠다니 믿을 수가 없군.
박우배	선생님, 믿어주십시오.
연출가	어떻게 믿지?
박우배	공연이 끝나도 그 인물은 사라지지 않습니다. 제가 준오를 그만해도 준오는 어딘가에 있듯이요. 오히려 사라지는 건…… 저 자신이죠.
연출가	완전히 생각이 달라졌군.
박우배	언젠가 저는 죽지만, 제가 연기했던 인물들은 영원합니다. 햄릿도, 따르뛰프도, 살아있는 이중생 각하도 그리고 송준오도……
연출가	아주 훌륭한 생각일세! (박우배의 어깨를 두드리며) 여보게, 박우배!
박우배	네, 선생님.
연출가	자네가 다시 돌아오길 밤낮으로 기도한 사람이 있어. 알고 있겠지?
박우배	알고 있습니다.
연출가	그 사람이 얼마나 자넬 사랑하는지, 그것도 알고 있나?
박우배	물론 저도 사랑합니다.
최정미	우배 씨가 저에게 청혼했어요.
연출가	그거 잘 됐군! 결혼식 주례는 내가 하겠네! (박우배와 최정미를 앞장 세우며) 자, 무대로 가세! 우리 극단 배우들이 기다리고 있어!

18장 _극장무대

극단 배우들이 흥거운 음악을 연주하고 있다. 아코디온, 기타, 드럼, 섹스폰 등, 배우들의 악기는 두터운 마분지에 그림을 그려서 오려낸 것이다. 연출가, 등장. 무대 한 가운데에서 관객석을 향해 말한다.

연출가　안녕하십니까, 관객 여러분! 저 유명한 배우 우배를 보려고 정말 많이 오셨군요! 지금부터 아주 멋진 광경을 보실 것입니다. 배우 우배의 결혼식이지요. 여러분이 잘 알고 계시듯이, 옛날이야기, 동화, 소설, 영화, 연극 등 모든 행복한 결말은 주인공의 결혼식입니다. 이건 불변의 법칙이며 영원한 원형이어서, 아무도 이것을 고치거나 바꿀 수가 없습니다. 그럼 시작 합시다! 신랑, 신부, 입장! 관객 여러분은 박수로써 맞이해주시기 바랍니다!

배우들, 결혼행진곡을 연주한다. 혼례복을 입은 박우배와 최정미가 나란히 등장하여 손을 잡고 연출가 앞에 선다.

연출가　이 결혼의 주례자로서 나는 그대들에게 묻는다. 신랑 박우배는 신부 최정미를 아내로 맞이하여, 평생 동안 서로 사랑하며 살겠는가?

박우배　네.

연출가　신부 최정미는 신랑 박우배를 남편으로 맞이하여, 죽는 그날까지 서로 사랑하며 살겠는가?

최정미　네.

연출가　그대들은 굳게 서약하였으니, 이로서 불멸의 법칙과 영원한 원형이 다시 한번 재현되었도다!

배우들, 요란한 음악을 연주한다. 여장남자가수, 생일 축하 노래를 결혼 축하 노래로 가사를 바꿔 부른다.

여장남자가수 결혼 축하합니다!

결혼 축하합니다!

사랑하는 박우배 최정미

행복한 결혼 축하합니다!

배우들 추카! 추카! 추카라비아!

여장남자가수 방금 전엔 여자 목소리로 불렀으니 이번엔 남자 목소리입니다.

(관객들과 배우들에게)

우리 다 같이, 함께 불러요!

결혼 축하 합니다!

결혼 축하 합니다!

사랑하는 박우배 최정미

행복한 결혼 축하합니다!

배우들 추카! 추카! 추카! 추카라비아!

박우배와 최정미, 관객석 앞 쪽으로 나온다.

박우배 고맙습니다, 관객 여러분. 연출가 선생님과 동료 배우들에게도 진심으로 감사합니다. 그리고 또 한 사람…… 특별히 감사드릴 사람은 송준오입니다. (관객석을 둘러본다.) 제 느낌에 준오는 분명히, 이곳에 있습니다. 저희 결혼식을 지켜 보았고, 여러분과 함께 결혼 축하 노래를 불렀습니다.

최정미 (관객석을 둘러본다.) 준오 씨, 어느 좌석에 계시죠? 저희가 감사의 뜻으로, 이 아름다운 부케를 드릴게요!

박우배 분명히 여기 관객석에 있는데, 대답은 안 하는군요. 좋습니다. 저희가 준오라고 느껴지는 분에게 이 꽃다발을 드립니다!

박우배와 최정미, 관객석으로 내려온다. 그들은 준오라고 여겨지는 관객에게 다가가서 작은 꽃다발 모양의 부케를 전해준다. 연출가와 배우들은 그 광경을 바라보며 박수를 친다. 박우배와 최정미, 무대 위로 올라온다. 그들은 관객들에게 허리 굽혀 인사하고 퇴장한다. 연출가, 손을 흔들며 뒤따라 나간다. 여장 남자가수와 배우들은 음악을 연주하면서 퇴장한다. 서서히 막이 내린다.

-막-

이강백희곡전집 7

초판 1쇄 발행일   2004년 4월 15일
초판 3쇄 발행일   2017년 3월 20일

지 은 이   이강백
만 든 이   이정옥
만 든 곳   평민사
　　　　　　서울시 은평구 수색로 340 [202호]
　　　　　　전화: (02) 375-8571(代)
　　　　　　팩스: (02) 375-8573
　　　　　　http://blog.naver.com/pyung1976
　　　　　　이메일 pyung1976@naver.com

등록번호   제251-2015-000102호

ISBN 978-89-7115-634-6 04800
ISBN 978-89-7115-020-3 (set)

정 가   17,000원